施逢雨◎著

給
秀玲

自序

從我開始構思這部小說起，到今天已有十餘年之久了。在最初的幾年裡，我除了構思外，還抽空跳著寫了一些段落。在筆記和草稿累積到一個程度之後，自己竟然就生起即將完成整部小說的錯覺了。殊不知，從事長篇創作這種工作，沒有經年累月全心投入，是難竟其功的。因此，我在六、七年前終於痛下決心，放下手邊可以暫時擱置的一切事務，全力來寫這部小說。

作爲一個古典詩詞研究者，我之所以會如此執著於這部小說的創作，除了由於內心有一股文學工作者常有的創作衝動外，主要更由於小說中所要呈現的人生經驗是我這十幾年一直希望與他人分享的。我成長於一九五〇至一九八〇年代初。那三十幾年正好是二戰以後台灣政經形勢最爲嚴峻的一段日子。我在那段日子裡，親歷了籠罩整個台灣社會的民生凋敝、人性扭曲的現實，日後常常覺得耿耿於懷。到了年事日高、閱歷日深之後，我更發現，那些經驗並非我個人所特有。可以說，大多數走過那個年代的人都或多或少會有。因此，我想把那些經驗配上適當的藝術加工，與走過那時代或有意了解那時代的讀者分享。我希望，我和這些讀者能在文學創作或閱讀中獲得內心的昇華。

於是，我在小說中寫了敦敏這個易感的人物，從他讀小學起直寫到他出國讀完博士學位爲止，透過他這半生的閱歷，盡可能廣泛地呈現了那個年代裡台灣人生活的主要面向。爲了讓這個人物的個性能生動完整，小說中往往不止於描寫他的外在經驗，還會直接跳進他內心中去感受、去思考，甚至去遐想。我希望這樣的處理方式能更引起讀者對這個人物的整個內、外在經驗的共鳴。是爲序。

二〇〇三年十二月於台灣新竹

1 李明失蹤了

秋漸晚了。一陣雨消淨殘餘的暑氣。敦敏站在講桌邊，面向其他學生，緊閉著嘴，眼睛不曉得瞪著什麼。他今天又被罰站了。沒有寫作業。不，實際上是沒有簿子可以寫作業。但是老師說，不能因爲考試考得好就不寫作業。老師站在講桌後，帶著學生們唸課文；突然，他高聲叫道：

「劉順丁！到這裡來！」

阿丁從後門口傻笑著走向前來。他兩腳濕漉漉的。

「跑哪兒去了？」老師問。

「上廁所。」阿丁回答。

「上廁所？背第三課。背得出來算你好狗運。」

「李明失蹤了——」阿丁背了題目，然後就沒了。

「爲什麼失蹤了？」老師大聲逼問。

「在開封城旁邊——」

「在開封城旁邊怎樣？」

「講了一些話——」

「然後呢？」

「然後李明就失蹤了。」

「王八蛋！手伸出來！」

老師拿起桌上的藤條，往阿丁手心重重打了五下。然後喝道：

「在那邊罰站！」

於是阿丁走到敦敏旁邊，和敦敏一樣，緊閉著嘴站著。

2 台灣小調

斜陽從搖曳的樹梢間照到大場上，仍然暖暖的。福水與進德跑了來，興奮地說：

「快來！快來！籬笆那裡有樹藤，可以抽菸。」

敦敏跟了過去。阿丁、赤牛、和天儀早都倚在籬笆腳，一人一截灰褐的細枯枝，叼在嘴角微微冒著煙。看到敦敏他們，赤牛尖起嘴用力吸了一下。那節枯枝閃出一點火星。赤牛拿下枯枝，塞給敦敏，說：

「新樂園的，抽抽看。」

阿丁說：

「我的是寶島的。」

福水跨過阿丁他們，在一叢樹藤裡左撥右撥了一下，然後折來幾節。他接著順手從阿丁手中抓來一盒火柴，點了一截，夾在手指間，停在鼻子前，頭微微仰著說：

「放屁！我這才是寶島的。」

敦敏聽了，便唱起歌來：

我愛台灣好地方，
唱個台灣調。
白糖茶葉買賣好，
家家户户吃得飽。
鳳梨西瓜和香蕉，
特產數不了。
太平洋上最前哨，
台灣稱寶島。

唱完這幾句，突然從籬笆裡傳來阿桃的尖叫聲：

「鬼要抓的！一大群躲在那裡！是不是要偷柴？阿菊啊，快叫恁老爸來！」

阿丁、赤牛和天儀都拔腿站了起來。天儀猴子一般地側身又亂抓了一把藤。然後大家就各自跑開去了。斜陽依舊從搖曳的樹梢間照到大場上。

3 番石榴

黃昏了。回南的颱風漸漸過去。四處黯淡了下來。敦敏和惠雪倚在大廳門口。大場上積滿了水，像個池塘一樣。王仔傳家的番石榴樹連枝帶葉掉了一片在大場上。王仔傳穿著雨鞋在水裡揀果實。他一手捧在胸前，一手東探西探。大的都揀去了。好久好久他才低著頭走進籬笆裡去。又好久好久籬笆門才關了起來。

敦敏拖著木屐踏出門檻，不一會兒就去抱了滿滿一堆番石榴進來。他小心翼翼站上供桌旁的椅子上，把整堆果實塞到神龕下的角落裡。

「不要講！」他拉拉惠雪的衣角低聲跟她說。惠雪點了點頭。

晚餐又是番薯稀飯、蔭瓜和鹹魚乾。敦敏吃得很快。廳裡大門已經門上。油燈在供桌上靜悄悄吐著昏黃的光芒。敦敏拿了一個番石榴背對著供桌輕輕啃了起來。澀澀的，還有點泥臭味。但是，有子的地方芬芳甜美，雖然淡淡的，卻令人陶醉。

「一碗死稀飯，用不著你啜個半天！阿雪，來洗腳！」

敦敏聽到母親的聲音。他估量她還不會過來，於是又爬上供桌拿下一個番石榴。沒想到，「喀喀喀喀」，惠雪木屐後跟敲著地，來了。敦敏轉過頭去，看見母親緊接著也跨過門檻過來。他吃了一驚，趕緊把還沒細嚼的一口番石榴心嚥下喉去。

母親照直來到供桌前，探身向神龕裡去拿香。突然，她疑惑地問道：

「下面那是什麼東西？」

她隨即伸手到神龕下去摸索。一堆番石榴四處滾了出來。敦敏眼看著兩三個滾下地去，彷彿心都隨著滾下去似的。

「你眞餓鬼喲！這種番石榴，那王仔傳揀剩的，你也拿來吃！」母親說完，狠狠捏著敦敏耳朵，把他拉到供桌邊，說：

「統統給我拿去丟了！」

惠雪兩眼瞪得大大的。敦敏兩手捧著撿齊的番石榴，走到門口，放在地上。他開了門，彎身把番石榴一個一個慢慢地丟出去。兩顆較大的留到最後。他拿在眼前看了一下，終於站直起來，用力丟向遠方。「通！通！」外面輕響了兩聲，然後四處又恢復一片寂靜。他回過頭，看見父親在廚房門檻後，默默站著，不知是否看到剛才那一切。

4 黃仔水家喝酒

父親開了後門出去。

「秋後熱，熱死人。」父親這麼說。因此，他穿著內衣內褲就出去了。其實他也不去什麼地方，只不過到左邊隔壁黃仔水家而已。赤牛剛剛來請，說他爸爸又在屋簷下擺了菜，請父親過去喝酒。

「阿水也算是表親，過去坐坐不算失禮。」父親常這麼講。

有一次，敦敏和父親一塊兒過去，吃到了花生和小卷絲。今天打從赤牛來請，敦敏就盯住父親，但是父親竟然自己去了。

吃飯了。少了父親，只剩下三個人。今天吃的是麵粉疙瘩。配鹹魚乾。鹹魚乾只有六小片。減了兩片。母親總是算得很精準。

「坐在人家屋簷下吃，過路人都睜著眼睛看。只貪那五角錢太白酒，就沾個醜名。想吃想喝又不會自己去討去賺。眞是沒臉沒皮。」母親邊吃邊說。這話她已說過很多次了。

5 麵粉配給

「敦敏！拿布袋到農倉去領麵粉。」母親說。父親在廳裡答腔說：

「我正要出去。我去領好了。」母親聽了，冷冷說道：

「不是什麼體面事情。不用那麼熱心。」

於是敦敏從菜櫥上拿了布袋，然後從母親手中拿過配給票，轉到廳裡，從後門出去了。

農倉在火車站邊。敦敏去過好幾次。但是他很不喜歡去。自從開始發麵粉，每天就吃麵粉疙瘩。那白淡無味又有點黏牙的疙瘩，如果沒了鹹魚乾。他排在幾個婦人後面。那些婦人一個跟著一個離開，嘴裡不停嘟囔著：

「好像少了一勺。」

輪到他。他等著。五六七。七勺。果然少了一勺。於是他瞪著那舀麵粉的人。那人不理他。後面的人急急擠了上來，他只好把布袋扛上肩，走了。

出了農倉，他看見對過禮拜堂門口也排了一隊人在領麵粉。回到家裡，他立刻告訴母親：

「少了一勺。」

母親把麵粉接過去，倒進米甕裡，沒有反應。敦敏接著又說：

「禮拜堂也在發麵粉。」

才一說完，母親立刻似哭非哭地變聲說道：

「有臉皮就別提禮拜堂！叫人要把祖公祖媽的神主牌子都丟掉。丟進垃圾堆。丟進便所。這種麵粉，三餐喝水也不領！」

敦敏非常詫異。他本以爲母親只會爲了少一勺發點小脾氣。他趕緊躲到廳裡去。惠雪坐在八仙桌邊，看到他來，笑了一下。

6 剝柴

傍晚，馬路那邊傳來轟隆轟隆的聲音。敦敏知道又是卡車到鋸木廠來卸木材，待會兒又要去剝柴皮了。

草草吃了麵粉疙瘩，母親果然就叫敦敏到裡邊床下去拿鑿子，自己則從牆角拎了竹筐，出去了。過了大場，走過王仔傳家門口，遠遠就看到許多圓木模模糊糊堆在馬路對面的木麻黃樹下。母親把竹筐塞給敦敏，接過鑿子，拉著敦敏細步沿著馬路這面的木麻黃樹走，然後突然越過馬路，趨向木堆，「下！下！下！」地剝起柴皮來。看著母親把一大塊一大塊的柴皮不斷丟進筐裡，敦敏心中無限欣喜。可是才不多久，就看到人影一條條附了過來。十個了吧。不，也許十二個、十三個了。剝柴的聲響並沒有變大，只是有好柴皮的地方很快就少了。敦敏睜大眼睛四面望望，估計大家很快就要爭起來了。不用爭。來了。兩束強烈的白光從廠裡射了出來，緊接著又傳來雜亂的狗吠聲。母親把鑿子丟進竹筐，把竹筐從敦敏手上搶了過去，掉頭就跑。敦敏在背後追趕，好不容易才趕上。每次都這麼跑。敦敏記得。母親說：

「小孩子給認出來事小，大人給認出來臉就丟光了。」

回到家裡，大廳的門已經關了。他們從邊門進了廚房。母親把竹筐丟在牆邊，站著喘氣。父親坐在餐桌旁，一條腿蹺在椅子上，轉頭望了望竹筐，淡淡地說：

「就爲了那麼幾塊柴皮，跑得像賊似的。」

母親沉默片刻，然後冷冷說道：

「就是賊！」

說完，大步走進了臥房。

7 空中小姐

母親坐在簷下洗衣服。開始颳起北風了。母親正用力在捶敦敏那件剛配給的綠色絨褲。敦敏倚在大廳門柱望著。不知不覺間，他看到母親突然把搗衣杵丟進洗衣桶裡，把絨褲抓起來大力摔到地上，接著又起身提起水桶啪地一聲往曬在門口的柴皮潑過去。然後她坐了下去，把頭埋在衣袖裡，吞聲飲泣起來。敦敏似懂非懂，只覺心頭一陣酸軟，不禁也熱淚盈眶。他進去趴在八仙桌上流了一會淚。

我愛台灣好地方，唱個台灣調。

令人迷醉的歌聲在他耳際響起。啊！那些穿著天藍窄裙、潔白襯衫，還打著大紅領結，站在飛機門口微笑揮手的姊姊們，多麼令人想念啊。他於是開了後門出去，直奔興南戲院。也不知是幾點鐘了，只見戲院外面空蕩蕩的，只有收票的福州仔坐在門口，虎視眈眈四面看著。要想等到一個好心的觀眾順便帶他進場，看來是沒希望了。他只能走到看板前去看他那些姊姊們最後一眼。兩張《空中小姐》的海報還貼在那邊，但是大半部分已經被兩張《黃金孔雀城》蓋住了。他悵悵地離開了興南戲院。從此，《空中小姐》的一切，對他就只剩一場夢了。

8 林秋蘭

敦敏才離家沒多久，肚子就嘰哩咕嚕響了起來。有一股氣一直要衝出來。他小心翼翼稍微運了一下力，感覺只聽到哧地輕輕一聲，沒想到屁股心隨即就一片濕濕熱熱的。用手摸來一聞，氣味果然不堪。他不能跑，只能加快步子，趕往黃仔水家魚池後的燈籃花叢裡，脫下褲子嗶嗶吧吧拉起稀來。北風咻咻地透過燈籃花樹鑽進來。「大風吹屁股，寒氣滿膀胱。」老師教的詩果然是好。他肚子一陣陣絞痛，痛得他張著嘴直喘氣。他很懊惱。一定是由於里長那裡的配給牛奶喝多了。那種要煮的奶粉喝了會拉稀。大家都這麼說。只是爲什麼又要給人喝了會拉稀的奶粉呢？好不容易拉完了，他側身摘了一把燈籃花葉，一片一片拿下去抹了屁股，然後拉起褲子，走出燈籃花叢。北風颳著池水，水面一大淪一大淪的漣漪不停地漾著。敦敏看了有點怕。但是他終於蹲到池邊，一手按著岸，一手捧水洗褲子。這是剛配給到的絨褲。雖然有點短，短到踝上兩三寸，但是畢竟是第一次穿到的絨褲啊！

敦敏跑到學校，進了教室，意外地竟然還沒上課。不久，老師來了。

「國語第十一課，〈蔣總統的故事〉。林秋蘭，你起來背。」老師說。於是林秋蘭站起來開始背：

「蔣總統小的時候，有一天站在溪水邊，看見魚兒往高處游——」她停在那裡，然後低下頭來，開始摸弄著上衣的鈕扣。她的上衣是白地雜花格子的，非常漂亮。老師皺了皺眉頭，一語不發。片刻之後，他大聲喊道：

「許敦敏！換你！」

於是敦敏站起來，掃射機槍似地繼續背了下去，難掩內心的喜悅。沒想到正在得意，突然聽到老師大喝一聲：

「立正站好！」

他嚇了一跳，趕緊站好，睜大眼睛看著老師。老師悻悻地說：

「媽的，背蔣總統還不立正站好。」

下課了。老師出去了。林秋蘭走到敦敏身邊，說：

「許敦敏，你課本借我看看。」

「看什麼？」敦敏問。他不喜歡林秋蘭。人家都說她母親送香腸月餅給老師，所以老師讓她當了班長。她一定常常低頭摸弄她的上衣鈕扣，裝出那種楚楚可憐的模樣。林秋蘭逕自拿起敦敏課本。敦敏憤然出手，把課本立刻搶了回來。

「你幹麼！」他大聲問。

「人家只想看看你怎麼唸嘛。」林秋蘭說著，上齒把下唇咬得緊緊地，兩眼含淚，不知看著什麼，聲音顫抖地說：

「罰錢！」

「什麼？」敦敏吃了一驚。

「『幹麼』是方言。講方言，罰一毛錢！」林秋蘭說，聲音穩定了點。

「誰說的！才不是方言呢！」敦敏反駁。

「對！不是方言。」阿丁在旁邊附和。

「我要報告老師。」林秋蘭說著擠出人群，回自己座位去了。

上課鐘聲敲過，老師來了。林秋蘭喊了起立立正敬禮後，果然去報告老師。老師很快就做了裁決：罰敦敏一毛錢。

9 神風特攻隊

中午放了學，敦敏和阿丁、赤牛一齊回家。走到離龍山寺不遠的地方，只見一大群學生把一個零食擔子圍得水洩不通。幾個學生從裡面擠了出來，手裡拿著鹹橄欖、碾魷魚等等，還來不及吃。狗屎丸，一毛錢兩個，酸酸甜甜的。敦敏眞是口水一口一口往肚子裡吞。實在沒辦法，只有踢踢地上的煤球屑排遣，和阿丁、赤牛繼續走了。

越過龍山寺前的土場就到了「神風特攻隊」的家。敦敏他們三個人踮著腳走到遠處，再繞回門前一棵老榕樹後，偷偷探出頭去看。「神風特攻隊」站在大廳一張八仙桌上，肚臍以下光溜溜的，羼鳥貼著羼脬，乾巴巴地像晾曬的鹹魚一般垂在兩腿間；額頭綁著一件白內褲；右手舉著一面白布黑字幡子，寫著：「四萬換一塊，青天白日躺著餓。」敦敏他們大聲喊道：

「神風特攻隊！神風特攻隊！」

「神風特攻隊」於是把他的幡子射了出來，然後一邊在八仙桌上轉著跑，一邊聲嘶力竭地喊道：

「憲兵來了！憲兵來了！」

敦敏他們從地上抓了一些細磚片，胡亂擲向「神風特攻隊」，熱鬧滾滾玩了許久，才興盡而去。

10 捷報

一個星期日的下午，敦敏跟著父親從街尾的溫府王爺廟出來。敦敏冷得直打哆嗦。父親則手中緊抓著一張捲得齊齊整整的紅紙，意氣洋洋。回到家裡，父親開了後門，進到廳裡，立刻大聲喊道：

「捷報！捷報！」

母親和隔壁的瘋珠都跑了來。父親把手中的紅紙攤開在八仙桌上，指著上面兩個黑字，說：

「你們看！你們看！副爐。這兩個字就是副爐。」

母親和瘋珠隨著父親的手指望了望。瘋珠問道：

「吉叔，究竟是眞是假？您幾時也識了字了？」

父親答道：

「不識百，也識十。我嘛少說也識他個十幾二十個字。」

「丟人現眼。」母親說著，過廚房去拿來一把刷子和半碗中午吃剩的稀飯，開始把稀飯刷在牆上貼著的舊報紙上。父親把那捷報貼上牆去，然後倒退兩三步，端詳了一陣，然後又上前去把一些凸的皺的地方勻勻。這才終於過去八仙桌旁坐下。

「下回一定要擲出個爐主，把王爺公請回來。」他說。

「有了副爐，王爺公就一定會保佑了，不是嗎？」瘋珠說。「我娘家那邊剛好送了些椪柑來，我過去拿四個來供奉。」

母親聽了，馬上說道：

「不用了。」

父親沒出聲響。瘋珠站在那邊無趣地搓搓手，然後默默地走了。

11 父親賭博

很快地過年了。初一上午，天氣暖和得出奇。敦敏穿著他的美援絨褲，和一群朋友在屋後空地上彈橡皮圈。他的左邊褲袋口隱隱約約露著個紅包。那是除夕夜佑一給他的：一元。父親日常裝束，灰色寬鬆長褲、藏青齊腰棉襖、木屐，從後門喀噠喀噠走出來，經過空地直往對過臭砧仔家去湊熱鬧。不，不是湊熱鬧。敦敏隨後跟到臭砧仔家門口，看到廳裡八仙桌上散著四色牌、瓜子殼和銅板鈔票。

「阿吉兄，來，來，來湊一腳。我讓你。大年初一，怎麼沒穿一件體面些的出來？」臭砧仔對父親說。

「新衣穿到你這老母猴家裡來，不怕臭腥一輩子？」父親回答。說完，便坐下去打牌。敦敏不會四色牌，看了半天，只見父親憤憤然丟出一張紅帥，罵道：

「姦恁娘！等兵來帥。」

接著，臭砧仔的大兒子溪松慢條斯理地伸手拿走那張帥，攤出牌來，說：

「到了！」

父親站起來，大聲說：

「不打了！」

敦敏離開了臭砧仔家，繼續去彈他的橡皮圈，也不知道父親怎麼樣了。許久，他聽見惠雪在後門叫他，就離開眾人回家去。

「一輩子不改！」

幾乎還沒進門，他就聽到母親的聲音。母親蹲在牆邊削蘿蔔。那刀子慢得幾乎和靜止一樣，但是蘿蔔連皮帶心已經削去了一大半。她默默地、慢慢地繼續削。佑一站在臥房門口，向房內說道：

「那三十塊錢，本來就是給你過年開開心的，輸了就算了，幹麼回家來生悶氣呢。」

母親停了下來，顫聲說道：

「賭了一輩子。輸了一輩子。三代累積，一代罄空。又輸不起。你氣不憤，那乾脆賣了我們母子，讓你再賭個痛快，好不好！你不是得意洋洋賣過一個了嗎？」

「姦恁娘！講什麼瘋話！」從臥房裡傳來父親的反擊。躺在床上，沒想到罵人的聲音竟能這麼鏗鏘有力。但是過此一句，父親就沉靜下去了。母親把剩下的半條蘿蔔拿到廚房去，然後回來說：

「敦敏！把你那些象棋、彈珠、橡皮圈統統都丟到灶裡去！好種不傳，壞種不斷。」

12 瘋珠

大場的左邊鄰接阿勉家的菜園子。園子兩側各有一排老榕樹，榕樹間另有一棵番石榴、一棵木麻黃和幾簇燈籃花。阿勉家的便所就在一簇燈籃花邊。那是一個初夏的黃昏。四鄰的小孩出奇地湧了一大群到園子這邊來。阿丁、福水和赤牛在樹間爬上爬下、爬東爬西。敦敏不敢在家門前爬樹。他只和阿菊、阿雄在樹下抓蜻蜓。也許抓蜻蜓實在沒有爬樹好玩吧，敦敏不時抬頭去看阿丁他們。赤牛丟了兩顆番石榴給他。他從地上撿了起來，一看，只有龍眼一般大小。他於是走到糞坑旁，把番石榴從幾條板子的空隙中丟進糞坑，激起一兩滴稀屎。不知爲什麼，他看著這濺出的稀屎，竟也有一番樂趣。

「哈哈！哈哈！」

突然間他聽到便所後面傳來笑聲。於是他稍微走開去，從那邊探看便所後面。原來是阿雄藏在便所與燈籃花叢間。阿雄看到敦敏，一邊指著便所，一邊興高采烈地說：

「瘋珠！瘋珠在拉屎，屁股好大哦！」

才剛說完，瘋珠就從便所裡衝了出來，褲子都還沒拉好。

「鬼要抓的！」她嘴裡罵著，雙手驚天動地地撥開燈籃花叢。阿雄從糞坑這邊逃竄出來。但是，不知哪隻腳踩錯，兩條糞坑板彈了起來，接著他就像下溪洗澡一般地滑進糞坑裡去了。敦敏趕緊把阿菊叫來。瘋珠也很快轉到坑旁來。就連樹上的赤牛他們也都圍過來了。一群人圍在那邊，卻沒有人過去救阿雄。他站在坑裡大聲哭嚎，露在尿屎上的胸肩貼滿一大片黏黏蠕動著的蛆。不知何時，從香菸藤那邊傳來阿菊的叫聲：

「媽媽！媽媽！」不久，她就拉著阿桃跑到糞坑前。

「哎喲！眞夭壽喲！怎麼弄成這個樣子！」阿桃一面憤憤咒罵，一面伸手去把阿雄拉出坑來。大家捏住鼻子，後退了幾步。阿桃先把阿雄衣服脫個精光，然後轉身穿過菜園子到阿勉家的古井去汲來一大桶水，從阿雄頭頂往下沖。她來回了幾趟，終於把阿雄沖乾淨。於是，她厲聲問阿雄道：

「是誰把你推下去的，你說！」

「我……我……」阿雄答不清楚。阿菊拉拉阿桃衣角，然後手指放在胸前，悄悄指了指瘋珠。

「是你？」阿桃瞪著瘋珠問。

「不是！不是！我在拉屎，他藏在燈籃花叢裡偷看我的屁股——」

「這樣你就把他推進糞坑裡去！」沒等瘋珠把話說完，阿桃就興師問罪。「你那白嫩屁股，十幾年沒人摸，比較珍貴了是不是？」

「什麼？」瘋珠起先似乎有點迷惘，但隨即眼眶發紅，流出淚水，哽咽著說：

「講話這麼惡毒，也不怕絕子絕孫！」說完，掉頭走了。敦敏跟在她後面，也走了。

13 阿珍

母親一聽見菜販的叫賣聲，就趕緊開了後門走過空地出去。敦敏在後面，拎著竹籃跟著。菜販照例把擔子挑到空地隔壁阿勉家門口歇著。阿珍蹲在擔子一頭挑絲瓜，母親在另一頭挑茄子。白水煮茄子，切段，沾醬油。比麵粉疙瘩更難吃。那菜販兩眼骨碌碌地那頭看看、這頭看看。

「不要揑哦，你們兩個。」他叮嚀著。

「喂──不要再挑了！酒都快喝完了，還不快去煮個菜來。」阿泉赤腳蹲在長凳上，手裡捧著個碗，眼光渙散，粗聲粗氣地吼了幾聲。

「你在那邊慢慢等。」阿珍回答他。

菜販抬頭看看阿泉，一手搓著秤桿，好像有點不耐。這時，穿著草綠軍服，捲著袖子的老黃從街頭那邊推著一輛腳踏車過來。車子把手、坐墊、後架全部放滿掛滿菜蔬，掛在把手的菜蔬間還隱約露出兩條五花肉來。

「喂！販子！不用買你的了。你走吧！」他對菜販說。然後，他停好車子，熱心地對阿珍說道：

「阿珍！看看，要什麼，自己拿。」一邊說，一邊還不停地指點著車上的菜。阿珍連看都不看老黃一眼。她匆匆抓了兩個絲瓜給菜販，頭不自覺地四邊亂轉。阿泉撂下手中的碗，跳下凳子，大踏步來到門口，一把把菜販手中移來挪去的秤捶搶了去，作勢要捶老黃。

「阿山豬，你想幹麼！」他大聲問。老黃還沒回答，菜販就過去搶他的秤錘。旁邊的老黃趁機推著腳踏車走了。母親丟下茄子，也拉著敦敏走開。快到後門口，敦敏還聽到那菜販直喊：

「著衰！著衰！」

14 姑媽

是個炎熱的下午。敦敏在黃仔水家裡幫赤牛印神符。赤牛在木印上刷了墨，接著敦敏把黃紙往上鋪，再用手心在紙上前後壓壓，一張就完成了。敦敏一看到那上頭畫著「敕」字，下邊畫著怪圖的紙符，眼前就浮現地藏廟裡那面目猙獰的十殿閻君。這使得他對這符有著一縷朦朧的敬畏感。他印得很認眞。倒是看廟的赤牛不當一回事。他老是把刷子在碗裡攪得墨水四濺，手濺髒了也不擦。有時印出的符簡直就像張黑紙，他也不管。一定是在廟裡日子久，和神混熟了，沒忌諱了吧。

「赤牛！去請阿吉伯來喝酒。」黃仔水從廚房裡出來，對赤牛說。

「又要喝了？」赤牛問了一句。黃仔水立刻罵了出來：

「姦恁娘！多嘴。還不快去！」

赤牛去了。黃仔水搬了一條長凳到簷前。他穿著內褲，打著赤膊。阿嬌從廚房裡捧出一盤白斬雞來，放到凳子上。赤牛和父親來了。黃仔水對父親說：

「剛才有人謝神，把一隻雞獻給廟裡，我帶了回來。來，來，趁熱吃吧。」

「天氣這麼熱，也不等晚一點。」父親一邊說，一邊到凳子後的台階上坐了下來。

「媽，要不要我去看廟？」赤牛問。

「不用。有天儀就好了。你符快點印。」阿嬌回答。

「大哥！阿水！命眞好呢。這麼早就在簷前喝酒配雞肉。」好像是彰化姑媽。敦敏走到門口，果然看見彰化姑媽，不，還有台中姑媽，站在凳子前指指點點。台中姑媽手上拎著小竹籃，籃裡放著些釋迦和紅柿。

「你是阿什麼？來，拿幾個釋迦和紅柿去吃。」彰化姑媽問赤牛。

「是天健啦。大家都叫他赤牛。」阿嬌在一旁回答，同時從彰化姑媽手中接過兩個釋迦、兩個紅柿。彰化姑媽另外拿了釋迦、紅柿各三個，放在凳子上，對父親說道：

「大哥，這些你叫敦敏拿家裡去吧。」

「怎麼？你們不到家裡去坐坐？」父親問。

「我們是特地來看看你的。看到你這樣大碗喝太白酒，還用再操心嗎？」彰化姑媽說。

「就是嘛！」台中姑媽附和著。

「我們過阿勉那邊去打個招呼就回去了。」彰化姑媽說著，就牽著台中姑媽走了。父親向阿嬌借了一個大盤子，讓敦敏把水果捧回家去。母親給敦敏和惠雪各吃了一個釋迦。父親一直到晚飯前才回來。

「有什麼好吃，吃到現在。」母親問他。「人呢？回去了嗎？」她接著又問。

「在阿勉那邊吃晚飯。」父親回答。母親聽了，立刻變了臉色。但是她沒說什麼。她只默默吞了一下口水。

15 化妝品

中秋節前兩天，佑一回來了。他說只要部隊在本島，任何時候他都有本事溜回家來。有一次部隊行軍，他扛輕機槍，累得七葷八素，不知落後人家幾公里，結果乾脆偷偷坐上客運車，搶先趕到集合地點去。沒想到部隊臨時更換集合地點，害他獨自等了半天，越等越發毛。

「回去也不過廁所禁閉三天。」他說。

他把帶回來的大包袱攤開在八仙桌上。裡面大大小小二三十個紙盒，都印著亮麗的外國文字。

「昨天到台北去找阿海，他說手頭很緊，進不起什麼貨，所以只能將就拿這些回來。」

敦敏拿了一個扁平盒子，好奇地四面翻轉著看。

「不要亂碰！」母親呵斥他。

但是母親自己也拿著一個看得愛不忍釋，還不時用手指去摩挲一些看起來不太乾淨的地方。佑一於是拿了一個打開給母親看，同時說：

「這是粉餅；那些小的是口紅，是年輕人用的。」

母親聽了，就把手中那盒粉餅冷冷地放了回去。佑一看了她一下，伸手另拿了一個大盒子，倒出一個貼著白地黑字標籤的罐子來，說：

「這是旁氏，冬天搽了臉不會皴裂。」

「快點拿去賣吧。」母親沒有理睬佑一的話。

大家靜了片刻，佑一才一邊收拾包袱，一邊微微激憤地說：

「說實在話，這裡頭根本沒有一盒不是假貨。要是眞貨，賺什麼呢？」他停了一下，又接著說：

「說是做生意，其實還不是靠著一張面皮，花言巧語，矇騙那些女工掙點錢。還要怎樣？趁著下班時間還沒到，我要到友聯的紡織廠去一趟。」說完，他拎著包袱，往後門去了。臨出門他又大聲說道：

「告訴阿勉，阿海不回來過節了。他說太忙了。」

16 誘拐

阿珍離家出走已經三個月了。吃齋的阿勉每次來串門子，都不忘祈請觀世音菩薩降災，讓那個「嬈尻川」像落水狗一樣爬回來。

那一天，敦敏正和赤牛、福水在屋後街邊玩玻璃珠。只見阿泉嘩啦啦把一整座公媽龕子摔到街心去，嘴裡同時罵著：

「姦恁娘這個嬈尻川！」

龕裡的神主牌子四處飛彈，差點砸到對過的臭砧仔。阿勉從阿泉背後趕出來追神主牌子，追到臭砧仔腳邊。臭砧仔說：

「你看，你看。怪不得鬥輸一個四五十歲的阿山兵。」

阿勉沒有回答，抱著一堆神主牌子逕自進門去。接著她又出來抱走公媽龕子。阿泉不在乎他母親，自己抓了一把矮凳在簷下坐著，嘴裡「呸」地一聲吐出一攤鮮血也似的檳榔汁來。阿華和阿玲蹲在旁邊，瞪著大眼睛，手指鈍鈍地攪著那紅汁，然後送進嘴巴裡去舔。突然間，屋裡傳出阿勉驚天動地的哀嚎。阿林走到門口，問阿泉道：

「母親在哭什麼？」

阿泉沒有回答。阿林向外張望了一下，然後看看阿華和阿玲，皺皺眉頭，再也沒說什麼，就轉身回內屋去了。

17 田班長

敦敏的右腳拇趾不停地抽痛。母親說：

「趾甲裡頭化膿了。怎麼弄的？」

「在文祠打籃球撞壞的。」

「不要天天往文祠跑。」

「一個班長說有新藥，可以幫我搽。」

母親沉吟了片刻，終於點頭說：

「好吧！我跟你去。」

他們進了文祠正殿。敦敏往左廂房走去。母親在背後說：

「你先去，我去幫你拜拜孔子公再來。」

「廟這麼破了，拜了還有用嗎？」敦敏問。

「別胡說！」母親斥責他。

敦敏進了左廂房。田班長正坐在門後一張小桌子後邊。桌上老收音機傳來女人尖裂的歌聲：

我的家在山的那一邊。
張大叔失去了歡樂，
李大嬸收藏了笑靨。
鳥兒飛出溫暖的窩巢，
春天變成寒冷的冬天。

田班長關掉收音機，輕輕咬了咬嘴唇，喉頭聳了一下，好像嚥下一口口水，然後聲音有點顫抖地說：

「小兄弟，坐，坐。」

敦敏在桌旁坐了下來，說道：

「田班長，我的腳拇趾化膿了。你上次說——」

「喔，要給你搽藥，對了，對了。」

田班長於是彎身打開桌子左下角的一個抽屜，找出一小管藥膏來。

「這個叫盤尼西林，消炎挺有效的。對了，還得用點雙氧水。」

說著，他又打開另一個抽屜，拿出一瓶藥水和一團棉花來。

「田班長，你懂得這麼多，你幾歲了？」

「三十五了。」

「那你來台灣的時候幾歲？」

「二十三歲。」

「喔，來十二年了，比我還久。」

「比你？」

「我才十一歲，你來的時候我還沒生啊！」

田班長放下手中的藥水，側過頭去，臉向著地下。敦敏看著田班長的臂章，又問：

「田班長，你在兵營裡多大呀？」

田班長帶著沉沉的鼻塞聲答道：

「中士。」

然後他回頭凝視著敦敏，有點羞澀地伸手摸摸敦敏的頭髮和臉頰。敦敏覺得癢癢的，很有趣。這時，突然從廂房外傳來粗啞的叫聲：

「老田！老田！」

接著王連長急急忙忙踏了進來，說：

「老田！快給俺一瓶紅藥水。俺那個他媽的小狗子頭上撞了個大洞，血都淌出來了呢。」

「是，是。」

這時母親在廂房外探了個頭，嘛了嘛嘴巴。敦敏知道母親要他回去。於是站起身招呼也沒打就出來了。

「叫你不要來，你硬是不聽。這些阿山兵，能做什麼好事！藥搽了沒有？」母親說。

「搽了。」

「搽了以後就不要再來。」母親說。半晌，她又鄭重其事地說：

「如果問你家裡在哪裡，千萬不要講。丟人現眼。三八的也好，守寡的也好，能纏上的一個都不放過。」

敦敏知道母親指的是什麼。阿珍離家出走已經幾個月。王連長住在街尾的陳立人家。陳立人的父親死了很久了。每次王連長抱著陳立人的妹妹從街上走過，大家都罵他猶哥，說陳立人的母親阿枝是嬈尻川。這些事情敦敏也搞不懂。只是，他覺得，田班長應該是個好人。

18 阿鳳

又是一個正月。初二。早飯後大家都在飯桌邊看阿鳳和杜明道。敦敏不知他們是什麼時候回來的。一定是三更半夜才到家的吧。已經不知多久沒看過阿鳳了。說實在的，敦敏對這位聽說從前常常揹著他繞著大場散步的大姊，印象已經有點模糊了。

「因爲和老杜結了婚，又生了杜明道，所以早就想著過年要回家來。」阿鳳說。

「老杜呢？怎麼不一起回來？」父親問。

「這昨晚不是問過了嗎？沒空嘛。」母親回答。

「昨晚我沒醒嘛。這樣也好。阿山的，來了也不知講些什麼好。」父親怡然自得地說。

接著，阿鳳說要給杜明道噓噓尿。她剛把尿布解下來，那小子竟然就噗地一聲噴出一團黃澄澄的大便，直噴到牆根下去。

「啊——」大家讚嘆了一聲。父親興高采烈地說：

「很好！很好！才貼了招財進寶，就黃金滿堂了。」母親去拿來一張草紙，給杜明道擦了屁股，然後忘了噓尿，就把他包好抱起來了。阿鳳也很高興。她從她的大紅大衣裡拿出一疊紅包來，說：

「來，趁著好彩頭，大家拿個紅包，討個吉利。」她先叫惠雪，給了紅包，然後問道：

「惠雪幾歲了？」

「不就是你去台北那年生的。」母親回答。阿鳳接著叫敦敏。敦敏看到她眼裡閃著淚光。接著叫順德。順德在廳裡，說：

「不用了。」父親走到廚房往廳裡的門檻前，對順德說：

「大家都拿的，不要彆扭。」順德這才進廚房來，也拿了紅包。最後，阿鳳把一小疊十元鈔票交給父親，又把一大疊交給母親。然後，她說要到左鄰右舍去寒暄幾句。敦敏在廳裡聽見她在隔壁叫阿珠，便悄悄走到後門邊把紅包裡的鈔票抽出來數數：十元四張，總共四十元。這麼多！但是這錢十成要沒收去的。敦敏把鈔票裝了回去，走到八仙桌旁，看到父親坐在桌子另一旁，笑著，也在數鈔票。

那個除夕夜。五、六點。已經四處暗沉沉的。父親蹲在椅子上，靠在八仙桌前，拿著一雙竹筷，正在撥火鍋膛兒裡的木炭。敦敏和惠雪站在桌邊看著。母親還在廚房。順德從廚房捧來一盤切成瓣兒的白煮蛋，哐啷一聲丟到桌上。

「怎麼了？」父親問道，同時轉過頭去瞪他。他抓了一把椅子去坐在廳門口，面向著大場，兩腳蹺在門檻上。父親仍然瞪著他。突然間，惠雪喊道：

「筷子著了火了！」

父親這才忙著抽出筷子在空中揮甩著。母親從廚房探過頭來看看，然後說道：

「怎麼這麼晚還沒到？大家先吃算了。」

佑一去當兵了，不能回來過年。大家現在只等著弘銘。母親捧過來一盤白斬雞、一盤炒荷蘭豆，然後就在桌邊坐定。順德也過來了。不只如此。他背後就跟著弘銘。弘銘身穿藍大衣、腳穿白皮鞋、脖子披著淡黃圍巾、兩手插在橘色格子西褲的口袋裡：非常耀眼。從來沒有看過穿著這麼耀眼的人。

「怎麼這麼晚才到？」父親問，顯然有點不高興。

「擠不上車。」弘銘回答。

大家靜了片刻，他才輕聲向母親說：

「錢我過了年上去再寄回來。」

父親在旁邊聽了，立刻發作起來。

「做了一整年工，會一個錢也沒有！沒錢你回來幹麼！」他大聲詈罵。

「過年過節，別這麼大聲。」母親說。

「實在氣人。」父親仍然憤憤不平。

弘銘低著頭，似乎瞅著他在地上左右旋著的鞋尖。過了不久，他徐徐繞過眾人，開了後門出去。

那個年，他沒有再回來過。

19 母親娘家

清明剛過。下了兩三天的細雨。雖然沒有什麼人從戶外帶進泥水來，地上還是整個濕黏黏的。霉氣從不見光、不透風的兩間臥房裡侵襲到廳裡和廚房來。躲又沒處躲。是個令人煩悶的日子。

一個壯碩的漢子扛著一個沉沉的帆布袋子，帶著一個小孩，在簷下往屋裡張望。

「大姊！」他叫著。

母親走到廳裡門口來，看到他，淡淡地說：

「是你。進來吧。」她接著向身旁的敦敏說：

「去拿把椅子來給你大舅舅坐。」

敦敏從八仙桌前搬來長凳，自己和惠雪坐在旁邊的矮凳上。

「大姊，」那人一邊按著長凳坐下，一邊急著開口說話：「二十七日母親要給大伯做七十冥壽，想請大姊、大姊夫帶孩子回去住幾天，——香蕉下我已去過，二姊答應回去了。」說完，他把袋子放在凳子上，然後望著母親，等待答覆。母親默默不語。片刻後，那人轉頭往廚房那邊看了一下，旋即回過頭來，問道：

「姊夫呢？」

然後又打了一下那孩子大腿，叫他不要亂踢。母親徐徐說：

「你回去告訴母親，難得她記得我父親大壽。只要她和後叔日子過得好就好了，我父親的事我自己會處理。」

那人面露難色，有點不知所措地說：

「大家都期待你回去，——你再考慮一下行不行？對了，比如說等姊夫回來再說。和姊夫商量商量。」

母親聽到這兒，大聲說道：

「這種事情用不著你姊夫管！」

那人愣了一下。大家都靜了下來。過了許久，那人才終於站了起來，說道：

「那我先回去了。大姊你再想想吧。」說完，他低頭從長凳上提起那帆布袋子，拿到母親面前，說：

「這十斤米母親說請你們嘗嘗看。」

母親答道：

「你拿回去吧。說難聽的，來鹿港這一二十年，若要等你們的米吃，早就餓死了。」

雖然母親這麼說，那人還是把米好好地放在長凳上，然後動身就走了。母親於是追出去抓那人臂膀。那人用另一隻手輕輕把母親手掌撥開。母親接著就轉而抓那孩子，並且說：

「孩子這麼小，遲早壓壞了背。你還是自己來扛回去吧。」

外面又飄起濛濛細雨。那人扛著那沉沉的帆布袋子，帶著那小孩，從大場末端彎進王仔傳家門口，消失在雨中了。

20 順德

普渡是夏天的過年。父親一早就帶敦敏出去採買。說要買能抗暑的，因爲要花那麼多錢，不能一下子就吃光；但是放久了又會變酸變臭。沒錯，鹹的最好。父親一定也這麼想，所以買了鹹蛋、鹹小卷、鹹虱目魚罐頭等等。回到家來，母親又把一大半鮮菜、鮮肉剁碎，拌上鹽，炸成丸子。

午飯後不久，母親就叫順德在廳裡門口擺桌椅，叫敦敏和惠雪擺菜餚。一切就緒後，她點了香，開始專心致志地向門外四方拜好兄弟。敦敏聽到她喃喃向好兄弟祈求，要讓「那個廢人」早點再找個工作。拜完後，她把香傳給順德。順德說：

「我從來只拜牙槽王。你若不怕好兄弟生氣，我這就拜下去了。」

母親聽了，一把將香搶了回去，罵道：

「沒見過這麼狗怪的人。」

順德面露笑容，搖搖擺擺過去斜坐在門檻上，正對著碗碗盤盤的供品。母親把香傳給敦敏惠雪拜過之後，一根根分插在供品上，然後就過廚房去了。敦敏和惠雪坐在桌椅邊的矮凳上看著供品上的香慢慢燃燒。不久，順德說：

「我要拜牙槽王了。」說著就去抓了一隻小卷，從尾部撕了一截嚼起來。

「眞鹹。」他說。他把那剩下的部分遞給敦敏。敦敏搖搖頭。於是他就把它丟回碗裡去。接著，他拿了兩個肉丸子，一口一個吃了下去。

21 初中生活

還不到五點母親就把敦敏叫醒。敦敏揉揉惺忪的睡眼，問道：

「怎麼這麼早？」

「今天要搭五點四十的汽油車，你忘了嗎？」母親回答。

「怎麼會忘。但是實在是睏。」敦敏說。

「別抱怨。要不是王仔傳幫忙，你想都別想坐汽油車。這王仔傳，本金利息都算得一分不少。這幾年下來，被他賺去的利息都有本金的兩三倍了。一輩子就這次做了件好事。」母親話又多了起來。

自從敦敏上了初中，早上出門前就成了母親向他傾訴的時間。敦敏洗了臉、刷了牙、穿了制服。稀飯已在灶上，帶便當用的乾飯也已煮好，放在煤炭爐上。母親不知起來多久了。自從敦敏上了初中，而且是省中，母親變得特別興奮。敦敏開始吃稀飯。也眞奇怪，這王仔傳竟然主動來告訴母親，說他岳家那邊有人種甘蔗，也許可以幫我辦一張蔗農子女免費乘車證。管他的，終於可以不用再搭那班混合列車了。六點二十開，七點二十到。爲了趕上七點四十的讀訓時間，每天在彰化街上跑得奔喪似的。沒有枉費帶著戶籍謄本和香腸隨阿巧老遠跑到王功海邊去做了人家的假兒子。他吃完了稀飯，走到廳裡去拿書包。書包放在八仙桌上一個小書架邊。還有這書架。「若在古代，這就是中秀才了。」阿桃這樣對母親說，接著就親切地把書架塞給母親，說：「烏時特別做了這個，你拿給敦敏用去。」母親再三推辭。阿桃說：「阿吉嬸，三不五時拜託敦敏給我們阿雄指點指點功課，我們才眞會還也還不清呢。」母親聽了，才終於接受。然後把書架拿到八仙桌上，臉上露出難得的笑容。這些人，實在有點搞不懂。

敦敏揹著書包走到赤牛家門口。赤牛已經坐在門檻上等著。敦敏朝他喊了一聲：

「走！」

赤牛手裡拿著兩條番薯。他遞了一條給敦敏。敦敏把它折成兩段，隨手吃了一口。

「很甜。」他說。

「鄉下人送來添油香的。」赤牛告訴他。

「若是番薯，也就沒話說。連番薯藤也計較。」甜番薯。番薯藤。「惡人到底有惡報。鋸木廠劉漢寶他們兩兄弟。那個弟弟，戰爭剛完時在鋸木廠後面種了五六分番薯。若是番薯，也就沒話說。連番薯藤也計較。摘了他半籃子番薯藤，就那樣拚死拚活奪回去，當著面倒在地上，還用腳去踩。若不是你父親沒用，我哪須受這種羞辱。你要用功點，給我出口氣。那一年換錢，一定是地藏王靈聖，他好死不死，就在換錢前賣了房子。換錢後不久他就瘋了。搬到龍山寺那邊去有什麼用？還不是大家都知道了。」「神風特攻隊」。肚臍以下光溜溜，屌鳥貼著屌脬，乾巴巴像鹹魚垂著的「神風特攻隊」。半籃番薯藤。赤牛他們一定是善有善報吧？我們呢？

敦敏不知不覺就和赤牛來到車站。站裡來趕搭這班早車的人不少。赤牛爬到剪票口的柵欄上坐著。站務員過來把他趕了下來。一群女生坐在牆邊的長凳上，都轉頭來看他。他傻笑了一下，大搖大擺走到敦敏身邊來。

「敦敏，你看，那些女生都在看你呢。」他說。

「看誰？剪票了，進去吧。」敦敏回答。

敦敏在一個女生旁邊找到一個空位坐了下來。赤牛說他要到車頭去看風景，逕自走了。敦敏把書包放在大腿上，把雙手放在書包上，一動不動，也不敢轉頭過去看那女生。他只覺得有一條柔軟的臂膀緊偎著他，傳來一股熱，又傳來一股香。他飄飄然坐到彰化。

這天讀訓的內容是北伐。烏龜發給每個同學一張油印的講義，然後就在講台上左左右右踱來踱去。敦敏矮小，坐在前門口。烏龜每幾十秒就踱到他前面一次。由於入學考試只考國語和算術，敦敏對這些什麼起義啊、護法啊感到蠻陌生的。他很用心地看。整個看完後，他趁著烏龜踱到旁邊去，伸了個懶腰，然後手指夾著鋼筆在桌上晃著休息。忽然間他瞟見隔壁班走廊上有人向他揮手。定神一看，原來是赤牛。赤牛手上拿著一隻紙飛機，作勢要向他射來。被罰站了，準是。拿講義折了飛機了吧，這傢伙。「呤呤呤」週會鈴響了起來。赤牛把紙飛機向空中用力射了出去，接著啪啪幾聲跳到敦敏桌前來。烏龜搖著頭踱出教室，不知什麼事沒想通。敦敏和其他同學一樣嘩啦啦翻桌板收拾紙筆，然後拉著赤牛一起跑往操場去排隊。

唱過國歌、升過國旗後，訓導主任宣布，校長要親自考核讀訓成果，並檢查服裝儀容。校長穿著淺藍灰色的西裝，打著深紅色的領帶，右手拿著考卷，左手有時插在褲袋裡，有時伸出來翻考卷。不管怎麼看，都是個威儀棣棣而又風流倜儻的人。校長後面依序站著訓導主任、洪教官、和陳胖子。赤牛說：「調查結果：訓導主任，大而化之型，不大管事。洪教官，管理組長，不聲不響而無所不在型，最陰。陳胖子，訓育組長，狐假虎威型，小丑。上學年全校風雲人物是陳胖子。」講到這裡，赤牛掩著嘴咳咳笑了幾聲，才又接下去說道：「四月二十六日陳胖子在彰化火車站前臨檢通學生，從一個高中生書包裡搜出一把童軍刀。那學生出手來搶刀，把他嚇得踉蹌倒地，四下亂找近視眼鏡。最後還得仰賴那學生把眼鏡撿來還他。」讀訓抽考已經結束。兩答皆錯的學生被罰半蹲在司令台邊沿。十幾個總有。接下來開始檢查服裝儀容。從高三一班第一排開始，一個接一個走過校長面前受檢。陳胖子手拿推子，在校長背後亂舞，準備隨時在頭髮太長的學生頭頂「犁田」。

「你過來！」校長叫住一個學生。「你這褲子褲襠幾寸，自己講。」

敦敏聽不清楚那學生怎麼答。

「這麼短的褲襠，」校長接著講，「老二那樣撐著，像什麼話？」

台下哄然大笑。

「不要笑！」陳胖子大聲吆喝。

校長竟然會說「老二」，眞令人難以置信。

「洪組長，請把剪刀給我一下。」校長說。他從洪教官手中接過剪刀，接著左手挑開那學生的一個褲袋，右手動剪剪了下去。看到了！看到了！不，聽說是用手掌按住袋口，「殺」的一聲把褲子撕破的。赤牛說：「這是彰中的傳統。有人稱之爲彰中人的驕傲，有人稱之爲彰中人的悲哀。」這傢伙，上學還不到兩個月，竟然知道這麼多。等了很久，終於輪到初一三班上台受檢。敦敏戰戰兢兢上了司令台，放大膽子仔細看了一下校長，內心有無限的感動。

22 玉英

一天傍晚，敦敏回到家裡，正在寫數學作業。弘銘從後門進到廳裡來，身後跟著一個年輕女人，兩人手中各提了口皮箱。蹲在長凳上抽菸的父親叼著菸，睜大了眼睛看著他們。惠雪走過廚房去，告訴母親說：

「弘銘回來了。」

父親拿下菸，冷冷地說：

「你到底也知道回來了吧。」

母親手裡還拿著一個盤子，就趕著過來問道：

「信收到了沒有？」她瞥了那女人一眼，又問道：「這是？」

「當然是愛人嘍，還用問。」父親說。

弘銘和那女人都沒出聲。母親接著又說道：

「身家調查做過，體檢、入伍看是不久的事了。你自己好好準備吧。」

幾乎還沒說完，父親就搶著又說：

「通知來了會寄給你。這段日子你要怎麼瘋就回三峽繼續去瘋吧。」

弘銘和那女人仍然沒有出聲。在敦敏印象裡，弘銘是個沒什麼話的人。他輕聲說：「擠不上車……錢我過了年上去再寄回來。」兩三年了，就那麼一次，那麼兩句。

「我想讓玉英回家來住。」弘銘終於開口。

「回來住！」父親大聲脫口而出。「你的意思是要我們兩個老的養她？你想我們有祖先留下的什麼屎啊尿的，可以吃喝不盡，是不是！」

「你別提祖先！」母親怒斥父親。

父親還憤憤的，但是也就閉了嘴。大家一時都靜了下來。敦敏了解母親心中的憤懣。她說：「你父親是個浪蕩子。在我跟他結婚的前後幾年裡，鹿港、溪湖、彰化的酒家賭場，他到處去嫖、到處去賭。每賭必輸，輸了就把祖傳的土地一塊塊賣了償賭債。到今天剩下什麼，你眼睛也看得見。」弘銘看著母親，說道：

「玉英已經有了。」

這時，順德從後門擠擠閃閃來到了眾人中央。他環視了一下眾人，然後笑著問道：

「怎麼了，開家庭會議啊？」

他講話的口氣活像老里長在給里民勸架。母親聽了，立刻怒喝道：

「廢人！你繼續四處去遊好了。晚飯還在半天邊，用不著這麼急著回來。」接著，母親緩下聲氣，告訴弘銘：

「把皮箱拿到隔壁房間裡去。晚上再說吧。」

被喝到一旁的順德緊跟著趨向前拍拍弘銘肩膀，說道：

「你弘銘的事，母親沒有不做主解決的。」

弘銘沒有回答，只默默帶著那個玉英，提著皮箱過廚房那邊去了。

弘銘在家裡住了兩天，給玉英辦了戶籍，就回三峽去了。留下玉英開始了她在鹿港的日子。母親似乎沒有主動讓玉英承擔太多家事。敦敏只見到她在午餐、晚餐後收收剩菜、洗洗碗盤；見到她偶爾掃掃地、擦擦桌椅。一天清晨，母親照常忙碌於大灶和炭爐之間，又盛稀飯又裝便當。敦敏忽然心有所感。母親對這個還在被窩裡熟睡著的媳婦作何感想呢？眞的這麼便宜她嗎？

隔了一個禮拜的禮拜天早上，玉英在簷下洗了她的衣服，然後在院子裡晾曬。敦敏站在廳門口，好奇地看著她把羊毛衣、奶罩、裙子等拉拉雜雜串到竹竿上。最後，她串上了一連四件粉紅色的尼龍三角褲。這些褲子在燦爛的陽光下顯得特別豔麗。這麼小，如何遮屁股？敦敏困惑著。突然間，他發現母親站在廚房門口，用異樣的眼光盯著那些三角褲，然後咬緊嘴唇，慢慢地、重重地搖起頭來。玉英把竹竿引到牆邊鉤好後，就回到簷下收拾肥皀、砧板和洗衣桶。她叫了一聲「阿母」。母親沒有回答。她看來也不在意，放了東西就朝敦敏走來。

「敦敏，作業寫完了沒有？」她問。也沒等敦敏回答，她就接著說：「我們去逛街。」

這時，廚房那邊傳來母親的呼叫聲。敦敏丟下玉英，走到廚房去。母親用手指指水缸，叫敦敏去打幾桶水。敦敏看看水缸，缸裡水還滿著。

午飯時可以端著飯菜四處去找人邊聊邊吃，這是敦敏家最大的樂趣。但是，由於天氣漸漸涼了，大家也就不常出去，獨獨新來的玉英對此著了迷。她最喜歡的去處是王仔傳家後院的番石榴樹下。只要在家，敦敏時時都會聽到大嗓門的玉英和阿巧談笑風生。如果不是談到一半得回家盛飯，肯定被認爲做客去了。偶爾，父親會調侃她，在她回來盛飯時問她，會議開到第幾輪了，要不要拿個籃子給她送飯送菜。她聽了就哈哈大笑，很難得地露出一點難爲情的神色，跟父親說：

「多桑你不要取笑我了。」

母親一直不說玉英什麼。但是，有一天清晨，她終於在煤炭爐前咬牙切齒地說：

「這個嬈尻川，什麼話都搬到阿巧面前去講。以爲阿巧是什麼好人。那麼多年前，如果不是因爲這個老女人，阿鳳怎麼會跟家裡鬧得仇人一般？什麼事不跟家裡說，就知道跑去找阿巧。大面神，連月事不順也去告訴她。就像家裡沒了人了。還借錢買面霜口紅。都是這個老女人，嗾弄得阿鳳自專自斷。」王仔傳，番石榴，阿巧，免費乘車證，阿鳳，玉英，母親。敦敏很快吃完稀飯，出門去了。

打從那天之後，母親就很少再跟玉英講話。家裡的事情，不管是多輕鬆的，也一概不讓玉英做。吃過了飯，她搶著收菜洗碗。天一黑，她搶著清洗尿桶。有一天，玉英和敦敏、惠雪閒坐在廳裡，母親特特地高捧著尿桶從玉英面前走過，好像在告訴她她有多懶惰，又好像在告訴她她在這個家裡多麼沒有地位。結果，玉英一手捏著鼻子，一手在面前搧風，自在地說道：

「哇，怎麼這麼臭！」

母親一腳踢到門檻，差點把尿桶摔了出去。

北風一颳，父親就感了點風寒。那天早上，他一面趴在床沿不停咳痰，一面大聲小叫要母親給他送開水。母親把水端來，放在床頭櫃子上，說：

「你盡量多咳咳，看會不會就此咳死了，家裡清靜點。」

父親答道：

「不用你操心。菜錢在櫃子上，你去買菜吧。如果不想去——」說到這裡，他又「喀喀喀」咳了起來。咳了好久，好不容易把一點漾著白絲的口水吐在床腳泥堆上，這才接下去說：

「如果你不想去，就叫玉英去吧。我不管了。」說完，他翻過身，把棉被拉過頭頂，像貓一樣拱著背睡了。

於是母親從櫃子上拿了菜錢，出了臥房，向閒坐在廳門口的玉英說道：

「你上菜場去買菜。叫敦敏、惠雪帶你去，回來時順便幫忙提菜。」那一定是個無奈的決定，叫玉英去買。但是她不喜歡上菜場。這麼多年來，她總叫父親上菜場。父親要不在，她就等菜販過街時買個一兩樣菜應應急。菜販的菜又少又貴，她卻甘心忍下來。爲什麼呢？

玉英、惠雪、敦敏三人開了後門出去。玉英左手握著錢，右手牽著惠雪；惠雪提著籃子；敦敏走在惠雪旁邊：彷彿去遠足一般。才走到青雲路口，敦敏就禁不住問：

「玉英，你和弘銘是怎麼認識的呢？」

「都是被他死纏活纏騙去的。」玉英笑著回答。

「不是。我是問你們剛開始是怎麼認識的。」

「就是那年中秋，我們那邊那祖師廟辦選美比賽，我得了第二名，過幾天在冰果室碰到弘銘，他過來跟我聊天，這樣就認識了。嚄！那比賽辦得多大你知道嗎？台子搭在溪邊，從廟口到溪邊黑壓壓的都是人。我上去唱〈王昭君〉，雖然能唱，腿卻不停地發抖。沒想到唱完後掌聲如雷，還有人丟鞭炮。弘銘一定也在台下，說不定也丟了鞭炮呢。哈！哈！」玉英講到這裡，看勢頭還要不斷講下去。

是敦敏又有了疑問，才打斷了她：

「你得了第二名，就成了名人了，弘銘怎好去找你講話呢？」

「嚄！這你就不知道了。」玉英又接著講下去。她臉上充滿光輝，似乎全心沉浸在敦敏所無法理解的甜蜜回憶裡。她單單嘴巴講還不夠，又左手右手揮動起來。惠雪也就不再牽著她，改用雙手抱著籃子，頭抬得高高地，和敦敏一樣專心聽著。

「我們那邊有個黑狗會，有三隻公認的黑狗兄，弘銘是老大呢！以前雖然沒來往，我也知道黑狗會的老大叫許弘銘。那一天在冰果室裡，我和兩個姊妹坐一桌，他和兩個兄弟坐一桌。我點了木瓜。

還吃不到一半，他就挨了過來，蹺起右腿，踩在我們隔桌的一把椅子上，遞給我一張照片。就是放大掛在廳裡牆上的那一張啦。他所有的照片那張照得最好了。他遞給我照片，然後說：『小弟是黑狗會的許弘銘，請多多指教。』我心裡好緊張喔。我那些姊妹一直說：『我們走！我們走！』但是我一看那照片就被迷住了。眞難爲情。但是實在夠帥氣。你們兩個都記得吧，就廳裡牆上那一張？穿黑色窄西褲、窄襯衫，右腳踏著小圓凳，右手擱在腿上、支著下巴的，有沒有？那種穿著那時候在我們那裡最先鋒了。」

敦敏第一次了解到他是多麼錯看了那張照片了。兩張照片。就在溫府王爺廟的捷報上方。右邊是佑一，左邊是弘銘。佑一的是半身照，穿著淺格子獵裝，露出一點牙齒微笑著。弘銘的是全身照，黑衣白皮鞋，手支著下巴。弘銘的確時髦亮麗很多。但是，他沒有笑容。他眉眼之間甚至隱藏著一股憂鬱迷惘之情。這麼多年，見到的他不是都這樣嗎？實在無法想像他在外面是怎麼一副意氣風發形象。

不知不覺中，他們已經到了菜場。玉英又把惠雪牽到身邊，然後低頭不停地向惠雪繼續講她的弘銘。敦敏不知她還記不記得買菜的事，只見她隨手抓了一把青蔥、兩條胡蘿蔔就塞給賣菜的，趕緊告訴她：

「母親不吃胡蘿蔔的。」

她這才停了她的故事，轉頭問道：

「爲什麼？報紙上說胡蘿蔔很有營養的。」

「母親嫌它草腥。」敦敏回答。

於是玉英把胡蘿蔔換了苦瓜，叫賣菜的稱過，付了錢，就走了。

路上，敦敏又問玉英：

「你們常去玩嗎？」

玉英聽了，又興奮起來。立刻答道：

「當然囉！弘銘每過幾天就租一輛光陽一二五，載我到台北去玩。有時到延平北路去看電影，有時到西門町去泡咖啡廳。坐在摩托車後座，好嚇人喔！一直快要摔出去。弘銘就叫我緊緊抱住他。眞難爲情。剛開始時一抱住心就怦怦亂跳。人家都說那是女人最寶貴的地方呢。那一次在武昌街吃晚飯，吃完時已經九點多鐘了。弘銘說太晚了，回去危險，就載我到三重埔，到阿鳳那裡過夜。阿鳳騰出一個房間給我們……」

祖師廟裡的石雕工頭四處找不到弘銘，一定大發雷霆，三字經直噴：「姦他娘的！三天兩天就一次不來，工作到底還想不想做！」每個月底，弘銘手拿著越來越少的薪水，憂鬱迷惘地步出廟門，徘徊於溪邊樹下。然後決絕地回到工寮，換上他的黑色窄西褲、窄襯衫，奔向摩托車店……那個除夕，他想不想回家呢？也許是大家都回家過年了，覺得孤寂，姑妄回來走一遭吧？除了車錢以外，他口袋裡還有什麼？「錢我過了年上去再寄回來。」無情的兒子。無情的父親。開了後門出去，四處一片闃寂，街燈發出昏黃的光，西北風捲著塵沙一陣陣襲來，只有人家緊閉的大門裡偶爾傳出溫馨的笑聲。他雙手插在大衣口袋裡，頭半低著頂著寒風，來到火車站前的客運站牌。沒有車子，也沒有乘客。他倚著站牌，忍著淚水，無神地望著這令人心碎的小鎭，多麼想立刻立刻離它離得遠遠的。

敦敏他們來到火車站斜對面的湯圓店。玉英說要請敦敏和惠雪吃湯圓。好久沒來這裡吃湯圓了。那幾年跟著父親追逐西螺五洲園四處看，回家時偶爾也會來這裡吃湯圓。父親總是邊吃邊大談紅巾、黑巾，往往談得義憤塡膺。吃完後就交代：「不要讓你母親知道。」這湯圓可是人間極品呢。敦敏很高興地說了聲「謝謝」，就搶先進店裡坐下了。玉英帶著惠雪，走到門檻前，跟老闆說了聲「三碗」，然後也一起到敦敏旁邊坐下。那湯圓湯很多，圓子卻只有六七個，敦敏和玉英很快就吃完了。只有惠雪說捨不得吃，還在細口細口輕輕地咬，慢慢地嚼。玉英問敦敏：

「真好吃。要不要再來一碗？」

敦敏搖頭。於是玉英向老闆再要了一碗，自己吃了。

三人回到家裡已經過午了。母親從廚房迎了過來，說道：

「你們是撞了車了吧，買點菜三個人去這麼久！」

惠雪一邊把菜籃子遞給母親，一邊很高興地說：

「我們去吃了湯圓。」

敦敏向惠雪努了努嘴。母親瞟了瞟菜籃子，伸手把苦瓜上的青蔥撥到籃邊，把苦瓜托起來掂詳一下，然後冷冷地說：

「竟然吃湯圓去了。難怪買的這什麼菜！」

「我是用自己的錢吃的。」玉英訕訕地回答，一面從洋裝口袋裡掏出剩餘的菜錢，遞給母親。母親沒有理她，逕自提著菜籃子過廚房去，留下三個人在廳裡相對無語。

兩天後的傍晚，剛吃過晚飯。玉英過來廳裡問父親吃完了沒有。她看到碗筷放在床頭櫃子上，就問：

「多桑，要不要再加點稀飯？」

「不用了。等一下有空把地上的痰清一清，到大場上換些乾淨的泥沙回來。」父親回答。玉英說聲好，順手拿了碗筷回到廚房去洗。不一會兒，母親就趕在玉英之前拿著畚箕掃帚過廳裡來。就在這時，後門外傳來弘銘叫門的聲音。敦敏去開了門。四個陌生男女緊跟在弘銘身後，迫不及待地踏進門來。

「玉英呢？玉英！」其中一個中年婦女大聲詢問。問完後就和其他三個人一樣，睜大眼睛轉頭四處打量，一面還自言自語道：

「住這樣的地方啊。」

玉英捲著袖管，拿著抹布，來到廚房過廳裡的門口，驚訝地問道：

「媽媽！你們怎麼來了？」

「去換衣服，跟我們回去！」玉英母親命令她。

母親丟下畚箕掃帚，大步跨到玉英母親面前，回答她說：

「你是什麼人？講話這麼沒分寸。」

玉英母親聽了就說：

「你看起來是許弘銘的媽媽吧。告訴你，我是玉英的媽媽，這是我的大兒子、二兒子和大媳婦。我們今天花了大錢從台北坐快車下來，只要帶我們玉英回去。你只要靜靜不管，我們一切不再計較。」

這時，父親從臥房裡出來，招手把順德叫到面前，輕聲不知說了些什麼話。順德於是繞過眾人，從後門出去了。敦敏突然想起，一大堆人這麼紛紛擾擾，獨獨不見主角弘銘了。他四面環視一遭，只見弘銘在那三個陌生人背後，坐在八仙桌邊的椅子上，手支著下巴，兩眼無神，不知望著什麼。「小弟是黑狗會的許弘銘，請多多指教。」多麼瀟灑的話。多麼浪漫的情境。他總不會是在想著這些吧？母親和玉英母親一來一往，不知鬥些什麼。接著，玉英二哥也加入爭執。他一開口，母親突然怒火中燒似地，大聲嚷道：

「有什麼好珍惜的！像玉英這種狐狸精，嬈尻川。我只不過跟你們爭口氣罷了。不管十個八個，你們要帶就帶回去吧！」

聽到這裡，玉英母親好像終於從母親的吵嚷裡醒來似地，雙手握拳發抖，不斷問道：

「誰是狐狸精、嬈尻川，你說！誰是狐狸精、嬈尻川，誰！」

玉英二哥接著也說道：

「講這種話！你們也太、太霸道了。」

這時，阿泉和溪松相隨從後門走進廳裡來。順德跟在後面。阿泉身上散著酒氣。他口齒黏稠地向著父親說道：

「阿吉伯！有什麼事情？有什麼事情告訴我阿泉，一定替你解決。」

父親說：

「那一位是玉英的母親，那三位是大哥、二哥和大嫂。說要來帶玉英回去。你來評評理。」

阿泉還沒有來得及再講話，他母親阿勉突然站在供桌邊，數著念珠，向著神龕大聲唸了一句：

「南無觀世音菩薩，救苦救難。」不知是什麼時候來的。阿泉有點不耐煩地說道：

「又沒人請你來。」

阿勉喝他道：

「你到門口去退喘！」接著就拉起玉英母親的手說：

「親家母，你們玉英在這裡，左鄰右舍都疼她。若是不信，觀世音菩薩靈聖，你現在就擲個杯問問看。爲什麼要帶她回去呢？」

敦敏沒有留著繼續看這場紛爭。順德悄悄拉著他出門去了。他們兩人慢慢散步到福鹿橋，坐在橋頭邊的石凳子上。橋影靜靜地在溪面上蕩漾著。

「只是八了一點。」順德說。

「耶?」敦敏沒聽清楚。

「我說只是八了一點而已，人其實還不錯。」順德再說了一次。「人家都說弘銘長得最像死去的外公，所以母親最疼他。但是愛屋卻反而恨烏，眞是諷刺。」他感嘆著。

敦敏他們回到家時家裡已經清靜下來了。父親氣呼呼坐在八仙桌邊。弘銘坐在另一邊。玉英偎在弘銘身旁。廚房那邊傳來陣陣嗚咽聲。就這樣，這個事件看來也就結束了。

23 順德寫作

敦敏上了初中之後，順德突然對讀書也熱中了起來。他親自到彰化去買了初一上的國文、英文、數學參考書，放在敦敏的書架上，說要做個不上學的學問家。敦敏放學回來後往往見到他隨意拿本書下來，放在八仙桌上，翻到不知哪一頁，然後用右手大拇指慢慢地、慢慢地順著書脊的方向把書頁壓平。這一天，敦敏回來，則見到他拿書下來吹灰。順德沒書念已經是好幾年的事了。「你要幫幫他。」母親說。「他小學畢業後也去省中考了試。只有考到備取啦。不過聽人說，眞要去念備取也可以念的。只是不巧那年剛好你父親盲腸發炎開刀，他就決定不去念了。說起來也是爲了這個家犧牲自己啦。」敦敏只知道，過去那幾年，順德在鹿港、彰化的幾家西藥房看過店，但是始終沒有遇到一家能夠久待的。「我是去學藥，不是去做長工的。」他偶爾會這麼說。

不知何時，順德漸漸忘了學問家的事，轉而想當作家了。三山國王廟隔壁有一家租書店，進了一批當紅的武俠小說。順德連續借了兩大套臥龍生和一大套諸葛青雲，日夜不休地看了又看。也許是因爲把錢用光了吧，那一天他突然找來敦敏和玉英，向他們宣布說他要寫一本小說。

「武俠的是不是？」玉英興沖沖地問。「好哇！好哇！你的那個臥龍生我也看了一點，有些地方看了臉上還會發熱呢。你會不會？」

「但是沒有稿紙。」順德打斷她說。「玉英你能不能拿十塊錢出來呢？」

玉英一時沒有回答。順德一定知道她捨不得，或是身邊的錢不多了，於是自己退了幾步，說：「那五塊錢好了。先買一點。算是借我的，以後我還你。」

這一說，玉英興致又高了起來。她低頭從腰間挖出個小口袋，拿出幾張紙鈔，從裡頭找出一張五元的。

「喏，給你。」她說。

順德接了錢，一下子就塞進褲袋裡。

「萬一讓老的撞見了，又是一大堆是非。」他說。接著，他又說：「先來定個筆名。」

「戲龍樓主。」玉英提了一個。

眞夠俗氣。

「爲什麼？」順德問。

「因爲有臥龍生嘛。」玉英答。

「你眞是——」順德講了一半，就轉頭告訴敦敏道：「我們先去買紙吧。」

但是玉英又插嘴道：

「要不要把我寫進去呢？」

順德回答：

「也好，給你寫些臉上會發熱的。」

「弘銘聽了把你那尖嘴撕爛。不正經。」玉英說完，終於不再發表意見了。

順德帶著敦敏到了棺材店隔壁的盛興文具行，花三塊錢買了一百張六百字的稿紙。回到家裡，他立刻告訴敦敏和玉英：

「不能來打擾我。記得哦，不能打擾。」

日月推遷，大概又加上鹿港生活諸多不快，玉英對那什麼戲龍樓主的大作漸漸忘懷了。敦敏是要上學的人，本來也就沒空多留意。因此，順德只能獨自去奮鬥了。母親只看到順德偶爾在寫稿，雖然似乎不懂是怎麼一回事，卻相當高興。

她又時時告訴敦敏：

「順德若有不會的地方，你要多教教他。」

出乎意料之外的，一個多月過去後，有一天順德突然在八仙桌邊站了起來，手中彈玩著鋼筆，宣稱小說已經寫出來，要去投稿了。敦敏和玉英都跑了過去。桌上放著一小疊稿紙，用墨水瓶壓著。《海上仙姝傳》。是書名。「觀濤客」。是筆名。敦敏點點稿紙，總共六張。

「就這些？」他問。

「投成了，就繼續寫。投不成，就算了。寫太多了，萬一投不成，豈不浪費。」順德答。

就這樣，順德把他的六頁書寄出去投稿了。又是日月推遷。但是這一次是音訊渺茫，任憑大家苦苦等待，都沒有一點結果了。敦敏時時看到順德在廳裡來回踱步，面有迷惘之色，有一天就問道：

「要不要寫封信去問問看？」

「不用了。」順德回答。「沒有人介紹恐怕就不行吧。寫了也是白寫。」

看來他是沒了勁了。

一天晚上，敦敏趴在八仙桌上整理書架。順德過來坐在對面，從書架上拿下初一數學總複習，先把書打開覆蓋在桌上，來回按了幾次書脊，接著把鋼筆夾在書皮上，最後又把鋼筆拔了下來。

「有個不錯的。」他說。

「什麼意思？」敦敏問。

「在樂觀園認識的。」順德又說。「說念過兩年初中。在米市街燙頭髮。」

原來交了個女的了。不知會不會步上弘銘後塵。

「約她禮拜六晚上再去樂觀園。你有沒有錢？」順德問。

看來開始了。

「我只有一塊錢。」敦敏回答。

「一塊錢也好。我再找玉英想想辦法。」順德說著，過廚房去了。

禮拜六的電影不知是幾點的。只看到順德很早就回來了。他拿下數學總複習，在手中翻來覆去，嘴裡氣憤憤地說道：

「說讀了兩年初中，竟然不知道什麼是最大公約數和最小公倍數。欺負人不識字！」

九點多鐘。敦敏已經收拾好課本和作業，準備就寢了。這時後門突然傳來溪松的叫聲：

「阿吉伯！阿吉伯！睡了嗎？」

敦敏去開了後門，溪松鼓著肚子大踏步走到廳裡來。

「喔，順德也在，那話就更好說了。」他說。說完，父親已經從臥房裡出來。「是這樣的。我一個同窗的有個妹妹，在米市街湯頭髮，最近聽說和我們順德在……在……約會。這個女的今晚去樂觀園，結果七八點鐘就回家躲在房裡哭。到底順德把人家怎麼了，說出來——」

他還沒說完，順德就不耐煩地回道：

「我七點多去上廁所，上完就直接回來了。什麼我把人家怎麼了？」

「啊你這不是把人家拋棄了嗎？我那個同窗的說，你已經把人家都那樣了，怎麼能——」溪松還沒問完，順德就又插口說道：

「那樣？什麼那樣？我只不過趁黑摸了她一下大腿和屁股而已。這還不是她自己願意的。」

「廢人！你眞眞正正是個廢人！」母親從廚房那邊過來，一進廳裡就狠狠講了兩句毒話。緊跟著母親，玉英也來了。她手揉著眼睛，滿臉天眞少女模樣，說道：

「我聽見了哦。順德，你們男生對我們女生不可以始亂終棄哦。」

順德看起來實在氣急敗壞了。他向著玉英大罵了一聲：

「三八！」

然後丟下書，往臥房走。溪松死抓住任何機會，又說道：

「順德，你總要給人家一個交代嘛。」

「什麼交代！她配不上我。這夠了吧？」順德說完，進了臥房，不出來了。

24 弘銘入伍

不久之後，弘銘要入伍了。那是個陰冷的禮拜天。玉英挺著大了起來的肚子，親自提著弘銘的衣物，和敦敏一起送弘銘到車站。

「有空要多寫信給我哦。」玉英說。

「我知道啦！」

「放假就回來。錢我會想辦法……」玉英又不停地講。

弘銘直到剪票時才輕輕說了一聲：「你們回去吧！」然後就進了月台，上車去了。

過了一個多月，有一天晚上，弘銘突然跑了回來。

「操得實在受不了。我於是向連上說，以前練身體時胸部受了內傷，還當面咳給他們聽，他們就叫我回來檢驗看看。」他告訴母親。

隔天一早，他空著肚子喝了一大瓶醬油。也眞虧他喝得下去。

「連裡幾個兄弟說，這樣子照起來愛克斯光片會一片模糊。」他說。

不久，他又回來照了一次。再下次，他竟然帶著行李，容光煥發地回來了。

「體位改成戊等，不用再當了。」他一腳踏在椅子上，一手立在桌子上，支著下巴，得意洋洋地說。

父親坐在另一把椅子上，說：

「這樣很好。你歇一晚，明天就帶玉英回三峽去吧。孩子也差不多要出來了。」

玉英從廚房探頭過來，問道：

「怎麼了？說是要回三峽了是不是？」

「沒——錯——」弘銘回答。說完，他從褲袋裡摸出一張十塊錢鈔票，塞給敦敏，說：「拿去，跟惠雪分。」接著，就向迎向前來的母親又報告了一次。隔天，弘銘帶著玉英回三峽去了。

弘銘和玉英離開之後不到一個月，母親和順德也上台北去了。佑一來信說他的成衣工廠人手不足，請母親和順德上去幫忙一陣子。父親聽順德唸完信時，拍桌變臉道：

「這樣子家裡一個女人也沒有，煮飯洗衣叫誰來做？」

母親嚴厲地回答說：

「只不過一陣子，你稍微操勞一下會死嗎？佑一的生意萬一失敗，我看你連水都別想喝了。發火。誰不會發火。你以爲只有你會啊。」

被母親這一搶白，父親也就不再講什麼。但是，母親和順德一走，敦敏馬上就見識到結果了。父親買來十幾斤番薯，用灶上那口直徑足有八十公分的祖傳大鍋，煮了滿滿一鍋。然後，每日三餐就都是番薯配鹹魚乾。那一天，敦敏一早起來，吃了兩條番薯，又在便當盒裡裝了兩條。「若是番薯也就罷了，連番薯藤也——」啊！若是番薯藤也就罷了。罪過。有番薯吃也就應該滿足了。父親和惠雪都還在睡。敦敏照常出了後門，找赤牛上學去了。黃昏時刻，敦敏回到家裡來，拿了兩天前換下的衣服到簷下去洗。父親在廚房門口看見了，就出來說：

「你去寫作業，衣服放著我來洗就好了。」

「不用！不用！很快就洗好了。」敦敏趕緊回答。

父親聽了，就轉身又回廚房去了。他到底會不會只是出來虛晃一招呢？不會的。他不必應付我。也許他也並非沒有愛，只是無法去落實罷了。敦敏洗完後，父親也去拿了髒衣服來洗。敦敏待在旁邊幫他舀水。三五分鐘之後，父親就開始唉聲嘆氣起來。不久，他突然站起來，把手中的衣服摔到院子裡，然後坐到餐桌前的凳子上喘氣去了。「少年縱欲過度，才五十歲就什麼事都不能做。這種人早點死了算了。」縱欲？這樣一個人她爲什麼要嫁？「都是由於你那個惡毒外婆，我才會嫁到這個廢人。

我四歲時你外公就死了，留下我和你香蕉下的姨媽。你那個外婆，也不管我們多小，晚上一睡不著就打我們、擰我們，擰得全身發紫發黑。後來改嫁了別人，就把我們當下女一般帶了過去。戰爭前，這個廢人到劉厝來做木工，買木材做了一屋子窗框。就因爲看上那屋子窗框，你那個外婆就找人硬把我說給這個廢人做妻子。」懷著這麼多怨懟，要怎麼活呢？太看不開了吧。不。也許不該這樣想。要換成我，能看開嗎？敦敏去把衣服撿了回來，默默把父親的髒衣服全部洗完。父親始終沒有再出來。

25 初戀

三月中，春天的氣息漸濃了。那天清晨，敦敏和赤牛五點二十就到了車站。竟然有比我們更早到的人！大概是因爲天氣比較暖了的關係吧。剪票口旁邊的長凳上坐著一個彰女的學生，外套拉鍊拉到一半，低著頭摸弄著她的襯衫鈕扣。敦敏見了，慢慢回想起六七年前那件事來。低頭摸弄白地雜花格子上衣鈕扣，裝出一副楚楚可憐模樣的林秋蘭。林秋蘭。自從三年級男女分班以來，好久沒見過她了，不曉得現在怎麼樣。敦敏不由自主地多看了那女生一會兒。那女生似乎察覺有人在看她，就放下手，抬起頭來。敦敏簡直不敢相信：那不就是林秋蘭嗎？那女生望了敦敏一下，兩頰隱約現出紅暈。她甩甩頭，整了一下頭髮。敦敏突然覺得，她那甩頭整髮的動作非常迷人。他閉上眼睛，吸了一口氣。睜眼一看，覺得她那摸弄鈕扣的動作，現在的、從前的，更是迷人。不只是裝出一副楚楚可憐模樣，實實在在就是楚楚可憐。她那省淨的清湯掛麵頭髮，整潔的白襯衫、藍裙子，加上藍外套，使她看起來就像《空中小姐》裡那些唱著〈台灣小調〉的漂亮姊姊們。同樣一個林秋蘭，爲什麼呢？敦敏的心開始怦怦跳了起來。

「喂，剪票了。」赤牛用手指輕輕敲了一下敦敏的頭，這麼說道。敦敏回過神來，從襯衫口袋裡拿出乘車證。但是，他的眼光仍然離不開那林秋蘭。那林秋蘭很快過了剪票口。敦敏趨向前去。不巧幾個女生排到他前面來，他只好站在那邊目送林秋蘭從後門上了車了。

「走吧！」赤牛又敲了一下敦敏的頭。敦敏過了剪票口，但是不知為什麼，也沒勇氣跟著從後門上車。他和赤牛一起，到車前看風景去了。

兩個禮拜很快地，不，或許應該說很慢地，過去了。那天下午，赤牛拖著敦敏，繞道到了彰化女中門口，說：

「我到對面去等，你在這裡站崗。」

「站什麼崗？」敦敏面紅耳赤，拉著赤牛要走。一群女生從學校裡出來，好奇地看著他們。赤牛不走。他說：

「想釣馬子就得先敢站崗。」

「什麼叫釣馬子？」敦敏問。

「釣馬子就是交女朋友。你不是想交女朋友嗎？」

「沒有啦，誰想。」

「沒有？你這一陣子天天在車站賊眼碌碌，東張西望。你以為我瞎了眼了嗎？走吧！」赤牛拉著敦敏離開了彰化女中。

「說正經的，你看上林秋蘭了吧。聽幾個彰女的學生說，林秋蘭也很在意你。她不是從以前就喜歡你嗎？」

「嗯。」敦敏不置可否。

「要不要寫封信，我設法幫你傳給她？」赤牛接著說。

敦敏聽到這裡，內心熱中起來，才靦腆地說道：

「但是我們才初二呢。」

「初二才能有純純的愛。」赤牛說。

聽到「愛」字，敦敏有一種莫名的惶恐。但是他終究答應赤牛說：「好吧。」回到鹿港，敦敏馬上和赤牛到盛興文具行，買了一張信箋、一個信封。敦敏沒錢。赤牛幫他付了兩毛錢。當晚，敦敏在昏黃的燈光下，左思右想、東塗西抹，直到深夜才好不容易寫成他一生第一封情書，仔細謄了出來：

秋蘭同學：

四月七日下午四時半在縣議會門口等你。不見不散。

知名不具　四月二日

四月七日下午四點十分，敦敏就在赤牛的陪伴下趕到了縣議會門口。原本期待他的林秋蘭或許也會提早到來，沒想到過了四點四十分還不見任何蹤影。那接下來的時間，敦敏心情如何，就連他自己也理不清了。五點二十，赤牛牽著失魂落魄的敦敏，到火車站搭了五點五十的最後一班汽油車回家。到了赤牛家門口，赤牛問道：

「要不要我送你過去？」

「不用了。」敦敏回答。接著就走過空地，開了後門進廳裡去了。

父親蹲在八仙桌邊的凳子上抽菸。惠雪在桌子另一邊寫作業。父親見到敦敏，問道：

「怎麼這麼晚？」

「在學校準備月考。」敦敏回答。

「番薯在鍋裡，自己去吃吧。」父親懶懶地說。

敦敏把書包放在八仙桌上，然後走過廚房去，開了燈，盛了番薯，坐在小凳子上出神。五燭的微光就像黯淡的月色，引動人內心無限的惆悵。他咬了兩三口番薯，但是沒吞下去。對林秋蘭的思慕空前地洶湧澎湃起來。「許敦敏，你課本借我看看。」「人家想看看你怎麼唸嘛。」兩頰現出紅暈。甩甩頭，整整髮。「罰錢！」該不會還在恨我吧？是不是故意要氣氣我呢？他把番薯倒回鍋裡去，脫了鞋襪，就到廳裡臥房去睡了。父親在外面問道：

「這麼早就睡，沒有作業嗎？」

他也沒有回答。他過了一個無眠的夜。

隔天清晨，赤牛一見到他就問：

「怎麼兩眼通紅。哭了嗎？」

「沒睡好啦。」他回答。接著，他馬上衝口而出，說道：

「再幫我傳一次信。」

「沒問題。」赤牛回答。

三天後。晚上八點四十。赤牛捎來一封信。林秋蘭來的信。敦敏急忙打開來看。一看，眞是喜出望外。

禮拜天早上九點龍山寺正殿見。

「怎麼樣？」赤牛問。

「禮拜天早上龍山寺見。」敦敏低聲回答。

赤牛把嘴巴湊到敦敏耳邊，小聲說：

「太好了。這回你自己去。我回去了。」

敦敏提早二十分鐘去到龍山寺正殿。沒想到林秋蘭竟然已經在那邊等了。敦敏趕到她身邊，細聲說道：

「約在這裡，不怕人家撞見。」

「我們走『神風特攻隊』前面那條巷子，繞到溪邊好不好？」

「好。」

兩人若即若離默默走了近二十分鐘，到了福鹿溪橋，又過了橋，順著馬路往西勢走去。路上幾個鄉下人騎著腳踏車迎面而過，好奇地看了他們一眼。微暖的晨風偶爾輕輕吹拂起來，路邊一望無際的鮮黃菜花便在風中搖曳生姿。是青春的歲月，青春的季節。

「你那天爲什麼不去？」

「人家不能讓你呼來喚去嘛。」

「哦——，虛榮心作祟。」

「你爲什麼要約我？你從前不是很討厭我的嗎？」

「現在你媽媽沒處送月餅了。」

「什麼？」

「沒有。沒有。」

「那你現在喜歡我了？」

「這還用說。」

「爲什麼？」

「不能講。」

「不行，一定要講。」

「那好。我喜歡上你的襯衫鈕扣和你的頭髮了。」

「亂講。再這樣就不跟你說話了。」

「是眞的。喔，不。我被你摸鈕扣和整頭髮的動作迷住了。」

「這麼膚淺。沒誠心。」

「我被你整個的人迷住了。這樣行了吧？」

「嗯。聽說你成績很好。」

「還好啦。上學期領了獎學金，買了一部《辭海》。」

「詞海？是怎樣一部書？」

「是一部大辭典啦。」

「以後放學後幫我複習功課。」

「好。但是，要去哪裡呢？」

「我們可以去縣立圖書館。」

「好。」

講到這裡，敦敏心中突然湧起一股衝動。他望望四周，只見到黃色的菜花在風中搖曳著。他於是鼓足勇氣，向林秋蘭請求道：

「讓我摸摸你的鈕扣和頭髮。」

「不要！色狼！」林秋蘭大聲喊著。

「要！」敦敏邊說邊出手去拉她襯衫。她伸手來擋，恰好被敦敏一把握住。那又暖又軟的手令敦敏生起莫名的憐愛。他靜了下來。林秋蘭也靜了下來。她合上雙眼。敦敏輕輕撫弄了一下她的鈕扣和頭髮。片刻之後，她睜開了眼睛。敦敏牽著她的手，兩人又走了一陣子。

夜裡，敦敏睡在惠雪旁邊，輕撫著蚊帳，陶醉在愛情的想像裡。要牽著她的手，款款漫步在海邊的小徑上。月兒掛在木麻黃樹梢，海面像水汪汪的眼珠一般閃爍著。海風太大了，她的手都涼了，要緊握住她的雙手好好地揉搓揉搓。四周那麼暗，她會怕吧？也許公園裡比較好。依偎在涼亭的石椅上，可以撫摸她的秀髮。她身上散發出少女的幽香，春花的幽香。要湊近去深深吸個夠。叫她穿上紅裙子，一路跳躍著，彷彿一隻翩翩起舞的大紅蝴蝶。哪裡比較好？對了，再去西勢。要走在田埂上，她會走不穩，可以緊緊拉住她的手。如果她跌跤了，跌進懷裡，不敢抬頭，心怦怦地跳，可以摘一朵菜花插在她的頭髮上。黃澄澄的一望無際的菜花，襯托著一隻四處飛舞的大紅蝴蝶：全世界最美的畫。可以帶本書去，和她坐在遠離人跡的田埂上，一起討論功課。拿手帕墊在地上，以免她的裙子髒了。坐在田埂上。裙子髒了。蝴蝶。幽香。漸漸地，他幸福地睡著了。

從此，縣立圖書館裡的聚會成了敦敏每日最幸福的時刻。他們時而各自靜靜溫書，時而輕聲細語討論疑點，時而含情脈脈相互凝視。旁人的眼光，好奇的、羨慕的、嫌惡的……，從來都沒有擾亂過他們。啊！如果人生永遠這麼美好！但是，才到第九天，就突然不見林秋蘭蹤影了。敦敏在圖書館等到末班車快發，才匆匆跑到車站。他上車尋遍了車廂。沒有。都沒有。車子開得很慢，一站一站地捱。窗外菜園、溝渠、竹叢，菜園、溝渠、竹叢，盡是令人厭惡的景象。幾個彰女的高中生歪著頭貼窗坐著，一副邋遢模樣。啊！所謂伊人，在水一方。

再過了三天。放學以後，赤牛拉著敦敏來到了操場末端的林子裡。赤牛嚴肅地說：

「林秋蘭被記過了。」

「爲什麼？」敦敏十分訝異。

「說了你不要生氣。」赤牛說。「學校公布的理由是：在校外與陌生男子互相勾搭。」

「勾搭！」敦敏聽了立刻激動起來。「這是什麼話！」

「別管它。那些人每天腦子裡想的就是這些。」赤牛說。

「他們憑什麼？是誰去密告的？」

「那些人做這種事需要憑什麼嗎？」

「我要見她。你陪我一起到她家去試試看。」

「算了吧！我讓我媽去打聽，她說林秋蘭的爸爸看了學校通知，摔了一屋子碗盤，命令她以後每天固定坐四點半的車子回家，回家以後不准外出。她已經三天沒上學了。」

「不行！難道就這樣算了。以後在車站碰見了怎麼辦？」

「就當不認識吧。如果再出什麼事，她恐怕會受不了。」

敦敏垂下了頭。稍後，他慢慢走到一棵樹前，臉抵著樹，低聲啜泣起來。一股辛酸湧進他心中。他良久不能自已。

圖書館他不去了。赤牛他也不約了。每天一放學他就獨自走到車站，迷惘地望著站裡的女學生，然後搭最早開的車子回家。時光好像漸漸撫平了他的創傷，又好像沒有。一個多禮拜過去了。那一天，他突然又在車上看見了她。他快步移到她面前，卻又沒能講出什麼話。兩人一路僵回鹿港。車一到站，她立刻閃身搶下車去。他擠開人潮，緊緊跟在後面。她於是跑了起來。但是，跑到出口附近，她腿一跛，跌倒在地板上了。他愣住了。兩個女生趕上來扶她。她蹲了起來，手按著地板，頭俯在膝蓋上哭泣，好久好久才起身離去。他出了站，眼看著她的身影消失在夕陽迴光中，又感傷、又心疼。突然間，他內心萌生一股無法遏抑的憤恨。法海你是邪惡的化身，我白素貞今天不淹死你這老禿驢絕不甘休。滔天的江水四面八方奔騰而來，法海的金黃色袈裟漂在寺頂邊。復仇！復仇！我要復仇！

26 母親順德回家

敦敏那痛苦的初戀剛過不久，母親和順德就回來了。兩人在夜初時分到家。父親正坐在八仙桌邊抽菸。他問了一聲：

「怎麼回來了？」

母親沒有回答。她提著行李直接就過廚房去了。順德把行李放在桌上，問道：

「還有沒有飯？」

「大鍋裡有番薯，說不定還沒冷。」父親回答。

順德過廚房去盛了一碗番薯，叫惠雪讓開，自己坐到桌子另一邊去，開始吃了起來。

「這番薯怎麼煮得這麼老？幾天了？」他有點不悅地問。

「姦恁娘！恁爸吃了幾個月都沒嫌，你囉唆什麼。」父親似乎被觸中了痛處，非常憤怒。

「我眞命苦，在台北被虐待了幾個月，一回來又立刻得受氣。」

「你安分點。你母親呢？」

「好像去睡了。」

「又在使性子了。」

「順德，你們在台北究竟怎麼了？」敦敏問。

「那種日子不是人過的。」順德高聲地說。「即使是我自己的事業，我也不吃那種苦。更何況那是別人的事業。」

敦敏聽了，略知一二，也就沒再追問下去。

隔天清晨，母親沒有起來給敦敏準備早飯和便當。敦敏照舊吃了兩條番薯，另外帶了兩條，和赤牛上學去了。下午五點多，敦敏回到家裡，很意外地見到母親和父親並坐在八仙桌邊。母親一見到敦敏，臉立刻沉了下來。

「阿嬌說你和女人談戀愛，鬧得全鹿港都知道。到底是眞是假？」她嚴厲地問。

「只不過一起去圖書館讀書而已。」敦敏回答。

「我看你們家的黃金甕子都葬到狐狸窟裡去了，子孫一個個都纏上狐狸精。先是弘銘和順德那個廢人。現在佑一。我排除萬難，典當了祖產，讓他在台北做生意。誰知他不知上進，連女工也好。看得比親娘還重。我爲什麼要回來？啊你！也不問問自己才幾歲。人家說乳臭都還沒乾。就去交女人。我一年到頭，每天四點鐘起來，到底爲了什麼？你想想。仔細想想。不是想全家只有你升上初中，希望你有辦法就高中大學一直讀上去，爲家裡爭口氣嗎？啊你啊！你心中到底在想什麼啊。都是你父親壞種傳的。小小年紀，看到女人就起猶。」

「姦恁娘！干我什麼事。又牽扯到我頭上來。」聽到這裡，父親十分憤慨。「不怪你怪誰！若不是你，我這一輩子哪會這麼悲慘。連那阿福。他算是比較有良心的。那一天，他和人去打鳥，帶了一大串斑鳩回家，路過廳裡，留了一隻下來，說：『阿嫂，這隻鳥你烤了給孩子吃去。』誰想到，前頭他出了後門，後頭孫仔治就一路哭喊過來，要死要活，一直番到把鳥還她為止。這孫仔治死得早，生小孩死的，也可憐。但是心胸那麼狹窄，大概也注定活不久吧。人空有好心也不行。一旦怕老婆，能做什麼好事。」

「不怕老婆行嗎？我這輩子怕你算怕到底了。阿福對你不錯，孫仔治又死了那麼久了，你何必在孩子面前講這麼惡毒的話呢？」

「孩子？已經會起猶了，還孩子嗎？說到你，哪一天只要你負得起做丈夫做父親的責任，我跪著服侍你。」說到這兒，母親又轉向敦敏說道：

「你要覺悟。自己若站不起來，就連親戚朋友也沒人在意你。你香蕉下的阿姨，不是全世間只有我一個親人嗎？這又怎麼樣。那次去香蕉下，你和惠雪不也跟著去？我千辛萬苦去一趟——」那輛員林客運的老舊汽車，在碎石路上顛簸了許久許久才終於到了香蕉下。車門一開，母親就奔下車去嘔吐，吐得臉色發青。「跟我說：『今年北風颱下的柑子很多，姊姊你帶些家去吃吧。』把我們當成什麼了？」母親滿面笑容地跟姨媽說：「不用了！不用了！家裡水果多得孩子都挑著吃呢。你們自己留著賣吧！」從此母親就沒再去過香蕉下。母親停了一下，接著突然高聲說道：「你那外婆，現在像她那樣壞心失德的人也不多了。自從你後叔公過世，她就妄想以後要跟你外公合葬。大概怕下地獄吧。不過除非我先死，她連夢也別作！」為什麼會講到這裡呢？只因為佑一和我都談戀愛嗎？

敦敏說：

「我去向赤牛借數學參考書。」

說完，從後門出去了。

27 讀書會

連續受創之後，敦敏幾乎一蹶不振。許久之後，他才又慢慢找到讓他熱中的事。赤牛約了幾個高中生和他晚上一起在地藏廟裡聊天、做功課，還讀一些奇奇怪怪的課外書。他迷上了一個叫李敖的人寫的《傳統下的獨白》。〈由一絲不掛說起〉。單看篇名就知道一定非常精采。什麼臥龍生、諸葛青雲、《古文觀止》、《今古奇觀》，如今對他都過時了。〈鄭伯克段於鄢〉。溫柔敦厚？虛偽？狡詐？哪比得上瑪麗蓮夢露的裸體來得自然、爽快！

但是洪教官沒有讀過〈由一絲不掛說起〉。那一天，他把赤牛和敦敏傳到教官室。教官室裡沒有其他教官。

「聽說你們最近組了一個讀書會？」他只問了一句就停下來，睜大眼睛瞪著赤牛和敦敏。

敦敏不知該怎麼回答。赤牛默不作聲。須臾，赤牛反問道：

「什麼讀書會？」

「哦，你不知道？有人檢舉說，你們有五六個人，每晚聚在隱密地點，研讀特殊刊物……」洪教官稍停一會，打開手邊一個卷宗，找出一張便條紙，開始唸道：「高二三班王慶輝，高二五班施煥德，高一二班林炳煌，高一三班陳黃耀明，還有你們兩個。有沒有錯？」

敦敏聽到這兒，發現事態有點嚴重，急忙澄清說：

「報告教官，我們只是因爲黃天健家看管的地藏廟比較安靜，所以晚上一起去那邊做功課，偶爾看看課外書而已。」

「看課外書？你們中學生，升學第一，看什麼課外書？許敦敏，你兩三年來一直名列前茅，爲什麼也做這種事？還有黃天健，你才初三，就調皮搗蛋出了名，連我都認識你。放嚴肅點！不要嘻皮笑臉。」洪教官訓完話後，又回到讀書會的事來。「你們看了什麼課外書？還有，有沒有看到什麼海邊撿到的宣傳單？」

「報告教官，我們只看了一些武俠小說，還有《古文觀止》、《今古奇觀》。最近看了一本李敖的《傳統下的獨白》。」敦敏回答。

「這李敖的書是誰拿給你們看的？」

赤牛用指尖碰碰敦敏。敦敏先愣了一下，稍後才答道：

「書店買的。」

「哪家書店？」

「建國。就是火車站前面那家。」

洪教官翻開隨身筆記，寫了幾個字，然後說道：

「你們才十四五歲，最容易誤入歧途，讀書交遊千萬要小心。這是十分嚴肅的事，你們不懂啊！李敖這個人思想有問題，上面已經注意他一段日子了。中華文化博大精深，堯舜禹湯文武周公孔子國父一脈相傳，眞是鑽之彌堅、仰之彌高啊。我們偉大的領袖——」說著，他頓時抬頭挺胸，兩眼直視。敦敏見了，不自覺地也趕緊立正站好。須臾，洪教官略微放鬆了一下，瞪了赤牛一眼，說：「以後提到領袖時要立正。這是我們報答他老人家崇高恩德的一點小表示。如果連這一點也做不到，還讀什麼書！」他稍停一下，又接下去說：「我們偉大的領袖繼承了先聖先賢的遺志，致力弘揚中華文化，手著《科學的學庸》、《民生主義育樂兩篇補述》等書，集中華文化精義之大成，爲建設自由基地、光復大陸河山立下了堅實的基礎。領袖一生北伐、抗日、剿匪，功業彪炳，都是這種精神的體現。現在共匪大肆摧殘中國固有文化，更突顯出領袖之偉大來。李敖這種人與匪隔海唱和，上面遲早要辦他，你們等著看好了。」

「中央廣播電台，對大陸同胞廣播……想一想過去，想一想將來，尤其要想一想：現在應該怎麼辦。」多麼親切、多麼誠摯的關懷。「中央人民廣播電台，對台灣同胞廣播。以蔣介石爲首的國民黨反動集團……在美、日帝國主義的殘酷剝削下……台灣同胞吃不起香蕉和糖……一個物產富饒的寶島，成了飢民遍野的人間地獄……」收音機的聲音突然變大，市場裡人來人往，「以蔣介石爲首的國民黨反動集團」，四周人群都張口默默地看著我，關掉，快關掉，但是關不掉，快點轉台，但是轉到哪裡都播著「以蔣介石爲首的國民黨反動集團」，我拚死狂奔，雙手緊捏著棉被，一個慘白的野鬼壓住我，我胸口鬱悶，喘不過氣來，要把收音機摔掉，但是沒有收音機……都怪赤牛。「上面遲早要辦他，你們等著看好了。」「李明失蹤了。」敦敏不禁全身不寒而慄。

「一定會給你們悔過的機會。」說完，洪教官突然改以十分親切的口吻說道：「黨對提拔優秀青年，一向是不遺餘力的。愛國愛民你們一定不落人後，對吧？在黨的照顧和協助下，你們的理想一定更容易實現。」

敦敏覺得十分困惑。他把捉不住洪教官的意圖。他和赤牛都默默無語。許久，洪教官有點不耐地問：

「你們懂不懂我的意思?簡單說，黨要保護栽培你們，以免你們誤入歧途。手續很簡單，你們看看這張表格上的說明，沒問題的話簽個名蓋個章就好了。詳細資料我會負責塡上。」

敦敏和赤牛面面相覷，不知如何是好。良久，敦敏深深吸口氣，回答道：

「報告教官，我回家和家人商量商量再答覆您好不好?」

「也好。」洪教官無奈地說。然後，他又轉問赤牛：「黃天健，你呢?」

赤牛攤攤雙手，沒說什麼。最後，洪教官揮揮手，說道：

「好了，好了。下次再談吧。」

一出教官室，赤牛馬上破口大罵：

「姦他娘!跟我們耍心理戰。有這個本事拿去對付共匪，何必逃到台灣來宣揚他媽的什麼豐功偉業。」過了一會，他自問道：「是哪個報馬子去告的?」敦敏這才想到這點。五六個人晚上一起做功課，怎麼也會有人報到教官那邊去呢?既然教官這樣一天到晚找人套問這類事情，也許除了自己和赤牛之外，每個人都有可能吧?

「姦他娘!扶羼貨!洪教官那裡有什麼洨可吃，也犯得去扶他那箍大箍羼。孬種!放尿濺不上壁，難怪要讓人當馬騎!」赤牛憤憤不平。

敦敏沒有赤牛那種衝動。但是他突然覺得很痛心。他體會到了更深層的悲哀。去打小報告的人何以必然是去扶羼呢?也許他眞的認爲我們作奸犯科吧?堯舜禹湯文武周公孔子國父總統。一絲不掛。上面遲早要辦他。黨要栽培你們。敦敏不敢再想下去。赤牛搭著他的肩膀，兩人回教室上課去了。

28 海邊

禮拜天，敦敏和赤牛決定去看海。他們走過車站，走過市場，走過鎮公所，來到了舊祖宮。已經不信神的敦敏和赤牛進到宮裡，虔誠地向媽祖頂禮膜拜。

「我們的祖先是在福建無以爲生才飄洋過海到台灣來的。」赤牛說。

「是的。感謝媽祖保佑，他們終於活著來到了鹿港。」敦敏回答。

「現在鹿港彷彿是家鄉了。」

「是嗎？」

他們出了舊祖宮，沿著通往海邊的小徑向前走。向前走。敦敏想。小徑兩旁是高聳的木麻黃。木麻黃樹梢在咻咻的北風中擺盪著。木麻黃外是一片灰黃的乾土。乾土上稀稀疏疏長著一簇簇枯草。鹽滷造就的荒涼，秋風造就的肅殺。走了好久，他們來到了光禿禿的鹽場。過了鹽場，一條路直直通往海防哨所。哨所前的矮牆上晾著一排香腸，牆角下趴著兩隻土狗。一個老兵托著一把槍面對大海站著。看到這副景象，敦敏和赤牛便岔出直路，從軟黏黏的泥地上遠遠繞過哨所，然後捲起褲管，走下海去。這裡的海水離岸幾百公尺都還只能浸到腳踝。敦敏和赤牛一步一步往海裡走去。北風颳著海水，激起微微的波瀾。放眼望去，灰濛濛的一片波瀾，就像一目鎖住一目的無邊無際的一張網，又像一圈串住一圈的無邊無際的一片泥淖。赤牛感慨地說：

「有時候我獨自走向海中，眞想一去不再回來。」

「《詩經》裡有兩句話說：『逝將去女，適彼樂土。』我現在總算多少體會到了作者的心情。」敦敏說。

「去哪裡呢？」赤牛問。

「綠島吧！」敦敏回答。

29 龔校長

五月裡一個燠熱的下午，教室裡同學正在上陳胖子的公民課。坐在窗邊的王偉伯突然大叫起來：

「看！快！快！」

同學們都轉頭跟著他朝左邊窗外望去。原來是去年的生理衛生老師楊美惠又換了一個新髮型，穿著粉紅色套裝和足有兩三吋的高跟鞋，打著小陽傘，翩然往校長室走去。大家看了紛紛交頭接耳，整個教室頓時喧譁起來。陳胖子吆喝了好幾次，才勉強把騷動壓制下來。但是很快地下課鈴就響了。陳胖子還沒踏出門，王偉伯就站到課桌上大聲叫說：

「哇噻！今天換個雞窩頭來了。」邊說還邊在頭上比個雞窩模樣。

陳胖子回頭喊道：

「王偉伯！你說什麼？跟我到訓導處去。」

王偉伯揮揮手說：

「等一下，等一下。」

陳胖子走了。

「她最近天天濃妝豔抹往龔老二那邊跑，究竟是在幹麼？」阿津問。

「搞不好是去上課呢！嘻！嘻！嘻！」王偉伯賊聲賊氣地說。

「上課？」梁文晏疑惑地問。

「生理衛生實習啊！」王偉伯答。

大家聽了轟地一聲爆笑出來。阿津接著說道：

「這麼熱，那不是要上得頭上都孵出雞來嗎？」

王偉伯糾正說：

「什麼雞！種老二得老二。明年吥吥吥老二就一根根吥出來了。」

大家又一聲爆笑。不知幾時，赤牛從隔壁教室跑來說：

「原來龔老二最近烏務特別繁忙，難怪速可達被放氣都沒心思查了。改天送些海狗鞭給他，說不定頭髮和褲襠都不檢查了呢！哈哈哈！」

鎖上門窗。拉上窗帘。脫下套裝。白嫩嫩的肌膚頂著個雞窩，站在講台上，紅著臉說：「這一章你們自己看就好了。」那時她才二十三歲，剛從中興大學畢業，燙著短髮，常常穿著淺藍色的裙子、米黃色的襯衫，十分清純。校長把西裝丟在桌上，伸手撫摸那白嫩嫩的肌膚，老二頂著寬鬆的褲襠。敦敏對自己的遐想感到有點羞愧，又深恐有人發現他老二漲了起來。他於是偷偷踅出教室，到走廊上的洗手檯沖了一陣子臉，然後倚在廊柱上等待上課鈴響。

五月過去了。六月帶來了驚天動地的消息。六月二日，王偉伯一早就抓著一份報紙奔進教室，大喊著說：

「號外！號外！龔老二完了！」

一大群同學於是爭著去搶看報紙。王偉伯把報紙舉到眼前，唸道：

檀郎移情別戀，倩女狠心潑毒。中學校長龔×遭女教師趙××毀容。

「夠轟動吧。」王偉伯放下報紙問。接著，他又唸道：

彰化私立××中學女教師趙××，一日晚間在該校畢業酒會中，藉敬酒機會將一杯硫酸佯裝可樂，潑在代理校長龔×臉上。龔×臉部嚴重腐蝕，雙眼有失明之虞。

「可惜不是潑在老二上。」王偉伯又發議論。

趙女已被警方以傷害罪嫌收押。據警方初步調查，龔×之妻林××方為私立××中學校長，惟因罹患子宮頸癌，長期住院治療，乃由現任××省中校長之龔×暫時兼管該校校務。去年五月間，龔×與在該校教授美術、現年二十八歲之有夫之婦趙女認識，雙方日久生情，往來漸密，曾多次發生超友誼關係。不料今年初以來，龔×又開始與省中某未婚女教師暗通款曲，並棄趙女如敝屣。趙女因而心生怨恨，決心報復。

朝會了。訓導主任代替校長上了司令台。他報告說，龔校長因公暫時不能來校，希望全體同學照常遵守校規，好好用功。他一說完，台下立刻此起彼落開起汽水來。

這個案件連續許多天成了報紙社會版的頭條新聞。整個彰中，甚至整個彰化市，因此都好像沸騰起來了一樣。一年多前遭龔校長解聘，被逼出去自立門戶的大成補習班老闆棺材板，發起了聲援弱女子趙某的運動，在補習班門前擺起桌子供人簽名。家長會裡一些有頭有臉的人物則正互相聯繫，醞釀要向教育廳陳情，要求立刻撤換校長。

那天王偉伯又跑來發布新聞了。

「巧克力！巧克力！龔老二給趙明翠吃了加春藥的巧克力。然後，嘻嘻嘻嘻嘻。噠——噠——噠——噠——」他一邊哼起〈櫻桃樹下〉，扭動身體，一邊把上衣鈕子一顆顆解開，接著把報紙一扔，雙手在胸前亂抓起來。

阿津上前撿起報紙，看了一會，突然爆笑出來。

「哇噻！龔老二鳥上有一顆大黑痣，毛很濃。還是條青龍！青龍對白虎，幹到骨頭酥。」

敦敏這一陣子這種髒話聽了很多，已經漸漸習以爲常了。有時候洗澡洗到一半，突然想像校長上身穿著西裝，下身脫得精光，老二在大腿間漲得青筋暴跳，也並不覺得特別荒謬。楊美惠吃過巧克力沒有？看了報紙了沒有？總不會不看吧？她以前知不知道趙明翠的事？聽說她還到醫院去照顧校長。身敗名裂的校長。她是眞心愛著校長吧。淺藍色的裙子，米黃色的襯衫。頂個雞窩頭進病房，坐在校長身邊。聽說校長的兒女都叫她姨媽。清純的愛。齷齪的愛。簡單的愛。複雜的愛。這世間大家似乎都需要這醉人的情愫吧。那爲什麼有那麼多人熱中於阻撓、踐踏別人的愛呢？

30 佑一

佑一兄：

如果您能體諒的話，我想離開鹿港到台北去。我已準備好要面對所有的困難艱辛，絕不後悔。詳情待見面時再一一稟告。九日下午在彰化火車站等候您。

弟敦敏敬上　六月六日

六月九日下午兩點四十多分，敦敏在彰化火車站出口等到了專程南下的佑一。二人決定到八卦山去。走過彰化女中時，敦敏想起林秋蘭，內心一陣酸楚，眼淚不禁掉了下來。他舉手抹抹雙眼。佑一問道：

「怎麼了？」

「沒關係。」敦敏吞下一口口水，輕輕回答。接著，他把母親和順德去台北後家中的情形大致講了一下。

「他們怎麼說？」佑一急切地問。

「順德說，那種日子不是人過的。母親說，拿了祖產給你去做生意，沒想到你只知迷戀女人。」

「眞可惡！說得出這種話。」佑一很明顯大大動了氣。「從你還不懂事開始，我就在台北賣命。最先去拉貨車。車子比人還高，眞是使盡了吃奶力氣都還拉不太動。每個月賺一兩百塊錢。不錯，只夠家裡人喝喝番薯湯。但是，他們知不知道那是割肉換來的！後來碰上阿海，改去賣假酒、假化妝品。如果沒有昧著良心、尊嚴，能做那種事嗎？連當兵時都還天天逃兵在做。即便如此，由於沒有本錢，也做不出什麼結果來。當兵回來後，你也知道，就去西治的成衣廠做外務。每個月一千塊錢。說實在話，那都是因爲西治他女兒阿霞在鹿港時對我有好感。不然的話，二十三四歲，身無一技之長的人，哪裡去賺每個月一千塊？兩個老的都叫我就在西治那裡待下來。只是，一千塊錢我留下一百，其餘一毛不少全寄回家，都還不夠用。三不五時家裡就去向王仔傳借錢。母生子，子變母，債務越滾越多。說什麼拿祖產給我做生意。弘銘、順德這幾年都爲家裡做了什麼？如果做了，把祖產全部就分給他們，我一句話也不說。拿大場那張地契去借了一萬塊錢。一年利息兩千，現扣。剩下八千又留一千在家裡。就這樣帶著七千塊錢到台北。在台北橋下的巷子裡租了一間閣樓，月租三百、押金九百。買了四台中古裁縫車，一千四。還要買裁刀、裁板。剩下的錢去永樂市場的布行買三四匹布。幸虧先前跟西治那邊的師傅偷學了畫樣、用刀的方法，這才好不容易起了一個不光不彩的頭。說什麼到台北去做大老闆。你看——」說到這兒，他從褲袋裡掏出一封擠得皺巴巴的信來，遞給敦敏。從鹿港寄的，收信人是佑一。

你這個大頭家。閹雞趁風飛。看人賺錢心就動。二十六、七歲就要自己做頭家。也不想想有沒有那個命。算我沒用。祖產都得交給別人管。啊你也眞厲害。嗾使得你那鹹澀母親典當祖產給你做頭家。還要全家人都去幫傭……

「你看這信是誰幫他寫的？」敦敏問。

「火車站前賣肉的德國。這字我認得出來。」佑一回答。

「怎麼這樣亂管人家的事。」敦敏說。似乎眞有一點情分，只是無法落實罷了。爲什麼會到寫這種信的地步呢？難道他不知道這些年來是誰千辛萬苦在養家嗎？人啊，人。

「那天晚上，剛吃過飯不久。」佑一接著講。「我正坐在裁板上跟女工聊天。突然從樓下甬道水龍頭那邊傳來碗碟破碎的聲音。我以爲母親在樓下滑倒了，趕緊奔下樓梯，衝到樓下甬道。結果我發現碗碟碎片遠遠散到樓下後門和屋角之間，母親站在水龍頭旁，默默對著那些碎片。我立刻知道發生了什麼事。我走到母親面前，雙腳叩地一聲跪了下去。我對她說：『你心中有什麼不滿、什麼委屈，盡量就講出來。就算作你疼我，不讓我淪爲不孝子。』她一直不聲不響。很久很久之後，她才終於，可以說，千哀百怨地回答道：『我來了幾個月，連台北長成什麼樣子都不知道。即使有機會，也沒有一套衣服穿得出門。』我可以指天發誓，這個要求簡直跟要我的命差不多。我很怨恨，爲什麼我會這麼沒用。但是，我仍然咬緊牙根，帶著她到女裝店訂了一套洋裝，並且答應洋裝一做好就帶她去西門町玩。打死你都料想不到洋裝拿回來後她怎麼講。你猜猜。你猜猜看。」

敦敏搖搖頭。佑一伸手往身旁的相思樹幹猛捶了好幾下，一時激動得講不出話來。

「她說……她說……她說：『阿彩那女工既然順德喜歡，爲什麼不就讓給他，要跟他爭成這個樣子！』一提起這件事，我就眞想詛咒她儘早死了下地獄去算了。阿彩跟我同歲，她看順德根本就是個孩子。是因爲看在我面子上，才沒有讓他難堪。沒想到他就有模有樣地追了上去，天天要約人家去逛圓環、逛延平北路。說實在話，單憑他自己，就算多生個膽子他也不敢眞去追。都是母親一手在背後操縱的。我看得很清楚。阿彩的襯衫一車完，她就叫順德優先去收線尾。阿彩要洗澡了，她就叫順德去樓下替她燒水。她甚至每天剋扣菜錢，積少成多，然後叫順德去買口紅來送給阿彩。但是她眞的那麼疼順德嗎？所有這一切她是爲什麼而做的？迷戀女工。沒錯。她這就把要點說出來了。說東說西，做東做西，爲的就是不讓我和阿彩來往。她和順德到台北的第一天，只因爲阿彩沒有及時來叫她歐巴桑，就私底下找我去問說：『啊那個難道不也是女工，爲什麼這麼沒禮數？』阿彩本來就不是嘴甜舌滑的人。而且我實在也沒辦法指使阿彩做什麼、說什麼。過後，她就經常絮絮叨叨對我說：『驕縱的女人不能寵。驕縱的女工更不能寵。』她啊，她懂個屁！還眞以爲我當大老闆了呢。也不會前後左右看一看。憑我們什麼東西，就想擺架子。那阿彩是全台北男裝界最老牌的鹿港女工。是誰在求誰？如果不是大家互相有點感情，冬天冷颼颼，要下三層樓梯才有地方小便的工廠，誰願意待？我說：『對不起，這件事情我做不到。』母親聽了，二話不說，當下就把洋裝袋子掛在水龍頭上，轉身上樓去收拾行李。隔天早上，她飯也沒做，就和順德一起走了。」

佑一停了下來，拉敦敏一起在一條水泥凳子上坐下。「事情也沒這麼快就解決。」稍後佑一繼續說。「他們離開沒幾天，我就開始招會。會腳三十個，每腳頭月各繳四百給會頭。半個多月招滿。我就靠這筆錢清了鹿港那一萬債務。如果那一萬元沒還，我看啊，全家鬧到出人命都難說。」

佑一講到這裡，敦敏打岔問道：「那，那我的事你覺得怎樣？」

「將心比心，你不用說我也能了解你住鹿港的感受。但是萬一你到台北讀不好，我們反而受人恥笑。這樣吧，建中、附中、成功，只要能考上其中一個，你就到台北來吧！」佑一答得很乾脆。「今天也不早了，你這就回家去吧，免得兩個老的囉唆。我還要搭夜車趕回台北去。」

七月裡，放榜了。敦敏考上了建中。他決定立刻上台北去。父親、母親並不很高興，但是也沒說什麼。家裡王仔傳、阿巧、黃仔水、阿嬌、烏時、阿桃、臭砧仔、溪松、阿勉、阿泉等人前腳進後腳出，都不過是來說些誇讚的話，送些龍眼、釋迦之類的應時水果。只有瘋珠除了送來水果外，還遞了一張紙條給敦敏，然後囁囁嚅嚅地說：

「我四處去問了。聽，聽說最近台北那邊有人發起，要一起向日本人請求賠償。這是地址啦。你有空，我是說有空的時候，麻煩幫我去探聽一下。啊就這樣就好了。」

母親聽了，立刻回道：

「你也眞不知分寸。敦敏這一去台北，不知道有多忙。你連這種事情也來跟他囉唆！」

瘋珠沒再說什麼。她默默踏出廳門，回家去了。母親叫惠雪一起過廚房去準備午飯。父親把敦敏拉到臥房裡，輕聲對他說道：

「你有空時還是去幫她看看吧。先前沒飯吃的時候，有一天她娘家番社那邊給她送了一斗米來。你母親去跟她借米。只要借半升。想不到她抵死就說沒有。你母親那麼怨恨她，爲的就是這條。說鹹澀的確是鹹澀到盡點了。只是也難怪。一個寡婦帶著兩個小孩。跟她記恨記這麼牢幹麼呢？說起他們許漢清，人生也眞不知有什麼意義。什麼皇民。兩個兒子都取了日本名。換來的是調到南洋去當兵，連死在哪裡都沒人知道──」說到這兒，母親從廚房過來喊道：

「你們兩個在那邊鬼鬼祟祟地在講些什麼？吃飯了！」

敦敏打開瘋珠那張紙條，上面寫著：台北市隆昌街二段一七三巷十二衖七號之一。看來是個非常遙遠的地方。

七月十二日，敦敏離開了鹿港。赤牛送他到了彰化車站。早上十點十七分，火車開離彰化車站，往台北去了。

31 建中

敦敏一早就在永樂國小前搭上十三路公車，橫衝直撞往建中去。比起鹿港到彰化，這趟路眞是辛苦透了。車還沒到和平西路平交道，他就已經反胃得受不了。他站起來拉著吊環，希望會舒服點。沒想到旁邊一個古亭女中的學生竟然白了他一眼，嗲聲嗲氣地說道：

「哼，建中有什麼了不起。快下車了才要讓座。」

讓你個大頭鬼。敦敏左右看看，盡是古亭女中的學生，他彷彿坐錯車似的。原來如此。難怪一個初中小女生就這麼囂張。在早春的田埂上，牽著林秋蘭的小手。四周一片黃澄澄的菜花。假如跟她一切順利，我今天會不會在台北呢？赤牛不知怎麼了？車子到了南海路口，敦敏下了車。他直想吐。他開始數羊。他深呼吸。但是，勉強熬過國語實小，他終於把剛剛吃的稀飯醬瓜統統吐了出來。啊，眞舒服！比打噴嚏，不，比射精都還舒服。

敦敏走到校門口，打了個呵欠。迎面便是建中引以自豪的紅樓。他駐足再次端詳一下這排老舊的紅磚大樓。望之不似人君。眞的。乾脆搬去北一女，或許還能跟古書牽強附會，製造些浪漫故事來。雖說是全台首屈一指的高中，若要論起校容來，建中實在沒有什麼。但是，敦敏打從心底喜歡這個學校。因爲第一，校長從來不訓話。說實在的，他連校長是誰都不知道。第二，早上不用讀訓。第三，下午不用降旗。說精確點，不是不用降旗，這怎麼行？而是降旗不用點名。第四，老師個個頭角崢嶸。

敦敏編在高一十二班。教室在木樓樓下。這棟樓活像黑白電影裡的日本城堡。操場就在木樓和紅樓之間。朝會過後，敦敏回到教室上課。第一堂是數學。老師譚嘉培照例遲到十五分鐘。在叩——叩——叩——一陣腳步聲之後，他叼著菸斗好整以暇地進到教室裡來，然後走到角落的垃圾桶旁去彈彈菸灰。接著他一面走到講桌邊，一面開始上課。已經上過N次課了，他還沒談完中華書局給他出版的舊教科書：

「那本高中平面幾何，出了七八版了。有十幾個學校用。我也不是貪圖版稅，捨不得放。說實話，這版稅不過夠我家裡每天買水果罷了。我當年在大陸，什麼金銀珠寶沒有過。會希罕這幾個錢？只是好好一本書，說不用就不用，令人氣憤難平啊！單單軌跡那一章，一整套題目做下來，就像貝多芬的一首交響曲，至矣！盡矣！蔑以加矣！現在來個什麼新數學，連文字都詰屈聱牙，算什麼東西嘛！什麼『一點一』、『一點二』，什麼『集合』、『給予』。好了，自習吧！」太好了！眞乾脆！不像彰中那些老師，又不懂、又愛講，吵得人精神都快分裂了。敦敏翻翻書，再從一點一、一點二逐段往下瀏覽。集合。點。線。面。線段。射線。眞的不難嘛。只是讀起來很像英文而已。對了，剛剛說什麼貝多芬的交響曲，那是什麼？有空到書店去看看。累了。休息一下。

三四堂是歷史。老師是孫大砲。他有個很秀氣的名字，叫維均。因爲上起課來很像圖片上國父講演的樣子，所以得了這個綽號。上課鈴一響，他就大踏步走進教室。才十月天，他就穿著棉襖，頭上還戴了頂瓜皮小帽。他舉起手來，揮揮衣袖，又開始大談起他的「有與無的鬥爭」。「上次上到哪兒了？對了。戰國七雄。這戰國歷史上最突出的兩件事就是合縱與連橫。爲什麼要合縱呢？那就是因爲秦國強了，強了就成爲『有』的國家。秦國一成爲『有』的國家，六國就變成『無』的國家了。『無』的國家要如何去跟『有』的國家鬥爭呢？最好的辦法莫過於化『無』爲『有』。所以要合縱……」敦敏聽得頭昏腦脹。還好有個同學舉手發問，暫時打斷了這「有」與「無」的糾纏。

「大砲，這上次講過了——」

「什麼『大砲』！」

「對不起，維均。」

「放肆！維均是你叫的嗎？」

「對不起，我們叫英文老師都叫佳佳。沒有，沒有。孫老師，您剛剛講的上次都講過了，請講些別的。」

「什麼別的？」

「比如說清黨啦、剿匪啦。」

「那些是近代史，比較難，講了你們也不懂。」

餓啊，眞餓。早上吃的都吐光了，難怪這麼餓。還要一個多小時才能吃便當，要怎麼忍啊。阿彩今天不知道放了些什麼菜。「六國強了以後，秦國變弱了，就成了『無』的國家，所以要連橫。」趴在桌上數羊，看看會不會舒服點。「孫老師，你避重就輕。簡單的講，難的不講，這負責任嗎？」「那要怎麼講？你來講講看好了。」二十七。二十八。二十九。三十。三十一。哎喲！肚子竟然這麼絞起來。「氣死我了！下課！」沒想到數羊也這麼難。敦敏抱緊肚子，頭抵著桌面，直捱到十二點。

吃過便當不久，敦敏趴在桌上睡著了。他直睡到教室轟轟隆隆發出一陣騷動才醒來。全班同學都擠到走廊邊來。那形勢跟先前彰中同學爭看燙了雞窩頭的楊美惠一模一樣。敦敏滿臉不解。

「哇塞！想不到這個全老大，竟然老牛吃嫩草，泡了個北一女的。」一個叫穆寄台的同學講。才剛講完，全老大帶著那個北一女學生叩——叩——叩——從走廊那一端又走近來了。他把那個學生送走後，就大踏步走進教室裡來，站在講桌前。

「大哥！你的馬子不錯。」穆寄台講。

「無恥！以爲我跟你們一樣飢渴是不是？」全老大講完，脫下西裝，回頭放在講桌上，然後把襯衫拉出西褲，上上下下露出肚皮搧風。須臾，他突然露出笑容，輕聲說道：

「我的乾女兒。怎麼樣，過得去吧。」須臾，他又說道：

「跟我太太差太多了。」他低下頭去，把襯衫放了下來，雙手倚在講桌上，默默不語。好久好久才涕泗縱橫泣不成聲地仰面說道：

「擠不上船啊！就那麼手一鬆，就從此音信全無。十六年了。莫說打炮。這十六年我連正眼看個女人都沒有。曾經滄海難為水。我一直守身如玉等著她啊！嗚嗚嗚嗚嗚……」

教室裡鴉雀無聲。穆寄台輕輕說道：

「老師，對不起。」

「沒關係……別在意……」全老大回答。

「老師，教首歌，寬寬心吧。」敦敏旁邊的侯雲生說。

「教什麼歌？我是堂堂聲樂科班出身的。你們要不信，我唱個音，你們在鋼琴上按 Do ，看看準不準。當年在大後方，唱〈義勇軍進行曲〉，唱〈黃河大合唱〉，那才是聲樂啊。你們那個課本。你們看看。什麼〈杜鵑花〉，什麼〈紅豆詞〉，根本就是黃色歌曲嘛。」

「那老師就教〈義勇軍進行曲〉吧。」

「這歌現在不能教了。」

「為什麼？」

「不談這個了。我們唱唱陸軍軍歌吧。來。風雲起，山河動，黃埔建軍聲勢雄……」

「停——」侯雲生突然大叫一聲。他說：「老師，這個歌現在不這麼唱了。」

「那怎麼唱？」

「早晨起，床鋪動，抱著臉盆往外衝，刷牙洗臉三分鐘，大便不通，小便不沖……」侯雲生唱得很起勁。不過，還沒唱完，全老大就揮手示意他停止。全老大笑著說道：

「小兔崽子，挺會耍寶的。我還有點事情要帶我乾女兒去辦，下次再聽你唱吧。」說完，他穿好衣服，很高興地走了。

最後兩堂課是國文。國文老師，徐復文，是個大近視眼，腐臭老頭。他幾乎是摸著進教室來的。

一進教室，他就急著到講桌後面坐下。

「這蔣總統的文章很簡單，你們再花點時間自己看看就行了。」他說。

「老師，我們乾脆上下一課吧！」有個同學要求。

「不行。這樣會超進度。」

「老師，聽說你白話文背不熟，所以不教。這樣的話，我們不如下課好不好？」那同學換個要求。徐復文聽了，頓時勃然大怒。他站起身來，手顫抖著，約略指著那同學說：

「你！你到前面來！」那同學剛離開座位，他就揮舞著手唱道：

「像鼠有皮，人而無宜。人而無宜，不死何爲？」接著，他轉過身去，拿起粉筆，在黑板上寫道：

「相鼠有皮，人而無儀。人而無儀，不死何爲？」然後回過身來，手指點著那同學的臉，氣呼呼地說：

「你！你唸一百遍！」

那同學照徐復文的樣子唱了兩三遍就停下來，抗議道：

「我說的話跟你那個鼠皮有什麼關係，爲什麼要我唸一百遍？」

「什麼鼠皮！」徐復文聽了，眞是一氣非同小可。他大聲捶了一下講桌，重重喘了好幾口氣，然後慷慨激昂地唱道：

「朽木不可雕也。糞土之牆不可杇也。人而無儀，不死何爲！人而無儀，不死何爲！」稍後，他氣頭大概過去了。他無力地說：

「你們全班都抄一百遍。下課以前交。」

「不公平！」

「不合理！」

「遷怒！」

「自飾！」

教室裡一片喧騰。但是徐復文無動於衷。他望著天花板發呆。偶爾還重重地喘一兩口氣。

32 阿彩

下午五點多鐘，敦敏回到家裡。他走到樓下樓梯口，看見阿彩蹲在甬道邊水龍頭下。他走近去。阿彩抬起頭來，問道：

「喔，敦敏。剛回來嗎？」

「是的。」敦敏回答。

原來阿彩正在洗米。米鍋旁還放著蘿蔔和白菜。敦敏打開書包，把便當盒拿出來遞給她。她削了齊耳的短髮，五官清秀，很時髦、很嫵媚，但是又很樸素。

「敦敏，我今年過年回家後恐怕不能再來了。」她輕聲說。

「爲什麼？」敦敏驚訝地問。她沒有回答。稍後，敦敏有點悵惘地說：

「阿彩，你爲我們操持家務，佑一和我心裡都很感激的。」

「喔，這不是家務，這是廠裡的事，而且你大哥付我錢的。」

「那你爲什麼想走了呢？」

「你不要誤會。」阿彩這時有點著急。但是她很快就勉力鎮定下來，說道：「其實是，我過了年就二十九歲了。父母親一直抱怨說我拖得太晚了，要我回去專心相親。」

阿彩又迷人、又溫柔、又是個好女工，會是個好太太。佑一難道沒有好好想過嗎？他會不會還在顧慮母親的反應？

「阿彩，我會找個機會跟佑一談談。」敦敏說。

「喔——，不要，還是不要好。」阿彩有點猶豫。

「我先上去了。」敦敏說完，提著書包，啪啪啪跑完三道樓梯，上了閣樓。他把書包丟在裁板邊的布匹上，背靠著裁板角休息。佑一正把剛剛裁好的布料配成四份，排列在裁板上。三個女工都恰恰——恰恰——恰恰恰恰恰——埋頭忙著車褲子。佑一忙完裁板上的事情以後，轉過身來對她們說：

「三重埔那邊加訂了二十打西褲，十二打M的明天下午就要，今天晚上大家再拚一下吧。」

六點左右，阿彩把在樓下煮好的飯菜分三次捧了上來，放在裁板另一端的矮桌子上。乾飯。一菜一湯。炒白菜和蘿蔔煮豆腐。大家草草用過了餐，又各自去忙各自的事情。敦敏趁阿彩下樓去，輕聲告訴佑一說：

「我有些話告訴你，我們出去走走好不好？」

佑一答應了。兩人隨即下了樓。到了樓下，敦敏轉頭看了看水龍頭那邊。阿彩正低著頭洗碗。她抬頭看到敦敏他們，默默向敦敏微笑了一下。出了門，敦敏還沒開口，佑一就問道：

「跟阿彩有關嗎？」

「是的。我回來時她告訴我說她明年可能不來了。」敦敏回答。

「這麼早就？爲什麼？」佑一有點訝異，似乎又有點困惑。

「說是年紀大了，家裡要她留在鹿港相親。」敦敏一說完，緊接著又說道：「佑一，也許是由於你對她不夠關心吧。」

「連家事都請她做，幾乎把她當家人了，怎麼不夠關心！」

「幾乎再怎樣也還只是幾乎。她人也不錯，你何不乾脆跟她結婚算了呢？」

「結婚？你又不是沒看見。這種局面，憑什麼去結婚？別的不用說，單送個八十盒喜餅，全工廠就得斷炊一兩個月。這種事我怎麼會沒想過。只是，結得起嗎？」佑一越講到後面，聲音越是激越。敦敏知道他講到痛處了，便靜默了下來。兩人走到永樂國小前。敦敏看到延平北路上汽車、機車、腳踏車，還有行人，生機勃勃地穿梭不停，不禁自覺感傷。

「不光是阿彩。如果條件無法改善，恐怕還有其他女工會走。」佑一接著又講，聲音已經平穩了下來。「首先得趁旺季之前換個房子。其次得找個小女孩來做學徒，幫忙煮飯、打雜、收線尾。最後得找個男學徒，來幫我疊布、燙衣、送貨，讓我能多騰出些時間找客戶。沒有這些，即使熬得過今年，也熬不過明年。我敢說，我找來的這幾個女工，不光是阿彩，都是很重情義的。但是現實是無情的。我們都得面對。阿彩的事以後就不要再提了。」

佑一說完，兩人便回頭往家裡走。回到家裡，敦敏從餐桌邊的牆角下拿出鍾子岩的《英文句式詳解》和梁實秋的英文字典，放在餐桌上，開始研讀起來。佑一在裁板旁燙西褲。因爲要燙得穩帖，熨斗著褲時用力特別重，不時噔噔噔地直響。四個女工都埋頭苦幹。她們的裁縫車此起彼落地發出恰恰恰——恰恰——恰恰恰恰的聲音。交響曲。也許這就像交響曲吧？不管如何，敦敏對這些彌漫整個小小閣樓的聲響並不感到困擾。他很順心地在那邊琢磨各式各樣的條件句。「should have」，與過去事實相反的假設。中文怎麼講呢？「應該有」？「應該……了」？「應該曾經」？很難。「One more word, and....」這個句式簡潔有力，很好。敦敏覺得眼睛有點酸澀。看太久了吧？不像。還不到十點。燈光嫌太昏暗。大概是吧。離燈泡那麼遠。應該到裁板那邊去看。但是裁板前放不下椅子。就站著看吧！敦敏站了起來。他想伸伸懶腰，但是看到佑一和那些女工，自己覺得不妥，便忍了下來。他走到裁板邊的布匹前，從書包裡拿出數學課本來，開始研究集合和點、線、面。噔噔噔、恰恰恰的聲響依舊彌漫著整個小小閣樓。聲響和消化排泄有關嗎？怎麼這麼快就尿急？膀胱無力？阿桐伯固腎丸，專治頻尿與下消。每瓶三百五十元。不，也許是心理原因。慢牛多屎尿。這時，阿清停止車褲，站了起來，轉身下樓去。不是慢牛也。敦敏放下心頭一顆大石，跟著阿清，也下樓去了。他走過甬道盡頭，在陽台口伸了個大懶腰，然後站著等阿清出來。

「褲子車完了沒？」阿清從廁所走過來時敦敏問她。

「還早呢。我看今天又要車到翻點了。」阿清回答。

「加油吧！」敦敏邊說邊往廁所走。廁所在陽台盡頭，門是木板釘的，大小便坡總殘留著些許糞便，也總有幾隻白蛆在那邊爬來爬去。阿雄身上一大片黏黏的蛆。阿桃從井裡汲水過來，從阿雄頭頂往下沖。偷看瘋珠的屁股。該死。那個什麼隆昌街，原來只是萬華一條三四尺寬的小巷。找起來眞累死人。都是前朝烈士遺族，狼狽也是理所當然。信裡已跟她講得很明白，她只能看開點了。敦敏小便過後，上閣樓去拿了毛巾和肥皀，然後下樓到水龍頭邊洗了腳和臉。這下子清爽許多，再回去研究集合點線面吧。陰囊有點癢。一整個禮拜沒洗澡了。但是拿木蓋去蓋住大小便坡，然後在上面沖澡，實在有點那個。白白的蛆。再熬幾天吧。趁著沒人，伸手進去撓撓就好了。敦敏撓過了陰囊，拿了毛巾肥皀，又上閣樓去了。整個閣樓仍然彌漫著噔噔噔、恰恰恰的聲響。敦敏站在裁板前繼續研究集合點線面。不知過了多久，他開始覺得累了。他看看錶，快十一點半了。他放下數學課本，擠著閃著環繞四個女工四台裁縫車走了一圈，又回到裁板前來。他拿出歷史課本，翻了幾頁。這高中歷史和初中歷史實在沒有什麼差別，不知幹麼要讀兩次。有與無的鬥爭。這果眞就能解釋所有歷史現象嗎？不管它了，換國文吧。他拿出國文課本，一樣翻了幾頁。蔣總統的文章。堯舜禹湯文武周公孔子國父總統。讀訓。起義、護法、清黨、剿共。誰有誰無？讀書會。赤牛。他在彰中不知怎麼了？林秋蘭呢？隨便找一篇好的看看吧。〈岳陽樓記〉。「有去國懷鄉，憂讒畏譏，滿目蕭然，感極而悲者矣……有心曠神怡，寵辱皆忘，把酒臨風，其喜洋洋者矣……古仁人之心，或異二者之爲。何哉？不以物喜，不以己悲。」敦敏讀到這裡，闔書閉目，仔細玩味，若有所悟。這時恰好傳來佑一的聲音：

「也快一點了，大家收拾收拾，先去睡吧。明天再起來趕。」

敦敏聽了，便把書和書包拿到牆角去，準備隔天要用的課本。接著，等女工們下樓後，他便把她們的椅子搬到餐桌邊去，然後從牆角拿來草蓆，鋪在裁板和裁縫機之間的地板上，攤開棉被，躺了下去，睡了。沒有什麼好悲的。即使幾乎天天反胃嘔吐。就那麼手一鬆，就從此音信全無。我的家在山的那一邊。田班長吞下口水。摘了他半籃子番薯藤，就那樣拚死拚活奪回去，當著面倒在地上，還用腳去踩。脖子右邊好癢。又是跳蚤！他伸手啪地一聲去打。那種日子不是人過的。我已準備好要面對所有的困難艱辛。阿彩她們一個個回到閣樓上來，進了她們那兩坪不到的合板房間，關上房門。佑一關了燈，然後爬到裁板上，也睡了。陰囊好癢。難道也是跳蚤？不能去拍。怎麼辦？他右手伸進內褲，把陰囊上下左右摩挲了一遍。還是癢。他改抓了一遍。這時，阿彩她們房間裡傳來啜泣的聲音。是阿彩的聲音。佑一在裁板上翻了翻身。現實是無情的，我們都得面對。啜泣的聲音。現實。現實。現。不知何時，他睡著了。隔天早上，阿彩來叫醒他。她照常爲他準備了早餐和便當，送他上學。但是，那天晚上，她就把辭職的決定告訴佑一了。

33 弘銘刻柱

弘銘終於辭掉了三峽的工作，把玉英和女兒暫時留在三峽，自己到成都路的媽祖廟包刻龍柱來了。十一月初的一個晚上，佑一告訴敦敏。玉英近況不知如何？該去看看弘銘，順便問問。到了禮拜天，敦敏便坐車到了西寧南路、武昌街交叉口，在行人熙來攘往的西門町裡尋找媽祖廟。佑一說很靠近中華路。就只如此。這一帶敦敏連東西南北都還分不太清楚。他好不容易先找到成都路，然後再靠著火車聲的指引往中華路的方向尋找。天后宮。他終於在兩棟民宅間看到一個廟門上安著這麼一塊匾額。應該是了。他踏進廟門，迎面就看到前殿兩側各平架著一截巨石。右側一個十七八歲的男孩低頭喀喀喀地敲著小鏨刀在石頭上雕刻，左側弘銘拿著長尺和粉筆在石頭上畫畫。看來煞有介事的。這就是刻龍柱？

「弘銘！」敦敏輕輕叫了一聲。

弘銘抬起頭來，有點訝異地回道：

「是你？」

「佑一告訴我你在這裡，我就趕著來看看。」敦敏說。

「聽說你來讀建中。這是全台灣最好的高中，你將來一定大富大貴起來。」

「哪裡。沒想那麼遠。只是上學很愉快而已。對了，玉英和孩子。叫什麼？叫舜芬吧？聽說是你親自翻書取的。她們都好吧？」

「沒什麼不好的。只是不住在一起，不太方便。本來要帶她們一起到台北來的，但是玉英要帶舜芬，不能出去工作，開銷多、收入少，也不是辦法，所以就算了。說起來也眞令人不平。先前佑一工廠缺人手，母親就來幫忙。還帶了順德來。這次我請她來幫忙帶舜芬，寫了五、六封信，她死都不答應。做人長輩，這也不免偏心太過了。」

母親不是最疼弘銘嗎？爲什麼會這樣？跟佑一有關嗎？看來不是。也許是跟玉英有關吧？這比較可能。即使爲了弘銘，她也不願意和玉英一起住吧？這事不能管。

「你包這個龍柱，自己不雕刻嗎？」敦敏問。

「也雕刻的。不過只是在石材上刻出大格局來。細部的整修交給學徒做就可以了。你看，我現在在畫，畫完之後就會開始刻了。我早已經出師了，你不知道嗎？」

「喔。」

敦敏看看那石頭。在這麼大一塊石材上，要正確勾勒出神龍盤繞的圖案來，的確得有點本事。沒想到弘銘能做這個。看來他在三峽並不僅在混黑狗會而已。

「你缺不缺零用錢？」弘銘問。

「還好。」敦敏回答。

弘銘從右褲袋裡掏出一張一百元鈔票，遞給敦敏，說道：

「只能給你這些了。頭期款已經沒剩多少。」

竟然要給這麼多。他包這龍柱看來利潤不低。

「我不是爲這個來的，弘銘。」敦敏搖手表示婉拒。弘銘乾脆把錢塞進敦敏褲袋裡。

「你不用跟我客氣。並不是只有佑一疼你。我以前只是沒能耐、沒機會而已。」弘銘說完，沈思了片刻，接著才又說道：「這四根龍柱是佑一幫我標的。價格標得太低了。他說現在生意很競爭，開價太高恐怕無法得標。我想可能是他自己的成衣生意做得不順利，才會有這種印象吧——不管它了。我帶你到外面逛逛。你大概也看到了，這裡比延平北路還熱鬧呢。就這樣，我們先去今日百貨吧。」說完，弘銘向旁邊那男孩喊道：「阿龍！廟主如果問起，就告訴他說我有事和我弟弟出去一下。」

敦敏隨著弘銘出去，不久就到了今日百貨公司。公司裡頭各種各樣的店一家挨著一家，每家店都有一個櫃檯，櫃檯後站著一位戴著淺藍小帽，穿著白色襯衫、淺藍短裙的小姐。空中小姐。我愛台灣好地方。台灣稱寶島。這些店不只一層，還有二樓、三樓，多得實在令人目不暇給。

「怎麼樣？東西眞多吧？有沒有看到什麼想買的？」弘銘問。

剛剛都在注意櫃檯小姐，會看到什麼東西？其實大概也不用看，反正買不起。

「沒有。」敦敏回答。

「那你看這些櫃檯小姐怎麼樣？」

「都很漂亮。」

「告訴你，不僅漂亮，還很熱情呢。」

「喔，熱情？」

玉英。十三路公車上的古亭女中學生。今日公司的櫃檯小姐。熱情？台北的女孩子眞的比較不同。阿彩。

「你有沒有留心到她們胸前的名牌？」

「有，都很別緻。」

「同樣很別緻，裡面的學問可大呢。你仔細看看。有些人別在右口袋口，有些人別在左口袋口，有些人別在右口袋上方，有些人別在左口袋上方。對不對？」

敦敏看得眼花撩亂，果然發現有些不同。

「這個名牌的位置就透露出她們熱情的程度。右口袋口是公司規定的位置。別在那邊的小姐大概都是純粹的職員。別在左口袋口的可以約去電影院摸一摸。別在口袋上方的可以帶回家或上旅社睡覺。」

這叫做熱情？他怎麼弄得這麼清楚？不是才來西門町不久嗎？玉英沒有熱情了嗎？

「你回不回三峽看玉英？」

「還沒回去過。也沒什麼特別好看的。還不都是一樣。」

「她不會生氣嗎？」

「她那個人啊，你不知道，哄她幾句就好了。做男人嘛，唯一的好處就在樂得逍遙。要不然做牛做馬，養老婆養兒女，多不值得。連父親那麼沒用的人都玩大半輩子了，我們不玩，豈不一代不如一代？怎麼樣，要不要挑一個，晚上到電影院去摸一摸？一次三十塊。剛剛不是給了你一百塊嗎？就去試試吧！」

敦敏四周望望，那些櫃檯小姐好像都盯著他看。不，連顧客好像也都盯著他看。眞可恥。怎麼在大庭廣眾之前談這種問題。電影院。樂觀園。趁黑摸了人家一下大腿和屁股。溪松不肯罷休。「你總要給人家一個交代嘛。」一次三十塊。名牌別在左口袋口。穿著白色襯衫、淺藍短裙。空中小姐。

「不了。我想我應該回去了。下次再來看你吧。」敦敏說。

「沒關係。不過這些話你不要去講給佑一聽。他那個道德家，知道了又廢話一大堆。」

敦敏在今日公司門口和弘銘分了手，自己走到西寧南路，搭十三路公車回家去了。

34 和燕

佑一在十一月底把工廠搬到巷口面向台北橋引道的一棟三層樓房的二樓去。和一個在中央市場拍賣魚貨的黃姓大胖子分租。月租四百，押金一千。

「也沒什麼好搬的。發動四個女工一起來，把四台裁縫車慢慢抬下樓，沿著騎樓推到巷口，再抬上樓去，工作就完成一半了。後面最辛苦的是抬裁板，因爲又大又重。」佑一告訴敦敏。新居的樓下是個理髮廳，三樓是房東家。除了有個獨立的小餐廳晚上可以充當佑一臥室外，又多了一個半坪大小的房間，可以充當敦敏臥室。敦敏可以在餐廳讀書。但是房東聽說敦敏讀建中，主動提議敦敏到三樓書房去和他女兒一起做功課。

「三樓比較安靜。」房東說。

那天晚上，敦敏揹著書包，上了三樓。房東太太很客氣地先讓他在客廳坐下，泡了茶請他喝，然後從一個房間裡帶了兩個女孩過來。

「這是和燕，讀金華女中一年級。這是和鶴，讀小學四年級。」房東太太講。

金華女中。全台最出名的女子初中。也需要課業輔導嗎？白衣黑裙，打著紅領巾。紅領巾。紅裙子。一路跳躍著，彷彿一隻翩翩起舞的大紅蝴蝶。與校外陌生男子互相勾搭。啊！這一輩子的痛。

「敦敏。」房東太太輕聲叫著。

「喔。」敦敏回答。

「你跟她們一起在書房裡做功課，如果和燕有問題，就撥空教教她，好不好？」

「好的。」這房東太太是個不錯的人。女兒呢？敦敏看看和燕。有點害羞。但是。乖乖！好可愛。

「那你們就到書房去吧。」

敦敏隨著和燕、和鶴進了她們書房。房裡除了書包外，沒什麼和書有關的東西。但是書桌很大，而且很古雅。和鶴坐一端，和燕坐中間，另一端留給敦敏。看來和燕是這一家的中心。敦敏拿出國文課本，翻到歸有光的〈先妣事略〉。他已經念過這一課，也不是馬上就要考到，但是他仍然想再玩味玩味。讀了或許能補償內心某些缺憾吧？那款款之情。不行！相形之下。刺痛人的溫情。就活著我也不想去回想什麼，更何況是哪一天死了呢？不讀了。

「敦敏哥哥。This is a book. 這 thi 怎麼唸呢？」

和燕問。問得好。佳佳最近才特別爲同學複習了θ和ð的發音。

「把舌尖抵住上齒，發出聲讀出去就對了。」敦敏告訴和燕。能教人眞好。畢竟是讀建中，不是蓋的。

「lɪs。lɪs。θɪs。ðɪs。」和燕試來試去，試了好幾次。

「對了！對了！就是這樣。」敦敏說。這個音是誰最先教的呢？蔡梅英。沒錯。淡江英專畢業的。全彰中初中部唯一一個英文科班出身的老師。當時好崇拜她喔。現在想起來實在也不怎麼樣。她好像也唸成「lɪ」吧？彰中。楊美惠。龔凱。

「敦敏哥哥。ðɪs，ðɪs，對不對？」和燕又問。

「沒錯。沒錯。不用再問了。」

「喔。是。是。」

好像有點失禮，叫她不要再問。敦敏望望低頭看著英文課本的和燕。側面看起來更可愛。面頰紅團團的。又溫順，不像那個古亭女中的學生。不曉得這樣的女孩子台北有多少。那白細的手臂，比林秋蘭的還惹人遐思。在縣立圖書館和林秋蘭一起讀書。現在回想起來實在也沒讀到什麼書。「奇文共欣賞，疑義相與析。」那是與赤牛他們一起讀書時才有的樂趣。但是無論如何，和林秋蘭在一起有一種無法言喻的甜蜜感。她的上衣鈕扣。她的頭髮。她的體香。和燕的體香。和著香皀的氣味，以前沒聞過的。和和燕一起做功課。不，教和燕功課。也有一種無法言喻的甜蜜感。爲什麼剛剛會對她說出失禮的話呢？那只是一時失言。今晚就不讀任何書，單教她，也可以。

「敦敏哥哥，再問你一個問題，可以嗎？」

太好了。

「當然可以。什麼問題呢？」

「『未之知也』是什麼意思？」

「就是『未知之也』。怎麼說呢？你拿張紙給我。」

和燕把她的筆記本遞給敦敏。敦敏邊寫邊解釋道：

「『知』是動詞，『之』是受詞。因爲是個否定句，所以把受詞調到動詞前面，這是文言文的慣例。」

和燕抬起頭來，雙眼瞪著敦敏。哦！多麼黑白分明晶瑩澄澈的眼珠！「美目盼兮，巧笑倩兮。」能不能笑一個？沒想到和燕眞的露出潔白的牙齒，淺笑著說：

「我不懂。」

「是麼？」

這也難怪，她才初一呢。從頭對她解釋什麼叫主詞、動詞、受詞，什麼叫肯定句、否定句、疑問句，行不行？不行。揠苗助長。我們有代溝呢。我跟她沒有，她跟我有。我喜歡她，她不一定喜歡我。身高一六五，體重四十八；腰長長的，腿短短的；脖子粗短，兩頰瘦削。人家說可以從脖子的形狀看出陰莖的形狀。噁心，怎麼會想到這裡。這樣的身材對女生有吸引力嗎？但是林秋蘭的確喜歡我。那時她有沒有留心到我的身材呢？大概沒有吧。我也不知道她身高多少，體重多少，乳房大不大，屁股挺不挺。不就自然而然喜歡上了嗎？摸鈕扣和整頭髮的動作。說起來也許幼稚，但那時眞的像陰極陽極相交生電呢。

「敦敏哥哥，我們要睡覺了。」敦敏聽到和燕說。

「好。明天見。」敦敏說著，把國文課本收進書包，下樓了。那時是九點三十五分。

敦敏回到家裡，無心看書，便把書包放在臥室裡，出去洗了臉和腳，然後回來睡覺了。他一合上眼，噔噔噔、恰恰恰的聲響就從四面八方排山倒海而來。這個秋天雨水少，生意不錯，眞是幸運。「做這種生意，不是累死就是閒死。」佑一講過。每天工作到翻點，早上六、七點鐘又要起床。現實。阿彩。很嫵媚、很溫柔。有什麼條件結婚？有什麼條件戀愛？樓上樓下，房東房客。爲什麼會對和燕動心？祖先的黃金甕子都葬到狐狸窟去了。才十四五歲就起猜。才看幾眼就。但是那細白的手臂。那巧笑那美目。爲什麼不能喜歡？林秋蘭消褪了嗎？紅領巾、紅裙子，像一隻翩翩起舞的大紅蝴蝶，鈕扣、頭髮、體香：沒有消褪。那爲什麼會對和燕動心？如果沒和林秋蘭分手的話。沒有回去過三峽。「也沒什麼特別好看的。還不都是一樣。」「別在口袋上方的可以帶回家或上旅社睡覺。」黑狗會的老大弘銘，選美會的亞軍玉英。冰果室。摩托車。阿鳳那兒的房間。多少濃情蜜意。父親的憤激，母親的絕情。還有，多多少少也該算進去吧，岳母、大舅子的鄙夷。擁有過這麼多，承擔過這麼多，還不只是三四年就化爲烏有。爲什麼？爲什麼？也許是因爲他所最仰賴的人，全世界最無條件疼他的人，決絕地否定了他所選擇的對象吧？寫了五、六封信，就是不肯來跟他一起住。母親一生沒有愛過父親吧？她愛過誰？弘銘。不。也許不是弘銘，是外公。一個她四歲就過世的人。一個鬼影。籠罩著整個家的鬼影。即使沒和林秋蘭分手又能怎樣？即使和燕喜歡我又能怎樣？但是那細白的手臂。那……那……。我是不是在和燕身上看到了林秋蘭？噔噔噔。恰恰恰——恰恰——恰恰恰恰恰。阿彩。阿彩。好了。壯士斷腕。明天起不要再上三樓去了。睡吧。

隔天早上，敦敏吃過了稀飯醬瓜，從阿彩手中拿過便當，轉身準備下樓。沒想到剛走到黃胖子家客廳，就見到房東太太送和燕從三樓下來。

「敦敏哥哥，你早。」和燕說。

敦敏看到和燕那晶瑩澄澈的眼珠，心頭一酸，兩眼再度爲女人留下傷心的淚水來。

35 阿鳳來台北

不久後的一個下午，阿鳳突然千里迢迢從屏東跑到台北，自己照著地址找到佑一的工廠裡來。自從小學六年級那年過年，敦敏已經快四年沒見到阿鳳了。中間只聽說老杜調到屏東地方法院去當職員，阿鳳又生了杜明德，也不知她近況如何。晚飯過後，阿鳳先去幫阿彩洗碗，然後到裁板邊來，和佑一、敦敏話家常。沒講幾句，佑一就說道：

「我得把剛剛裁好的布料分配一下，你們先聊吧。敦敏，你坐到裁板上去，讓阿鳳坐阿清的椅子。」

「聽說你讀建中，功課很重吧？」阿鳳坐了下去，很熱心地問敦敏。

「還好。而且上課很有趣。」敦敏回答。

「有沒有交女朋友？」

「哦？沒有。」怎麼一下子就問這個問題？

「早上去弘銘那邊，他說他帶你去逛了今日百貨。」

原來如此。

「你是搭夜車上來的嗎？怎麼這麼早就到台北？」

「不。我昨天就到了。昨晚在敏貞那裡過夜。」

「敏貞？敏貞是誰？」

「敏貞就是阿福叔的女兒啊！你不知道？你知道阿福叔嗎？」

「只聽說過。」

「阿福叔是父親唯一的弟弟，你竟然只聽說過，──也難怪，阿福叔已經搬到三峽整整十幾年了。而且好像很少回鹿港去走動。阿福叔在三峽祖師廟做石雕，就是弘銘以前工作的地方啦，你知道嗎？」

「這我知道。」

這時，阿清她們已經回來要工作。阿鳳站了起來。敦敏雙手按著裁板，本來要跳下地來。沒想到阿鳳突然抓住他雙腳，說：

「看，趾甲這麼長都不剪。」說完，阿鳳回頭從阿清裁縫車上找來一把剪刀，開始一根趾頭、一根趾頭地幫敦敏把腳趾甲剪乾淨。

「看來家裡沒有個女人還是不行。」她說。

這是有生以來第一次有人這樣爲我剪趾甲。這是母親的工作。母親。不管她了，大姊也好。偏偏這樣的大姊我一生只跟她見兩次面。那個正月，四十塊錢的紅包。杜明道噴出一團黃澄澄的大便，大家齊聲讚嘆。「惠雪幾歲了？」「不就是你去台北那年生的。」阿鳳眼裡閃著淚光。聽說我小時候她常常揹著我繞著大場散步。佑一說：「小時候吃番薯籤，阿鳳總是先讓弘銘吃一口，再讓我吃一口，最後她才自己吃一口。結果總是弘銘吃最多，阿鳳吃最少。」爲什麼她彷彿離家出走似地，從十七、八歲就從鹿港消失，消失得無影無蹤？被阿巧嗾弄，跟家裡鬧得仇人一般。家裡。誰？

「你昨晚在敏貞那裡過夜啊？明天上哪兒去？晚上要不要就在這裡將就一下，跟阿彩他們擠一擠？」佑一過來問道。

「不了。早上已經和敏貞約好，今晚還過去她那裡。」阿鳳回答。

阿鳳國語講得很好。大概和嫁給老杜有關吧。聽說老杜是江蘇崑山人。不講崑山方言，卻講國語，肯定受過不錯的教育。像譚嘉培、孫維均他們。一定也很富有。

「本來想聽你講講你們在屏東的情形的。」佑一說。

「有什麼好講的。那死老杜，還不一樣天天晚上打麻將。」阿鳳回答。

「反正他薪水袋都分文不動交給你，賭些外快，也影響不到哪裡去，你就饒了他吧。」

「你不知道。那屏東地方大，不像台北。他爲了攢些出差費，幾十公里遠的地方都騎腳踏車去。晚上回到宿舍，一癱下來，就像個死人似的。要不出差，就天天打通宵。這個丈夫，跟沒有有什麼兩樣！厲害？叫他試試誰才眞厲害。就讓他載著兩個小的去出差吧！」

「你這麼做……」

「你不要老是跟他一國，只會派我的不是。都怪那個姓方的，把我嫁給這個窩囊廢。」

「也要怪敏貞吧。」

「都要怪起來，連台中姑媽、姑丈。不。不。連父親、母親我都不能原諒。」

「過去的都已過去了。爲將來著想，你——」

「將來？我還有什麼將來？除非他死了。——一大群人，把我踢來踢去，最終踢給這麼一個廢物，然後大家死的死了，活的活著，都做沒事人。」

「你也不能——，算了。你和敦敏很少見面，難得來了，多聊聊吧！」

「不了。明天有空再過來吧。」

阿鳳說完，把手中的剪刀放回阿清裁縫車上，拍拍敦敏肩膀，然後轉身出去了。佑一跟在後面，送她下樓去。就當著阿彩他們四個人面前講這些話。太難理解了。決定她一生命運的人我幾乎都不認識，更難理解。親人。姊弟。三峽的叔叔，台中、彰化的姑媽，劉厝的外婆、舅舅，香蕉下的姨媽。爲什麼大家會離得這麼遠呢？

佑一回到工廠裡，嘴巴嗟嗟嗟地不停發出不以爲然的聲音。

「怎麼了？」敦敏問。

「一定沒好事。我把布料分給阿彩他們。你先到餐廳裡去，我們聊聊吧。」佑一回答。

敦敏走進餐廳，站在窗口看著台北橋上東來西往的汽車、機車、腳踏車，偶爾還有行人，各自冷淡地在自己的路上飛著、跑著、走著。世上就充滿了這麼孤零零地，不管是興高采烈、是意興闌珊、是憤恨怨懟、是艱苦掙扎、還是……在活著的人們。親情的聯繫、人情的聯繫。總是那麼脆弱。弘銘、玉英。佑一、阿彩。母親、父親。我、林秋蘭。我、和燕。阿鳳、老杜。

佑一端著一杯開水進了餐廳。

「都是敏貞！都是敏貞！」他憤憤不平地說。

「我在鹿港的時候，曾聽母親說都是阿巧害的。那到底是怎麼一回事？」敦敏一邊詢問，一邊就近拉了一把椅子坐下。佑一把開水放在餐桌上，在敦敏對面坐了下來。隨即就答道：

「阿巧的是小事，敏貞的才是大事。阿鳳十六、七歲時在友聯的紡織廠裡做女工，因爲愛漂亮，領了錢先去剪布做裙子，剩下的才拿給母親。從那一次起，母親就把阿鳳當仇人一般看待。後來阿鳳身體不好，月經拖了好久好久都止不住，只好去找阿巧幫忙。母親恨阿巧，爲的就是這個。這是阿鳳後來親自告訴我的，大概錯不了。如果只有這件事，阿鳳也不會落得今天這個下場。是台中姑媽，生雞蛋的沒有，拉雞屎的有。台中姑丈在台中地方法院做雇員，你知不知道？」

「不知道。我不記得見過台中姑丈，姑媽也只記得見過幾次面。」

「也難怪，爲了那件事和母親鬧翻了。那個老方，太太兒女都陷在大陸，隻身跑來台灣，在高等法院當人事主任。那一天不知爲了什麼事故到台中來，恰好阿鳳跟著台中姑丈到法院去逛，就碰見了。老方隨即提議要收阿鳳做義女。那台中姑丈，好像天邊飛來橫財，哪有不撿的？馬上攛掇阿鳳答應，並且跟姑媽趕到鹿港，遊說父親，拿出一千元當禮金。說起來父親這個人，也實在是人窮志短，連老方的臉都沒見過，竟然就答應了。那個時候，一千元當然是大錢。但是，那麼做不等於是在賣女兒嗎？」乾脆賣了我們母子。你不是得意洋洋賣過一個了嗎？阿鳳眼裡閃著淚光。

「那阿鳳和母親怎麼想呢？」敦敏問。

「不知道。她們都說既然父親同意了，就——。咳，世事難知啊！不過，實在意想不到，那老方竟然眞的把阿鳳當女兒，從來沒有碰過她。聽說在外面還另有個小老婆呢。」

和全老大有點相像。看來這些外省人，的確並非個個都像老黃那樣的。

「阿鳳眞正開始出問題，都是敏貞害的。那個嬈尻川，天天喊著要當歌星，唱那個什麼〈王昭君〉，叫得不成聲調。自己跟著一個歌舞團團員鬼混不講，又牽了那個黑臉仔給阿鳳，不久阿鳳就跟那個黑臉仔睡覺了。不知睡了多久沒回家，老方才緊張起來。這些有身分的外省人，禮教還是講的。老方那個人我見過幾次面，他說會把阿鳳做給老杜，完全是爲了顧及大家臉皮。可惜不知爲了什麼，不久就自殺死了。老杜這個人老實可靠，只是有一處敗筆，可以說是致命的敗筆——」

「他好賭，是不是？」

「他是好賭。聽說本來有十來萬財產，賭到結婚時只剩下三重埔一棟五萬不到的房子。如果沒有那棟房子，阿鳳恐怕也不會答應嫁給他。不過這還不是他的致命傷。他的致命傷是年紀太大。身分證上寫的是比阿鳳大十歲，那是騙人的。實際上大十五、十八歲總有。年紀大了能力低不講，又加上觀念死，怎麼去跟那個黑臉仔比？前年搬到屛東去，我以爲事情總可以解決了。沒想到……」

夠了。佑一不想把阿鳳的痛處揭得太露骨吧。但是我已經十六七歲。而且。有沒有交女朋友？先去弘銘那邊。佑一那個道德家。第一次那麼體貼地爲我剪腳趾甲的人。我那短暫的思慕，是不是太急切了？那眼淚意味著什麼？怨。沒有錯。怨。但是，她怨誰呢？怨什麼呢？她知道嗎？

36 逛文星

冬意漸濃，敦敏學校已經又換了季，穿起夾克了。這一天，阿彩照舊爲敦敏準備了早餐和便當。但是，在接過便當的那一刻，敦敏卻有了異於平常的感受。也不短了吧，阿彩在這裡。母親。阿彩。

爲什麼沒對阿彩產生對阿鳳那種感情呢？因爲不是親人吧。但是我的這些親人。人生怎麼這麼不巧。不如意事常八九。幾乎再怎麼樣也只是幾乎。這就叫做緣分吧。阿鳳說要去敏貞那裡。黑臉仔。阿彩的頭髮長長了。也許沒心情去剪短吧。女爲悅己者容。敦敏盯著阿彩看了許久，兩眼脈脈淌下淚來。阿彩臉紅了起來，不知所措，只能催促敦敏道：

「快走！快走！會遲到的。」

害羞的女人。雖然近三十了，仍然顯得很年輕。敦敏依依不捨，但終於出了門。

十三路公車總是這麼難捱。繞大半個台北市總有吧，到南海路。還好今天沒有暈到想吐。昨晚睡得早。生意變清淡了。今年的整個希望就只剩下過年前那一個月。到時不知會是怎麼一個情況。敦敏擠開車門口一大群古亭女中學生，下了車，吸了口新鮮空氣。這植物園，眞是建中一寶。要是沒有這植物園，建中就不成其爲建中了。什麼紅樓。對了，還有美國新聞處。那些書眞是漂亮。只可惜自己英文不夠好，看不太懂。那些雜誌，什麼《Time》，《Newsweek》，聽說報導翔實，沒有宣傳。將來到美國去。可惜沒錢。去吹吹冷氣就好了。已經十二月，應該不開冷氣了吧？幾個禮拜沒去了。據說冬天會開暖氣，有空再去見識見識。

敦敏進了學校，遠遠看到徐春華走在前面。對了，今天八點到十點上地理課。這個徐春華，聽說在北二女兼課，被尊爲名師。怎麼在建中教得這麼爛。自己拿把椅子，坐在講台上，課本也不帶，只會點學生起來一段一段唸課文。這算什麼教書。徐春華拐進教師休息室去。敦敏越過操場，走到木樓，在教室門口碰到侯雲生。

「朝會後到植物園去吧！」侯雲生說。

「這麼早？課呢？」敦敏訝異地問。

「地理課？你認眞上過嗎？」侯雲生反問道。接著又說：「那傢伙，第一、二冊地理課本背得滾瓜爛熟，就憑這個嚇呆了北二女那群白癡。但是，他還有別的本事嗎？」

「說得也是。不過，反正我們可以自己看書。這樣吧，中午一起到植物園吃便當，好不好？」

「也好。」

上過佳佳的英文課，就是中午了。敦敏和侯雲生帶著便當，走出校門，穿過南海路，從科學館和歷史博物館之間進了植物園。歷史博物館後面的荷花池荷花早已凋謝，只剩下一些枯枝敗葉。但是在明亮卻不熾熱的陽光下，仍顯得多采多姿。殘敗的美。只要搭配合宜。是陽光還是心情？是陽光和心情的交互作用。敦敏和侯雲生選了一張位於三叉路口的椅子坐下。這不是情人座。這是窺馬子座。希望來幾個北一女的馬子。黑裙子配綠襯衫。有點像女郵差。不過北一女和建中，總是比較門當戶對點。搭配合宜。不對。窺馬子要窺身材好的才夠本。那種乾乾扁扁型的不好。來幾個金甌女中的吧。不喜歡念書的女生都長得比較好。眞奇怪。有胸部，沒大腦。魚與熊掌，不可得兼。老跑來植物園看女生，會不會不忠誠？應該不會吧。這只是腦部缺氧時補充補充氧氣而已。而且，林秋蘭、林秋蘭，也應該忘了吧。當時也沒對她承諾什麼。根本就來不及承諾什麼。祝她幸福。眞舒服，不用站崗，只要坐在椅子上邊吃便當邊等待就行了。這就是窺馬子跟釣馬子的差別。

「要不要吃片炒豬肝？」侯雲生問。

「什麼？」聽到豬肝，敦敏有點訝異。

「我看你天天只吃豆腐、高麗菜，會營養不良的。吃吧！吃吧！不用客氣！」

敦敏接過侯雲生夾起的豬肝，送進嘴裡，慢慢咀嚼。那甜美的滋味幾乎讓他終身難忘。赤牛的番薯。不。林秋蘭的體香。和燕的體香。終身難忘。

「眞好吃。謝謝!謝謝!」他十分感激地說。

「看你。說實在的，我家也沒有富裕到經常吃得起豬肝。但是我媽說，我現在正在成長階段，營養要豐富。營養不良，看到漂亮馬子老二都翹不起來，怎麼行。」侯雲生答得很誠懇，又很俏皮。我媽說。不要又想了。

「我們快把便當吃完，找塊草皮躺躺吧。」敦敏說。

「好。」侯雲生回答。

稍後，兩人拿著便當盒跨過椅子邊的護欄，找了一塊茂盛草皮，躺下了。藍天是屋頂，綠草是床鋪。多麼自在啊。

「不曉得有多少建中學生像我們這麼躺在這園子裡享福?」敦敏問。

「三、五十個總會有吧。」侯雲生答。接著他又說道:「像這麼躺著，如果有馬子從旁邊經過，肯定可以看到內褲。」

「色狼。」

「什麼?」

「以前我摸我馬子的鈕扣和頭髮時，她這麼罵我。」

「摸鈕扣?幹麼，想脫她衣服啊!」

「沒有啦!只是摸摸而已。她撫弄襯衫鈕扣的模樣很迷人。」

「現在怎樣了?」

「斷了。」

「天涯何處無芳草。」

「也不能這麼講啦。」

「怎麼樣？我們來個精神轉移法。下午找黃海義一起到峨眉街文星書店去逛逛吧。」

「也好。」

他們爬了起來，拿著便當盒回學校去。走到荷花池旁，迎面竟然眞來了一個金甌女中的學生。侯雲生吹了一下口哨。

「色狼！」那女生罵了一句。

侯雲生又吹了一下。敦敏不再去理睬他們。精神轉移法。轉到文星書店。李敖。難道只有這個模式？會不會舊事重演？應該不會吧。這裡終究是建中。家長老師頭角峥嶸的多得是。但願不會。

下午四點鐘，上完譚嘉培的新數學大批判，敦敏就和侯雲生、黃海義沿著操場邊緣走到紅樓，然後穿過紅樓出了學校。走過南海路他還聽到值星教官透過麥克風喊口令的聲音。

「今天輪到誰去降旗？」他問。

「管他是誰，反正不是我們就是了。」侯雲生答。

他們穿過植物園，往中華路走去。走了好久才到達西門圓環。這裡人車雜沓，巷弄歧出，敦敏彷彿進了迷宮一般。侯雲生帶著他和黃海義走過成都路口。敦敏看到路牌，十分訝異。這裡是成都路？他駐足仔細往西望去，看到遠處一些商家招牌，果然似曾相識。要不要去看看弘銘？不要了。他說不定忙著在今日百貨裡看名牌了呢。

「怎麼了？敦敏。」侯雲生問。

「沒事。我們走吧！」敦敏回答。

過了成都路，很快就到了峨眉街。原來和一條巷子差不多。隆昌街。不過這裡商店很多。怎麼說呢？商機旺盛。對了，商機旺盛。西裝店好像特別多。布料一匹匹排得整整齊齊，不像家裡那樣整個堆在裁板邊。

「你們看到那些西裝店了吧？都是特別為達官貴人服務的。」侯雲生說。

文星書店，怎麼會開在這麼些西裝店之間呢？他們三人進了店。店不大，但是人很多。還有幾個北一女的學生。侯雲生忙著去盯那幾個女生。敦敏和黃海義東看看、西看看，眞有逛街模樣。這麼多期《文星雜誌》！翻翻看。哦！李敖還在寫。以為他已經被辦了呢。罵胡秋原。胡秋原是什麼人？應該叫赤牛來台北。這個開文星書店的，一定也是個頭角崢嶸的人物吧。看看有沒有《傳統下的獨白》。被查禁了？說不定是太暢銷，賣完了。還有些什麼東西？《加拉猛之墓》。小說吧？果然是。原來不只有文化評論，還有文學作品。不知道有沒有武俠小說？《海上仙姝傳》。觀濤客。他再怎麼樣也寫不出來吧。即使是他自己的事業。他缺少什麼。侯雲生擠過來拍拍敦敏肩膀，匆匆說道：

「你和海義自己回家吧。我要去追個漂亮馬子。」說完，擠了出去，跑走了。敦敏看看手錶，已經五點四十五分。他轉身跟黃海義說：

「不早了，我要回家了。」

黃海義於是放下手中的書，和敦敏一齊出了店門。兩人在成都路口分手。敦敏趕到西寧南路，搭十三路公車回家去了。

37 弘銘來借錢

這一年年底雨水出奇地多。敦敏下課回到家裡，越來越少聽到噔噔噔、恰恰恰的聲音。十二月底週末那一天，吃過晚飯後，廠裡竟然靜悄悄的一點聲響也沒有。相形之下，從台北橋引道上傳進來的腳踏車煞車聲顯得特別刺耳。聽得那麼熟悉的聲音，即使不是什麼貝多芬的交響曲，突然沒有了，也難免令人悵然若失吧。幾乎都變成自己的一部分了，不是嗎？敦敏站在窗邊，雨水不停地從窗框瀉到玻璃上，然後在玻璃上裊裊地往下流，最後凝聚在玻璃下端。他把左臉頰貼在玻璃上，玻璃外斷斷續續的雨柱在朦朧的橋燈下搖著、墜著，搖著、墜著。「八表同昏，平陸成江。」「良朋悠邈，搔首延佇。」不止是等不到朋友。平陸成江。圓環、三重那些客戶都是攤販，這種日子生意怎麼做？沒有訂單，沒有工作，沒有錢。聽不到噔噔噔、恰恰恰的聲音。這臉頰貼在玻璃窗上的感覺像什麼？就像臉頰上塗上一層濕冷冷的漿糊，黏著、凝著。是的，這整個冬天，就濕冷冷地黏著、凝著。漿糊。稀飯。父親把捷報貼上牆去。王爺公會保佑。要看廟才能得到神明的保佑吧？像赤牛他們。東海龍王。收回這濕冷冷的冬雨。閒死。

佑一走進餐廳。

「你去叫阿清來。」他告訴敦敏。

敦敏帶著阿清回來。佑一輕聲問阿清道：

「你戴的那塊玉，能不能暫時借我拿去當一下？」

「但那是我母親——」

「我知道，只是暫時周轉一下，會還給你的。」佑一在此停了一下，接著又補充道：「你也不用勉強。」

阿清沉思片刻，然後終於歪著頭把一塊翠玉繞過頭頂取了下來，遞給佑一。

「謝謝。」佑一很簡短但是很誠懇地說。

阿清出了餐廳。敦敏細聲問佑一：

「這要給阿彩知道了？」

「沒辦法，整個廠裡大概就只剩這東西値點錢了。」

隔天近午，佑一從外面回來，右手拿著傘，左手提著兩個高麗菜，和一把鹹菜乾，袖子濕漉漉的。他一邊把菜擱在裁板上，一邊悵悵地坐到阿彩的椅子上，苦笑著說：

「屋漏偏逢連夜雨。好不容易弄了點錢去買菜，竟然碰上橋下的兄弟伸手要錢。人一衰眞的就衰到底。說已經兩餐沒吃了，整天守在理髮廳門口，等不到半個客人。我把鹹菜乾提到他面前。他說：『老闆，我了解你的苦，你也應該體諒體諒我的苦。十塊錢就好。可以了吧？』你能不給嗎？」

阿彩過來把菜拿走，說：

「我去煮飯。」

敦敏跟著阿彩到了廚房。阿彩說：

「你去看書吧。這裡的事我來就行了。」

「我看不下書。」敦敏說。

這時，黃胖子拿了一大盤小卷過來，撲通一聲倒進敦敏身旁的餿水桶裡。敦敏睁著眼睛，內心陡然生出一股椎心的痛。一片炒豬肝。他轉身離開了廚房，走進廠裡，憤憤地坐到阿清的椅子上，哽咽著說：

「黃胖子似乎有吃不盡的魚肉。即使在這種時候。他憑什麼！」

「那麼多漁民，送到台北來的魚貨，他要賣幾塊就賣幾塊，能不進貢嗎？」佑一回答。

一家五口，個個吃得那麼胖。連女兒都吃到七八十公斤總有。二十出頭的女孩，嫁得出去嗎？眞是暴殄天物。那天看到和燕，穿著冬季制服，依然風姿綽約。不能碰的對象。現實。阿彩最近似乎比較憔悴。面有菜色。吃多了高麗菜飯吧。我是不是也一樣？看到漂亮馬子老二都翹不起來。也可能不是。只剩下那麼一個月左右了。不過最近沒再聽到她的啜泣聲。飲泣吞聲的悲恨吧。不知佑一感想如何。八成完全沒想到這件事，這種局面。向阿清借玉。

「有人在家嗎？」外面傳來弘銘的聲音。緊接著弘銘就走進廠裡。

「這麼安靜，我還以爲沒人呢。午休嗎？」他問。

「不是午休，是全休了。」佑一回答。

「怎麼了？難道不做了嗎？」

「想做也沒得做。這種天氣，你沒看到嗎？」

「說得也是。我還以爲只有我那邊有困難呢。敦敏。還好吧。眼眶紅紅的，怎麼了，哭過嗎？」

「沒事。」敦敏回答。

「你們午飯吃過了沒？」

「立刻就要吃了。」

阿彩端著電鍋進廠裡來。

「對不起。」她說。

敦敏和弘銘讓了讓。阿彩走到餐廳裡去。阿清她們也跟了進去。

「只有飯？」弘銘問。

「高麗菜飯，配鹹菜乾。」佑一回答。

弘銘聽了沉吟片刻。阿彩出來問道：

「是不是可以開飯了？」

「你們先吃吧！」佑一回答。答完，他問弘銘道：

「你刻那龍柱不是包工的嗎，有什麼困難？」

「說包工的是沒錯。但是最近一直下雨，廟裡都沒人出入。廟主說香油錢不夠支配，工錢要晚半個月發，所以——」弘銘答。

「所以缺錢是不是？」

「是啊！」

「這兩百塊拿去應應急吧。」

「兩百塊?!上次我給敦敏零用錢，就給了一百塊。兩百塊，你是在哄孩子嗎？」

「我拿戒指去當了四百塊錢，買菜去了九塊多，回來被橋下的兄弟揩油，又去了十塊。剩下來的分一半給你，還不夠意思嗎？」

「我那一百塊你也拿去用吧。」敦敏插嘴說。

「算了！算了！都不必了。看來你這成衣工廠，果然只是說著好聽而已。敦敏，你得為自己前途打算打算才好。」

「敦敏死不了，你不用擔心。你那龍柱是我標的，富死你了我當然知道。只是，既然如此，又何必來借錢？」

「我走了。」

弘銘說完，頭也不回地就走了。

到電影院摸一摸，一次只要三十塊。帶回家睡覺，一次大概要八十、一百吧。兩天一次，一個月一千多。一天一次，一個月兩三千。兩百塊當然是杯水車薪了。敦敏隨著佑一進了餐廳。雨水在窗玻璃上裊裊地往下流。濕泠泠的漿糊。濕泠泠的精液。夢遺。睡覺。敦敏吃了一碗高麗菜飯，配了兩口鹹菜乾。那就是午飯了。

38 過年回鹿港

農曆年底好不容易放晴了一兩個禮拜。佑一和阿彩他們又忙得幾乎累死。到了二十九日深夜，工作終於告一段落。佑一難得地露著笑容，把工資發給阿彩她們。

「大家回家過個年，順便好好休息一陣子吧。十五開工，不要忘了。」他告訴阿彩她們。稍後，他特地對阿彩說道：

「阿彩，這一年多來辛苦你了。祝你早日選到個好對象。如果，我是說如果，你還有機會過來，隨時歡迎。」

「我……我……」阿彩頭一次當著大家的面哭了出來。沒有結局的戀情。林秋蘭。蹲了起來，手按著地板，頭俯在膝蓋上哭泣。哭泣。佑一有沒有哭過？現實是無情的。眞想詛咒她儘早死了下地獄算了。在裁板上翻了翻身。有沒有哭？

「謝謝。祝你生意興隆。」阿彩忍住哽咽，淡淡地說。

隔天，大家都回鹿港去了，只留下阿清和敦敏照顧工廠。阿清又戴著她的翠玉。十一點多，她到廚房去煮飯。敦敏看著她，覺得十分不自然。阿彩削著短髮，很嫵媚。她的頭髮長長了。她回鹿港去了。阿清燙髮。她老是燙著那個髮型。花椰菜頭。雞窩頭。平頭整臉的，不難看，但是也不出色。難道佑一選上她了？人是不錯。連母親遺留的玉都借了出來。而且苦幹。但是，母親記不記得她？

「以後要偏勞你了。」敦敏說。

「哪裡。」阿清回答。

「哪裡」？難道她已經心裡篤定了？不管，以後再看吧。那一餐阿清和阿彩一樣，很殷勤地準備飯菜、收拾廚餘、洗刷碗盤。她們似乎都沒有半點勉強。

正月初四，佑一回到台北來。初五，敦敏和阿清一齊回到鹿港去。

敦敏走過赤牛家門口，忍不住先進廳裡去問道：

「新年發財。赤牛在家嗎？」

阿嬌從裡面出來，滿面笑容地答道：

「敦敏，是你喔。什麼時候回來的？赤牛在廟裡啦。新年拜拜的人多，所以叫他去幫忙。大概也快回來了。要不要坐一下，等他回來？」

「不了。我還沒回家去呢！」敦敏說。說完，敦敏出了赤牛家，走過空地，開了家裡後門，進到廳裡。

「敦敏，你回來了！」惠雪坐在八仙桌旁，放下手中的筆，很高興地說。

「怎麼這麼用功，大年初五就在念書。」

「快考初中了嘛。再不念就考不上了。但是，常常念不下書。不知道為什麼……」說到這裡，惠雪突然哽咽起來。「不知道為什麼，老是覺得心情不好。你為什麼要去台北嘛？」

「這個麼，該怎麼說呢？你振作一點。初中畢了業，也到台北去考高中，一切應該就會解決了。」

「那還要等——」

「像是你的聲音，果然不錯。怎麼樣，在台北混得還好吧。」惠雪說到一半，就被順德打斷。他從廚房那邊過來，手指間夾著一本厚厚的書。

「哦，你也這麼用功。什麼書？」

「《莊子白話句解》。洪惠玲介紹的，說是她們國文老師大力推薦的書。年輕人戒之在色，應該讀些超曠點的東西。我要做那盤旋於九萬里之上的大鵬，不要做那投竄於荊棘之間的斥鷃。」

「怎麼不見父親、母親呢？」

「到溫府王爺廟進貢去了。說來也奇，前幾天佑一回來，竟然說生意做得不錯。不知給了兩個老的多少錢。兩個老的大概嫌錢太多，昨天去了地藏廟，今天又去溫府王爺廟了。」

大朋？赤雁？不知道是什麼東西。眞是士隔三日，刮目相看。不過，超曠跟戒色有關嗎？溫府王爺廟。捷報。貼了幾年總有。有沒有保佑呢？沒有。是因爲沒有行善吧。誰？

「洪惠玲你還記不記得？小學跟你同班的。就住在溫府王爺廟附近。」

「還記得。」

「她上了彰女高一。最近對我不錯。路上碰到常常跟我聊天。有時也會聊到你。她說啊，我和你一樣，很有天分，沒有繼續進修十分可惜，就介紹了幾本書給我。除了這本《莊子白話句解》外，還有，你看——」順德從書架上拿下一本書來，遞給敦敏。「《周易本義》，專講卜卦的。很玄喲。」他說。

敦敏接過書，翻了一下。這是什麼東西？一句也看不懂。這傢伙，是眞讀還是假讀？聊天。看電影。我去台北之前她也和我聊過天。聊功課。對了，聊功課。只是沒有聊到什麼《莊子》、《周易》。

「聽說你體重太輕，不用當兵了。究竟多輕？」敦敏問。

「四十一點五。」順德答。

「怎麼會瘦成這樣？身體有沒有問題？」

「本來就瘦，就乾脆又節食一陣子，省得到軍隊裡去受煎熬。身體麼，唯一的問題就是瘦。」

「有沒有找到什麼好工作？」

「九月去台中博愛書局做了一個月，十月就回來了。說什麼老闆是鹿港人，會特別照顧我。還不只是叫我去看店。一個月四百塊錢，能幹什麼？對了，我拿了一些高中參考書回來，你要不要看看？」

敦敏翻了一下那些書。

「是舊教科書的。」他說。

「換了教科書嗎？原來如此。難怪我要拿老闆就讓我拿。」

「要不要再試試西藥房？」

「不了。我想做生意。就做西藥生意。連佑一那樣都能賺錢了，我對西藥知道這麼多，還有什麼問題？」

佑一那樣？真賺錢嗎？去年冬天那個局面。敦敏不再談下去。

「我去地藏廟一下。」他說。說完，正要出門，沒想到赤牛迎面而來。

「許敦敏——，寒假放了這麼久了，到現在才回來。連除夕都不回來過。難不成不要你這個家了。」赤牛說。

「不要挖苦我。有你在，我敢不回來嗎？」

「哈哈哈哈。別急。別急。談談你的台北生活吧。」

「很忙很累，一言難盡。」

「早就告訴你那種日子不是人過的。」順德插進來講。

「說歸說，去建中還是値得的。不用讀訓、不用降旗呢！還有那些老師，眞是令人眼界大開。對了，彰中換了校長，變怎樣了？」敦敏問赤牛。

「每況愈下啊。」赤牛嘆了口氣。「從嘉義調來個校長，眞是沒格。一年多來，天天帶著洪教官和陳胖子在校園裡轉，抓這個、抓那個。有一天碰到一個初中生不敬禮，三個人竟然就繞著校園追那個學生。什麼中學，簡直像個動物園了。」

「這麼說來，是一蟹不如一蟹囉！」

「什麼一蟹不如一蟹。現在冷靜想想，龔老二實在是個不錯的校長呢！讀訓——除了你們建中——大概大家都得讀的。褲襠也總得檢查。除了這些鳥事，他在的時候不是全校按部就班嗎？至少他沒有讓學生——」講到這兒，赤牛把敦敏拉到一邊，低頭細聲說道：「聽說雲林海邊有學生偷開共產黨支部會議，被人密告，帶頭的幾個都被斃了呢！」

「有這種事？那我們得重新評價龔老二甚至洪教官囉？」

「也不是這樣啦。不過得更成熟看待倒是眞的。」

「你們兩個在那邊講什麼悄悄話？」順德問。

「沒什麼，沒什麼。我只是想不通爲什麼建中可以不讀訓，彰中卻不可以不讀訓。」

赤牛這傢伙也得刮目相看呢。爲什麼建中可以不讀訓？我也沒有好好想過。爲什麼？

「父親、母親回來了！」惠雪說。

父親、母親從後門進來。

「喲！赤牛。你廟裡不去，跑來這裡幹麼。拜拜的人熙熙攘攘，你不怕有人把地藏王爺偷了去？」父親說。

「阿吉伯你愛說笑，偷地藏王爺幹什麼？」赤牛回答。

「你不要在這裡亂講些有的沒的。」母親喝斥父親。接著，她把拿去拜拜用的鹹糕和橘子擺在供桌上。

都無視我的存在。爲什麼？

「阿母，多桑，我剛剛到家。」敦敏說。

「是喔，剛剛到家。初五才回家。連年都不回來過了。」母親回答。

怎麼這麼講。難道？敦敏想辯解一下，結果沒有。

「要不要住到初九天公生？」母親問。

「不了。我後天就得上去。」敦敏答。

「是麼。」

敦敏在家過了一夜。隔天，他在地藏廟裡和赤牛窮聊天。從「有」與「無」的鬥爭、全老大的乾女兒，一路談到窺馬子，連午飯也都沒回家吃。赤牛大呼過癮，直說當初沒去考北聯是個大錯。黃昏時刻，拜拜的人漸漸少了。廟裡有些冷清下來。敦敏拉著赤牛慢慢繞過大殿兩旁，端詳了小時候不敢正視的十殿閻君。看來有些肅殺。地獄。

「佑一工廠怎麼樣？」赤牛問。

敦敏沉吟片刻，然後淡淡答道：「時間過得很快。」

初七早上，敦敏在家吃過稀飯後，告別赤牛，北上去了。

39 老杜

到了十三、四日，女工們先後都回廠裡來了。除了女工之外，還來了一個叫阿旺的十五歲男孩和一個叫阿花的十三歲女孩。來幫做雜事兼做學徒的。十四日晚上大家慶祝隔天要開工。佑一正式介紹大家認識。敦敏看到阿旺和阿花捧碗的粗手。都是鄉下孩子。我比他們幸運多了。肌膚這麼細嫩。是天生的。不。跟沒有操勞也有關係。應該感到很滿足了。阿鳳的肌膚最細嫩。手指眞如蔥根一般。家事一定都是老杜在做。揹著杜明德煎魚，油水濺到手指上。一個泡。杜明道在牆邊拉屎。阿鳳不知去處。吃過了飯，阿花很快把碗盤收到廚房裡去。現在阿清只管做菜了。敦敏去拿了一本《傲慢與偏見》，坐在餐廳裡看。時間過得很快，新的一年要開始了。

三月裡的一個晚上，剛吃過晚飯，阿清她們都在房裡休息。阿旺正在收拾裁板，敦敏倚在阿清的裁縫機上喝水。突然樓梯下傳來一陣沙啞的叫聲。

「佑一！佑一！是我。」

「是誰？」阿旺問。

「聽不出來。」敦敏回答。

阿旺下了樓。跟他上來的人穿著灰黃色夾克，沒有拉拉鍊，滿臉鬍楂，似乎因爲太高而有點駝背。不知是什麼人。敦敏再仔細看看，發現他褲管高高的，沒穿襪子。

「佑一呢？」

「老闆！有人找你。」阿旺向廚房那邊喊了一聲。難不成是老杜？敦敏於是把茶杯放在裁板上，快步趕到廚房去。佑一正準備倒掉洗腳水。他說：「佑一，好像是老杜。」佑一跟著他進了廠。那人立刻迎上來，迫不及待地問道：

「阿鳳來過沒有？」

「沒有。」佑一回答。

於是老杜按住身邊的裁縫車，兩肩好像整個崩了下來。

「幾天了？」佑一問。

「三天了。」

「敏貞那邊去過了沒有？」

「去過了。」

「三重呢？」

「沒有。」

「我去穿件外套，我們去看看。」

佑一和老杜出去了。敦敏到裁板邊拿起杯子。剪趾甲。蔥根一般的手指頭。黑臉仔。黑。白。青龍對白虎。混歌舞團的，不能跟龔老二比。要更成熟地看待龔老二。有丈夫兒子的，也不能跟楊美惠比。但是也有共同的地方。要說什麼呢？

十點多鐘，佑一他們終於回來了。佑一牽著阿鳳先進來，老杜跟在後面。他們走往餐廳。臨進去前，佑一回頭向敦敏招手，說道：「敦敏!你也進來。」佑一拉出一把椅子，坐了下來。阿鳳走到窗邊，望著窗外。敦敏站在門口。老杜走到窗邊，碰碰阿鳳的手。

「不要碰我!」阿鳳甩開手，大聲喝道。

「回家去吧！阿鳳。」老杜低聲懇求。

「不回！就是不回！」阿鳳回答。

「那要怎麼辦？」佑一問。

阿鳳轉過身來，答道：

「怎麼辦？你是我從小一起長大的親弟弟，看在這個分上，我才跟你們到這裡來。沒想到你一點都不替我設想。我難道沒有一點羞恥心嗎？但是，每天晚上輾轉反側，徹夜難眠。你知不知道那種滋味！人家說：只羨鴛鴦不羨仙。更何況是個窩囊廢！那個死老方，要不是自殺早死了，我現在就死在面前給他看！」

她還要繼續講，但是佑一打斷了她：

「任你有多少理由，你這樣做都理虧。何況——」

「你再說，再說。我就料到你會說這種話。難怪弘銘會嘲諷你是道德家。你想做聖人，我們沒那個福分。龍生龍，鳳生鳳，老鼠生的會打洞——」

「母親不是你這種人。」

「有個父親就夠了。」

佑一手支著下巴，氣吁吁地，不講了。阿鳳也跟著靜了下來。老杜站在一旁，來回看著他們兩人，似乎有點不知所措。「好種不傳，壞種不斷。」要怎麼收場呢？

許久之後，阿鳳啜泣著說：

「你們架得了我一次，架不了我一生。知道這點就好了。看在孩子分上，這次就讓讓你們吧。」

「太好了！太好了！謝謝你，佑一。」老杜兩眼流出淚水，一面向佑一鞠躬，一面伸手去牽阿鳳的手。

「不要碰我！窩──囊──廢。」阿鳳又喝斥他。

「快點去趕搭十四路公車，應該還來得及。」佑一說完，起身就往外走。阿鳳和老杜也匆匆跟了出去。阿清她們都抬頭睜大眼睛，滿臉迷惑。

「他們在吵些什麼？那麼──」阿花問。

「多嘴！拿我這疊襯衫去收線尾。」阿清制止她。

眞沒想到會來這麼個急轉彎。本來以爲會罵到搬出祖宗三代來的。那麼體貼的人，撒起潑來也眞凶悍。頗有母親的架勢。對。母親。「母親不是你這種人。」母親還有別的。但是，「好種不傳，壞種不斷。」來好轉身和招治竊竊私語。敦敏望望她們。她們一齊瞟了敦敏一眼，又繼續車衣服了。

二十分鐘後，佑一回來了。他把敦敏拉進餐廳坐下，倒了一杯水，徐徐喝了幾口，然後說道：

「可痛。可悲。不曉得算是誰造的孽。現在都要老杜一個人來背負，實在不公平。」

「你們在三重？」敦敏問。

「讓我把這杯水喝完，再慢慢告訴你。」

「外面他們聽見了有沒有關係？」

「車子聲音嘈雜，聽不清楚的。而且，剛才那種話都大聲嚷出來了，還有什麼怕人聽見的。」

佑一開始講起，直講到阿清他們都收工去睡爲止。敦敏去洗了臉，洗了腳，進了自己臥室，躺在床上。佑一的話歷歷湧過心眼。沿重新路坐到正義北路口，下車走到正義北路一四七巷，然後在巷子裡三彎五拐，才終於到達黑臉仔住的衖堂。一條像鹿港摸乳巷那麼窄的衖堂。左手邊還有一條臭水溝。

「等一下由我去叫門，你不要出聲。」佑一告訴老杜。到了。鐵皮蓋的屋頂，門緊接在屋頂下。

「萬水仔！萬水仔！」

沒人應聲。佑一轉轉門把。沒鎖。佑一於是開門進屋。老杜隨後跟了進去。黯淡的燈光從屋角一個房間，大概是廁所吧，斜照到外牆邊的小床上。小床，是兩尺半的單人床。兩個人就擠在那上面。

「阿鳳！阿鳳！」老杜叫著。

阿鳳拉被遮住那裡，露著胸脯和大腿，直視著天花板，一聲不響。黑臉仔赤條條躺著，屌鳥貼著屄脬。像乾巴巴的鹹魚一般。大概幹太多次了吧。地上甩了一大片滿是衣褲。

「這麼早就。門也不關。不要臉。」佑一鄙夷地說。

「總比三更半夜等不到好。」阿鳳回答。

那黑臉仔雖然屌鳥奄奄一息，卻誰也不得不承認他身體魁梧堅實。反觀老杜。老杜他彎著腰找尋阿鳳的內褲和奶罩，脊背微微凸著。

「阿鳳。穿上吧。」他說。

阿鳳當著佑一和老杜面前，掀開被子，弓身套上內褲，那裡衝出強烈的臊腥味，陰毛上還可看出濕黏黏的一大片。

「你已經離家三天了，這就回去吧！」老杜又說。

「閉嘴！」阿鳳右手抓起奶罩，照著老杜鼻梁甩了過去，說道：「離家三天。是誰逼我離家三天的！」

老杜接過奶罩，皺了一下眉頭。大家僵持了片刻。接著，突然間，老杜向著阿鳳雙膝落地，頭點到阿鳳胸脯上，嗚嗚哭了出來。

「要死了！敢來碰我乳房。」阿鳳憤憤把老杜推開，說道：「眞要我回去，可以。過來。來舔我腳底。」

老杜眞的抬起阿鳳的腳就要去舔。佑一實在看不過去了。他拉住老杜道：

「姊夫，做人沒必要做到這個地步。」

接著，他狠狠瞪了一下阿鳳和黑臉仔。他赫然發現黑臉仔屌鳥又翹了起來。於是，他冷冷對阿鳳說道：

「黑臉仔那根又硬了。你神勇，你要不要就在我們面前再玩一次。」

阿鳳默然不語。佑一繼續說道：

「你要面子，有了；要裡子，也有了。所謂好事沒人知，壞事傳千里。這裡的事哪一天要傳出去，你日子也難過。先到我那裡再說，怎麼樣。」

好不容易阿鳳終於下床一件件穿上衣裙，跟著佑一、老杜出了房間。黑臉仔走到門口來看，仍然赤條條的。佑一他們三人一路無語地來到廠裡。一路無語。眞的。

40 美軍顧問團

「五月的風，吹在臉上。」敦敏哼了兩句，心情非常愉悅。五月的週末，早夜，散心。他沿著民權西路往中山北路走。過了鐵道不久，眼見右前方一排絢爛的招牌。花花公子酒吧。玫瑰酒吧。品格酒吧。品格？也奇，酒吧還有拿品格做號召的。Pink Bar。原來如此。粉紅酒吧。面頰搽得粉粉紅紅的。廉價的化妝品。假的化妝品。假的洋酒。聽說空瓶子大都是在這些地方搜購的。一喝半瓶。約翰走路。一個老美摟著一個吧女從玫瑰酒吧出來，醉醺醺的，腿都站不穩，還往那吧女粉粉紅紅的面頰上猛親。Sweetheart。Sweetheart。他嘟囔著。聽說他們身上滿是錢。冷氣。暖氣。麵粉。奶粉。喝了會拉肚子的。壞的才給我們台灣人？似乎也未必。有個圖書館。但是以前似乎沒有人這麼公然摟摟抱抱的。的確。但是話說回來，我們也有比公然摟抱更糟糕的。是非難定。天下事。眞是。約翰走路的空瓶也養活了一些人。我們這些螻蟻一般的人。還有。還有。不要想這些喪氣事吧。出來散心的。

「五月的風，吹在臉上。」敦敏又哼了一次那兩句。他到了中山北路口，過了民權西路，朝北改往圓山方面走。人行道上有路樹，枝葉在月光下搖曳生姿。是個約會的好地方。如果和林秋蘭一起在這邊散步。或者和和燕。老是碰到和燕。面頰紅團團的。自然紅。好迷人。最近不太叫我敦敏哥哥了。只說「你早！」「你好！」一定對我很不滿。這樣已經夠有禮了。算了。只要窺窺女生就好了。畢竟沒有交女朋友的條件。也不能太過火。那侯雲生，只要略有姿色的，一個都不放過，難怪成績不好。命還眞不錯，吃炒豬肝。

不久，敦敏過了民族西路，到了美軍顧問團。顧問團的主建築不在路邊。路邊只有圍牆和擋住門口、寫著「閒人勿進」的一道路障。聽說裡面的福利社也是空洋酒瓶的一個來源。他站在門口，往裡張望。這時，一個戴著船形軍帽、單槓肩章的老美從裡面出來。他看看敦敏，很和氣地問道：

「Want to come in?」

「What? Oh! No! No!」敦敏邊說邊搖手示意。

那老美出了門走了。蠻友善的嘛。佳佳說她有個同學以前曾在這裡工作過，後來嫁給了一個中尉，結婚不到一年就調回美國去了。全班同學羨慕得要死。聽說賀校長也要到美國去了。美國。美國。

敦敏走到動物園外面。他聽到隔壁兒童樂園裡傳出柔美的歌聲。他走到兒童樂園門口。美黛小姐。門票十元。太貴了。反正在外面也聽得見。到基隆河邊去坐著聽吧。下面美黛小姐要為各位唱一首〈台灣好〉：

台灣好，台灣好，
台灣眞是復興島。
愛國英雄，英勇志士，
都投到他的懷抱。
我們愛溫暖的和風。
我們聽雄壯的海濤。
我們愛國的情緒，
比那阿里山高，阿里山高——

月亮在河水裡蕩漾著。

我愛台灣好地方，
唱個台灣調，
太平洋上最前哨，
台灣稱寶島。

聽說美黛是金門來的。金門。八二三砲戰。「人家說抽到金馬獎得去訂棺材。我那張，什麼地方？西犬島。乾脆當場切腹算了。」佑一說。台灣。美軍。飛機、軍艦，還有顧問團。哦，不，不只，還有酒吧。品格酒吧。神風特攻隊。死在太平洋。皇民。死在南洋。原子彈。美軍。反攻大陸。

他們在求救。
他們在哀號。

鳥兒飛出溫暖的窩巢。
春天變成寒冷的冬天。

田班長聽到這兒，哭了。變成了水深火熱的地獄。但是，有學生偷偷在海邊開共產黨支部會議。「你們年輕，最容易誤入歧途，讀書交遊千萬要小心。」洪教官。對了，聽說那李敖眞的被辦了。要找個機會告訴赤牛。「我們在政治上已經裝孫子了，難道在其他事情上也要裝孫子嗎？」放屁要抓。批評放屁要抓也要抓。只不過是放放屁嘛。幹麼小題大做呢？鼓掌的聲音。唱完了。「謝謝！謝謝！」下一條？「〈光明的國土〉。」唉喲。一定要這樣包得像金鐘罩鐵布衫一樣才行嗎？因爲是金門來的，所以特別——？不。課本、訓詞、電影、歌曲。全部都來。「我只是想不通爲什麼建中可以不讀訓，彰中卻不可以。」建中是個小窗子？就像美國新聞處圖書館一樣是個小窗子？來來來，來台大；去去去，去美國。有本事的，讓你多少吸點新鮮空氣。更有本事的，讓你乾脆鑽出去。北一女呢？北一女也得讀訓吧？也許是因爲女生比較乖，雖然有本事，卻沒有需要。去美國。來台灣。這些美軍就像被流放一樣吧。摟著濃妝豔抹的吧女叫 sweetheart 。喝得醉醺醺的。沒有醇酒美人，如何消解那遠處僻地的寂寞。爲了什麼？反共？韓戰。死了幾萬人。越戰，好像要演變成另一場韓戰。神風特攻隊。死在太平洋。皇民。死在南洋。「道傍之冢累累兮，多中土之流離兮，相與呼嘯而徘徊兮。」這些美軍，有一天會不會死在台灣呢？反共。日本人並不是共產黨。相反地，日本人在大陸猛打共產黨。但是，和日本人打得多激烈！跳島戰術。每個島都死傷無數。來到這裡，爲了什麼？老師。教官。哨兵。報馬仔。北風颳著海水，激起微微的波瀾。放眼望去，就像一目鎖住一目的無邊無際的一張網。金鐘罩鐵布衫。月亮在河水裡蕩漾著。這兒有山有水有風有月。如果來一首詩情畫意一點的歌，多醉人。〈今宵多珍重〉吧。

南風吻臉輕輕，
飄過來花香濃。
南風吻臉輕輕，
星依稀月迷濛。
我們緊偎親親，
說不完情意濃。
我們緊偎親親，
句句話都由衷。

和燕。枝葉搖曳的路樹下。我們緊偎親親。不要再胡思亂想了，回去吧。他起身往回走，一邊繼續唱著：

不管明天，到明天要相送。

戀著今宵，把今宵多珍重。

我倆臨別依依，

怨太陽快升東。

我倆臨別依依，

要再見在夢中。

黃色歌曲。〈黃河大合唱〉。大概跟〈光明的國土〉差不多吧。沒有這些黃色歌曲，我們枯竭的心靈要靠什麼來滋潤啊。「五月的風，吹在臉上。」

過了一陣子，敦敏走到品格酒吧對面。他特地再張望了一下。又有個老美在玫瑰酒吧門外親吧女。爲什麼老是玫瑰酒吧？吧女比較漂亮嗎？皮膚白皙細嫩。如果阿鳳沒和老杜結婚，會不會淪落到來這裡當吧女？弘銘會不會來這裡換口味？當弘銘遇上阿鳳。哦——。

敦敏加快腳步，回家去了。

41 弘銘與西瓜

這年暑假，敦敏決定不回鹿港去了。七月裡一個晚上，天氣非常悶熱。大家吃過飯已有約略半個鐘頭，都開始工作了。敦敏偎在裁板角落看芥川龍之介的〈地獄變〉。他聽到外頭黃胖子大聲吆喝道：

「阿梅！出去買幾瓶汽水。」

叫那個胖妞。回來豈不喘死。沒關係，有汽水喝。汽水是甜的，越喝越胖。我喝過幾次汽水？兩三次吧。招待客戶時喝的。喝不起。開水就夠了。

過了不久，樓梯那邊傳來腳步聲。回來了。不是。直往廠裡走了過來。敦敏抬頭去看。原來是弘銘。雙手捧了個西瓜。幹麼呢？

「敦敏，放假了還這麼用功，幹麼？」弘銘問。

「在看小說。好玩。」敦敏回答。

「小說啊。上次聽玉英說，順德也在寫小說。是不是一樣的？」

「不太一樣。」

這時佑一拿起那塊用膠帶封緊的磚頭，噔地一聲壓在布疊上，告訴阿旺說：

「等一下再疊吧！」

緊接著，他問弘銘道：

「什麼風把你吹來的？」

然後，他走進餐廳裡，拉了一把椅子坐下。敦敏和弘銘跟了進去。弘銘把西瓜放在桌子上，說道：

「剛才出來吃西瓜，突然想帶一個來和你們一起吃，就過來了。」

「這麼老遠的？怎麼，你是來和解的嗎？」

「你還在記恨啊？講得這麼難聽。」

「不是就好。」

「說實在的，最近常常覺得內心很空虛。」

「有妻有女，又有高收入，還空虛什麼？」

「最近兩次回三峽，都跟玉英吵架。」

「好好的吵什麼？」

「她吵說我那麼少回家，是不是在台北有了女人了。」

「這不是事實嗎？」

「你怎麼——」弘銘轉頭望望敦敏，說道：

「你也真多嘴，不是叫你不要講嗎？」

敦敏兩眼垂了下來，沒有回答。

「不用爲難他。反正這種事情遲早隱瞞不了。」佑一說。「你也眞耐不住。人家說七年之癢，那也就罷了。你才結婚多久。」

「我也不懂。她跟我提越多她在鹿港的事，我就越覺得她三八十足。最近母親對我比以前冷淡很多，我在想也許和她有關。」

聽到這兒，敦敏打破緘默，說道：

「弘銘，你這樣說對玉英不公平。她爲了你受了很多委屈。」

「什麼委屈！她每次講起那些事，都講得哈哈大笑。」

「那是因爲她——她淳樸，她爽朗。」敦敏又說。

「你不知道。」

「我怎麼不知道？我和她在一起那麼久。」

「只是八了點而已，人其實還不錯。」算不算三八，要看由誰來看，還要看他從哪方面在看。在母親眼裡，有幾個女人不三八。那順德，也是眼睛長在頭頂上的。這弘銘。也不想想自己什麼一副德行。在電影院裡摸女人屁股。帶百貨公司小姐回家睡覺。還有資格批評人嗎？

「算了，你們不用爭了。這是弘銘的事，弘銘怎麼認爲，我們就怎麼接受吧。只是，弘銘你不是有了新歡嗎，還空虛什麼？」佑一說。

「那只是逢場作戲罷了，新鮮是新鮮，一想起不會長久，就提不起勁了。」

「你總算知道不會長久嘛。」

「那三八婆，沒什麼大錯，也不能把她怎樣。」

「一次多少？一百塊吧。一個月三千，難怪你得跑來跟我借錢。」

「沒有啦，包養的只算兩千而已。」

「包養？你也眞狠。那不等於想長久囉？」

「要能長久就好了。剛剛不是說了嗎？」

「我跟你坦白說。你這是色欲薰心，先出軌了，再回過頭來尋老婆的不是。你要長久這樣下去，包你每三個月換一個女人，心情永遠沒有寄託。你看看，你自從認識了玉英，就放著家不管，一年到頭不寄錢回家，逢年過節也不回去。這不是喜新厭舊嗎？」

「我知道你孝順。但是我辦不到。你要怎麼講，我都無所謂。」

「兩個老的的確不是令人眷慕的人。但是我都不抱怨了，你還抱怨什麼。老實說，我們都知道，全家裡母親最疼的就是你。這麼多年，你不寄錢回家，她說過你什麼沒有。因爲你長得像外公嘛！你那張照片，她掛在那邊，多麼珍愛——」

「你的不也掛在那邊嗎？」

「我的當然也要掛。我是長男，不掛的話別人背後不會說閒話嗎？而且我是負責養家活口的人，總得順便表示點意思吧。至於父親——」

「不要提他！再提我就走了。」

「哦！你這麼恨他。這也難怪。那個沒志氣的人，不提也就罷了。只是像你這樣輕易就把家庭牽繫，不愉快的牽繫，剪得一乾二淨，不會覺得不安嗎？」

「那些夢魘不袪除，我才眞正不安。」

「哦！你是這麼想的。就隨你好了。不過，鹿港也就算了，你連玉英也想——」

「那個八婆。眞是。我也知道不應對她太苛薄，但是跟她一見面，一談話，我就覺得不爽。眞是氣死人。竟然讓我有罪惡感！最好讓她去看上個什麼阿貓阿狗的，大家名正言順分了，皆大歡喜。」

「那小孩呢？」

「根本就不像是我生的。我一抱就哭。」

「你一年沒回幾次家，對她就像個生人似的，怎麼不哭。」

「一定是那八婆調教的。」

「你不要厭煩妻子，連帶也厭煩起女兒來了。才兩、三歲，調教個什麼。」

「三、四歲了。」

「我看你啊。告訴你，人生要不是操勞罣礙死，就是輕鬆空虛死。這是宿命。」

「你不懂啦。你身邊還有個親弟弟，志同道合。哪像我看起來什麼都有，實際上什麼都沒有。連想找個人一起高高興興吃塊西瓜，都找不到。」

「那你爲什麼不多來走動走動呢？」

「爲什麼只叫我來走動，你自己從來不到成都路走一趟？」

「這個。你計較這個？我這邊。你看我走得開嗎？」

「算了，算了。吃西瓜吧。」

「阿花！去拿菜刀來。」佑一喊了一聲。

片刻後，阿花拿了菜刀進來。弘銘接過刀來，親自切開西瓜。

「廠裡總共有幾個人？」他問。

「總共七個，連我們十個。」佑一答。

弘銘把西瓜切成十一份，然後向外面喊道：

「都來吃西瓜吧！」

「這就對了。」佑一說道。

「你別再囉唆。」弘銘回答。

他接著等待阿清他們進來，把西瓜一塊一塊遞給他們。最後輪到阿花。他說道：

「阿花最小，吃兩塊。」

阿花掩著嘴巴，直笑著說：

「這怎麼行！這怎麼行！」

弘銘說：

「還說不行。我切的時候就知道你想吃兩塊。」

阿花聽了，嗚地一聲馬上哭了出來。阿清拉拉她，說道：

「別哭了啦。弘銘老闆逗你玩，你也不懂。」

大家愉快地吃了西瓜。弘銘甩甩手，說道：「我去洗個手。」就出去了。大家等了許久，他也沒再進來。他不知是否直接回成都路去了。

42 給赤牛的信

赤牛：

半年多沒見面了，你還好吧？

你們的寶貝校長有沒有又來什麼新的驚人之舉呢？告訴你，我們也換了校長了。新校長一來，讀訓、校長訓話、降旗點名這些鳥事馬上和彰中一樣，全都來了。驚人之舉麼，也可以說有一件。有一天他在訓話時說：「我想以後有空時逐班向同學們打打招呼。因爲有很多同學可能還不認識我。昨天我和廖主任、佟組長巡視校園時，一位同學迎面走來。我向他點了頭，他竟然沒回應，就那麼陌生人似地走了過去。也難怪啦，才來一個月嘛。廖主任、佟組長也一樣。」乖乖，七十幾班，要逐班「打招呼」。讓我不由得不想起「彰中人的悲哀」了。

我們的舊校長姓賀，新校長姓蔡。上學期末出校刊時就傳出說賀校長要退休了。那篇報導正文裡說賀校長年紀大了，要去美國跟兒子團聚，要去頤養天年。但是文後附的訪談裡，卻說賀校長表示希望能留在建中繼續百年樹人的大業。大家都看得滿頭霧水。不過新學年一開學，姓蔡的一來，一切就水落石出了。賀校長在大陸時當過河北省教育廳長。到台灣來只能委屈當個高中校長。沒辦法，過海來的官太多了嘛。不過，老教育家了，雖然大材小用，倒也怡然自得。姓蔡的聽說原來是搞救國團的，年不過五十，眞眞是所謂的青年才俊。他不單自己來，還帶了新的訓導主任和管理組長來。三個人形成一個不等邊鐵三角。不知何處去找個精通奇門遁甲的，來指點指點迷津，看如何去破他這個陣。

除了逼迫大家接受讀訓這些全台中學共同必修課外，姓蔡的又出了一個毒招。他規定。不，我得更正，是訓導主任規定。一切都是訓導主任宣布的。那個姓蔡的，彬彬有禮，有禮到率先向學生點頭打招呼的程度，怎麼會做出什麼招致民怨的事呢？好了。訓導主任規定：所有學生上學以後、放學以前一律不准外出。你也知道，這麼一規定，我們建中的命脈：植物園和美國新聞處圖書館，豈不都斷了？建中豈不不成其爲建中了？連讓我們呼吸呼吸新鮮空氣都不行，眞是。這事學生還在與學校抗爭。學生代表說：如此一來，不帶便當的學生就只能在學校福利社餐廳用餐；而福利社那餐廳，看誰能忍受？訓導主任說：校方會去福利社好好了解一下。學生代表說：若要我們在福利社用餐，就請校長、主任、組長和其他老師們先帶頭示範。訓導主任說：師長們的作息時間和學生不同，同學們的要求礙難接受。學生代表說：如果校方太不講理，我們要示威。訓導主任說：示威的學生一律開除學籍，絕不寬貸。我在想。對了，忘了告訴你，李敖眞的被辦了，《文星雜誌》也被查封了。我在想，說不定建中的事和李敖他們的事有關。怎麼說呢？你想想，一大堆學生天天跑去看李敖那種文章，上面能放心嗎？搞不好跑去海邊開那種會的人會一天天多起來呢。在這種情況下，祭出金箍咒來就理所當然了。擒賊先擒王。但女生比較乖，北一女可以不用去動。於是建中就首當其衝了。

這金箍咒有多狠，我再仔細講給你聽。高二不是要分組嗎？我們以前說過，要讀社會組，對不對？我眞的選了社會組了。這在建中卻很奇特呢，你知道嗎？全年級二十四班，選社會組的加起來只有一個班。我那班只有三個人選。大家都說好男不讀社會組。我讀的高一十二班是好班，我的成績又還可以，幹麼選社會組呢？你說我該怎麼回答。也許建中的社會組的確有點奇特吧，待遇就是與眾不同。校方派了那個姓佟的管理組長來當我們的導師。總教官耶，導個屁！項莊舞劍，意在沛公。十成是來監視鎮壓我們的。咳！眞是「自從窟洞裡鑽出來狸鼠，一切都改變了。」這首歌你知道吧，是〈家在山那邊〉。

好了。我們隨人顧性命吧。我明天還得到總統府前去參加國慶典禮呢，不多寫了。去年去那邊，站著等到老蔣出來訓完話，呼完口號，腰都快斷了。中華民國萬萬歲！你需不需要去喊呢？

再見。　祝

快樂！

敦敏　十月九日

敦敏：

我們又同病相憐了。哈哈！看來你運也眞背。才逍遙個一年，就嗚呼哀哉了。我最近已經悶得受不了，投降了。向自己投降。哈哈！我去雜誌上徵筆友（當然是要女的啦），想藉此墮落一下，消消悶氣。沒想到一登竟然馬上來了十幾封信。這時代究竟是悶的人太多還是閒的人太多呢？我挑了五封有意思的，各通了兩三次信。哇！累死我了。你也墮落一下，幫我解決兩封吧。姓名、地址和先前寫來的信都附在這裡。你說呼吸呼吸新鮮空氣。和素昧平生的女生隔空瞎扯淡，有時也能吸到一點新鮮空氣呢。信不信由你。反正幫我解決就對了。最近考試很多。社會組呢，考試也一樣多。（我們社會組人也很少。）鴉片煙已經給了你，就不再多寫了。

最後再提一下：惠雪要我轉告你，她會在彰女好好讀完初中，希望你和佑一不要忘了高中幫她轉到台北去念。

祝

吸到新鮮空氣！

赤牛　十月二十日

敦敏看看那些附來的信。虎尾。台北。

天健同學：

很高興能夠與你做朋友。我是虎尾女中高二的學生。我的興趣是讀小說、種花和集郵。我家住鄉下，屋後有一小塊花圃，現在種菊花。不知你喜不喜歡菊花。小說我瓊瑤、郭良蕙都看。你說你喜歡看課外書，不知都看些什麼？說不定我們會有相同的喜好呢，那多好。來信的郵票我都剪下泡水後壓乾保存起來。那是很珍貴的紀念品。我想存點錢去買本集郵冊來收藏。

我的生日是七月九日。你的呢?告訴我。到了那一天,我會給你一個小小的驚喜哦!

下次再談。　祝你

夜夜有個好夢!

你的朋友　夢煙　敬上　九月四日

浪漫得肉麻的名字。虎尾鄉下。準是筆名。是瓊瑤看太多了,還是要保持一下少女的矜持呢?

天健同學:

謝謝你告訴我那麼多彰中的趣聞。更謝謝你告訴我那麼多建中的趣聞。你提到彰中人的悲哀。其實那是很正常的。我們學校也檢查頭髮和裙子呢。大概只有建中比較特殊吧。

我雖然剛進學校不久,卻已經熟悉許多老師的特長。英文老師洪雅惠發音正確、文法精通,是我最佩服的。其次,地理老師徐春華熟背課本,難能可貴,是公認的名師。還有數學老師王煥智,師大剛畢業不久,新數學很拿手。所以我們北二女,雖然名爲二,其實程度並不在北一女之下。

你那位叫敦敏的朋友,能不能介紹他和我認識認識?聽你講起來,好像是個很有趣的人。我住的通化街離台北橋很遠。還好通通信並不會很麻煩。

好了。餘言後敘。　祝

課業猛進

小芳　九月二十七日

乖乖，徐春華。這一定是個白癡型的。還指名要認識我。難怪赤牛要割愛。算了。受人之託，忠人之事。就寫吧。何況和素昧平生的女生隔空瞎扯淡，可能眞的能呼吸到一點新鮮空氣呢。只是有一點不懂。這麼多學生都是乖乖牌的，即使有個李敖，上面又有什麼好大驚小怪的呢？

43 順德招會

十一月中，順德來信給佑一，說他要招會，每腳三百，希望佑一跟兩腳。一天晚上，佑一告訴敦敏。

「你認爲怎樣？」佑一問。

「你上次招的會不是還沒散嗎？就拒絕算了吧。」敦敏答。

「你應該知道，有兩個老的在，要拒絕是很難的。而且聽說弘銘已經決定跟一腳了。」

「他說要做西藥生意吧？」

「沒錯。」

「我總覺得他天生缺少點什麼。他做不成的。」

「你倒觀察得很仔細。今年手頭比較寬，就跟他一腳，應付一下吧。」

「我覺得你還不如利用這個錢擴大一下營業。」

「你不懂。有些事躲不開的。」

「是麼？」

我是去學藥，不是去做長工的。那種日子，即使是爲了自己的事業，我也不過。佑一是老闆兼長工的，而且從頭到尾過了那種日子。弘銘。龍柱。順德還比不上他。兩個人都敢開口向佑一要錢，爲什麼？又不是平白要錢。也許他們會這麼說。天曉得。

「在想什麼？」佑一問。

「沒什麼。」敦敏答。

「那你就回封信給順德吧，告訴他就這麼辦。」

「好。」

房東想改建房子，已經和黃胖子和佑一商量好，要大家儘早搬家。佑一帶著敦敏在延平北路過去不遠的民權西路上找到一處空房。二樓一層加上三樓一個兩房的閣樓。那房子後面就是太平市場。聽說凌晨四、五點鐘就人車雜沓，擾人清夢。但是因爲地方較大，而房租一樣只要一月四百，佑一立刻就到樓下找房東付了訂金，承租下來了。月底佑一帶領阿旺、阿花和五個女工搬了家。敦敏從學校回到新居，發現大家都背靠著裁板喘氣，只有佑一興致勃勃地在樓梯口打量著多出來的一片空間。

「可以多放兩台。」佑一很高興地說。「如果年底生意好，說不定可以就把順德的會標了，明年換電動車子。電動車——，五台總放得下吧？一台放橫的。」

「換了電動車，怕得從頭學吧？」來好問。

「什麼？買來了你就知道。樂死你都會喔。」

「眞的嗎？到時我可不可以車車看？」阿花問。

「可以。叫阿清教你。」

難得大家有個美夢。但是今晚就得嘗試太平市場的威力了。還有，別了，和燕。

隔天凌晨四點多，睡在閣樓上的敦敏果然就被魚販、肉販、菜販的喧囂吵醒。從來沒想到這些賣菜賣肉的叫起來會這麼鬧。足以鬧醒一整個公墓的死人。還睡不到五個小時。單想到十三路公車就想吐。阿旺還沒醒來。隔壁阿清她們好像也還沒醒。大概累壞了吧，搬這麼遠。也有可能是神經粗。據說神經細的人才會睡不好。阿桐伯補腦丸。專治神經衰弱、失眠多夢。夢見順德的會被人倒了。早一點標就不怕被倒了。這麼早，頭沉沉的，幹什麼好？敦敏下到二樓去找開水喝。佑一坐在裁板邊一把椅子上，問道：

「你也起來了？這市場果然嘈雜。」

「是啊！」敦敏回答。

「我過年回去就馬上標會。明年努力幹他一場。——過年你也一齊回去吧。」

「我想省點錢下來，買些課外書。」

「是什麼原因我也不清楚。不過我知道你不想回鹿港。我要提醒你，有些事情不能太計較。要不然，弘銘、阿鳳都是前車之鑑。」

敦敏沉吟片刻，終於說：

「好吧。」

這年的年底佑一生意做得相當順利。這更加強了他隔年做大一點的決心。過年還沒到，他就先去訂了五台中古電動車子了。除夕一早，佑一留下阿清與阿旺照顧工廠，帶著敦敏，與來好她們一齊去台北車站坐車回鹿港了。傍晚時候，佑一與敦敏回到家裡。父親和惠雪在廳裡。父親正拿著筷子往火鍋裡勻菜。惠雪在一旁看著。父親說道：

「恰恰好！恰恰好！正等著你們吃年夜飯呢。」

你們。他怎麼知道我會回來？也許只是──。母親從廚房那邊端來一盤白煮五花肉片和一碟醬油，也說道：

「你們都回來了。」

「順德呢？」佑一問。

「在裡面躺著呢。不用理他。等一下他自己會起來吃。」父親說。

「生病了嗎？爲什麼在裡面躺。」

「生什麼病。還不是因爲吹大顆氣球，吹破了。」

「不要管順德了。吃吧！吃吧！惠雪！盛飯。」母親插進來說。

事情八成不妙了。把棉被拉過頭頂，像貓一樣拱著背睡。眞想進去看看他怎麼個躺法。不到一個小時，大家就已吃完年夜飯了。緊接著，佑一從一個小布包裡拿出一個信封，遞給母親；又拿出一個紅包，遞給父親。母親微笑著，問道：

「今年生意有沒有比較好？」

「還好。」佑一回答。

「缺不缺人手？」

「不缺。」

「那就好。」

這時，順德出了臥房，大搖大擺走向八仙桌邊來，油腔滑調地說道：

「喔，財神爺回來了。」

「你怎麼了？對了，初五的會我要標。大概多少錢可以標到？」佑一告訴他。

「標什麼會。會根本就沒招成，要標什麼會。」

「沒招成？爲什麼到現在才講！」

「是這樣啦。阿林、阿泉他們兄弟倆，還有溪松、阿嬌、阿桃、瘋珠，一大群人剛開始都說要跟。也不知道是哪個鬼要抓的先說出來，說什麼順德太年輕，恐怕靠不住。結果一群人都臨時縮頭——」母親替順德回答。

「這些我不想管！我只問爲什麼到現在才講！你會害死我你知不知道！」佑一衝著順德發脾氣。「我的會錢呢？」他接著問。

「你到漢玉那邊去要吧。」順德答。

「漢玉那種地方你都敢去？好。吃進去還可以吐出來。你就給我吐出來！」

「鹹澀。人家弘銘還不一樣寄過錢來，也沒講什麼。只有——」

「他知道你會沒招成嗎？」

「知道。」

「好啊！聯合起來算計我！」

物以類聚。看起來再糾纏下去也沒什麼結果。勸他看開點吧。敦敏拉著佑一開了後門出去。

「你沒聽父親講嗎？順德吹大顆氣球吹破了。他那個人本來就只會吹氣球。我不也跟你提醒過了。」敦敏說。

「本來只以爲他無能，沒想到還會耍賴。」佑一答。「都怪我心太急，一大早就去訂了車子。這下慘了。」

「我看——，不如你自己再去招個會吧。」

「哦，這倒是個好主意。在一起一年多，看來你也摸清門徑了。你要不是讀建中，我就讓你一起來做生意。」

「我不行的。我神經細。」

那天夜裡，大家都沒什麼話好談。十點不到，佑一就決定要去睡了。走到臥房門口，他特地回頭叮嚀順德道：

「我要靠牆睡。你睡哪裡我不管，就是不要睡到我旁邊來。否則，我明天不饒你。」

「誰希罕。」順德嘟囔著。

隔天，佑一一大早就出去，說要先去找來好、招治、碧霞她們來跟會，然後再去找一個新女工。敦敏照例到地藏廟裡去找赤牛聊天。初四，佑一和敦敏上台北去了。

44 軍訓考試

自從姓佟的來當導師後，敦敏那班的軍訓課就一天比一天嚴格起來了。這一天，月考第二天，要考軍訓筆試。敦敏翻翻軍訓課本。軍訓。立正。稍息。持槍。托槍。兩眼平視。縮下巴。不管日曬風吹，都得在操場上呆站。呆站還好。可以遐想。北一女的馬子。金甌女中的馬子。大胸脯。看了老二都忍不住要翹起來的。中午不能外出了。還好帶便當，不用去福利社。帶便當的同學多好多。不能外出，缺氧。利用軍訓課來補充。精神窺馬子法。侯雲生說。但是姓佟的眼很賊。他會老鷹抓小雞。林道平！黃海義！出列。到前面來。你們兩個眼睛剛剛看哪裡？在這裡立正站到下課。這姓佟的。考筆試？聯考又不考。連化學都不念了，哪來閒工夫念軍訓？

「侯雲生!下午軍訓考試誰監考?」敦敏問。

「是范榮那糟老頭吧?」侯雲生答。

「本來是國文課。那應該是他,沒錯。」

「趁著那老花眼監考,下午大幹它一場。」

下午三點十分,上課鈴剛響過,范榮就夾著考卷來了。謝一民喊道:

「起立。立正。敬禮。坐下。」

喊完,范榮一排排發了考卷,然後自去坐在講桌後面看書,考試這就開始了。敦敏看了一下題目。試述托槍、端槍的適用場合。試述跪姿射擊要訣。乖乖。要死了。這姓佟的。出這種題目。算算我能考幾分。二十吧?看來真得大幹它一場了。范榮在幹麼?看書。《兒女英雄傳》。啊哈,看小說。一定著迷了。侯雲生已經拿出課本。快翻。端槍。先答這題。射擊預習。再答這題。

「班長!」范榮叫了一聲。

一陣窸窸窣窣的聲音。

「你們在幹麼?怎麼這麼嘈雜。」他問。

「報告老師。沒幹麼。」謝一民答。

「哈哈哈!」大家賊笑了幾聲。

「沒有就好。稍微自制一下,呵——」

這老頭也挺賊的嘛。自制一下。視覺衰退了,聽覺發達起來了吧。窸窣的聲音。又傳出來了。黃海義。眞夠膽大。就坐在范老頭面前。

范榮突然放下他的《兒女英雄傳》,走下講台,站到黃海義旁邊,彎下身去拿黃海義大腿上的課本。

「你們這也太過分了吧。」他說。

黃海義不給。范榮於是用雙手去搶。剛得手，黃海義又雙手搶了回去。兩人竟然拔河一般地在那裡搶那本軍訓課本。鬧了半天，突然「刷」地一聲，把那本課本撕破了。黃海義拿著破課本，瞪著范榮，淡淡地說：

「我要去告。」

「哦，你惡人要先告狀。好，你去你去。你這眞是——」范榮回答到此，侯雲生搶先接下去大聲唸道：

「朽木不可雕也，糞土之牆不可杇也。」

范榮似乎自覺沒趣，回到講桌後面坐下，望著窗外發呆去了。書大概看不下了吧，剛做了這麼有失身分的事。該怪誰？逼得我們只好作弊，有罪惡感，像偷人家柴皮那樣。誰爲爲之？孰令致之？侯雲生寫到哪裡了？抄吧。全部都是標準答案。滿分。

不到半小時，大部分同學都繳卷了。大家聚在走廊角落。敦敏擠了進去。發現原來是謝一民拿了一本發黑的老書，在那邊晃著炫耀。

「魯迅耶！魯迅耶！」謝一民喊著。

「噓——」侯雲生制止他。「什麼東西，我看看。〈孔乙己〉。國文讀本第四冊。開明書店出版。哪兒弄來的？」

「牯嶺街。花了我二十塊錢呢。」

「大家輪流看。我先吧！」

「要詐。你。」黃海義說，說完就伸手去搶書。

「黃海義，你等著姓佟的抓你去大卸八塊好了。又在這兒搶書。」

「見利忘義。要不是我打了犧牲打，你們能在這兒享福嗎？」

「好了，好了。分組看。我和你和敦敏先看吧。」

侯雲生這傢伙，還眞念舊情呢。高一十二班的老同志。三人一起進了高二一班。一班。是最好還是最壞呢。姓佟的當導師。看吧。看吧。「滿口之乎者也。」「不多不多！多乎哉？不多也。」這不是徐復文嗎？不過徐復文比他體面多了。建中老師。口袋鼓鼓的。說不定比魯迅還體面呢。魯迅。三十年代作家中的大左派。三十年代作家幾乎都是左派。逃。不。要說轉進。轉進到台灣的有幾個呢？胡適。梁實秋。還有誰？沒來台灣而不是左派的有幾個呢？朱自清。〈背影〉。徐志摩。〈再別康橋〉。「多乎哉？不多也。」比魯迅還體面。徐復文。要熬到最後才能吃香喝辣。從一而終。但是，民心有向背。向背。所以就兵敗如山倒了。轉進到這寶島上來。「台灣稱寶島。」寶島香菸。新樂園香菸。心理建設。全民武裝。軍訓。作弊。作弊。建中的學生考試作弊。當大家都認為應該作弊。咳！這麼優秀的學生。太糟蹋我們了。還有范老頭。走了沒有？以後這老師怎麼當下去？裝孫子吧。大家都。賀校長到美國去了。對了。當初轉進到美國去的有多少呢？「危邦不入，亂邦不居。」來來來，來台大。去去去，去美國。去美國吧。只是，現實。我們都得面對。用功點，先進台大再說吧。

「哈——」要降旗了。去接受心理建設吧。

隔天中午，黃海義被傳到教官室去了。整整過了一個小時他才回來。大家看到他笑著走進教室，都鼓掌叫好。不久，美術老師蔡正來上課了。他叫同學帶水彩和水壺到植物園去寫生。大家聽了，又鼓掌起鬨一回。

「班長！」蔡正叫了一聲。

「有！」謝一民回答。

「你們這在幹麼？」

「報告老師。我們最喜歡去植物園寫生了。」

「下次帶個女的來，讓你們畫裸體畫，怎麼樣？」

「報告老師。我們沒這麼色。」

「這麼色？我天天在畫呢。」

「那就請老師獨樂樂吧。」

「小兔崽子。消——遣——我。出去吧！」

於是大家帶了傢伙，圍著黃海義，往植物園去了。

大家到了植物園裡，黃海義大聲說道：

「你們先去畫，先去畫。等蔡頭巡視完，跑去大樹下打盹時，再講給你們聽。」

說完，大家果眞散開了去。只剩下侯雲生、謝一民和敦敏三人與黃海義在一起。黃海義嘻嘻竊笑了幾聲之後，小聲說道：

「被我老爸鎮住了。」

「什麼？」三人不解。

於是黃海義有聲有色地把他和姓佟的的談話轉述了一遍。

「黃海義！早上范老師來告，說你軍訓考試公然作弊。你認不認？」姓佟的先聲奪人。

「報告教官。作弊是小事，大家都作的。」我說。

「范老師只告你一個人，怎麼說大家都作。」

「那是因爲他對我個人有偏見。」

「對你有偏見？」

「是的。不信可以請范老師來對質。」

說到這兒，黃海義岔開來問敦敏他們：

「怎麼樣，夠帥吧！」

「不用了。不用了。」姓佟的說。「考試公然作弊，照校規該怎麼處罰你知道嗎？」

「記個過吧？」

「記個過？最少記你大過兩次！」姓佟的陡然威嚴起來。

「大過兩次！那我不是要留校察看了嗎？我得回去報告我爸爸。」

「海義。你爸爸不是國大代表嗎？」姓佟的突然又變親切下來，親切得有些肉麻。

黃海義又岔開來說道：

「對不起。不是我故意瞞你們，是因爲家父有嚴命，不許我招搖。你們知不知道，最近外面有很多傳言，說每次選總統，國大代表就又要車子、又要房子，我老爸很困擾呢。」

「那你老爸有沒有要？」侯雲生搶著問。

「沒有要，上面自動給的啦。你們不要瞧不起我。自動給，你不要也不行，有苦說不出呢！」

「好了！好了！我們相信你清白就是了。繼續講下去吧。」敦敏說。

「是的。」我回答。

「國民大會是國家法統的寄託，是國家民意的最高代表。你爸爸在社會上有很崇高的地位，你知道嗎?」姓佟的繼續說。

「海義，叫你海義就好了，學那姓佟的肉麻點。」侯雲生插進來說。「最近聽到一個笑話，說我們中華民國總統第一任是蔣中正，第二任是于右任，第三任是吳三連，第四任是趙麗蓮。都是你老爸選出來的吧!」

「侯雲生。以後這種玩笑你最好別隨人亂傳。你知道姓佟的接著怎麼跟我說嗎?他說:『你爸爸把你交給我們，我自然會照顧你。但是請你也合作合作，好不好?告訴我，那魯迅、魯迅是怎麼一回事?』那范老頭也眞陰，連這個也去告。」

「你怎麼回答?」謝一民急著問。

「我說在外面聽人提起，大家好奇問問罷了。」

「那還好。」

「告訴你，姓佟的還追問是外面什麼人呢。」

這時蔡正遠遠走過來了。敦敏他們於是各自坐在草地上，打開水彩盒，擠水彩，隨便塗抹了起來。敦敏是個畫盲。每次來植物園寫生，他都只會畫幾根棕色樹幹和幾抹綠色葉子。所以，他不到五分鐘就畫完了。蔡正過來看看他的畫，見怪不怪，照例打了個勾，然後轉到別處去巡視。敦敏於是躺在地上，靜靜觀看藍天白雲。沒有窺馬子那種滿足感，但是慰情聊勝於無。自從換了校長，馬子久未窺了。彰中人的悲哀。今天。在建中。會來的終究來了。「五月的風，吹在臉上。」去去去，去美國。

45 玉英被打

一個週末，玉英從三峽跑來台北，找到廠裡來。她揹著舜芬，嘴角、手臂有多處瘀青，話都講不清楚，十分狼狽。

「敦敏！」她叫了一聲，然後就大哭起來。

「怎麼了？」佑一問。

「是大伯嗎？」她勉強止住哭泣，小聲問道。

這麼多年了，還沒見過面呢。眞。

「叫佑一就好了。怎麼，跟弘銘吵架了是不是。」

這時，舜芬在玉英背上大聲喊道：

「爸爸打媽媽！爸爸打媽媽！」

「別亂說！」玉英制止她。

「你也不用掩飾了。這麼明顯的事。」佑一說。「這樣吧，你把舜芬放下來，讓阿清帶一下，我們到後廳去談吧。」

阿清站了起來，從襁褓中抱過舜芬。舜芬鬧著說：

「我要媽媽！我要媽媽！」

「阿姨抱抱。待會兒阿姨帶你買糖吃。」阿清哄她。沒想到這麼一哄，舜芬就靜了下來。她一面吮著手指頭，一面還望著阿清笑。阿清。有小孩緣。天生具有母性的女人。

敦敏隨著佑一、玉英到了後廳。玉英沒有坐下。她舉腿踩在椅子上，撩起裙子，手指著大腿上一片片瘀塊。接著又掀起襯衫，露出肚子，指著一片片更大的瘀塊。

「他不怕我死呢！」她說完，哇地一聲又大哭了起來。沒想到狼狽到這個程度。曾幾何時，那個。佑一和敦敏沉默了片刻。然後，佑一問道：

「你告訴過別人沒有？」

「沒有。我不敢回娘家去講。怕他們恥笑。我們這邊，除了你們兩個，還能找誰去講？」玉英啜泣著說。

「阿鳳呢？」

「別提了。都是她害的。」

「這怎麼說？」

玉英停止啜泣，開始淡然地說，看來十分沮喪、無奈：

「弘銘自從來台北後，幾乎都不回三峽。我漸漸地就懷疑他在台北有了女人，也問過他兩三次，他都說沒有。沒想到上次他回去，竟然對我說：『沒錯，我就是在台北有了女人。看你要怎麼樣。要不要離婚？』說完就走了。我幾乎嚇死了，好久都不知道要怎麼辦。最後決定寫信問阿鳳。你知道阿鳳怎麼說？她說這種事她管不了，叫我去跟母親講。」

「跟母親講？你眞講了？」佑一打斷她。

「我講了啊！我也沒想到會發生什麼事情。」

這個玉英。眞是一點也沒變。

「咳啊！你也眞是。——結果怎樣？」

「她沒有回信。——但是她告訴弘銘了。」

母親高捧著尿桶從玉英面前走過。玉英一手捏著鼻子，一手在面前搧風，自在地說道：「哇！怎麼這麼臭。」「有什麼好珍惜的！這種狐狸精，嬈尻川。」去跟母親講。咳！這個玉英。

「結果弘銘就？」佑一又問。

「前天他回三峽去。我驚喜萬分。到了晚上，我纏著他，央求他做那件事。」

「他答應了？」

「他好像突然衝動起來，也沒有撫摸我，也沒有吻我，脫了我的褲子，就要做。」

「你不喜歡？」

「不。我很高興。我也——。但是，——做了幾分鐘，他突然停了下來，臭著臉說：『太鬆弛了，一點都不爽。不玩了。』然後穿了衣服，就睡了。」

怎麼一回事？不懂。別在口袋上方的可以帶回家睡覺。新鮮。不能長久。空虛。不爽。怎麼一回事？不懂。她又開始啜泣起來。

「我睡不著。怎麼睡得著？我穿上衣服，到客廳去，開了電視，看少棒比賽。」

哦，他們有電視。少棒。聽說看投變化球很過癮。還有，全壘打。醫生說小孩太早練變化球韌帶會受傷。但是也是一種鴉片煙。不是嗎？甚至可以撫慰睡不著覺的女人。睡不著覺。阿鳳。不知他們有沒有電視。

「我看了兩局，身體稍微平復了點。哪知弘銘突然大聲叫道：『吵死人！不要看了！』我馬上把電視關得很小聲，但是沒有關掉。又睡不著，除了看電視還能幹什麼呢？沒想到弘銘啪地一聲跳下床，跑到客廳裡，立刻就重重地打了我兩巴掌。打得我差點昏倒。你們看，我嘴邊現在還瘀血呢。他接著揪住我頭髮，把我拖到八仙桌邊，將我的頭按在桌上，說：『你自己無能，還敢吃醋，竟然告到母親那裡去。告訴你，你在鹿港，三角褲一整個禮拜才洗一次，四、五件晾在一起，全家臉都被你丟光了。你──』」

那些褲子，粉紅色的，在燦爛的陽光下顯得特別豔麗。母親用異樣的眼光盯著那些褲子，慢慢地、重重地搖起頭來。

「『尿桶也不倒，母親去倒，你還嫌臭。母親恨你都恨入骨了。甚至牽連到我。你竟然還每次在這裡講得哈哈大笑。現在又告到她那裡去。』他抓著我的頭撞了兩下桌子，然後又說：『你想不想聽聽她怎麼講？她說：「以前的人，只要有辦法，哪個不是三妻四妾的。這個嬈尻川，一無是處，心胸又窄，乾脆把她離掉算了。」我這就要把你離掉，看你想怎麼樣？』我聽了這話，心火大發。你們母子兩人，心也眞夠黑。我說。說完，我就去推他抓頭髮的手。想不到他越抓越緊。我大概氣瘋了。我死命去咬他的手。『你想死！』他大喊了一聲，用力把我推倒在地，然後從身後架住我雙臂，把我拖到臥房，用綁皮箱的繩子捆住雙手雙腳，然後就又打又踹。啊我又不是豬，竟然這樣把我綁著打。」

說到這裡，她不禁又哇地一聲大哭起來。佑一和敦敏都沉默無言。過了好久，她才又繼續說道：「後來舜芬醒來了。她嚇得用爬的躲到屋角去，大叫道：『爸爸不要打媽媽！爸爸不要打媽媽！』那個惡人，你說有多狠就有多狠。連孩子都不放過。衝過去啪、啪也是兩巴掌。打得舜芬直哆嗦。──想起當時，也是他先來勾引我的。而且每天講得糖甘蜜甜。才多久。如果不是有舜芬，我眞想死了算了。──那個惡人，打夠了就去喝酒，喝什麼約翰走路。也不來理我。直到他喝夠了，趴在床沿睡著，還呱呱呱打起呼來，舜芬才爬過來幫我解開繩子。那時已經兩點多了。──你們說我該怎麼辦？我好怕哪一天眞的被他打死。我──」

她又哭了起來。

「不是我偏袒自己的弟弟，我坦白說，除非你要離，不然的話，你只能隨他去。」佑一說。

「啊這不是和離了沒什麼兩樣嗎？」玉英問。

「玩膩了他就會回家的。」

「玉英，佑一講得沒錯。你就聽我們勸告吧。」敦敏說。

「啊要等到什麼時候？」玉英又問。

「就當作是前輩子欠他債，忍一陣子吧。」佑一答。

「以後做事情之前——」敦敏講到一半，又停了下來。

她不是能理解這種是非的人。也算是她的命吧。嫁進這樣的家庭。黑狗會的老大，選美會的亞軍。「于嗟鳩兮，無食桑葚。于嗟女兮，無與士耽。」照片。照片。她現在看了會想拿下來摔在地上踩吧。會不會？難說。聽她的話，她沒有恨。她只有怕。怕會被打死。不。毋寧說是怕失去。前輩子欠他債。也許是吧。要不然，該怎麼說呢？

「千萬別去成都路。在這裡休息休息，吃個便飯，然後回三峽去吧。」佑一說完，又喊道：「阿清！」

稍後，阿清牽著舜芬過來了。舜芬手上捏著一根棒棒糖。她靠上前去，抱著玉英，說道：「阿姨買棒棒糖。」

「好。舜芬乖。」玉英說完，轉向佑一說：「大伯，我去煮飯。」

「也好。你去幫阿清煮吧。」佑一答。

玉英把舜芬抱上一把椅子，然後又啜泣著說道：「像你們這裡——」不過她沒說完，就跟著阿清往廚房去了。

46 王朝天

「五月的風，吹在臉上。」去年：週末，早夜，散心。今年：週三，下午，看港澳浮屍。「自從窟洞裡鑽出來狸鼠，一切都改變了。」這麼熱的下午，叫我們去西門圓環看什麼港澳浮屍照片展。還得寫報告。這姓佟的大概想升官吧，這樣拚業績。最近週記也催得緊。還批改呢。

「海義，從植物園走吧。」敦敏說。

「已經下課，植物園裡熙來攘往，又不能窺馬子。」海義說。

「瞄瞄也好。到了西門圓環，看得你嘔吐都會呢。什麼浮屍。」

「好吧。」

他們沒有瞄到漂亮馬子。出了植物園後門，照例轉往中華路走。二人大汗淋漓地走到西門圓環，果然看到一整排告示牌上貼滿了幾十公分大小的死人照片。高一下，黃燦焜。參觀國防醫學院。停屍間。泡得浮腫變色的屍體。濃烈的防腐劑氣味。反胃。「共產匪徒自去年開始展開了慘絕人寰的大規模清算鬥爭。沿海地區無辜民眾不幸罹難者，多半被棄屍海上。至今已有成千上萬具屍體隨海浪漂流至港澳海邊。」好嚇人。究竟是真的還是假的？

「海義，你看了沒？你覺得是真是假？」敦敏問。

「我爸爸說大陸真的爆發了動亂。有傳言說，老蔣還想趁機反攻大陸呢。」海義回答。

反攻！反攻！反攻大陸去！
反攻！反攻！反攻大陸去！
大陸是我們的國土，
大陸是我們的疆域。

從紅樓戲院傳來擴音器的聲音。敦敏看看手錶。五點整。反攻大陸。要不要去當兵？十七歲了。照片很多，但是沒幾個人在看。清算？清黨？你清我，我清你。以前國民黨有沒有把共產黨清得棄屍海上？上海。雙手反綁。砰！砰！砰！砰！丟進海裡。

「敦敏，我要走了。」海義說。

「好吧，我要去西寧南路。再見了。」敦敏說。

隔週一週會時間，廖主任請來了一位反共義士。

「賊個賊個共匪那邊爆發了賊個所謂文化大革命。賊個毛匪澤東鼓動大中學生去當賊個紅衛兵，專搞賊個清算鬥爭打砸搶。賊個今天我們很高興請到賊個起義來歸的賊個紅衛兵王朝天義士，來給各位現身說法。大家賊個一齊鼓掌歡迎。」廖主任致詞介紹。

賊個姓廖的，也眞不知藏拙。賊賊賊賊個不停，還偏要在來賓之前出頭露臉。鼓掌聲。何不叫姓佟的介紹就好。不行，這可是大功一件，怎能讓旁人染指。紅衛兵？長成什麼樣子。王朝天走到麥克風後。穿著淡色短袖襯衫，卡其色西褲。和我們這裡沒什麼兩樣。

「各位領導，各位同志，我是王朝天。」

矮矮壯壯的，像個種田人。但是台風眞穩健。看起來蠻見過世面的。

「我唾棄了毛澤東！唾棄了共產黨！因此，在上上個月裡，我冒著生命危險，從廈門游泳到金門，投奔了偉大的自由祖國——台灣。這裡的各級領導同志在熟悉了我的狀況之後，決定給我一個立功的機會，派我到台灣各個著名中學，向同志們匯報大陸同胞水深火熱的悲慘現況。」

這老兄用語有點參差，彷彿還有點不知今夕何夕似的。

「來到貴校，我感覺特別親切。因爲文化大革命爆發前，我在廈門一中讀書；我到現在都還無法忘懷那時的幸福生活。文化大革命之所以爆發，本來是因爲黨內有很多幹部，搞官僚腐化，搞資本主義復辟，成爲反革命權威，逼得毛澤東發動以大中學生爲主的廣大人民群眾，造這些幹部的反。但是，不久——」

哇噻！這老兄。李敖第二。敢公然表示要對反革命權威「造反」。我們也是革命黨專政。我們揭櫫的是民主自由。所有在位者，誰搞官僚腐化，誰反民主自由，誰就是反革命權威。要造他們的反。造反。把姓蔡的、姓廖的、姓佟的都給抓起來。造反。白娘子，鎮於雷峰塔。孫悟空，鎮於五指山。李敖，鎮於哪個監獄？綠島？咳呀！沒有老蔣的支持，造反何其難啊！這綠島像一隻船，在月夜裡搖呀搖。

「原來毛澤東只是利用我們爲他掃除政敵而已。掃除完了後，尾大不掉，就開始分化鎮壓我們。」

果然不錯，哪會眞正讓年輕人造反。

「但是我們也不認輸。」

敦敏用手肘碰碰身旁的侯雲生，輕聲問道：

「覺得怎樣？」

「好耶！好耶！」

「看來我們很落後呢！」

「是啊！」

正說著，突然傳來謝一民壓低的喝斥聲：

「肅靜！」

這傢伙，狐假虎威，眞管起來了。先鬥爭他。也不行。他只是當班長，被姓佟的抓去升降旗當分身而已。他一定也見獵心喜呢。見獵心喜。范老頭教的。什麼事情會讓范老頭見獵心喜呢？鎭壓紅衛兵。海義就是我們這裡的紅衛兵。

「怎麼鬥爭法呢？有個校長，我們把他緊緊綁在竹叢下。過了十天八天，竹筍長出來了，那個筍尖就直往他肛門裡長。他痛得叫爹叫娘。再過了幾天，他就一命嗚呼哀哉了。」

也眞殘忍呢。鬥爭起來。家庭鬥爭。弘銘。玉英。狠的人贏。不公。不公。這不是鬥爭，這是欺壓。但是怎麼去分辨鬥爭和欺壓呢？海義不甘寂寞地從行尾閃了過來。

「可以鬥爭反革命權威呢！只要有人罩我們。」他說。

「老蔣會罩你嗎？」敦敏揶揄他。

「大概有你老爸罩你就夠了吧？」侯雲生附和。

「沒意思。」海義說著，閃回去了。

講起鬥爭人的事，王朝天越來越起勁。他足足講到下課鈴響，才跟著姓廖的、姓佟的走了。對了。姓蔡的跑哪兒去了。這麼大的陣仗，怎麼沒來共襄盛舉？

「大家都那麼不合作，拚命講話。姓佟的在司令台上一直瞪著我，你們知不知道？」不多久，謝一民終於忍不住抱怨起來。

「你發燒了沒有？」侯雲生伸手去摸他額頭。

「神經！」他歪了一下頭。

「好耶！好耶！造反。把范老頭緊緊綁在竹叢下，讓他肛門——」海義大聲嚷著。

「你當心點。」敦敏說。「有一件事我不懂。這王朝天比李敖還厲害，上面怎麼會想到叫他到各中學演講呢？」

「應該考量過了吧。說不定有給稿子，只是他不照稿唸。」海義說。

「你變聰明了呢，海義。」侯雲生說。

「去你的！」海義說。「賊性難改。紅衛兵呢！專搞批鬥的。一上了台，保證什麼好的都講出來。」

「人家也講了一些毛澤東、共產黨的壞話啊！」謝一民說。

「那沒用。那種話聽太多，早就變成臭襪子了。最重要的是暗示作用，心理學上所謂的暗示作用，suggestion，你們知道嗎？」侯雲生說。

「喔！學問這麼大。不管它什麼 tion，王朝天這一四處去演講，絕對造成一股風潮。說不定上面也想趁機鬥爭一些反革命權威呢。」海義說。

「有喔！有喔！上面早就在設法造成一股風潮了。」敦敏說。

「什麼風潮？」海義問。

「中華文化復興運動啊。『倫理、民主、科學，乃三民主義思想之本質，亦即為中華民族傳統文化之基石。』要發揚三民主義，復興中華文化。復興得讓你溫良恭儉讓，讓你有事弟子服其勞、有酒食先生饌。這一定是衝著李敖來的。文化改革，鬥都沒有。反革命權威只有一個，那就是李敖。奇怪的是，抓了個李敖，卻捧出個王朝天。不懂，眞是不懂。」敦敏難得地大發議論。

「眞沒意思。」海義說。說完，大家回教室上課去了。

隔週，聽說王朝天果眞換到北一女去演講。但是，以後就好久都沒再聽到他的消息了。幾個月後，市井謠言就傳說那老兄在大陸搞得太過火了，被當犧牲打打到台灣來。給個不可能的任務，然後任其自生自滅。政治就是這麼一回事。咳！政治。

47 夢煙同學

夢煙同學：

才通了幾封信，就快到你的生日了。時間過得眞快啊。信寫得少，不是因爲不在乎你，是因爲課業壓力越來越重了。學校的考試可以混過去就算，聯考卻是不能不嚴肅面對的。你一定可以理解這點吧。

你說生長在鄉下清寒之家，每次寫信給我都有點自卑感。這你就說錯了。我不是告訴過你嗎？我是鹿港人，不是台北人。而且，我家住在市區邊緣，很靠近公墓，幾乎可說是在貧民窟了。至於清寒嘛，我家可能連清寒都稱不上。根本就是赤貧。每次跟人提起家境，我就有點心酸。但是並不是因爲赤貧。世間還有比赤貧更令人心酸的。我平日不常跟人家談到這些事情。今天特別對你提起，是期望我們都能從通信中得到一些喜悅和慰藉。

你又說你沒有兄弟姊妹，覺得很孤獨。這也錯了。有兄弟姊妹不一定就不孤獨。我常常覺得，家裡人少些，反而比較單純。

再說功課。我覺得你也沒有理由自卑。你如果來台北應考，焉知一定考不上北一女、北二女？而且你會種花，又會做家事。我則四體不勤、五穀不分，雖然不是紈袴子弟，卻是飯桶一個。吾不如老農。吾不如老圃。這是沒面子的事。即使是孔子，也不能找到藉口。

我不知道你的這些感受是不是看多了瓊瑤才有的。不過，我要說句眞心話：有些小說看多了是會中魔的。

關於照片的事，我覺得很抱歉。老實說，除了交給學校的大頭照外，我從來沒有拍過照片。而大頭照怎麼能拿得出來呢？至於我是不是長得一副學究相，日後有機會，見見面你就知道了。

眞神奇。這些甚至對侯雲生和海義都沒提過的事，爲什麼會這麼自在地說給一個只通過三、四封信的人聽呢？重色輕友。他們兩個要知道了，一定會如此譴責我。但是我從沒見過她的色。距離。一定是距離。距離使人覺得安全，覺得不需僞裝。但是，人家不是常說，當兵的人一抽到金馬獎，女朋友就跑了嗎？看來也不是距離。那究竟是什麼？是什麼？是隱身。隱身使人覺得神祕，覺得好奇，覺得想望。但是，好奇、想望就會讓人講出貼心話嗎？沒想到這交筆友會扯出這麼大的學問來。換個角度來想想吧。如果她是男的。我會對她講嗎？大概不會。如果她已經三、四十歲呢？大概也不會。如果她不老是自我貶抑，而是像那個小芳一樣，老是自我誇耀呢？大概仍然會。如此歸結起來，不依然就是色嗎？但我清清楚楚知道，絕不是色。下次再想吧。眞奧妙，這人生的事。對了，以前和林秋蘭交往時，如果只通信，大概就沒事了吧。眞可惜，那時不知道有筆友這檔子事。

過了暑假就高三了。到時會更沒時間回你的信。請你務必要諒解。也請你務必保持聯繫。

祝

好！

敦敏　七月一日

昨天寫給夢煙，今天寫給小芳。才兩個就得這麼忙，不知赤牛忙成怎麼一副德行。得警告警告他，要不節制，明年恐怕要考到台東花蓮去了。這個小芳，很不容易給她寫信。自尊心特強，又好像動了心了，行文措詞稍一不妥，馬上會傷到她。一個人眞會喜歡上素昧平生、只通過幾封信的異性嗎？眞會吧。十六歲的少女。幾乎忘了自己是十七歲的少男了。不知怎地，總覺得已經活了好久好久。不能再跟她增進感情了。眞地就瞎扯淡一番吧。但是這豈不純粹浪費時間？談些她們女生沒興趣的話題，讓她知難而退。女生最沒興趣的話題是什麼呢？政治。對。但是政治能在信中談嗎？能。只要裝孫子。就這麼辦。寫封又長又臭的信給她，看她怎麼回應。

小芳同學：

「叫我小芳就可以了。」台北的女孩果然比較熱情。不過我可不是台北的男孩。偏要叫她同學。

過了暑假我就高三了，到時可能沒有多少時間可以給你寫信，請你見諒。關於見面的事，我家裡說考上大學前不准交女朋友，所以只好等到明年暑假再說了。

爲了讓你高興一下，下面告訴你一些有趣的事。

這樣寫似乎很傷人。不過，不給她潑潑冷水也不行。素昧平生，只因爲是建中學生就這麼熱中，萬一碰上個招搖撞騙的要怎麼辦。十六歲的少女。情竇初開。說不定從沒戀愛過。又崇拜徐春華。大概不是個精明伶俐的人。不得不保護她。好吧！繼續寫吧。

五月裡，我們的總教官兼導師叫我們去西門圓環看港澳浮屍照片展。不知你去看了沒有。眞噁心。那些屍體都腫得一個頭兩個大，上頭還長蛆。聽說都是共匪清算鬥爭的無辜受害者。不看的話還眞不知共匪有多泯滅人性呢。我們能活在自由的國度裡，高高興興上學、快快樂樂交朋友，是多麼地幸福啊！有個叫王朝天的紅衛兵，起義來歸，到建中和

哦，千萬不能提北一女。

到建中來現身說法，更讓我們印象深刻。

好了。饒了她吧。再寫這些實在太傷感情了。寫些——

你說你很喜歡〈台灣好〉。但是我聽了這首歌後，感受很複雜。我是聽這種歌長大的。我對這種歌又愛又恨。如果能證明港澳浮屍是事實，那我的——。不說了。今天淨跟你講些奇怪的話，眞對不起。下次再談吧。

敦敏　七月二日

看來我是個有婦人之仁的人。狠不下心。會壞事。但是異性交往似乎有理性難及的地方在吧。林秋蘭、和燕、夢煙、小芳。我跟哪個有純用理性可以解釋的感情，不，交情？這夢煙和小芳更是神奇複雜。十六、七歲的少男少女，正是感情發飆的一群，爲什麼夢煙對我、我對小芳會這麼退縮、壓抑呢？我們跟那個龔凱、那個楊美惠，那個弘銘、那個阿鳳，究竟爲什麼不同？現實。我們都得面對。只要窺窺馬子就夠了。如果我現在仍然能和侯雲生或黃海義去植物園窺馬子，我會對這兩個筆友產生興趣嗎？現實。那個夢煙有什麼無法克服的現實要面對呢？啊！困惑。煩惱。都是赤牛惹的禍。寫封信去罵罵他。

赤牛：

你這傢伙，一定忙著在給筆友寫信吧？還跟幾個在寫？告訴你，墮落要有個限度。不節制節制，你明年恐怕要考到台東、花蓮去了。

託你的福，我多交了兩個朋友。記得，是兩個異性朋友。現在，我慘了。日久生情，寫出感情來了（一定要保密哦）。或者說，寫出交情來了。女生對這種事情很敏感。我遣詞造句都得小心翼翼。苦死了。

他一定會說我自作多情。或者會叫我喜歡誰就到誰家門口去站崗。事情就這麼簡單。算了，這事乾脆就不再說了。談些正經點的吧。

已經到了該考慮選系問題的時候了。我發現我對文學、歷史、哲學都有興趣，不知將來志願該怎麼填。有些同學建議我說，第一志願最好填台大外文系。因爲將來如果想轉系的話，由外文系轉其他系很容易，由其他系轉外文系就很難；而且台大的外文系聽說也辦得比其他系上軌道。乙組最高志願呢。我眞得好好拚了。你說你要追隨李敖。李敖是學歷史的，那你就篤定要進歷史系了，是不是？要記得，不要追隨得被抓去哪裡都沒人知道喔。順便告訴你，五月裡有個「起義來歸」的紅衛兵到建中來演講，講到很多「造反」的事。我一個姓侯的同學說，這會產生「暗示作用」。果然，很多同學聽完了後都心癢癢的。比李敖還厲害呢，這個紅衛兵。國民黨那批人眞眞是搬石頭砸自己的腳。可憐，每天只會在各處動小手腳，黨同伐異；眞正要事沒個人能辦得妥帖。我看，不用多久，終會亡黨亡國吧。還有很多新鮮的事情，以後見面再告訴你。

願明年一起進軍台大。

敦敏　七月二日

48 陰蝨

來好的父親突然中風，家裡來了快信，把她叫回鹿港去了。佑一眞正急得像熱鍋上的螞蟻一般。這是冬長褲最當季的時候，五個女工都嫌少了，再少了一個，要怎麼辦？佑一忙著四處找人。還好，三天後就由永樂市場的布行那邊介紹來一個叫月紅的女孩了。彰化線西人。佑一告訴大家。算來也是同鄉。大家要互相照顧。只是這個月紅，兩眼充滿血絲，好像沒什麼元氣，又不太理人，連阿清都無法跟她親近。

有一天，敦敏把佑一拉到後廳裡，低聲問道：

「這個月紅，可以嗎？」

「看看再說吧。」佑一回答。

「好像有什麼病。」

「氣管不好。」

「哦，你知道。」

「布行青森仔告訴我的。說是先前在高雄加工區電子廠工作，整天吹冷氣吹出來的。」

高雄加工出口區。聽說每天派遊覽車到鄉下載女孩子去工作。還有宿舍讓遠地的女孩子住。女孩子。工作。賺錢。但是聽說風氣不太好。今日公司。品格酒吧。

「行爲有什麼不對勁嗎？」

「這個我沒特別去問。怎麼了，你發現什麼——」

「沒有！沒有！只是覺得她有點不同罷了。」

佑一回到前廳去了。

那天傍晚，剛吃過晚飯，敦敏和阿清她們都上閣樓去休息。敦敏把椅子拉到房門口，想和阿清聊聊天。他發現月紅單獨盤坐在房間一角，其他人都坐在門口。疏離得這麼厲害？這樣子往後大家怎麼在一起過日子？

「月紅！」敦敏叫她。

「嗯。」月紅應付了一下。

「你也坐到門口這邊來，大家一起聊聊天吧。」

阿清聽了，張口瞪著敦敏，然後微微搖了搖頭。爲什麼？連阿清都——。

「敦敏，我們要下去工作了。」阿清一說完，她們一夥人就相繼起身下樓去了。

這樣不好。設法了解一下情況。

「月紅，佑一說你氣管不好，會不會覺得工作很辛苦？」敦敏問。

「還好。」月紅答。

「那眞好。」

「這裡沒有冷氣。」

「是啊！——你不喜歡阿清她們嗎？」

「沒有啊！是她們不喜歡我。——剛來時還好，過了兩三天就不太理我了。」

「是不是大家有什麼誤會？」

「沒有啊！不過我也不怪她們。」

「是麼。」

講話有點急促，但是顯然很誠懇。不像是個難以相處的人。所以，或許不是她不搭理別人，而是別人不搭理她。爲什麼？連阿清這樣的人也——。

「我要下去工作了。」

「你請吧。」

收工後和阿清談談。

十二點半。收工了。敦敏站到房門口。阿清她們一夥人爭先恐後地上樓來拿盥洗用具和換穿衣褲，彷彿在躲空襲似地。怪事。從來沒發現她們會這般騷動。最近功課很重。被那橢圓、拋物線、雙曲線什麼的弄得頭昏腦脹。還有三民主義。老是在那邊爭什麼本質、特質、精神。玩文字遊戲。是不是因為內容空洞，所以得設法讓形式多樣點？咳！多希望三民主義跟軍訓一樣，不用考。這般騷動。今天才發現。是不是也和月紅有關？月紅又自己一個人盤坐在房間一角。阿清她們陸續回來後，已經快一點半了，月紅才下樓去。

「阿清！你過來我這裡一下。」敦敏說。

「阿清，你們是不是不喜歡那個——」

「月紅嗎？沒有啊！」

「那為什麼——」

「哦！沒辦法。」

「沒辦法？」

「以後再詳細告訴你。」阿清說完，回去了。

敦敏摸不著頭腦。他關了房門，把蓆子、被子鋪好，躺下去，想著。線西，比鹿港偏僻落後很多。肯定也民不聊生。十幾歲的女孩子，單身到高雄加工廠去裝電子零件。從早到晚，一個個不停地裝同樣的零件。虧她讀書不多，不會胡思亂想。要是我，那簡直要我的命。我這麼不停地想東想西好嗎？神經衰弱。失眠。阿桐伯補腦丸。真吃了不曉得會不會好？白問。反正吃不起。一瓶三百五十元。什麼東西？這麼貴。鹿茸、海狗鞭。吃了會流鼻血、翹老二的。世間人，各有各的苦。所以要互相體諒、互相照顧。這個月紅，不該太為難她。該睡了。「看看再說吧。」「以後再詳細告訴你。」留校察看。睡了。留校察看。幾點了？快兩點了。月紅上樓的聲音。洗這麼久。她們怎麼睡呢？大家都躲著她。睡吧。

第二天敦敏由學校回家，又發現了新的怪事。他去上廁所。他看到陽台外的曬衣桿兩端擠滿了女用內衣褲，獨獨一件淡藍色尼龍三角褲懸在中間靠廁所的地方，兩旁空蕩蕩地隔出兩尺遠總有。這是女工晾的衣褲。原來如此。不是在躲她這個人，而是在躲她的三角褲。性病？性病會透過三角褲傳染嗎？應該只有性交才會傳染吧。高雄加工出口區。或許吧。只是阿清她們也太緊張了一點。惶惶不可終日。

敦敏上過廁所，來到前廳，又把佑一拉到後廳去。

「佑一，外面她們那些內衣內褲你看到沒有？」敦敏低聲問。

「看到了啊。」

「有問題吧？」

「不錯。」佑一接著湊到敦敏耳邊，細聲說道：「陰蝨。——阿清告訴我的。你不要講什麼。過一陣子再說。」佑一說完，走了。

敦敏雙手倚在餐桌上，支著下巴。在五燭的昏暗燈光下，月紅坐在牆角，向著牆，掀開三角褲，低頭伸手在她那片惱人的毛叢裡，嗯，罪惡的毛叢裡，搜索。兩眼充滿血絲，指端集中全心的怨恨和恐懼和迷惘不停地抓起什麼東西往牆壁上亂擠。其他人遠遠坐在房門口，假裝若無其事地斜瞟著她的背影。無聲無息。昏暗的燈光。亂蓬蓬的毛。剃光不就結了。剃成白虎。兩頰微微有一些雀斑。嘴不大不小，嘴唇不薄不厚，肯定曾經非常可愛。可在這裡，每天兩眼充滿血絲，額頭發黑，要不是講話急促，恐怕要被誤以為縱欲過度。陰蝨。也許曾經那樣。陰毛濕黏黏的一片。光著身子穿內褲。假如黑臉仔。只是運氣好壞而已。一個十幾歲的女孩，單身離開民不聊生的家鄉，到龍蛇雜處的地方去討生活。也真可憐。佑一要怎麼處理？「看看再說吧。」「過一陣子再說吧。」留校察看。

敦敏又去把佑一找到後廳裡。

「勸她去看醫生吧。」敦敏說。

「你別急。這種事得她本人有意願才行。要不然，一說破她就待不下去了。」佑一說。真慚愧。這麼沒大腦。佑一畢竟沒有虛長我十二歲。連阿清，看起來那麼憨直的人，也想得比我周到。是佑一告訴她的吧。

「你想什麼？」佑一問。

「沒什麼。」敦敏答。

「這種病密醫又特別多，並不是說看醫生就可以去看的。還有，阿清膽小怕事，不敢帶她去。到時候還得我出面，一男一女。你知道有多困難了吧。」

「我知道。不過，如果拖太久了，其他女工——」

「這也沒錯。好吧。就試試看吧。」

那天晚上，月紅下樓去洗澡後，阿清跟了下去。臨走前她特別叮嚀其他人不要下去打擾。她們兩人直到兩點才回來。月紅微微啜泣了一陣。敦敏睡了。隔天下午，敦敏回到家裡，沒見到佑一和月紅。

「是不是去——」她問阿清。

阿清點點頭。傍晚時分，佑一他們回來了。月紅雙手各拿了一大瓶藥水，臉上露出一點笑容，上閣樓去了。佑一把敦敏叫到後廳。

「沒有其他問題，只是蝨子而已，用藥水洗一陣子就會好了。」他告訴敦敏。

「太好了。人生——很難啊！」敦敏說。

「你現在才知道？」

「不。我早就知道了。」

49 中鏢

第四節下課了。值日生去抬來便當。最近日子眞難過，一天到晚都在念書。已經五月了，不拚也不行。吃便當的時刻，多麼輕鬆愉快啊。劉偉德拿著便當，走到敦敏前面的空位坐下，說道：

「敦敏，聯考快到了，怎麼看你一點都不焦躁。你有什麼祕訣，分享一下如何？」

「對！對！分享一下。」旁邊的侯雲生附和著。

「說老實話，我對讀書有興趣，不管考不考試，反正讀就是了。但是，儘管如此，最近也膩得發慌呢。什麼不會焦躁。你們看走眼了。」敦敏回答。

「你這樣就是高竿了，你知不知道？我根本就提不起興趣。每天吃過晚飯，我就騎上摩托車，飆到三重去看脫衣舞。說來眞糗。有一天，我飆到天台戲院，看到招牌上寫著歌舞團，就買了票進去。沒想到一開場，演的竟是歌仔戲。我還以爲是戲院要逃避警方取締，故意僞裝欺敵，就耐心等了下去。結果歌仔戲演到散場。我出門一看，原來招牌上寫的是歌仔戲決賽公演。眞叫人啼笑皆非，是不是。最糟的是，那一天回到家裡，情緒跌入谷底，在房裡踱來踱去，什麼事都不想做，最後失眠了一整夜。如果不是想到整個未來，眞想把書全都丟了算了。」劉偉德說。

「一文錢困死一個英雄。一個考試困死全天下英雄。的確可哀。」敦敏說。

「這就是要你全天下英雄盡入吾彀中，你懂吧。」侯雲生說。

「侯雲生，你越來越出語驚人了呢。」劉偉德揶揄他。

「去你的。——告訴你，你那還不是最糟的。你沒聽說嗎？林清水和黃勝光跑去亂搞，中鏢回來了呢。」侯雲生說。

「聽說了。只是不知是眞是假。而且，怎麼斷定也和聯考壓力有關呢？」劉偉德問。

跑去寶斗里。會怕熟人撞見。大概跑去歸綏街了吧。少年的，進來坐吧。三十塊就夠了。腰間掛著鑰匙串，腳上穿著白皮鞋的皮條客拉人拉到街心來。別害羞啦，別害羞啦。於是猶豫不決、半推半就地就進去了。不曉得怎麼個搞法。中鏢？

「不知是眞是假？那個林清水，無緣無故地走路一跛一跛。上廁所頭頂著牆壁小半天小不出來。不是中鏢是什麼。說起來也眞可憐，單身從嘉義朴子來台北讀書，壓力大也沒人關懷。」

月紅。可是林清水不同。他是建中學生，是拔尖的青年。

「黃勝光。臉色蒼白，整天遊魂似地晃來晃去，難道你們沒發現嗎？」

海義也捧著便當過來了。

「你們在講什麼好聽的？這麼交頭接耳地。」他問。

「你眞好事呢，海義。哪裡有事你人就到哪裡。」侯雲生調侃他。

「別假正經了，大家都半斤八兩。套句敦敏的話來說：如果沒有這些小道新聞，我們那枯竭的心靈要靠什麼來滋潤啊！」海義說。

「在說林清水、黃勝光好像中鏢啦。」劉偉德說。

「眞的！眞的！十點鐘我去福利社，看到黃勝光那傢伙竟然躺在櫃檯前的地板上吃冰棒。搞不好發神經了呢。」海義說。

一點十分，上課鈴響了。是數學課。王啓雄準時進了教室，走到講桌後，翻開課本，開始上課。他在複習概率。這東西對我就像《易經》一樣。順德的《易經》。不，說不定比《易經》更令人頭疼。基本概念倒不難，可是每次一碰到考題，都幾乎不知如何下手。除了人生之外，世間還眞有些其他難題呢。我已經決定要去探索人生的難題了，這其他難題就少費點心吧。上蒼保佑，今年數學不要考概率。上了一、二十分鐘課後，黃勝光突然晃進教室來。他一邊吃冰棒，一邊張大眼睛，四處瞪來瞪去，然後晃到他座位去了。王啓雄驚訝地看著黃勝光。他只有二十八歲，還年輕氣盛，能容忍這種行徑嗎？氣氛眞凝重。沉靜了兩、三分鐘後，王啓雄終於忍不住開口了：

「那位同學，請把冰棒丟掉。要不然的話，就請拿到外面去吃。」

講得十分節制。但是黃勝光好像沒聽見。不久，王啓雄又說道：

「我再說一次——」

說到一半，黃勝光終於站了起來，拿著冰棒晃出教室去了。於是王啓雄又繼續上課。

一下課，侯雲生就去把謝一民拉來，正經八百地說道：

「你是風紀股長，這事得管管。」

「你們這些傢伙。君不見，姓佟的氣得滿臉紅漲，訓斥道：『去年你們故意選個最會調皮搗蛋的當班長。今年班長不能當了，又選他當風紀股長。你們硬要這麼做，後果自己負責。』我不管，後果你們自己負責。」謝一民說。

「管他姓佟的怎麼說。民主選擧嘛。除非他們不搞民主選擧。」

「我也不願去做報馬仔。」

「一民，話不能這麼講。這個黃勝光，還有林清水，假如你放著任他們去的話，前程可能就毀了。替他們想想，做點事吧。」敦敏說。

「就算我肯管，又要怎麼管法？萬華那麼多性病醫院，你能說哪家不是密醫？況且他們可能根本沒錢。」

「你不要提什麼報馬仔，就把事情交給姓佟的去處理。得出錢就讓學校去出。這樣不就結了。」

「不行！會記過呢。一旦姓佟的知道他們去嫖妓。」侯雲生說。

「記個過總比斷送前程好吧。」敦敏說。

「也對。得個什麼梅毒、菜花，搞不好人就廢了。好吧，下節下課我就去報告姓佟的。」謝一民終於答應。

「看！你這風紀股長沒有白當吧。民主選舉萬歲！」侯雲生調侃他。

最後一堂課謝一民晚了半小時才回來。他進門後向敦敏和侯雲生做了個V手勢。一下課，敦敏和侯雲生就劈哩啪啦把課本筆盒塞進書包，趕到謝一民座位來。

「搞定了。」謝一民眉飛色舞地說。

海義也來了。

「定什麼？」他問。

「降旗後再說吧。」謝一民說。

降完旗後，姓佟的破例訓話說：

「各位同學課業壓力重，尤其是應屆畢業生，要努力尋找一些純正娛樂，紓解壓力。不要涉足不良場所，反而造成新的身心困擾。」

「這姓佟的，說風涼話。謝一民，怎麼樣？開始講吧。」侯雲生說。

「我一進教官室，姓佟的就狠狠地瞪著我，好像很不甘心當我的手下敗將似地。『來幹什麼？』他冷冷地問。沒想到我報告完後，他竟然沒發脾氣，只是淡淡地說：『這種事情也並非不能理解。你不要張揚，回去叫他們明天中午來找我報到，其餘的我來處理就好了。』」

「哇噻！超仁慈耶！而且，講得這麼輕鬆，莫非已經處理過很多類似case了。」

「完全沒提記過懲罰的事？」敦敏問。

「對，完全沒有。」

真難理解。管束越來越緊的學校，學生嫖妓居然不懲罰。「並非不能理解。」沒錯。食色性也。順德耽於食，阿鳳、弘銘、月紅耽於色。月紅。陰蝨。淋病、梅毒、菜花。林清水、黃勝光。得了什麼？好像都同樣是那麼一回事。但是林清水、黃勝光畢竟不一樣。應該同情他們。但是也應該懲罰他們。懲罰是同情的手段之一。讓他們免除罪惡感。和男生談戀愛，要記過。和女老師談婚外情，要永不錄用。高三學生嫖妓，可以理解。這是什麼和什麼的差別？建中和彰中、彰女的差別？台北和彰化的差別？五年後和五年前的差別？是哪一個？哪幾個？

「敦敏！你發什麼呆你？別老是悶在那邊胡思亂想。有什麼屁，放出來吧。」侯雲生說。

「『並非不能理解』，這點我無法理解。」敦敏說。

「對！對！上次我考試看個書，就把我調去嚇唬一陣。這次嫖妓中鏢回來，竟然說沒事。我也不是不同情那兩個色鬼。只是公理何在啊？」海義說。

「考試看書？軍訓考試呢！軍訓呢！海義。」侯雲生說。

「你的意思是說事有畸輕畸重嗎？」海義問。

「對了。你眞開竅了呢！海義。」侯雲生答。

或許是吧。自從有了品格酒吧，有了李敖。不過也不是每個都那麼糟。看佑一。看赤牛、海義、侯雲生、謝一民，甚至劉偉德。還有那夢煙和小芳。不是都好好的嗎？德不孤，必有鄰。

「敦敏！你不要又悶著想了。一民，以後只叫你一民就好，喔。你做了一件好事。救人一命，勝造七級浮屠。犒賞犒賞你。我帶你到重慶南路去看北一女的馬子吧。」侯雲生說。

「去你的！」一民推了侯雲生一把。

50 大專聯考

辛苦了這麼長一陣子，結果就要看明、後兩天的考試了。今晚不知能不能睡好。對了，康貝特和高麗參呢。起來看一看。敦敏爬了起來，到書桌邊去，打開書包。都帶了。歷史課本。眞慘。整整兩冊沒背，明天不知如何應付。

「你又起來幹麼？」順德問。

「看看康貝特和高麗參帶了沒。」敦敏答。

「我都幫你看過了。你不要這麼緊張嘛！」

「其實也沒特別緊張。我老是這樣。」

「我們聊聊天吧。說不定聊著聊著就睡著了。——說實話，我眞沒想到佑一會叫我來陪你考試。我本以為上次的事——」

「他忙嘛。——想起失眠，我眞不敢相信，我讀小學的時候就有過一次經驗。」

「小學？」

「對。你在彰化西藥房的時候，有一次夜裡颳颱風，母親帶著惠雪和我到地藏廟裡去避難，只留父親看家。我在漆黑中朦朧看到十殿閻君，全身不寒而慄。我想起地獄裡開膛剖肚的景象，想起颱風把我們的屋頂颳走，父親、母親在大廳裡飛竄。我緊緊抱住惠雪，閉著雙眼，學阿勉那樣不停喃喃唸著南無觀世音菩薩。不知到了什麼時候才似夢似醒地睡著。人家說神經細的人膽小，容易緊張，我看我就是這樣吧。」

「或許吧！這我也不懂。不過，以前在西藥店時賣過阿桐伯補腦丸。你有沒有試過？」

「收音機裡也聽說過，只是並沒試過。根本就買不起。」

「買不起？佑一不是賺了不少嗎？」

「賺不少？我看他只不過根基穩了一點而已。」

「但是他每次回鹿港都說生意做得很好。」

「那我就不曉得了。幾點了？」

「一點多。」

「今晚特別爲我提早收工。看來也白費了。」

「不要急，不要急。要不要唸唸南無觀世音菩薩？」

「不用了。再聊吧。那洪惠玲最近怎麼了？」

「從去年起就說功課忙，不太來找我了。」

「你有沒有另外找女朋友？」

「找什麼女朋友？鹿港那種地方。等以後出去彰化、台中做生意再找吧，什麼初中、高中的會找不到！」

「你又要做生意？佑一、弘銘的會錢你不是在漢玉吃光了嗎？」

「沒有啦，還剩一點。不過這次要做更大的。有人邀我一起買一支牌子，進口日本胃藥。」

「買牌子？」

「就是買進口許可證啦。有人要讓渡。」

「喔。」

……

「幾點了？」

「兩點多了。」

「好了，不聊了。讓我養養神吧。」

他都沒改變。怎麼辦？不管了，睡吧。默唱一首歌。

不管明天，到明天要相送。
戀著今宵，把今宵多珍重。
我倆臨別依依，
怨太陽快升東。
我倆臨別依依，
要再見在夢中。

再唱一遍。……要再見在夢中。夢中。敦敏這才終於似夢似醒地睡著了。

但是，四、五點鐘，太平市場的喧囂一起，就又把敦敏吵醒了。他下樓用冷水沖了一下臉，然後到前廳裡倚著裁板坐下。他不想再睡。睡不著了。六點多就得出門。他接著去廁所，但是大不出便來。不久，順德下來了。再不久，阿清也下來了。他隨著阿清到了廚房。阿清拿出他的便當盒，夾了兩個滷蛋放到裡頭；另外又拿出一張牛皮紙，包了兩個奶油麵包。酷熱的夏天。這是最好的午餐。接著，阿清用剩飯熬了稀飯，又煎了兩個荷包蛋給他和順德吃了。六點十分，臨行前，佑一在後廳叫道：

「你們兩個，好好拚啊！」

考場在北一女的至善樓。他們兩人搭十四路公車到了台北車站，然後沿著重慶南路走到北一女。七點二十分。納涼一下，正好迎接八點鐘的國文考試。一點都不焦躁。也許有幾分眞。很自在。他和順德爬上三樓。第三〇三考場。門關著。走廊上已有七、八個女生，都還在啃書。建中同學？哦，見到了！林清水。是他。也在啃書。眞料想不到。

「少年的，臨陣磨槍，不亮也光喔。」敦敏走過去調侃他。

「你饒了我吧，許敦敏。今天、明天懇請大肚大量，多罩一罩了。拜託拜託！」

「怎麼了，影響到功課了嗎？」

「那還用說。慚愧。慚愧。」

「你就坐在我左後方，只要瞄得到，你盡量瞄。要我特別幫忙，那就——」

「當然，當然。只要你不故意遮住就好了。」

「那行！沒問題。」

「這位是？」順德問敦敏。

「同班同學，林清水。荒野一匹狼。」敦敏答完，轉向林清水說道：「這是我三哥。」

「三哥好。」林清水很甜地叫了一聲。

「誰是三哥？」海義的聲音。

「這個是我們班的作弊英雄黃海義。今天不曉得又帶多少書來了。」敦敏告訴順德。

接著侯雲生、謝一民、劉偉德還有班上其他同學陸陸續續都來了。順德和他們聊得十分歡暢、十分興奮，直到預備鈴響起才依依不捨地下樓去。敦敏望著他的背影。假如他也能在此演個角色。敦敏不禁感傷起來。

考完國文，敦敏下樓去找順德拿了一瓶康貝特和四片高麗參。

「累了？」順德問。

「有一點。」敦敏答。

「考得怎樣？」

「不錯。」

敦敏喝了康貝特，含了高麗參，又上樓去了。第二節考數學。這是最累人的。敦敏掃瞄了一下試題。倒楣。期待他不考概率，他就偏要考概率。還是不知如何下手。還好只有四分。其他好像沒有什麼特別難的。是不難。求 *sin*75°和 *tan*15°的值。很簡單。但是，咳呀！這橢圓形，明明套公式就可以算出來的，怎麼算了幾次數字都不合？平白浪費了好幾分鐘。時間過得很快。只剩兩分鐘了。還有五題。猜吧。其他題目出現最少的答案是什麼？甲丙乙丁甲丁……。丙。就都猜丙吧。咳！眞累死人。哈——。交卷了。

「敦敏！你怎麼了？臉色很差。」海義問。

「咳！一言難盡。下樓去吧。」敦敏答。

「敦敏！我們兩個完蛋了。」一民和侯雲生來訴苦。

「今年題目比去年難得多，考差很正常，大家不要唉聲嘆氣嘛。」海義說。

「海義，敦敏，你們自上台大就好，我們沒希望了。」

順德在一棵小榕樹下等著。敦敏走了過去。想吐。不能在這裡吐。敦敏慢慢深呼吸了一下。好多了。

「怎麼了？」順德問。

「想吐。」敦敏答。

「先休息一下吧。」

「嗯。」

要是考場在建中就好了。植物園裡隨處都可以找個陰涼所在去休息。十年樹木。這棵小榕樹，三、四年有沒有？小樹不成蔭。正午十二點的陽光。火熱。忍耐。只有忍耐了。先深呼吸一下吧。

「順德，你先吃吧。」

「我還不餓。」

「那你去看看能不能買瓶汽水好不好？」

「好。」

順德去了一、二十分鐘才買了一瓶黑松汽水回來。這麼火熱的陽光，一定曬得全身大汗。果然不錯。

「我們就配汽水把麵包和滷蛋吃了吧。」敦敏說。

「你喝就好。」順德答。

「你也喝吧。反正我喝不了那麼多。」

敦敏坐在樹下，一口一口慢慢邊喝汽水，邊吃下了麵包和滷蛋。原本應該很好吃的。咳！

「我四處去逛逛，輕鬆一下。」

敦敏走到校門口，看著總統府和介壽路。國慶大典。站得腰都快斷了。坐車久了會反胃，用腦多了也會反胃。爲何這麼虛弱？番薯吃太多了？恐怕到了五十歲時也跟父親一樣，什麼都不能做。又沒縱欲。太不甘心了。只要套公式就可得到答案的題目，竟然算了幾次沒算出來。下午的歷史考試。還有整整兩冊沒背。三分之一。算了。隨它去吧。自在點。他往回走。到處都是北一女的馬子。但是不是窺看的時候。不知那侯雲生。搞不好多窺一下心情會好一點。看看有沒有漂亮的。每個都緊張兮兮的。再好的臉也變醜。不過，慰情聊勝無吧。他晃到一點半鐘才回到至善樓來。接著，他喝了兩瓶康貝特、含了四片高麗參，然後上三樓去等待兩點鐘的歷史考試。

考試鈴一響，監考老師一發卷子，敦敏的心頓時紓解開來。都是有廣闊揮灑空間的申論題。不平等條約一題也沒有。過關了。不會考二、三十分了。六十分總會有吧。他輕鬆愉快地考完那節試。

「我過關了！」他很自信地告訴侯雲生和海義。走在前面的一民回過頭來，訝異地問道：

「這麼快就？」

「差不多了。」他回答。

敦敏高高興興地和順德回家去了。

第二天，敦敏很順利地考完了英文、三民主義和地理三科。當然還是喝了康貝特並含了高麗參片。考完地理下樓後，他很訝異地發現佑一和弘銘也來了。

「我們到武昌街看場電影，輕鬆一下吧。」弘銘說。

「怎麼樣？」佑一問敦敏。

「好啊！」敦敏答。

眞累。但是好高興。考試考得順利，又加上四兄弟好不容易聚在一起。自我懂事以來，四人好像從沒聚過吧。多奇怪的事。以前怎麼好像都習以爲常了呢？出到校門口，弘銘叫來一輛計程車，四人就往武昌街去了。敦敏不知他們進了那間戲院，也不知在放映什麼片子。他頭腦昏沉，眼睛模糊，又睡不著覺。唯一讓他舒服的是：知道四兄弟正和和氣氣地聚在一起。如果都能這樣，每年考一次大專聯考我也願意。把阿鳳、惠雪、老杜、玉英也都找來。兩個老的呢？往者已矣，來者可追。頭眞痛。不要再想了。回家去吧。不行。要珍惜這一刻。「戀著今宵，把今宵多珍重。」愛人。親人。仇人。人情多麼複雜。爲什麼非要把人生弄成這樣呢？把頭擱在前面椅背上，看看能不能舒服一點吧。「王昭——君。」綁起來打。如果沒有經歷過這些，我會想來考乙組嗎？也許不會。讀物理、電機、醫學，出路都比較好。但是那刻骨銘心的痛，相信不是錢可以治好的。錢。不是萬能的。但是，話說回來，沒了錢就一定困死人。該選什麼呢？考上了，就去探求吧。一定考上。昨天一考完……。

「敦敏，睡著了嗎？」順德問。

「哦，沒有。」敦敏答。

「散場了，走吧。」

「一起去吃飯吧。」弘銘說。

就到此爲止吧，實在熬不下去了。

「弘銘，多謝你。不過我實在累壞了，我想先回去休息一下。下次再來吧。」敦敏說。

「也對。就這樣吧，弘銘。」佑一說。

「既然這樣，就主隨客便囉。只是下次不曉得是那一年了。」弘銘答。

他也想到這點呢。但是，有用嗎？

回到家裡，敦敏獨自上了閣樓，攤開四肢，躺在蓆子上，然後長長哈了一聲。列列列——列列——列列列列列。樓下的裁縫車聲漸漸使他鬆弛了下來。列列列——列列——列列列列列列，彌漫著整個閣樓。貝多芬的交響曲。譚嘉培。恰恰恰——恰恰——恰恰恰恰恰。日子過得眞快。告別建中了。拜拜！姓佟的。拜拜！范老頭。拜拜！他睡了整整兩個鐘頭。九點多，他下了閣樓。阿清見了，立刻說道：

「敦敏，我去熱菜給你吃。」

「好，謝謝。」

佑一和阿旺在疊布。順德坐在月紅旁邊，跟她有說有笑。敦敏大聲喊道：

「順德！明天一起到故宮博物院去怎麼樣？」

「好啊！反正早一天、晚一天回鹿港也沒什麼差別。」

在台北住了三年，敦敏還沒去過故宮博物院。他的生活要說多陽春就有多陽春。隔天早上，他隨便吃了碗稀飯，就興沖沖地和順德前往外雙溪去了。他們進館後先看了青銅器，接著看了玉器。他看了這些國之重寶後，很奇怪地並沒有肅然起敬的感覺。世間之美物，就只是這樣了嗎？翠玉白菜。阿清的玉。的確希罕得多，珍貴得多。但是這只引起我值多少錢的聯想。那些鼎，也的確希罕珍貴。但是如果它們是當代製品，又能值什麼呢？它們是因爲年代久遠而希罕珍貴的吧。有沒有超越價格、超越年代的美物呢？再看看吧。書畫展覽室。

「要不要看？」他問。

「看看吧。」順德答。

眞奇怪。這些竹啊、蘭啊、山啊、水啊怎麼看來這麼親切？從來畫不好石膏像、畫不好風景寫生，不，甚至畫不好直線、圓圈的我，怎麼會被這些畫所吸引呢？眞奇怪。人的能力和喜好似乎未必有必然聯繫的。好好看看吧。有緣千里來相見，無緣對面不相逢。他在此流連忘返了一、兩個鐘頭，他才終於和順德一起離開。到了出口，他看到旁邊有個服務台，台前櫥窗裡擺著一排故宮藏畫卡片。他湊近去，請服務生拿出一套，一一觀賞。當他看到惠崇的〈秋浦雙鴛〉和文同的〈墨竹〉時，心中突然靈光一閃。這就是超越價格、超越年代的美物吧。沒錯。沒錯。

「小姐，這卡片怎麼賣？」他問那服務生。

「一套一百元。」

「一百元？——能不能零售？」

「對不起，不能零售。」

他拿著卡片，無計可施。這時，順德從褲袋裡摸出一張百元大鈔，遞給那服務生，說道：

「買一套。」

他轉頭看看順德。順德微微一笑，擺手勢要他去拿卡片。他接過卡片，欣喜萬分。但是一剎那後他就心有所感，深深悵悯起來。一百元。他又沒收入。這個情。兄弟之間本來毋需計較。但是，雖然是爲他好，我對他是不是苛了一點呢？該如何幫他在哪個地方眞正扮演個有意義的角色？無計可施。他天生缺少了什麼東西。生死有命，富貴在天。天。能奈它何？

「回去吧。」順德說。

「好。」他答。

雖然已經一點多鐘，還是要先回家去。得省下在外用餐的錢。

這年聯考，侯雲生考上台大外文系，黃海義和謝一民考上台大哲學系，劉偉德考上政大經濟系，赤牛考上台大歷史系。林清水和黃勝光分別考上高師英語系和成大中文系。敦敏呢？他考了乙組榜首。

敦敏並不覺得意外，但還是覺得很高興。更令他高興的事有三件。一是舊房東太太帶著和燕來祝賀。二是佑一答應任他挑選一樣禮物。三是佑一私下告訴他，因爲他已經可以獨立了，佑一決定年內和阿清結婚。

51 大專集訓（一）

八月七日敦敏回到鹿港。他的戶籍還在鹿港，他得從鹿港前往車籠埔五中心接受八週的大專集訓。他從後門進到廳裡。父親正坐在八仙桌邊，一見到他，馬上露出親切的笑容說：

「敦敏，你回來了。」

接著，母親、順德和惠雪都從廚房趕了過來。母親似喜還惱地說：

「天公保佑，終於讓你考了個榜眼。可惜不在鹿港，風光也只風光佑一一個。」

「什麼榜眼！狀元就是狀元，什麼榜眼。那烏時沒知識，胡說什麼甲組榜首是狀元，乙組榜首是榜眼。這是在貶低敦敏呢！連你也跟著亂講。」順德憤憤地指斥母親。

「好啦！好啦！該怎麼稱我們就怎麼稱，這行了吧。」母親說。

「你去請赤牛過來一下。」敦敏告訴惠雪。

不久，惠雪帶著赤牛過來了。赤牛趨前來用力拍了拍敦敏肩膀，然後作揖道：

「拜見狀元公！」

敦敏捶了赤牛一下，回道：

「搗鬼。這不是太史公筆法，也不是李敖筆法吧。怎麼樣？考上第一志願，撈了多少？」

「一點點，一點點。」

「『多乎哉，不多也！』是不是？」

「正是，正是。」

「再少也夠請吃一盤蚵仔煎吧。」

「當然，當然。走吧。」

「順德！要不要一起去？」

順德猶豫了一陣，然後終於回答說：

「不了。你們兩個好好去聊聊吧。」

敦敏拉著惠雪，說：

「你也去。」

於是三人出後門去了。一出門，敦敏就問赤牛和惠雪：

「放榜後順德有沒有什麼特別的反應？」

「沒有啊！他很興奮，還放了鞭炮。——當然是爲你這狀元公放的啦。不是爲我放的。」赤牛說。

「他知道你上了台大歷史系後，反應怎樣？」

「這我就不知道了。惠雪你知道嗎？」

「也沒聽他說過什麼。好像根本不知道有這回事似的。」惠雪說。

「是麼。」敦敏說。「惠雪你明年就要到台北考試了，準備得怎樣？」

「不去了。母親不答應。她說多一個人去台北，就多一個被佑一霸占。」惠雪說。

「霸占？什麼意思？」

「我也不知道。」

「你們家的事情也眞複雜呢。」赤牛說。

「你現在才知道。——談些別的吧。這次去受訓你可得忍耐點。聽說記錄跟你跟一輩子。」

「怕什麼？有個學長說：『去過成功嶺，我才知道什麼叫偷雞摸狗。』要偷要摸，我會輸給別人嗎？」

「我知道，我知道。要怎麼偷怎麼摸隨你，就是不要太逞強。」

「說老實話，這一兩年來，隨著年事漸長，我已收斂了很多。只是那根性總是改不了。不知是不是因爲我父親太霸道，我好像天生有反骨。我父親那人，你也不是不知道。」

「我們是同病相憐呢。不過也不用洩氣。我們未來還有一片天空。怎麼樣，跟我一起住佑一那裡吧。」

「我早就這麼想呢。只是我父親不讓我開口。他怕煩勞佑一。」

「不管他了。跟他說沒問題就是了。」

「惠雪，那你就眞地要留在鹿港了嗎？」敦敏問。

「要不然還能怎樣？」

「是麼。」敦敏說完，停了一下，然後向赤牛說道：「蚵仔煎不去吃了。到西勢去走走怎麼樣？」

「西勢？我以爲你已經忘了呢。怎麼，那夢煙和小芳還沒有——」

「夢煙和小芳不同。」

「夢煙和小芳是什麼？」惠雪問。

「小孩子有耳無嘴。」赤牛告訴她。「走吧！」

三人到西勢走了十幾分鐘，就意興闌珊地回來了。本來就不該去的，也許。假如走在街上，恰巧碰上了，會怎麼樣？她會假裝不認識吧。

「赤牛，明天再聊吧。」

走到赤牛家門口，敦敏帶著惠雪和赤牛分手了。這是敦敏回家的第一天。

敦敏和赤牛在地藏廟裡窮聊了幾天，報到的日子就到了。那天一大早，敦敏就準備好要出發了。順德當然要送他去車站。令他訝異的是父親也要去。

「多桑，你身體不好，還是不要勞累吧。」他說。

「我還走得動，你不用擔心。」父親說。

他們走到赤牛家。赤牛一個人提個小布包在門口等著。

「你自己去？」他問。

「要不然誰去？」赤牛反問。

於是四人慢慢走到火車站前的彰化客運站牌。父親和順德直等到敦敏和赤牛上了班車才離開。

「此地一爲別——」敦敏說。

「不要又多愁善感了。」赤牛打斷他。「太久沒立正、稍息了，去複習複習也好。」

「別想得美。單單起床後十五分鐘集合就整死你了。」

「還沒來的事情不用去擔憂。」

「說得也是。」

兩人在彰化車站換乘火車到了台中，然後在台中車站前搭上了前往車籠埔的專車。

車子漸漸開往郊外，然後開往鄉野。是個很偏遠的地方。鞭炮聲。「風雲起，山河動。黃埔建軍聲勢雄……」「歡迎各位年輕朋友來到陸軍第五訓練中心。」很親切的歡迎儀式。衛兵。進了營門了。車子在一片空地旁停了下來，一大群人紛紛下車四處觀望。只見空地邊緣循序插著木牌，牌上貼著紅邊白紙，上面寫道：「請依自己營連號碼排隊□第二營第三連」、「……□第三營第一連」木牌後面站著一個個佩紅帶子的值星排長。突然間，這些排長大聲吆喝道：

「╳營╳連，面向指示牌，成四行——排開！」

「赤牛，就是這裡了。」敦敏說。

「沒錯。」赤牛答。

空地上一片騷動後，很快趨於平靜。隊排好了。

「接著是理髮。理完髮後在我後方領取合身衣褲鞋襪帽子，然後歸隊。」那些值星排長又喊。一群女理髮師已經等在那邊。不久，三營一連每個人頭髮都理得精光了，衣褲鞋襪帽子也都抱來了。於是，值星排長把隊伍帶到連部，在連集合場上調整高矮、分配床位。然後，限時五分鐘，要每個人到自己床位上去換裝，把多餘物件一律放進床位上頭的櫃子裡，然後再出來排隊。敦敏是九十六號，赤牛是三十七號。一換了裝，個個一模一樣地都是又俗又土的大頭兵。敦敏找不到赤牛了。排好隊後，開始點名。點的是號碼。洞三七。有。……洞九六。有。在此後的八週裡，赤牛和敦敏將被化約成這兩個號碼在此生活。值星排長把隊伍交給值星班長。

「注意！」值星班長喊。

大家立刻立正站好。

「現在練習一下隊伍行進。這你們在高中應該學過的。向右轉！繞連集合場自動轉彎，齊步走！」

啪！啪！啪！啪！啪！啪！啪！啪！竟然馬上有模有樣。

「等一下配合步伐答數、呼口號。我先做一次。一——二——三——四——一二三四一二三——四。雄壯！威武！嚴肅！剛直！」

花招果然很多。上衣胸前濕了。氣溫幾度？水。水。

「立——定！現在分配衛生責任區。……第三排負責廁所。」

哇！肏！廁所。又肥又大的蛆。

「磨小便溝用的石頭向各班班長領取。」

哇！肏！不是用水沖、用刷子刷，而是用石頭磨。

「要節省用水。」

要節省用水。水。水。我想喝水。

「現在依序入餐廳準備用餐。」

要吃一餐眞不容易啊！我從來不知道半個上午能做這麼多事。納稅人的錢。沒有白花是吧。

用餐後午睡半小時。敦敏還沒入睡就要集合了。下午先是棉被操，接著是連上長官自我介紹兼訓話，再接著是認識營區環境，最後是清潔服務。晚飯過後洗澡。沒有洗戰鬥澡。但是，卸裝、洗澡再加著裝，十分鐘已經夠少的了。洗完澡上教室學軍歌。學完軍歌晚點名。晚點名後——終於要就寢了。

「鞋子排好！兩分鐘後就寢完畢。沒有就寢的，要倒楣了！熄燈！」值星班長喊。

「連上長官晚安！」

「各位同學晚安！」

連裡靜下來了。擴音器傳來清晰的年輕女性的輕聲細語：

「各位同學辛苦了！祝各位有個寧靜的夜晚，有個快樂的明天。」

接著是：

南風吻臉輕輕，
飄過來花香濃。
南風吻臉輕輕，
星依稀月迷濛。

這麼巧?!乖乖。來滋潤我們枯竭的心靈？「磨練會讓你們成熟。」連長講。磨練。Plus滋潤。很美好的安排嘛，不是嗎？「叭叭叭叭。叭叭叭叭。叭叭叭叭。叭叭叭叭。」睡吧。

52 大專集訓（二）

菜鳥當久了就成老鳥。多久？一個多月儘夠了。基本教練，忍一忍就過去了。射擊預習，就眞地不人道。這M1步槍，是設計給美國大兵用的。八十四公斤。四十八公斤。難道從來沒人發現過這個差別嗎？「釣青蛙。槍尖吊上鋼盔，沉得讓你手臂直發抖。稍一偷懶，就被從後面一腳踹到背上。釘著鐵片的皮鞋呢。我一生都無法忘懷。」佑一說。這紅豆還蠻好吃的。大專兵不吊鋼盔。但是一樣手臂直發抖。抖到抽筋。還有單兵攻擊。快跑。臥倒。出槍。瞄準。發抖。射擊。射到左邊大樹。收槍。快跑。暈眩。趴倒。聽說二戰期間，平均三百顆子彈才打到一個人。這單兵攻擊，有用嗎？訓練。磨練。「磨練會讓人成熟。」我們都太不成熟了。少爺兵。「早晨起，床鋪動。抱著臉盆往外衝。刷牙洗臉三分鐘。大便不通，小便不沖——」「唱什麼？重來！」「風雲起，山河動。抱著臉盆往外衝。」「停——！每列間隔半公尺，成伏地挺身隊形，散開——！一——！」沒有二。三秒、五秒、八秒、十秒。「身體貼地的，要倒楣了！」十一秒、十二秒、十三秒，哇！㕦！發抖。發抖。咬牙。發抖。「二——。」起不來了。「洞三五、洞四二、洞五三……洞九六……」洞九六。洞九六。「重來一次。一——！」一秒、兩秒、三秒、四秒、五秒、五點一、五點二，手一鬆，趴倒了。「許敦敏，你身體太差了。不要只顧念書。回去後務必好好鍛鍊鍛鍊，喔。」輔導長說。接著，他轉向値星官說道：「讓他下去休息一下吧！」法外施恩。恩威並用，難得。許敦敏。不是洞九六。這是考榜首的結果吧。如果不是考榜首，就磨死在這邊了。也不能這麼說。從沒聽說過大專集訓死過人。高中剛畢業的男孩子，專會調皮搗蛋。「九條好漢在一班，預備——唱！」「九條好漢在一班。九條好漢在一班。說打就打。說幹就幹。幹到她流血流汗，幹到她流血流汗。」「停——！端槍！跑步走！」繞著操練場。一圈、兩圈、三圈……。一個個跪了下去。把歌唱成這麼下流，是該罰。但是是不是軍營這環境的確較會讓男人感到飢渴呢？除了男人還是男人。好死不死，臨睡前還弄個甜妞來勾引人。福利社，擠得像台北的公車。眞買紅豆、花生的有幾個？那女服務生，哪點吸引人？還不只是因爲她是全中心唯一的，或者是第二個？女人。但是話又說回來，在外面男人還不是照常飢渴？林清水、黃勝光。少年的，進來坐啦。軍中樂園。樂園？新樂園香菸？亞當、夏娃偷吃禁果，於是被逐出伊甸園。不好。還是「食色性也」好。但是該如何去導正才行呢？堂堂中華民國國軍，動不動想把年輕女人幹到流血流汗。再吃幾顆紅豆。快沒了。說好說歹，已經熬到可以躲在散兵坑裡吃紅豆的日子了。老鳥。「那西犬島，一棵樹也沒有，根本就是個土丘。每天從早到晚，就要我們從海邊扛石頭上山築碉堡。石頭又重，路又陡，我旁邊那個也是鹿港去的阿團，只要一爬到山腰，就開始哭著央求我說：『佑一，我如果死在這裡，你務必帶個信息給我家人。』我聽了就想起秦始皇築長城。」

陟彼岵兮，瞻望父兮。
父曰：「嗟！予子行役，夙夜無已。
上愼旃哉！猶來無止！」
陟彼屺兮，瞻望母兮。
母曰：「嗟！予季行役，夙夜無寐。
上愼旃哉！猶來無棄！」
陟彼岡兮，瞻望兄兮。

兄曰：「嗟！予弟行役，夙夜必偕。上慎旃哉！猶來無死！」

在這裡倒沒有這麼沉重。不能讓它這麼沉重，這上面一定懂得。「不要以爲我不知道你們在搞什麼鬼。你們屁股一動，我就知道你們放屁。」「難怪你們月餅到處亂丟。媽的個屄，什麼中秋月餅，硬得打狗都打得死。」連長。老粗。好就好在是個老粗。如果事事都歸他管，就太完美了。磨練加上滋潤。但是，那天行軍隊伍才走到竹子坑，洞七三，排頭那個又高又壯的摸魚王，就說中暑了，要癱下去了。連長走過來一看，罵道：「媽的個屄，中什麼暑！容光煥發，和蔣總統一樣。中什麼暑。喝點水，在旁邊樹蔭納涼一下，然後趕上隊伍，繼續走。」剛一說完，營長來了。「曹連長，你這樣做太冒險了吧。萬一出了事，誰來負責？叫後面衛生連派人過來，帶去照顧一下。」營長說。「是！」營長走了。「媽的個屄。」「這大專集訓，都是做來給人看的。輕鬆得就像在學校做體操一樣。眞正進了部隊，黑得你不敢看。」赤牛說。赤牛。和洞七三一樣，又高又壯。我。又矮又瘦。一樣伏地挺身三十下。一樣用M1步槍上射擊預習。難道從來沒人發現過這個差別嗎？第一天晚上，擴音器一傳來「南風吻臉輕輕」的歌聲，左右鋪同學同時都哭了。弱小者的傾訴。「陟彼岵兮，瞻望父兮。」「我如果死在這裡——」「當兵不一定會使人成熟，但是男人不當兵一定不會成熟。」佑一說。弘銘。順德。是因爲不當兵，還是因爲傳了壞種？「是不當兵。」佑一一定會這麼說。「同樣的父母生的。」基因。傳到不同的基因。把壞的基因去掉。以後生出來每個都是聖人。都忠黨愛國。愛國民黨。愛共產黨。解放軍入藏。到那荒山僻野。抗美援朝。爬上白雪皚皚的山頭，遙望著故鄉，呼喚著親人。Sweetheart. Sweetheart. Oh! I'm dying. Dying. 掉進越共的陷阱。蛇虺叢生的熱帶雨林。不需要蛇虺，單只蚊蟲就足以致命的雨林。韓戰。越戰。嗟爾遠道之人，胡爲乎而來爲茲山之鬼乎。Did I come here of my own free will? 車籠埔、竹子坑、成功嶺。西犬島。反攻大陸。廣東、福建、浙江、江蘇、山東。坐著舢舨搶灘登陸，插上青天白日滿地紅國旗，高呼中華民國萬歲！萬歲！萬萬歲！噠！噠！噠！噠！中彈，倒地。要是我，雖然父母不仁，一定也會想起父母。還會想起佑一。想起順德。想起赤牛。想起……海義。侯雲生。謝一民。他們在成功嶺不知道混得怎麼樣了？海義。父親是國大代表。大概也會被叫黃海義而不永遠只是洞××吧。侯雲生。吃炒豬肝。壯得跟赤牛一樣。除了無處窺馬子外，大概混得和赤牛一樣得心應手。謝一民。準被叫去當內務班長了。每天收臭內褲、臭襪子。被那姓佟的一調教，走到哪裡都是班長的料。眞想快點去台大。還剩幾天？早就開始數饅頭，快了。假如順德也上台大。與事實相反的假設。「不了。你們兩個好好去聊聊吧。」他終於痛苦地放棄了嗎？《莊子》、《周易》，在書架上積了灰塵了吧。洪惠玲不找他談學問了。洪惠玲。聽說考上了政大外交系，跩了起來了呢。將來要當外交官。官。我們建中的乙組同學不當官。想要當官，我們就選丁組，讀法政。我們將來想做什麼？幹革命。不。不要說革命。這個字眼太敏感、太沉重了。要從事社會、文化改革。文化改革。仍然太敏感、太沉重了。李敖。李敖兵是怎麼當的？見過老蔣沒有？這個集訓，剩下的重頭戲就只有老蔣檢閱了。幾時去成功嶺？聽說是最高機密呢。還有沒有紅豆？沒有了。時間也差不多了，準備出去收操吧。

53 大專集訓（二）

那天清晨，五點鐘就吹了起床號。值星官大聲吹哨子，宣布道：

「一律著外出服，紮S腰帶。五點二十五分集合，大家把大便大乾淨，不要臨時出狀況。」

要去接受老蔣檢閱了。雖然有其必要，命令也真強人所難。大便並不是要大就有的。還好我一緊張就便祕，沒什麼好擔心的。集合時連長叮嚀說：

「今天有重要演習，希望全體同學都好好表現。不要丟三營一連的臉。」

成功嶺。沒去過。不過去那邊受檢，鐵定比在總統府廣場參加國慶典禮辛苦。會不會又站到腰快斷呢？會喔。這麼熱的天氣，還要帶槍戴鋼盔。或許還好吧。這一陣子操練多，身體應該強壯了點。

訓話過後，立刻用餐。這餐特別多了兩個荷包蛋。餐後大家進寢室戴了鋼盔，取了槍，配了刺刀，然後立刻集合，往大操場出發。「雄壯！威武！嚴肅！剛直！安靜！堅強！一——二——三——四——一二三四一二三——四。」洪亮整齊的聲音從四面八方傳來。乖乖，還眞有雄壯威武的氣象呢！大操場停著好幾排軍用大卡車。在中心値星官的指揮下，每連依序搭乘三輛大卡車。一切就緒後，車隊緩緩駛出營區，往成功嶺去了。

車隊在台中、烏日之間慢了下來。原來警察在這個路段實施交通管制，雙向車子都停在馬路邊，留出一條狹窄車道讓軍車通行。比不管制還慢。不過，話說回來，聽說今天除了車籠埔一個團外，竹子坑也有一個團要來。而且，演習視同作戰，萬一延誤時間，可是吃不完兜著走的。老蔣要來呢。老蔣呢。亂搞的話，說不定會被抓去砰！砰！給斃了。車子終於過了烏日，來到成功嶺。「毋忘在莒」。營門口一片山岩上刻著。莒。成功。老蔣寫的？車子進了成功嶺營區，還不到八點。聽說老蔣隨時會到，所有部隊必須準備好等著。車隊在一片大操練場邊停了下來。大家下車整隊。操練場另一端已經排了一大片隊伍。這是成功嶺的部隊。敦敏他們被帶往那一大片隊伍旁邊就位。第三營第一連站在全營最前面。等一下會很清楚地看到老蔣。到處掛著的那個光頭微笑、慈祥和藹的老蔣。穿著軍裝雄壯威武的老蔣。不曉得會看到哪個？會不會看到另一個？檢閱大專集訓部隊的老蔣。下令清黨的老蔣。打日本人的老蔣。逃來台灣整肅軍隊的老蔣。下令槍斃反對分子的老蔣。看一個人。看自己，看別人。多難啊。時間過得眞快。已經到了大專集訓的尾聲了。但是時間有時候也實在過得眞慢。才八點十幾分。老蔣不會五點鐘就起床準備來檢閱吧。他會不會便祕？坐馬桶坐三十五分鐘。不。也許不喜歡用坐的。老習慣了，喜歡用蹲的。蹲得腿發麻。弄兩個扶手讓他扶著，分散一下壓力。「媽的個屄！昨天吃了什麼了，今天蹲了幾十分鐘都大不出便來。」老年人頻尿，萬一檢閱途中尿急了怎麼辦？包尿布。但是那樣褲襠會鼓鼓的。不能破壞形象。不包。但是那樣會緊張。越緊張尿越急。咳！也蠻可憐的嘛。六出祁山拖老命。虧他眞有毅力。要是我，單單每天刮光鬍子就夠苦了。有專屬理髮師。但是那剃刀多可怕。萬一哪天這傢伙背叛，一刀下去他豈不就完了。每個人都得防。匪諜。就在你身邊。保密防諜，人人有責。姓佟的。范老頭。如果我懷疑赤牛、或海義、或侯雲生是匪諜，日子會變怎樣？或者，如果我懷疑他們有一天可能檢舉我偷聽共匪廣播，日子會變怎樣？讀書會。報馬仔。

「第三營第一連注意！以第三四排排頭爲基準，向左向右看——齊！向前——看！稍息！立——正！」值星排長整理了一下隊伍。

提提神。才八、九點，老蔣還不會來吧。要等到什麼時候？他會怎麼來？坐轎車？坐直升機？直接飛到成功嶺嗎？這是最高機密。萬一洩漏了，搞不好半路被轟的一聲給做掉了。匪諜。就在你身邊。他半夜會不會驚醒？荊軻刺秦王。上朝都不准帶兵器。一旦有非常之事，沒人可以搭救。「王負劍。負劍，遂拔。」得救了。但是，這一身冷汗。他會不會失眠？聽說希特勒晚上都得吃安眠藥才能入睡。都是那可惡的張學良！要不然早把毛澤東、周恩來那批土匪給斃了。日本人、美國人也可恨。

現在逃到這個小島來，又得向他們磕頭。不甘心啊！我不甘心！連李宗仁那王八蛋。還有陳誠。「悠哉悠哉！輾轉反側。」他會不會數羊？一定不會。他會數人。把五、六十年來恩恩怨怨糾纏不清的那一大群人從頭到尾數一遍、數兩遍……數N遍。越數越睡不著。還得受那什麼雷震、李敖的氣。ばかやろう！統統槍斃！劉厝的外婆、香蕉下的姨媽、「神風特攻隊」、瘋珠、彰化姑媽、台中姑媽、王仔傳、阿巧、阿鳳……晨曦微微由帘隙透了進來。等一下又得起床了。接見外國駐華使節團。必須做出一副容光煥發模樣。八點鐘整理儀容。又要修臉刮鬍子。那把剃刀。媽的個屄！這是什麼日子！我恨啊！我恨！

「第三營第一連注意！原地——坐下！」

實在等太久了，大概怕大家受不了。要等到什麼時候呢？戰爭終於結束了。重回祖國懷抱。冬天。在火車站歡迎派駐鹿港的部隊。來了！來了！穿著草鞋、短褲，一肩倒掛著槍，一肩揹著包袱。哦，竟是這樣的部隊。日本憲兵。住到街坊人家，把雞鴨抓去吃了，把女孩抓去幹了。被共產黨打垮。假如台灣也被、被「解放」了。小蔣是留蘇的。共產主義。列寧。史達林。老蔣是留日的。軍國主義。法西斯。納粹。希特勒。雄壯、威武、嚴肅、剛直……筆挺的混紡外出服、S腰帶、長筒布鞋、鋼盔、M1步槍。的確是進步很多了。但是。

「起立！稍息！立——正！清槍！再一次！再一次！上刺刀！」

司令台後一排吉普車疾駛而過。值星排長又整理了一次隊伍。接著，司令台兩旁的斜坡和後面的道路上整整齊齊散開五六排身著灰色中山裝的保安人員。老蔣到了。基地總值星官整理了兩次部隊，然後恭請老蔣檢閱。老蔣穿著卡其色軍服，站在一部敞篷吉普車上，牽領一整列車子，從右邊慢慢過來。報告隊伍番號和敬禮、禮畢的聲音此起彼落。來了。終於來到眼前了。是慈祥和藹兼雄壯威武的老蔣！「敬禮！」敦敏敬禮。「禮畢！」敦敏禮畢。領袖。Generalissimo。筆挺的身影。散放著熱與力。無法抵擋的熱與力。「一個眞正的軍人，是生活簡單，思想複雜的。」領袖。此起彼落的敬禮、禮畢聲，隊伍的嚴整靜肅。光榮。驕傲。熱血沸騰。——老蔣遠去了。渾然忘我的激動。從來沒有過這種經驗。漸漸平靜下來了。

回到車籠埔時已經過了十二點了。大家吃了一頓豐盛的午餐。下午在營休假。赤牛找敦敏到福利社去買紅豆。

「看看老蔣也挺不錯呢！又加菜、又放假。」赤牛說。

「是不錯。」敦敏答。

「怎麼樣，看得很清楚吧。有什麼感覺？」

「沒什麼。」

不能跟他說眞話。不然他會跳腳。

「領袖、主義、國家、責任、榮譽。這就是以己領黨、以黨領國。明明是專制獨夫，又老是裝開明聖人。」

「也許是吧。」

「怎麼了？你哪裡不對勁？」

「沒什麼。大概是太累了吧。站得腰都快斷了。」

「那快點去買紅豆吧！買了之後找個清靜地方坐坐。」

深夜兩點多，敦敏在連部門口站衛兵。四處一片寂靜。涼風徐徐吹拂著他的臉頰。「南風吻臉輕輕，飄過來花香濃。」我怎麼了？究竟哪個是眞正的我？疾若飄風地變。不知不覺地變。也許變的是老蔣吧？婦人之仁？不。那種感覺不是同情，甚至不是體諒；而是推崇，甚至是擁戴。爲什麼？是不是因爲我變成了 one of the chosen people ？或者是我自己覺得自己變成了 one of the chosen people ？獨裁的老蔣。殘酷的老蔣。便祕的老蔣。失眠的老蔣。統統在一剎那間變成了慈祥和藹兼雄壯威武的老蔣。

美麗的台灣，
在領袖蔣總統領導下，
全體國民爲您効忠。
蔣總統！
您是英勇的表率，
至高無上的偉人。
我們敬愛您，
我們崇拜您。

那美黛唱的時候，是眞誠地在頌揚謳歌吧。勞軍演唱。說不定和老蔣握過手呢。怎能抵擋那熱與力？

「喂！你在幹麼！」有人敲敦敏的鋼盔。

「口令！」敦敏舉起槍喊道。

「口什麼令！營部查哨的啦。你這衛兵是怎麼站的？明天告訴你們連長，罰你伏地挺身三百下。」

那人說完，走了。

54 註冊

敦敏和赤牛進入體育館。等著他們去做的是上台大第一件事：註冊。雖然只有文學院一年級幾百個新生，整個體育館就已經亂哄哄的了。領表，塡表，貼照片，蓋章，註冊組，圖書館，出納組：名堂眞多。

「敦敏！敦敏！到這邊來。」

敦敏一看，原來是海義。他和赤牛走了過去。海義說：

「這位仁兄一定是鼎鼎大名的赤牛黃天健囉！」

「沒錯，沒錯。你別藉機耍寶了。」敦敏說。

「告訴你們，這交錢的一關最慢了。你們兩個排到我前面，一邊省點時間、一邊可以一起聊聊天。」

沒想到敦敏、赤牛動都沒動，排在海義後面的一個女生就說道：

「你們自愛點，別插隊。」

赤牛聽了，立刻上了火，回道：

「你急什麼！又還沒插進去。」

敦敏趕緊把赤牛和海義拉到排尾去，低聲向赤牛說道：

「這台北的女生很凶悍的，還是少惹爲妙。」

「對嘛！對嘛！好男不與女鬥。」海義說。

「海義——。好了。好了。談談成功嶺吧。」敦敏說。

「有什麼好談的？天天立正、稍息，無聊死了。對了，你們沒到成功嶺，究竟是怎麼回事？」

「人太多，成功嶺容納不了。彰化縣和基隆市的學生被編到車籠埔去。就這麼簡單。」敦敏答。

「原來如此。那你們見老蔣了沒有？」

「見了。看得一清二楚。還不是——」

敦敏舉手張開手掌。赤牛會意停了下來。

「眞沒趣！連話也不能講得開心。」海義說。

「哪天回建中高三一班去講個痛快吧！」

「對了，侯雲生和謝一民那兩個傢伙怎麼還不見蹤影？」海義問。

「太累了，在調養吧？」敦敏答。

「敦敏！你不要己飢人飢、己溺人溺好不好？除了你，誰需要調養？」海義說。

「是麼？」恐怕到了五十歲時也跟父親一樣，什麼都不能做。順德，四十一點五。忍得再責備他嗎？

「喂！喂！」海義拍拍敦敏肩膀。「別又開始胡思亂想了。」

「看！看！狼來了。」敦敏說。

侯雲生走近他們，反駁道：

「什麼狼！狼到台南、高雄去了。聽說考試時你還罩林清水，眞是婦人之仁。」

婦人之仁。眞的嗎？連別人也這麼說。

「我是黃天健。綽號赤牛。以後請多多指教。」赤牛向侯雲生自我介紹。

「喔！久仰！久仰！不才侯雲生，跟敦敏、海義是哥兒們。告訴你們，那謝一民在我隔壁連，當內務班長呢。每天收臭褲子、臭襪子，收得臉都臭了。」

「果然臭著臉來了。」海義說。

謝一民手拿著一疊表格，走了過來，抱怨道：

「看著這一大堆表格，臉都要發臭了。」

敦敏他們哄然大笑。

「笑什麼？」

「沒什麼，沒什麼。你得了性病或香港腳沒有？」侯雲生問。

「搞什麼鬼，你們。什麼性病或香港腳？」

「沒有就好。到後面排隊去。」侯雲生說。

等了一、二十分鐘了，還沒等到。怎麼這麼慢？敦敏移身往前望了一下。鈔票一張一張慢慢點，難怪這麼慢。沒有更好的辦法嗎？新、速、實、簡。新生活運動。喊了幾十年了。老蔣果然是不行的。但是，究竟哪裡來的那副威武仁慈模樣呢？化妝師？不，魔術師？聽說以前在大陸上，老蔣向莊稼人宣傳刷牙的好處，結果整個村裡沒有一家人買得起牙刷，大家都不知道如何刷起。大概太久沒刷馬，不知馬兒會大便了。不，這也難說。對這些莊稼人，該做些什麼好呢？要錢沒錢，要書沒書。幾億文盲，要如何統治？共產黨怎麼統治？文化大革命。不知結果怎樣了。才革一兩年，能掃除文盲嗎？毛澤東會不會落得跟老蔣一般下場？

「敦敏，輪到你了。」海義說。

敦敏把註冊費放在註冊單上，繳了過去。那出納小姐仔細點了兩次，然後把大鈔放進一個皮包、零錢放進一個布袋裡，最後在註冊單上蓋了個菱形章，才終於讓敦敏結束了這一關。

敦敏接著把選課和借書證的事辦好，然後到對面角落房間的生活輔導組去。輔導。管理？姓佟的。哦，不是教官。兩個女生倚桌站著歡迎敦敏。

「請坐！」

哇噻！好嫵媚！動心了。臉有點熱。

「五七二二〇一。許敦敏。外文系的。眞巧，我們也都是外文系的。四年級了，算是你的學姊呢。」那兩個女生坐了下來。右邊的那個這樣告訴敦敏。

學姊？好肉麻。建中沒有這類稱呼。

「我叫徐薇。雙人徐，薔薇的薇。」

「我叫梁玉岑。寶玉的玉，上面一個山下面一個今天明天的今的岑。」

「對不起。請問這一關是幹什麼的？」

「不急，不急。我們先聊聊再說。」徐薇說。

「聊聊？」

「對啊！比如說你的興趣啦、志向啦、生活中的困難啦，都可以談啊！」徐薇說。

「如果需要的話，我們還可以幫忙介紹家教呢！」梁玉岑說。

「先說吧。你選外文系是因爲喜歡英文呢？還是因爲喜歡文學呢？」徐薇說。

「因爲喜歡文學。」

「眞好。我也喜歡文學呢。畢業後我想到美國去攻讀英美文學。說實在話，你們男生喜歡文學的還眞少呢。你一定十分特立獨行。」徐薇說。

「只是興趣問題而已。談不上什麼特立不特立。」

「你太客氣了。你將來想做什麼呢?」徐薇問。

「我想教書。」

「喔!那你一定要出國進修。現在進修管道很多。比如說公費留考啦、中山獎學金啦。憑你的實力，一定沒問題。」梁玉岑說。

「我還沒想那麼遠。」

「幹麼不想呢?大丈夫志在四方。」梁玉岑又說。

「對不起，我想冒昧問個問題。你對台灣的政治社會現狀關不關心呢?」徐薇問。

果然有點蹊蹺。問這種問題。怎麼答呢?

「徐小姐，你——」

「其實你不用感到訝異或納悶。我相信你一定很關心，而且一定很失望。我和玉岑就都是如此。但是單是失望無補於事。我們要積極投入，實際去參與建設國家的工作。」

投入?參與?

「你的意思是要我入黨嗎?」

「是的。不過這只是最簡化的說法。」

「對不起，我對從政沒興趣。」

「入黨並不等於從政。我們鼓勵優秀青年朋友們入黨，只是希望在各個行業、各個領域裡都有可以一起奮鬥的同志而已。」

「很抱歉。但是——嗯——，我要說的是——是國民黨裡沒什麼正人君子。」

「你能說得這麼坦白，我非常感激，雖然，就算我往自己臉上貼金吧，我覺得我和玉岑都還算得上是正人君子。」

「哦，我失言了。不過，我不懂，如果上面眞有心的話，爲什麼會放任黨內小人充斥呢？——哦，我的意思是有很多小人，而不是——」

「我們不就是因此才努力在這裡鼓勵優秀同學入黨的嗎？我們是十分矜持的女生，從來都不隨便跟男生在一起的。爲什麼要在這裡抛頭露面，跟些——。還不就是爲了那麼一個志願、一個理想？」

徐薇有點哽咽。三人沉默片刻。之後，敦敏問道：

「請問一下，你們怎麼能確定我是優秀青年？」

「報上登得那麼清楚，怎麼會不確定？」徐薇答。

「是麼？你們相信那些報紙。」

「敦敏同學，你就加入我們的行列吧！」

「我——我還要辦其他手續，沒空可塡申請表。」

「那很簡單，你只要在這裡蓋個章就可以了。」徐薇說著，伸手就從敦敏手中把印章拿了過去，沾了印泥，蓋在表格上了。「資料我們幫你塡就可以了。」

啊——我輸了。爲什麼輸？爲——什——麼——輸？她們的確不同。

「謝謝你！敦敏同學。小組活動時再聊。」

你說不過她們。而且，她們好像是眞誠的。說到哽咽。那哽咽是裝的嗎？這麼想似乎太不厚道了。洪教官。堯舜禹湯……。李敖。上面早就要辦他。讓人聽了由怕生恨。是不是跟我見過老蔣有關呢？憎惡之心減了點。敦敏出了門。赤牛、海義和侯雲生從館中央走了過來。

「早就想到你在裡面。到處找不到人。怎麼在裡面待那麼久？」赤牛問。

「她們說要聊聊嘛！」

「咳呀！你這個人。有什麼好聊的？反正就是入不入黨。不入就走人了，有什麼好聊的。」侯雲生說。

「我也沒辦法。」

「結果呢？你入了？」赤牛問。

「她們把我印章拿過去，蓋章了。」

「你這個人。眞是！你被坑了你知道嗎？她們看中你是榜首，特別在你身上下工夫。要不然，註冊學生那麼多，她們哪來的美國時間跟你閒聊？什麼聊天。」赤牛憤憤地說。

「榜首有什麼特殊利用價值？」

「還問。榜首是指標性人物，你是眞不懂還是假不懂？」

赤牛說的似乎沒錯。但是我不習慣隨便把別人的動機想得很齷齪。我能認定那徐薇假哭嗎？不能。也不能辯解。好吧！就這樣。

「那我就都不去參加活動吧。」

「這樣就好。這樣就好。反正已經有了個海義，再加個敦敏也沒什麼大不了。」侯雲生說。

「海義還情有可原。這敦敏麼——」謝一民喃喃自語。

「好了！好了！敦敏你快去把其他手續辦好，我們去吃麵吧。」侯雲生說。

敦敏鬆了一口氣，走了。

55 外文系女生

西洋文學概論。文二十。對了，就是這間。哇噻！人這麼多。不，應該說女人這麼多。四、五十個，不，六、七十個總有。個個燕瘦環肥、風姿綽約。什麼有女如雲，什麼大觀園，都沒這般盛大。更何況現在流行短裙，坐在連桌椅上，個個蹺起腿來，白嫩嫩的大腿半隱半現在眼前，眞令人不得不心思蕩漾起來。

「敦敏，我忍不住了。我一定得設法立刻釣到一兩個。」侯雲生湊近敦敏耳邊，小聲說道。

「小心馬子後蹄踢壞你老二。」

「不管了。到那邊坐下。」

那天沒看到徐薇大腿。不是惑於美色。老師來了。洪昱智。竟然理平頭，年紀那麼大了。去雙葉書局買 Edith Hamilton 的——什麼？「再說一次，《Mythology》。希臘羅馬神話。」先自己看？「今天介紹一個人類永遠感念的英雄。」違反諸神之王 Zeus 的禁令，把火偷傳給人類的 Prometheus 。火。燧人氏。綁在 Caucasus 峰頂。「這就是大家所熟知的被縛的普羅米修士。」革命英雄。孫悟空。白娘子。孫中山。蔣介石？毛澤東？李敖？「你左邊第三個。」侯雲生遞了一張紙條過來。這傢伙，一見美女，就渾身發癢了。左邊第三個。也不怎麼樣嘛，不過胸前誇大一點而已。「下節課跟你換位子。」敦敏把話寫在紙條背後，然後把紙條折了兩折，遞還侯雲生。「大家懂得這個故事的深層意義嗎？」——沒人回答。不像建中。革命。王朝天。好耶！好耶！造反。當理髮師。當老蔣的理髮師。刮鬍子。「刷！」一聲，老蔣完了。「火意味著什麼？」「火就是愛情的烈火。」侯雲生大聲答道。「哈！哈！哈！哈！」把火傳給人類。把自由自在的日子傳給全國國民。但是那個慈祥威武的Generalissimo眞是個劊子手嗎？徐薇。台北的女孩。和燕。那是唯一的。那古亭女中的學生、小芳、徐薇。那麼那個的。上課都悶聲不響。乾坐著嘲笑別人。這侯雲生也眞是。自願當小丑。這麼多女生當中，有多少像徐薇那樣——那樣，眞難形容。我被騙了嗎？鄉下男榜首被台北女黨工所玩弄。如果在這裡找女朋友。「今天就上到這裡。買了書後先自己看第一章。」洪昱智說完，提起皮包就走了。侯雲生抱著書急急忙忙追隨他那胸前誇大的西施出門而去，留下敦敏哭笑不得。這傢伙。如果讓他從小多喝點稀粥、多吃點番薯，男性賀爾蒙大概就不會這般豐沛吧？吃炒豬肝。

敦敏出了教室，走到走廊上。哇！徐薇。

「敦敏，你好！」徐薇說。

「徐小姐，你好！」

「幹麼這麼見外。叫我小薇就好了。」

叫我小薇就好了。叫我小芳就好了。差點就忘了，下午要和小芳見面。

「再見。」

敦敏說完，往前走到外文系圖書館。他翻了幾本書。這些書，哪一天能看懂？畢業時？希望如此。還這麼早，要多久才能等到赤牛？先去買書吧。《Mythology》。哦！赤牛來了。

「這些老師，也眞有志一同呢！第一次上課，只上半堂。」赤牛說。

「這也不錯。不是嗎？我要到對面雙葉去買書。你呢？」

「叫我們買一本他自己編的什麼中國通史論文選集，說要全班一起訂。我們這就去雙葉，順便去吃炸醬麵吧！」

進了麵館，赤牛說：

「我請吃一個滷蛋，炸醬麵各自付錢。」

「這不好吧？」

「敦敏，你一定看得很透徹，我們家這麼多年來全在吃那座地藏廟過日子。我父親甚至吃得像大爺一般，每天閒在家裡吃魚吃肉罵這個罵那個。小時候我只知道父親霸道，只知道反抗他。長大了我才懂得自己一家人有多不義。有一天，我瞥見我母親把整鍋紅龜粿倒進餿水桶裡，胸中眞有椎心之痛。你一定懂得那種感覺吧？」

黃胖子拿了一大盤小卷過來，撲通一聲倒進餿水桶裡。是我感受到椎心之痛。不是黃胖子。更不是他生的那堆破銅爛鐵。

「赤牛，你能這麼想已經十分難得了。你就不用再自責了吧。」

「那好，就這樣。我請一個滷蛋。」

「謝了。——對了，等一下我去和小芳見面，你要不要一起去？」

「開玩笑。你去約會，我去當電燈泡幹麼？」

「什麼約會？筆友見個面而已。況且是你的老情人呢。」

「那個夢煙呢？」

「好久沒聯絡了。去信也不回。」

「我的那些都散了。懶得回信。」

「歧路亡羊。」

「什麼？」

「沒有。」

「我幫你先把書拿回家去。你好好去享受吧。」

敦敏坐〇南公車到了南門市場，然後走到南海路。科學館。穿著白色襯衫、黑色百褶裙制服的。有了。敦敏把小芳的來信遞給那女生，問道：

「是小芳同學嗎？」

「是的。我叫魏廷芳。」

是個蠻文靜的女孩。會寫那種信？眞奇妙。長得很好。可惜不是會讓我心動的。

「一起到園裡逛逛，好不好？」敦敏問。

小芳點點頭。兩人從荷塘邊走過。一樣的枯枝敗葉。一樣的明亮卻不熾熱的陽光。侯雲生。窺馬子。一下子就三年了。香皀的氣味。出門前一定剛洗過澡。和燕的體香，和著香皀的氣味，從前沒聞過的。白嫩的手臂。和燕的手臂。林秋蘭。漸漸淡忘了。只剩下鈕扣和頭髮。小芳的鈕扣和頭髮。眞想牽著她的手走。但是不行。沒有一見心動，不會有結果的。不能光占便宜。又不是侯雲生。其實侯雲生也蠻純情的。他只是喜歡瞎鬧著玩而已。爲什麼弘銘、順德。玫瑰酒吧。Sweetheart。

「敦敏。哦，敦敏同學。」

「喔。什麼事？」

「我很——很感激你。」

「感激什麼？」

「考了榜首還願意跟我繼續交往。」

「榜首和交往有什麼關聯？」

「你班上不是有很多一女中的學生嗎？」

「應該是吧。」

「你沒有喜歡的嗎？」

「你急什麼！才上一天課呢！」

「那久了呢？」

「久了嘛──」

這小芳很難跟她講話，一點沒錯。自尊心特強，又好像動了心，措辭稍一不妥，馬上會傷到她。

「認識了一個叫徐薇的女孩。外文系四年級的。」

「哪兒畢業的？」

看來她對自己的容貌很有信心，只對自己的學校沒信心。眞是何必呢。

「不知道。未必是一女中的。」

「你喜歡她嗎？」

「很複雜。我一直耿耿於懷。我被她遊說去入了黨，結果被老同學罵了個狗血淋頭。」

「入黨？是麼。」

她淺笑了一下。大概如釋重負吧。

「差點忘了告訴你，罵我的是黃天健。」

「哦，是他？他也在台大嗎？」

「是的，在歷史系。」

「怎麼沒一起來？」

「這你應該了解的。」

「應該了解?——喔。」

她又淺笑了一下。反應不是很靈敏。兩人把植物園繞了一整圈了,還是繼續繞。有時候兩人手臂或手掌會碰到一起,帶給敦敏一種甜熱的感覺。但是敦敏始終沒有去握她的手。而且,漸漸地,兩人越來越沒什麼話好談了。敦敏轉頭看看她。她兩眼閃著淚光,低下頭去。在出口附近,她腿一跛,跌倒在地板上了。兩個女生趕上來扶她。她蹲了起來,手按著地板,頭俯在膝蓋上哭泣。

「我要回家了。」她說。

「喔。要不要我送你?」敦敏問。

「不用了。」

「小芳同學。——小芳。你已經高三了。以後我們還是通信就好,暫時不要見面了,好不好?」

「嗯。」

「那就再見了。」

「再見。」

敦敏目送小芳離去,然後出了植物園,搭十三路公車回家了。

回到家裡,敦敏直接上了閣樓。赤牛歪在牆角聽著貝多芬的小提琴協奏曲。

「怎麼樣?滋味不錯吧?」赤牛問。

「你沒戀愛過吧?你只會敲邊鼓。」

「沒錯。」

「那你不會了解的。」

敦敏說完，也去歪著聽音樂。二樓照舊傳來列列列——列列——列列列列列的聲音。

56 佑一結婚

敦敏告訴佑一，他想要一台電唱機。佑一答應了。兩人到延平北路三段一家電器行去，一問，竟然說要一千二。

「我們再到別家問問吧。」敦敏說。

沒想到這麼貴。還是算了吧。

「不用了。老闆，阿沙力點，一千怎麼樣？」佑一說。

「看你這麼阿沙力，就一千吧。」

「訂金呢？」

「不用了。」

五天後，敦敏、赤牛就隨佑一去把唱機抬回來了。先前，赤牛早就去中華商場買了貝多芬的九大交響曲和小提琴協奏曲。唱機一抬上閣樓，他片刻不等，馬上就拿出《命運交響曲》，放上唱盤，牽過唱臂。

「要放了喔！」

他把唱臂放到唱片上。結果，什麼也沒有。兩人緊張檢查了半天，原來是沒插電。

「你總是這般猴急。」敦敏說。

「聽吧！聽吧！別數落我了。」

Bong－Bong－Bong－Bong－列列列——列列——Bong－Bong－列列列列列——。

「這是什麼跟什麼呀！」赤牛苦笑著說。

「把門關起來看看。」敦敏說。

勒勒勒——勒勒——勒勒勒勒勒。

「算了，就把它當作兩首交響曲一起演奏好了。從前這列列列的聲音對我就是貝多芬的交響曲呢。」

「搬到地藏廟裡去放不知會是怎麼一番氣象。」

「告別你的地藏廟吧。去找個家教。」

「我也正這麼想呢。」

離十一月二日越來越近了。佑一每晚忙進忙出。最近生意這麼忙嗎？下去問一下。敦敏下了閣樓，把正在和阿旺疊布的佑一拉到後廳，問道：

「馬上就要訂婚了，都沒見你張羅什麼。只見你每晚忙生意——」

「咳呀，忙什麼生意！我在忙著借聘金啦。聘禮已經說妥跟阿嬌借。聘金卻一點著落也沒有。除了聘禮、聘金，還有什麼好張羅的？」

「不是說好不收聘金、聘禮了嗎？」

「不收也得送。不然兩家人面子要往哪裡擺？」

「原來如此。得送多少？」

「一萬二。」

「這麼多！」

「還好只是周轉幾天。只要捨得多花點利息，終究不怕借不到。」

「是麼。」

十月二十七日，佑一終於把一萬兩千塊錢寄了回去。十一月一日，阿清回鹿港。三日，阿清上來台北，一萬兩千塊錢也隨身帶了來。當晚，佑一就趕出去把錢還了。二十一日，佑一帶著阿清回鹿港。除了零星花用外，另帶了三千塊錢。兩千塊要清償禮餅費，一千塊要留給母親家用。二十三日，佑一帶著阿清上來台北。

「請了兩桌。除了幾個表親外，就是瘋珠、黃仔水、阿嬌、臭砧子他們。阿鳳說太遠，又多了個女兒，沒辦法回去。弘銘呢，據兩個老的從阿鳳那邊聽來，最近正醉心於坐飛機。動不動就從松山飛到高雄跳舞過夜，隔天再從高雄飛回來。一趟花三、四千元。今日公司那個店員還包著。大哥結婚算什麼？彰化姑媽和台中姑媽事先合送了一塊六百元的喜幛，被母親回絕了。阿福叔送了一塊一千二的喜幛，也是事先送的。母親本來一樣要回絕，後來硬被父親給攔下了。整個廳裡，就只有那塊喜幛。阿清戴著向阿嬌借來的那些金項鍊、金手鐲，在昏黃的燈光下也沒什麼光彩。要沒有那塊喜幛，還看不出大家是在吃喜宴呢。」

「順德呢？」

「和惠雪一起坐在兩個老的旁邊。」

「只是這樣？」

「筵席剛完，就教母親把我拉過廚房去。『順德要買支牌進口日本胃藥。你那聘金一萬二，對方一塊也沒收。能不能撥一萬借給他？』母親說。這孬種，連自己出面都不敢。恐怕有困難。我告訴母親。你可以想見得到，母親臉馬上沉了下來，冷冷地說：『同樣是弟弟，心就這麼偏。』有我這種哥哥，夠他偷笑了。心偏。一個新婚之夜，僅有的一丁點心情，就這樣化爲烏有了。」

「他們都以爲你賺了不少，說你每次回家都說生意很好。」

「難道要我天天回去哭窮哭苦嗎？」

「我了解。其實我都說不準我將來會怎麼做。」

「我是長男，算是前世欠了他們債。你將來過你自己的生活去吧。能不沾這家子的事，是你的福氣。」

佑一很少這麼消沉。也難怪。終身大事，竟是這麼一番景況。「啊那個難道不也是女工，爲什麼這麼沒禮數？」阿彩。削了齊耳的短髮。五官清秀。很嫵媚。母親不能接受的女人。沒禮數。長男？年紀大了，家裡逼著去相親。如果給她承諾，兩年三年她眞的就不能等嗎？不能給她承諾。現實。原來錢還不是唯一的問題。阿清。平頭整臉的阿清，老是答應說嗨，嗨，嗨的阿清。相處久了就會來電嗎？我——小芳？不會的。我想。沒有電的婚姻。父親母親的婚姻。不，那是短路的婚姻。沒有電，只有相擁的溫暖。也許相擁的溫暖才能天長地久吧。電。電光石火。去交個像徐薇那樣的女朋友。又漂亮、又嘴甜、又會在適當的時候楚楚可憐地滴下淚來，——是不是這樣呢？不管他。——是母親能夠接受的女人吧？駕馭得了嗎？無所謂，是么男，吃穿反正不靠他。才結了婚，馬上又是煮飯、又是車衣。列列列——列列——。有沒有比較快樂呢？好像有。微微露著笑容。天生寡欲的女人。將是個有福氣的人。但是佑一。得承擔多少呢？父母、妻子、弟妹。兩個老的，還要活多久？多一個去台北，就多一個被佑一霸占。計較得這麼精，究竟爲了什麼？我眞想詛咒她儘早死了下地獄去算了。地獄。不只我。也許佑一這婚禮已經夠體面了。弘銘帶著玉英回鹿港。玉英已經有了。弘銘在家住了兩天，給玉英辦了戶籍，就回三峽去了。やみ的。雖然人凶惡，卻沒什麼志氣。像父親。壞種不斷。老蔣畢竟算是個有志氣的人。逃到這小島來，又一大把年紀了，還不肯死。甚且年年在總統府上大呼中華民國萬歲。不過，要說體面，這也實在算不上什麼體面。佑一有在爭體面嗎？或許是我看錯了。他在意的大概只是個きもち吧。新婚之夜，什麼話不談，就只知道談借貸，還談什麼偏不偏心。也不想想我跟佑一在台北過了三年，一起吃了多少苦。他不是不甘心過這種日子嗎？還跟佑一爭女朋友。還有，弘銘不是富得可以天天飛去高雄跳舞、睡覺嗎？爲什麼不去向他借。哦，不。說不定開過口，被拒絕了。「一個人若得先灌滿自家的池塘，他就沒有多餘的水去澆人家的園子。」他會很慷慨地給你一千元，但絕不會，大概也無法，借你一萬元。那麼富，還來向佑一借錢。敦敏，你得爲自己前途打算打算才好。佑一是道德家。多一個去台北，就多一個被佑一霸占。你這個大頭家，鬮雞趁風飛。咳！這就是長男的宿命嗎？北風颸著海水，激起微微的波瀾，放眼望去，灰濛濛的一片波瀾，就像一目鎖住一目的無邊無際的一張網，又像一圈串住一圈的無邊無際的一片泥淖。長男。長男。我不是長男，但我能置身事外嗎？佑一和我，究竟傳了誰的種？「我眞的是你們的孩子嗎？我曾當面問過兩個老的。」佑一說。傳到種，即使是壞種，也得人疼。

「你能釋懷嗎？」敦敏問。

「不釋懷又能怎樣？」

「情況這麼拮据，很抱歉又花了你一千塊錢去買唱機。」

「不。你和阿清是我唯一的慰藉。只要想起你在這太平市場邊熬，還能考榜首，我就覺得寬心。我雖然不懂，你們聽的唱片，有時我還能哼呢。Bong！Bong！Bong！Bong！哈！」

「那個叫《命運交響曲》。要不要一起上去聽聽？」

「命運麼？也好。」

兩人上了閣樓。

「赤牛，放《命運》。」敦敏說。

Bong！Bong！Bong！Bong！——Bong！Bong！Bong！Bong！幾聲雄渾的巨響之後，音樂纏綿了一陣子，然後聲音越來越小，小到宛若游絲。接著甚至什麼也聽不見了。

「算了！算了！這我聽不懂。」佑一說完，下閣樓去了。

57 班際聯誼

玫瑰酒吧。品格酒吧。來來來，來台大。去去去，去美國。週六週日都休假。Blue Monday。什麼Approach to Literature。Approaches？星期一第一堂課。而且是全天唯一一堂課。這時間44路公車多難搭。衣服夾在車門。車掌直推你屁股。「不要壓我！不要壓我！急什麼？非搭這班不可？」她大聲喊著。多辛苦。大家。多久沒去上了？自從相思河畔見了您，就像那春風。從不點名。年輕人，比較看得開。聽說今天要抄一首他自己寫的詩讓大家批評批評。衝著他這份雅量，我終於戰勝了太平市場的糾纏，六點半就起床。赤牛還睡得跟死豬一樣。

新生大樓。有多少人來上課？啊哈！多乎哉？不多也。女生照樣蹺課。月經痛。最好的理由。小鳥痛。是不是中鏢了？提不出的理由。

「各位同學早！」黃逸把他的《Approach》放在講桌上，客氣地問候了一聲。

「我要獻醜了。」

他轉過身去，開始抄他的詩。德州大學的碩士。英俊瀟灑。可惜不是博士，要不然女生上課的一定多得多。侯雲生從後門溜進來，踮到敦敏旁邊坐下。這傢伙，幾時開始懂得用踮的了？

人，倒立著。
樹木，倒立著。
樓房，倒立著。
一隻孤鳥，從下面飛過
倒立的
人，
樹木，
樓房。

「就是這樣。歡迎各位批評指教。」

教室裡鴉雀無聲。好久好久。

「我看呢，這是一首屁詩。」侯雲生突然又發謬論。

「哈！哈！哈！哈！」

「怎麼說呢？」黃逸問。有點尷尬。

「因為說好詩麼，不是。說壞詩麼，也不是。」

「我們不要只說好，說壞。——或說屁。解釋一下好不好？」

「倒立著就表示嚮往地下。地下就是地獄。孤鳥點出嚮往地獄的原因——孤獨。孤獨使得人、樹木、高樓，一切一切，都嚮往地獄。」

令人刮目相看呢，這傢伙。

「說地獄太嚇人了。不過，我覺得侯雲生講得有點道理。如果換個字，不講地獄的話，就一切OK了。」卓惠芬說。

說地獄太嚇人？真嗲。加上胸前誇大，這樣就使侯雲生？

「我有希望了！」侯雲生湊近敦敏耳邊說道。接著，他拿出一封信，在敦敏胸前晃了一下。

胸前誇大。哺乳。「生了你們這麼多個，從沒真正坐過月子。奶水少得可憐。難怪你們個個——」

胸部平平板板。「你們祖母。別人家苛薄媳婦，也沒人像她那麼毒。」地獄。地獄。

「……得很不錯，我們大家給他鼓勵鼓勵。」

啪！啪！啪！啪！

「多謝！多謝！」侯雲生好像謝票一樣站起來四面拱手點頭。

「別翹尾巴了。」敦敏告訴他。

「Now let's begin to analyse Wordsworth's 'I Wandered Lonely as a Cloud'.」

「You say I don't understand, Sir.」侯雲生說。

「怎麼了？」黃逸問。

「老師，你的英語有個怪腔，我聽不懂。」

「什麼怪腔？」

「大概是德克薩斯腔吧。」

「哈！哈！哈！哈！」

下課了。于莉趕著站上講台嬌聲說道：

「十分鐘後請回來開班會。」

「我出去一下。」侯雲生說完，走了。

敦敏趴在桌上休息了一下。鐘響過後，同學們一個個回來了。于莉站在講台左邊，兩手握在裙子前。臉上淡淡的雀斑，腿上白白的肌膚，上大一英文時偏偏坐在我身邊，害我經常心思蕩漾。北一女的高材生，最令小芳嫉羨的。她們不喜歡老是掛個「二」字，乾脆把校名都給改了。只是人家口碑早定，也無可如何了。大家都說我在追她。其實我怎會去追她，第一不見得追得上，第二追上了又怎樣？外文系的外省女生幾乎沒有不出國的。我能出國嗎？考中山獎學金。徐薇？只不過是蹺課蹺多了，臨考前多打幾次電話去問問上課內容而已。這些女生也實在眞是——。

「跟部分同學商量的結果，聖誕節決定跟電機系一年級同學舞會聯誼。有意見的同學請——」

「你們去跟電機系學生跳舞，那要叫我們男生去坐冷板凳嗎？」侯雲生急著問。

「放——心。我們不會冷落你們的啦。」卓惠芬說。

「難說。搞不好你們還去跳三貼的呢。卓惠芬，我告訴你，我不准你跟人跳三貼的哦！」

「要死了你！」

「費用我們分攤八百元，麻煩敦敏費神一下。」

要死了。選我當總務股長，一百零六個人，每人十塊錢，跟要債一樣，過了半個學期了，還要不齊，現在一開口，就要八百塊，眞眞不知民生疾苦。費神幹麼。去跟電機系學生跳舞。去去去，去美國。去美國。躲老共。吃香喝辣。有辦法的，開個窗讓他們出去。這些就是有辦法的。于莉。于莉還在跟同學們討論。淡淡的雀斑。會來電的女生。看著她。垂肩微翹的頭髮。烏溜溜的頭髮。去去去。

「這不是擺明著不把我們當回事嗎？」侯雲生問敦敏。

「人家求偶心切，你得體諒。」敦敏平靜地回答。

「難道我們就不能當偶？爲什麼？」

「人家要好逑，我們當不成好逑。你寬寬心吧。」

同學漸漸離去了。于莉走上階梯來，到了敦敏和侯雲生旁邊。

「敦敏，你剛剛講的話對我們女生不太公平。」她說。

「是麼？」

「你這個人。我眞地很希望你和雲生都能快快樂樂去參加呢。我幾時冷落過你？你打電話給我，我不都很親切地接聽嗎？這樣吧，只要你去，我第一支舞一定跟你跳。好不好？」

「我——。I apologize。不過，反正我也不會跳舞，我還是不去好了。」

「也好。等你改變心意了，再告訴我。侯雲生，你呢？」

「再說吧。」

「那我走了。」

我要和她在這裡相處四年。還要坐在一起上課！My God！淡淡的雀斑。沒有徐薇漂亮，但是比徐薇迷人。沒有徐薇嘴甜，但是比徐薇誠懇。我現在才知道佑一有多痛苦。垂涎三尺。就是不敢去咬。不是不敢，是不能。賈寶玉盯著薛寶釵的臂膀。人生啊。人生。

敦敏和侯雲生從後門出了教室。一大群同學擠在牆上的布告欄前。兩人湊了過去。簡美雲迎頭走來，高聲喊道：

「你們建中的，眞夠噁心哪！」

「呸！侮辱我們建中。」侯雲生答。

「還敢呸。自己過去看看。」

兩人擠開人群，赫然發現布告欄上兩顆圖釘釘著厚厚一疊信紙。敦敏凝神一看，是侯雲生的信。侯雲生伸手去搶。兩個女生按住信。侯雲生大吼道：

「騷包！還不讓開！」

接著，他就把信連圖釘一齊扯了下來。

「你現在來搶已經太晚了。我來背一段給大家分享分享吧。奇文共欣賞──，對不對？」簡美雲走回來說道。「你豐滿的胸脯讓我想起在母親懷中吃奶的滿足，又讓我想起在聖母瑪莉亞懷中酣睡的溫馨。」

「哈！哈！哈！哈！」

「賤貨！一群賤貨！」侯雲生不停地頓足咒罵。

「你──！你到底在追什麼呀？」敦敏也覺得匪夷所思。

聖誕節不久就到了。敦敏和侯雲生都沒有去參加舞會。

58 老杜之死

深夜裡，佑一回來了。鬍子沒刮，頭髮也沒梳，和上次老杜來時一樣憔悴。

「會不會餓？」阿清問。

「煮碗稀飯給我吧。」佑一說完，順手拉了一把椅子坐下。「眞狼狽。」

「怎麼樣了？」敦敏問

「今天早上火化了。除了父親和我，就只有幾位遠房叔伯兄弟趕下去送他。」

「弘銘呢？」

「聯絡不上。——那傢伙，兩個老的死了他會到就不錯了。法院方面答應派部車子幫忙搬家。過個十天八天阿鳳就會帶骨灰和孩子回鹿港去了。」

「怎麼這麼突然？」

「三更半夜在麻將桌上呱了一聲，人就昏倒了。醫生說是心臟麻痺。營養不良導致的心臟麻痺。」

「『沒想到我們崑山杜家本家的人今天會營養不良而死。』老杜的一個堂弟說。說完當場就哭了出來。倒是阿鳳沒哭。『就爲了打那麻將，出差都騎腳踏車，不管多遠都騎腳踏車，飯也不好好吃。這死老杜，死了活該。』她說。」

死了。一個小學都沒畢業的女人，三個幼兒。活該？

「『守信是個仁慈篤厚的人。我們遠房的堂兄弟幾十人，讀書求學用的錢全是守信父親給的。守信從沒提個不字。』老杜一個當軍法處處長的堂兄說。說起這個堂兄，要是沒有他，法院那邊才沒那麼好，又發動募捐，又答應派車。」

「『想起當年在崑山，秋收過後去收租，幾個人跟著守信，挨家挨戶走著去收，走五、六天都收不完。今天在這裡，讓他營養不良而死。我們這些親戚，眞該天打雷劈！』那個堂弟又說。」

「『你們講這些有什麼用？活著的時候一個也不往來，死了才來講這些風涼話。』阿鳳說。」

「『慚愧！慚愧！』那個堂兄說。——說起老杜這個人，著實教人心疼。上次的事你也知道。那還不算什麼。以前他們住在三重時，有一次遭小偷，丟了個時鐘。老杜安慰阿鳳說：『別在意。那小偷連時鐘都沒有，日子一定比我們難過得多。就當作把時鐘送給他，幫助幫助他吧。』阿鳳氣得直跺腳。事後逢人就訴苦。相欠債吧。這樣的兩個人，竟會結成夫妻。」

「無懷氏之民歟？葛天氏之民歟？」「宋人資章甫而適諸越，越人斷髮文身，無所用之。」擠不上船啊！就那麼手一鬆，就從此音訊全無。叫著我。叫著我。黃昏的故鄉不時地叫我。叫我這個苦命的身軀，流浪的人……。

敦敏上了閣樓，歪在牆邊。赤牛還在寫報告。緣分，冤家聚在一起。緣分，來到異鄉。「我不要死在這裡！我不要孤孤單單地死在這裡！我要回家！看！那片地，那片一望無際的地！都是我的！」老杜說。他望著阿鳳，說：「跟我一起回家吧。帶著孩子們。」他向阿鳳叩頭，額頭叩到阿鳳乳房上。阿鳳怒喝道：「要死了！敢來碰我乳房。」「你不去？那我自己回去。明天就把自行車賣了，去買飛船票。只要能回到崑山，一切就都沒問題了。」說完，他走到衣櫥前，拉出抽屜，開始把內衣、內褲、襪子、襯衫慢慢拿出來，放在床上，然後從櫥底拉出行李箱，開了箱，把內衣等放了進去。「這種三箭牌的內衣褲，穿著十分舒服，要全部帶回家去。還有，結婚時做的西裝你們讓我穿著火化了。我一生只有這套西裝，太可惜了。我要穿著回去。阿鳳，這是你的內褲和奶罩，穿上吧。你生氣了？我向你下跪。對了，明天該去向牌友們道個謝。我一生只有這個興趣，如果沒有他們，我的日子不曉得會變成怎樣了。佑一，還有——小弟弟叫什麼名字，叫敦敏吧——有空務必到崑山來看我。我們那邊房子很大，睡覺沒問題。飛船要開了。人眞多。再見！再見！」飛船開了。眞快。過了一、二十年，進步眞地不小。沒想到人這麼多。怎麼變暗了。喔，原來是隧道。沒錯，過海要經過隧道。如果一小時飛八十公里，要多久才能飛到上海呢？七、八小時吧？來打個盹。呱——呱——。大愣子。二愣子。你們地掃得怎麼樣了？我爹在廂房裡打牌吧？來幫忙提行李。我到台灣去，娶了媳婦，生了

讀者服務卡

您買的書是：________________________________

生日：________年________月________日

學歷：□國中　□高中　□大專　□研究所（含以上）

職業：□軍　□公　□教育　□商　□農
□服務業　□自由業　□學生　□家管
□製造業　□銷售員　□資訊業　□大衆傳播
□醫藥業　□交通業　□貿易業　□其他________________

購買的日期：________年________月________日

購書地點：□書店　□書展　□書報攤　□郵購　□直銷　□贈閱　□其他

您從那裡得知本書：□書店　□報紙　□雜誌　□網路　□親友介紹
□DM傳單　□廣播　□電視　□其他

您對本書的評價：（請填代號 1.非常滿意 2.滿意 3.普通 4.不滿意 5.非常不滿意）
內容______　封面設計______　版面設計______

讀完本書後您覺得：

1.□非常喜歡　2.□喜歡　3.□普通　4.□不喜歡　5.□非常不喜歡

您對於本書建議：

感謝您的惠顧，為了提供更好的服務，請填妥各欄資料，將讀者服務卡直接寄回或傳真本社，我們將隨時提供最新的出版、活動等相關訊息。

讀者服務專線：（02）2228-1626　讀者傳真專線：（02）2228-1598

廣　告　回　信
台灣北區郵政 管理局登記證
北台字第15949號

235-62
台北縣中和市中正路800號13樓之3

印刻出版有限公司　　收

讀者服務部

姓名：＿＿＿＿＿＿＿＿＿＿　性別：□男　□女

郵遞區號：＿＿＿＿＿＿

地址：＿＿＿＿＿＿＿＿＿＿＿＿＿＿＿＿＿＿＿＿

電話：（日）＿＿＿＿＿＿＿＿＿＿（夜）＿＿＿＿＿＿＿＿＿＿

傳真：＿＿＿＿＿＿＿＿＿＿

e-mail：＿＿＿＿＿＿＿＿＿＿＿＿＿＿＿＿＿＿＿＿

兩個兒子，一個女兒呢。待會兒就叫他們給我爹請安去。還在隧道裡。快到地球另一端了吧？從台北下去，另一端會是哪裡呢？人死了，就得入土，到地球另一端去，重新投胎。去做個女人吧。做男人，年紀大了，要滿足老婆都難。跑去三重。那時候明慧還沒生吧？又生了明慧。難怪阿鳳生氣。都沒有滿足，只有生孩子。見到日光了。啊！是上海灘。這是此生第二次見到上海灘。飛船上的人都到哪兒去了？怎麼只剩下我一個？不管他了，叫輛黃包車載我到火車站去。哦，火車站變這麼大！到哪兒去買票呢？同志！十二點到了，要唱〈東方紅〉歌頌毛主席，不要亂跑。東方紅，太陽升，中國出了個毛澤東。他為人民謀幸福，呼兒嗨喲，他是人民大救星。同志！幹麼不唱？剛從海外回來，不會唱。上哪兒去？崑山。噎，在那邊買票，買了到第三候車站去候車。多謝！多謝！要感謝毛主席和共產黨。是！是！經過這麼些年，毛澤東架勢不同了。往南京的車。對了，就是這班。啊！崑山，崑山。馬上就見到了。少小離家老大回，鄉音無改鬢毛衰。兒童相見不相識，笑問客從何處來。大家不曉得還記不記得我？大愣子！大愣子！還認不認得我？我是守信啦！喔，大少爺。不，守信同志。以後不許叫我大愣子了。這是侮辱工農兵群眾的叫法。我改了名字了。以後得叫我杜衛東。不，也不許這麼叫。要叫我衛東同志。現在改稱衛東的較多。要分辨的時候才叫我杜衛東。大少爺。不，守信同志。你剛從海外回來，為了確定成分，我先帶你到領導那邊匯報一下，再請他們設法安頓你。守信同志，你打哪兒回祖國來？台灣。喔，台灣。那你算是起義來歸囉。改天報告上級給你表揚表揚。不過，台灣被蔣介石和美帝統治了幾十年，你身上有些資產階級的劣根性是無可避免的。我們照例得請你坦白坦白。我沒講半句謊話。階級的烙印是不自知的，只有靠著毛主席和黨的幫助，才能慢慢祛除。衛東同志，來！做個示範，坦白坦白。是！中午在食堂喝粥的時候，我喝到一粒沙。我呸的一聲把整口粥吐出來。這是糟蹋工農兵群眾勞動成果的壞樣子。還有，我剛剛見到守信同志的時候，開口叫他大少爺，沒有工農兵群眾當家作主的鮮明立場，這也是壞樣子。好了，衛東同志，你做得很好。守信同志，你該知道如何坦白了吧。請有個好的開始。是！是！我這套西裝，我老婆讓我穿著火化了。什麼老婆！這是對廣大婦女同志的污辱。要稱愛人。愛人？對！就是愛人。是！是！我愛人讓我穿著火化了。我捨不得，又把它穿了回來。這是慳吝。千吝？什麼意思？慳吝就是就是吝嗇。慳字是──。吝嗇就吝嗇，什麼千吝。資產階級優越感。繼續說吧。我沒有滿足我老──我愛人，沒有好好爲婦女同志服務。爲什麼沒有滿足？因爲年紀大了。看你肌膚白白嫩嫩的，年紀會有多大？一定是因爲經常吃喝玩樂，縱欲過度吧。不是！不是！我除了打牌之外，沒有任何不良嗜好。喜歡打牌？常熬夜吧。回到這邊要早睡早起，好好勞動。領導同志，能不能讓衛東同志先陪我回家向我爹請個安？你這是什麼態度？搞革命重要還是向你爹請安重要？你怎麼死的？在牌桌上呱了一聲就死了。呱？呱不是打呼嗎？是打呼也是死。怪事。你呱一聲看看。呱呱大愣子。二愣子。你們地掃得怎麼樣了？我爹在廂房裡打牌吧？來幫忙提行李。喂！喂！守信同志！守信同志，你打開行李箱，讓我們看看你帶了些什麼回來。沒帶什麼。來，你們看。哦，這是什麼？又白又亮的。三箭牌。那是內衣褲啦。內衣褲？這樣的內衣褲，肯定比毛主席穿的還高檔。帶了那麼多高檔內衣褲回來，怎麼沒交代？畢竟是蔣介石和美帝的走狗。走資派！打倒走資派！打倒走資派！弄頂高帽子給他戴上，帶去廣場開鬥爭大會。各位同志！這個杜守信，從台灣潛回祖國來，帶了半打比毛主席穿的還高檔的內衣褲，大家提提，該怎麼處置？沒收內衣褲，獻給毛主席。人麼，把他緊緊綁在竹叢下，過個十天八天，竹筍長出了，那筍尖就直往他肛門裡長，準讓他痛得叫爹叫娘，一命嗚呼哀哉。怎麼變暗了？「蓋好被睡了吧。這樣會感冒的。」赤牛說。「好吧。」敦敏回答。

59 海峽的水

敦敏他們好久沒有哥兒們一起吃麵了。上下課時間不一致，雖然同在一個學校，要聚在一起也不容易呢。侯雲生、海義、謝一民、赤牛、敦敏。都到了。

「今天去哪家吃?」海義問。

「吃高級點的。快活林吧。我剛領了家教錢。我請客。」侯雲生說。

「你留點錢去供養你那個胸前誇大的吧。」海義說。

「這糗事。你怎麼知道的?敦敏說的吧?」

「不是我。不是我。你別胡亂牽扯。走吧。去吃麵!」

五個人走到快活林。侯雲生又問:

「海義!說!你怎麼知道的?」

「咳，文學院裡三姑六婆到處是，怎麼會不傳到我耳朵裡呢。」

「去他的。一群騷包。」

這時，赤牛插嘴說道:

「敦敏，你那個家教學生是蔣家的遠親，你知道嗎?」

「我不知道。」

「海義沒告訴你?」

「沒有，海義只說她家很有錢。」

「海義，眞的嗎？」

「眞的。」

「不管他了。敦敏，你去辭掉就是了。」

「必須做到這一步嗎？算帳也不必算到一個小女孩頭上吧。」

「你這個人！先是去入黨，然後又去當蔣家遠親的家教。你眞是越來越離譜了。告訴你，她老爸只要每天打幾通電話，就月入數十萬。說什麼開貿易公司。開貿易公司那麼好賺嗎？一個月五百塊錢請你去當家教，對你根本就是一種侮辱。你自己眞地不覺得？」

「你說的也有道理，只是——」

「告訴你，只要你不辭掉，我就搬家。」

「別動氣，別動氣。先點麵吧。」侯雲生拍拍赤牛肩膀，說道。

「好吧，我就只教到明天吧。」敦敏說。

隔天晚上六點五十五分，敦敏準時來到王家門口。他按了電鈴，然後雙手抱著書垂在腰下等著。他有點緊張，兩頰熱了一陣，接著像導電一般傳過一陣寒麻的感覺。門開了。是王雯。她穿著黃白格子相間的襯衫，海棠色的百褶裙，就像春花裡的一隻蝴蝶。一隻翩翩起舞的大紅蝴蝶。大紅蝴蝶。他進了門，在鞋櫃邊脫鞋。王雯拿了一雙拖鞋在旁邊等著。第一次。我第一次知道這是一個皇親國戚家的千金小姐在爲我拿拖鞋。他望著那拖鞋，一股莫名的酸熱湧上了心頭。許久之後，他慢慢抬頭看王雯。王雯那雙黑白分明的大眼睛正瞪著他。美目盼兮。美目盼兮。爲什麼？爲什麼？他接過拖鞋穿上，然後站了起來，伸手搭著王雯肩膀往屋裡走。王雯顫了一下，肩頭微微往前斜出。她有點不自在。但是，這是最後一次課了，對她親切點。到了書房，早有一杯果汁放在書桌上。總是一杯，不是兩杯。也是第一次，我第一次意識到這點。不是託王雯的福喝到那杯果汁的。這重不重要？我從來不爲那杯果汁而來教這個學生。但是這仍然很重要。他端起那杯果汁喝了一口。酸酸的。是進口柳橙汁。他把果汁端回去，手左右輕輕轉著杯子，好不容易才終於放下。

「我們先上英文。」他說。「今天講第五課的文法，簡單過去式和現在完成式的區別。」

他講了一大堆什麼 yesterday ，last year ，ago ，already 。沒有偏離主題，但是始終無法專注下來。他終於把書合上。

「你爸爸、媽媽在不在？」他問。

「在。老師要見他們嗎？」

「是的。」

王雯帶著敦敏走過幾個房門，到了一個小廳。王敬一夫婦正在看電視，見了他們都立刻站了起來。這是家人休閒的起居室，不是平常接待客人的地方。王太太很親切地拉敦敏坐下，說道：

「坐！坐！不是外人，別客氣。」

敦敏坐在王太太旁邊，說：

「很抱歉，有點事得和你們商量商量。」然後他看看王雯說：「王雯你先回書房去看書吧！」

商量總共花了半個小時。其實也沒商量什麼。王敬一似乎一向是很少講話的。他一聽敦敏說起要辭職，就掏出菸來抽。王太太一直重複著說：

「好不容易我們小雯有個喜歡的老師。」

這有沒有貶抑我的意思呢？是因爲被他們王雯喜歡了才。不，這是人之常情。難不成不喜歡還要花錢請來供奉？

「敦敏，你如果需要的話，我們薪水還可以——」王太太說。

「您這樣說我就太沒面子了。好像我是以退為進似的。」

「只是我們小雯那麼喜歡你。功課也進步許多。」

「王太太，我眞地有困難。」

「什麼困難你又不說。」

「許先生，既然眞地不方便，就不敢再勉強你了。」王敬一終於開口。

雖然沒有什麼商量，事情還是就這麼說定了。

「我會努力幫小雯找個好的新家教。」敦敏承諾。

人各有志。自己不能賺的錢不能說別人也就都不能賺。他回到書房，開始告訴王雯以後要怎麼念才能把英文念好。但不久女傭就來把王雯叫了去。他喝了一口剩餘的柳橙汁，然後握著杯子在書房裡來回踱著。他們並沒有皇親國戚的架子。甚至要比和燕一家更親切。但是也得。是包袱還是特權？每天打幾通電話就月入數十萬。數十萬有多大一疊？親切的貴族。善霸。比惡霸更要不得的善霸。老杜。緊緊綁在竹叢下。假如老杜能把他在崑山的田產搬到台北來，阿鳳會有多樂？咳！是是非非。王雯回來了。她還在啜泣。

「要不要繼續上課？」敦敏問。

王雯搖搖頭。她雙手平舉，把一個信封遞給敦敏。

「對不起。」敦敏接過信封，平靜地說。

王雯又搖搖頭。接著，敦敏拿著信封和書走到門口，穿了鞋子。

「再見了。」他說。

王雯點點頭，目送敦敏走了。

敦敏走在敦化北路的人行道上。路中的樹林子在夜霧中靜謐自得。五百塊錢。對你根本就是一種侮辱。不是嫉妒他們住敦化北路的華廈，而是不能容忍他們靠著關係每天打幾通電話就月入數十萬。打幾通電話。我們連電話都沒有，只能打公共電話呢。信封裡。他打開信封，裡面除了五百塊外，還有一張卡片。卡片上寫著：「老師：謝謝你。小雯敬上」唉！小雯。小雯。

海峽的水，
靜靜地流。
上弦月啊，
月如鉤。
鉤起了恨，
鉤起了仇。

對毛澤東的仇。對蔣介石的仇。對王敬一的仇。對……。

60 阿鳳在酒家

五月底的一個傍晚，阿鳳來到佑一廠裡。她穿著微微發亮的淡紫色旗袍，拿著個小皮包，頭髮燙得很俏麗。怎麼變了這麼多？跟上次。

「怎麼有空上來？」佑一問。

「向店裡請了幾天假。」阿鳳答。

「直接到這裡來嗎？」

「先去過敏貞那裡。」

「哦，敏貞那裡。」

「去問她能不能幫我帶孩子。──這麼親近的人，而且又不是白白請她帶。沒想到無論怎麼講她都有理由拒絕。」

「現在去請她幫你帶孩子，──你不覺得你看走眼了嗎？──怎麼，鹿港那邊出了什麼問題？」

「自己的親外孫，而且一樣付了錢，──還不止，這樣還不能眞心對待。什麼母親！上個禮拜回鹿港去，看到杜明德脖子、耳後都是污垢，手上、腿上到處瘀青。我也不敢講什麼。沒想到母親竟然抱怨說：『這個大孱脬的，吃到七、八歲了，洗澡都洗不乾淨。你看他那脖子跟耳後。眞是丟人現眼！啊每天只會作怪，說也說不聽。一打他就跑，跑到地藏廟那麼遠去。要不是有順德在，還制伏不了他呢。』聽了這些話，再想起那年過年回去，杜明道噴出大便，全家讚嘆的事，我不禁心痛如絞。大孱脬是病，沒去把他醫好已經不人道了，還能拿來取笑嗎？要說那年過年回去有進貢，今年難道敢不進貢嗎？我開了後門出去，剛好碰到阿勉在古井邊洗衣服。她一見到我，立刻很憐惜地說：『阿鳳啊！你一個寡婦人家，得自己工作養三個小孩，還不忘三不五時買個金指環給你母親戴。我們這些左右鄰居聽了都感動呢！』換作是你，你聽了作何感想？」

「金指環？給了幾個？」

「兩個。一個一錢多。」

「你何不乾脆來台北?」

來台北?黑面仔?

「我怕。而且台中那個工作是姑丈介紹的。台北這邊找不到關係。」

現在做這種工作,不需要黑面仔了。現在需要飯票。

「都是那死老杜!只會讓我生孩子。生了也不養。什麼營養不良?講得他可憐兮兮的。我不信給他的錢不夠他吃飽。賭了一輩子,輸了一輩子……」

眞是頗有父親之風。

「賭,賭,賭,營養不良,什麼責任都不盡,講都不講一聲,就那樣走了。留下什麼給我?一堆破衣服,一輛破腳踏車……」

明天就去買飛船票。沒收內衣褲,獻給毛主席。三重。正義北路。去做個女人吧。

「母親那個人。不是我怨她才這麼說。父親說近來牙齒越來越不好,硬飯咬不動,叫母親煮軟一點。母親竟然說,全家都愛吃硬飯,如果父親獨獨有意見,自己另外去煮一碗吃好了。可憐父親。大概是當年割盲腸時把腸子換成橡膠管的緣故吧,都已經瘦得不成人形了。哪有力氣去煮飯?我看他日子恐怕不多了吧。說他近來只要一聽到屋後有出殯行列經過,就急著開後門看,看人家棺材有多大。一輩子無能,卻仍在意死後風光不風光。就那個死老杜,死得草草率率,連死都不如人。算什麼?我好像被人遺棄,偷偷摸摸逃回娘家一樣。勉強出外找了個有能耐做的工作,又連自己的親生母親都看不起。」

品格酒吧。玫瑰酒吧。老美摟著吧女。Sweetheart。Sweetheart。如果。沒想到成了個識。

「你那麼多年沒回家,現在總多少知道這個家的難處了吧。」佑一說。

貧賤夫妻百事哀。假如老杜能把他在崑山的田產搬到台北來。不能。所以，呱了一聲就走了。坐飛船回崑山去。故鄉。故鄉。黃昏的故鄉。緊緊綁在竹叢下。咳。

「雨水比較多，兩個老的一直抱怨屋裡漏得無處躲。『只要能有間磚房住，死了也瞑目。』父親說。『我看你再拖也沒多久，你就不要瞑目吧。』母親說。我是女的，家裡有些事我不便管。不過，我得告訴你，順德慫恿兩個老的拿大場的地契去借錢在屋後蓋新房。將來會發生什麼事，誰也說不準。」

「只要不來牽扯到我台北的生意，土地要怎麼處理我不管。畢竟那是父親的，不是我的。」佑一說。

「恐怕你想管也管不了。順德說你都可以拿地契去借錢做生意，爲什麼兩個老的不能去借錢蓋房子。」

算我沒用。祖產都得交給別人管。啊你也眞厲害。嗾使得你那鹹澀母親典當祖產給你做頭家。反正現在吃穿不愁了，他當然有動機借錢蓋房子。一輩子只住破木板房子。撿火災燒剩的破木板蓋的房子。死前想住住新磚瓦房，也是人之常情。食、衣、住、行。民生主義。不就爲了解決這些問題嗎？強似被拿去給兒子做生意用。吃穿沒問題了。反正你是長男，你得負責。長男的宿命。只要在西治那裡待下來就好了。自己做生意？閹雞趁風飛。我要的是大棺材、大房子！我都快死了，一點也不了解我的心願。只想自己做生意。你配嗎？也不是對子女都沒有愛。但是，先愛自己比較重要吧。阿鳳，弘銘，佑一。順德？我？惠雪？都快死了，眞的。不要再去跟他計較了吧。

「杜明德那個大羼脬，也該去找個醫生看看了。」佑一說。

「現在談這個有什麼用？只要母親和順德不把他當出氣筒，天天打來打去，我就對得起他了。」

跑到地藏廟那麼遠去。我跑過大場，跑過王仔傳家門口，跑過青雲路，從地藏廟側門跑進廟裡。父親不敢進廟打人，悻悻然走了。傍晚潛回家裡，父親蹲在椅子上抽菸，已經忘了下午的事。

「不打到氣消從不罷休。外婆、舅舅是這麼當的嗎？」外婆。外婆。好種不傳，壞種不斷。「己所不欲，勿施於人。」畢竟只是聖人的期勉罷了。

「你有空嗎？我有個朋友在延平北路白露冰果室等著，你願不願意去跟他認識認識？」

「朋友嗎？也好。」

佑一換了衣服，跟阿鳳一起出去。過了大約一個鐘頭，佑一獨自回來了。大家正在後廳等他吃飯。

「阿鳳呢？」敦敏問。

「跟他的『朋友』吃飯去了。——這個人，真是夠——。什麼時候了，找對象還挑那種玩家。黑襯衫，黑西褲，白皮鞋，還繫了一條一、兩寸寬的褲帶。一看就讓我想起弘銘。那張什麼照片！還放在我的照片旁邊。說什麼工作被母親看不起，一定是帶了那傢伙回去，吃了母親的閉門羹了。還問我生意好不好，說他月入近萬，必要時可以照顧照顧我。照顧？大概和弘銘一樣是那種賺空花空的吧。弘銘還得來向我借錢呢！」

「別生氣，別生氣，吃飯吧！」阿清說。

吃過晚飯，敦敏上了閣樓。他聽了一張貝多芬的小提琴協奏曲，然後歪在牆邊發呆。父親怨恨母親。母親怨恨父親。阿鳳怨恨母親，母親怨恨阿鳳。父親怨恨弘銘。弘銘怨恨父親。佑一怨恨母親。母親怨恨佑一。推而至其盡點，會是如何呢？得弄個數學式子來表示。對於所有的Ｘ與Ｙ，Ｘ都恨Ｙ，Ｙ也都恨Ｘ。而且，Ｘ與Ｙ總是聚在一起。不是冤家不碰頭。對。前世相欠債吧。欠得多的碰得近點，怨得深點；欠得少的碰得遠點，怨得淺點。似乎也有不會怨恨人的人。老杜，玉英。性。性欲的犧牲品。別人的性欲的犧牲品。射精的快感。也不過那麼一瞬間而已。赤牛從家教回來了。他把書丟在書桌上。

「赤牛，你有沒有經驗過難以忘懷的『性』的快感？」敦敏問。

「怎麼這麼色？我一回家就問這種問題。」

「我是認眞的。」

「知道。知道。——不管是夢遺還是打手槍，都只不過爾爾。」

「是麼。既然如此，那個弘銘——。女人呢？你知道多少？」

「女人？那就得去問女人囉。」

問女人？于莉？卓惠芬？她們會知道嗎？喔，不必。Teiresias 告訴 Zeus 與 Hera 說：

If the parts of love-pleasure be counted as ten,
Thrice three go to women, one only to men.

難怪阿鳳。那，母親呢？所以母親怨恨阿鳳，阿鳳怨恨母親。算了。隨他們去吧。

61
陪小芳

這小芳，又給我出難題了。去陪她看考場？北一女。眞諷刺。要是不答應麼，傷到她自尊。哦，不只是自尊。讓她考砸了，可是罪過一樁。要是答應。

「你又在發什麼呆了？」赤牛問。

敦敏把信遞給赤牛。赤牛看了一下，輕鬆地說：

「很好啊！看來感情有進展了。」

「好什麼？這裡面有多複雜你知不知道？」

「什麼複雜？談戀愛就是這樣，你來我往，一切搞定。」

「你談過沒有？」

「沒有。」

「不跟你扯了。」

經過幾天左思右想，到了六月三十日，敦敏還是一大早就起床，趕往北一女去了。一定是故意的。約這麼早。人都還沒幾個。有時眞想生氣。不過總比站在總統府前站到快斷腰好。八點二十五，快到了。絕對不會提前來。那些女生都說約會早到表示沒身價。跟電機系男生跳舞才有身價。第一支舞一定跟你跳。于莉。八點二十八。

「敦敏，你早。」小芳穿著鵝黃襯衫、淺藍百褶裙，笑著跟他打招呼。

八點二十八！

「早！」他答得有些倉促。

她瘦了點。小芳走近前來。又是香皀的氣味。他和她慢慢走進校園。寧靜的校園。將近一年了。只通了幾封信，交情沒什麼變化，今天怎麼度過？

「功課準備得怎麼樣？」他問。

「還好。」她轉過頭來答。

突然間，她臉紅了起來，手顫動著拉住他的手。又暖又軟的手。多遙遠的事啊！不行，要放開。但是一旦拉住了，放開是十分傷人的。怎麼辦？這小芳。徐薇。伸手就從手中把印章拿了過去。不！不！她們是非常不同的女孩。不用這麼著急。熬過了今天，回去再慢慢設法就是了。小芳接著雙手勾住他手臂，並且歪頭偎在他肩上。算了。就讓她去吧。香皀的氣味。體香。熱。熱。雖然只過八點半。唉呦，讓我在家聽貝多芬多好。爲什麼我要這麼苦。就只爲了事事爲她設想。才八點半。一定是故意的。約這麼早。她一定早想豁出去了。可憐。當你愛上一個人。賈寶玉盯著薛寶釵的臂膀。何苦。豁出去。去追于莉吧。「看你有沒有那個種。」赤牛一定會這麼說。但這不是種不種的問題。現實。誰都得面對。換是赤牛，他會去追嗎？「我跟她不來電。」他會閃避。對了，叫赤牛來追小芳。「二手貨。」這麼講太缺德了。該怎麼講呢？重續舊緣。對了，重續舊緣。

「欸，小芳。」他叫她。

「嗯。」她雙手仍然勾住他手臂，頭仍然偎在他肩上。

「你還記得——」他沒再說下去。

試場表就在前面。

「欸，小芳。到了。」敦敏說。

小芳終於抬起頭，放下手。敦敏看著她。她的臉就像十歲少女曝曬在冬陽下似地，紅團團的。紅團團的。熱。不曉得她覺不覺得。她拿出手帕，拭拭額頭。接著她淺笑了一下，然後趨前去看試場表。

「第二〇六考場，在至善樓二樓。」她說。

「至善樓？這麼巧，我去年也在至善樓考呢。」

「這麼說，我們眞是——」她說到一半。

「眞是怎樣？」

敦敏望著她。過了半晌，她才輕聲說道：

「人家想說，我們眞是有緣分哪！」

Mama mia！緣分。我怕。巧合。只不過是巧合，就講得眞的似地。癡迷在春情中的人，想什麼就是什麼。可憐。當你愛上一個人。我要怎麼辦？如果讓她依偎一整天，以後恐怕跳進黃河也洗不清了。洗不清也就罷了。她會怎麼樣呢？跳進黃河。跳進淡水河。浮起來。漂到台灣海峽。都是我自己不好。婦人之仁。優柔寡斷。當初早斷就沒事了。熱。她知不知道我在想這些呢？

「敦敏，你帶我到至善樓去看看好不好？」

「當然好。往那邊走。」

他們走到至善樓前。

「這棵小樹下是去年我休息吃午餐的地方。小樹。不成蔭。」

「不要說『不』。」

「你很迷信呢！」

終於讓我有機會講出實情了。看能不能一步步剖白。

「不要破壞美好的氣氛，美好的期待。」

說著，她又拉住他的手，往樓下輕盈走去。還好我是男生。未婚男生。要不然馬上名節不保。名節，這玩意兒好像越來越不值錢了。自從有了今日百貨。不，品格酒吧。不，加工出口區。不，阿鳳。假如我是個玩家。

「二〇四，二〇五，二〇六。到了。」小芳說。

兩人進了教室。

「准考證幾號？」敦敏問。

「二〇三三六七。」

「不錯，在後排。作弊不容易被發現。」

「不要誣衊人家。誰要作弊了。」

「別急，別急。去年我在三樓考試，班上一個同學猛抄我的。叫林清水。很有趣。」

「怎樣有趣？」

「他——。不講了。」

「講嘛！講嘛！」

她另一隻手也拉住他的手，左右晃著鬧。

「他考前不久中鏢了。」

「中鏢？」

「就是得了性病啦。」

她臉又紅了起來。畢竟還是個純眞女生。無奈。再不久她就得面對人生的現實了。而我呢？爲義受難的人有福了。爲義受難。只不過一下下。馬上要變成入人於難了。受難？讓一個可愛女生依偎著漫步於寧靜的北一女校園。叫侯雲生來。一定羨慕得口水都流出來。Misplacement。老杜配阿鳳。上帝的敗筆。假如上帝是萬能的，爲什麼要留下這些敗筆？累世造的業，得靠修行去解脫。老杜解脫了。不，帶著累世造的業重新投胎去了。人生也有涯，而業無涯。用大棺材來裝。

「小芳。我想回家了。」

「爲什麼？才九點鐘。」

「突然想起一些不愉快的事，沒了勁。」

「爲什麼跟人家在一起，卻要想不愉快的事？」

她的笑容不見了。咳，爲什麼我要這麼苦？連想不愉快的事也不行。

「不要生氣。不要生氣嘛。我只是想到家裡一些不如意的事。我家，很不一樣的。」

「怎麼了？跟你哥哥吵架了？」

她又興致勃勃起來。「不見復關，泣涕漣漣。既見復關，載笑載言。」小女生。眞是的。

「怎麼會。我們同甘共苦的。你爸爸、媽媽疼不疼你？」

「他們比較疼我弟弟。不過——，對我也不錯啦。」

溫室花朵。難怪天天只知計較北一女北二女。跟這種人談論家。對牛談琴。

「我眞的想回家了。」

「不行。我們去逛中華商場，逛完了，我請吃牛肉麵，吃完麵再回家。」

果然不錯。約這麼早，一定是故意的。牽手。依偎。逛街。吃麵。一樣也不准少。癡迷在春情中的人。可憐。不。可怕。怎麼辦？只好去了。順便去逛逛唱片行。也好。

「好吧。不過，一言爲定，吃完麵一定回家。」

不要突然又來個武昌街看電影。萬一我把持不住，摸她大腿。有時候看著于莉那又白又嫩的大腿，好想去摸一下。三更半夜，溪松鼓著大肚子大踏步到廳裡來理論。廢人。

「那麼不信任人家！」

敦敏被小芳牽著到了西門圓環。

「那個港澳浮屍照片展，你還記得嗎？」敦敏問。

小芳點點頭。

「就在那邊。」敦敏指著那排告示牌，然後拉她過去。「再去看一下。」

報復一下。

「不要！噁心死了！」小芳大聲叫起來。路人看著他們。

「好了，好了。心不在焉。多久以前的事了，還會在那邊嗎？我們過圓環去逛唱片行。」

「你喔！你。」她舉手要捶，但是沒捶下去。

敦敏在大華唱片行看到一套貝多芬的小提琴奏鳴曲和一張柴可夫斯基的天鵝湖組曲。都是鳴鳳出的。每張六元。眞想都買。但是，一、二、三、四、五，總共六張。一次買六張，會不會太貪了呢？藝術會使人昇華。對藝術的渴求呢？回家後好好琢磨琢磨。對了，那本《原始佛教思想論》被謝一民借去好久了，得跟他要回來。小芳靠在他身邊，問道：

「你很喜歡音樂嗎？」

「是的。從去年開始聽的。」

「那好。今年考上台大，叫我爸爸買一架鋼琴給我。以後我彈琴給你聽。」

「慢著，慢著。我先去買了這張天鵝湖再說。」

兩人逛到十一點。敦敏沒有再買別的唱片。他一心等著十一點的到來。然後，兩人到樓上去吃了牛肉麵。然後，兩人各自回家了。

62 彩華

「你一大早又在聽那靡靡之音。」赤牛說。

「我說你啊，眞是本性難移。只聽貝多芬。就因爲貝多芬合了你那反骨。」敦敏回答。「柴可夫斯基呢！有什麼好挑剔的。」

「愛聽就聽吧。不理你了。對了，不是說惠雪考上了彰女高中部，想來台北玩玩嗎？」

「我母親不讓她來。大概怕變成跟我們一國吧。佑一勢力坐大，我母親不能容忍的。留下她一個在鹿港熬，眞覺得有點於心難忍。」

「我最近想起天儀他們，也覺得感傷。我好像獨自一個人逃離家裡似的。現在大概換天儀去請阿吉伯到我家簷前喝酒了吧。」

「再怎麼不行，酒恐怕還是照喝吧？」

「不。我父親近來不行了。上次聽阿鳳說，或許來日無多了。」

「說得也是。」

「等一下去中華商場買唱片怎樣？我想聽貝多芬的鋼琴協奏曲。」

「不行。今天得去會夢煙。」

「夢煙？她不是消失了嗎？」

「昨晚忘了告訴你。她突然來了一封限時信，約我今天十點在後車站出口碰面，還懇請我務必赴約。你看，這是她附的照片。」

「哇！好土！」

「怎麼這麼缺德。講這種話。」

「你去就是了。反正是你的事。」

敦敏很快就看到夢煙。她穿著連身洋裝，灰地淡紫色繡球花圖案的連身洋裝。長得不錯。但是，眞地很土。敦敏把照片遞給她。她睁大眼睛望了望敦敏，然後把照片遞回給敦敏，說：

「請留作紀念吧。那邊有家氣氛不錯的冰果室，我們過去坐坐，好不好？」

「當然。當然。」敦敏回答。

這麼土，卻是瓊瑤迷，又自稱夢煙。稀飯配豬頭肉，眞不搭調。然而，雖說這麼土，卻談吐文雅、舉止大方。這是什麼配什麼呢。來自虎尾的十九歲女孩。在這台北市。是個異數。兩人走到太原路一家叫大成的冰果室。

「就這裡。請進。」夢煙說。

冰果室。弘銘與玉英。

「請先點。」夢煙說。

「你先吧。」敦敏說。

「難得見一次面，就不要這些客套吧。」

「好，我要綠豆冰。」

「老闆娘，來一客綠豆冰，一客檸檬水。」

「你是坐夜車上來的嗎？」

「不。其實我是從花蓮過來的。昨晚就在這附近的旅社過夜。」

「花蓮?去太魯閣玩嗎?」

「哈，沒那個命。是去花蓮山裡——，就這麼說吧，是去花蓮山裡買賣人口。」

「買賣人口?我不懂。」

「買女孩子。這你懂了吧?」

「還是不懂。」

「乖孩子呢，你這個人。——坦白說，我家是開妓女戶的。」

「哦!——即使如此，爲什麼是你呢?」

「爲什麼是我?」

「我是說，爲什麼由你出來做這種事?」

「我是老闆啊!我不做……」

「你是老闆?!」

眞難理解。異數。十九歲的女孩。好土好土，但卻舉止大方的女孩。妓女戶老闆。

「不信是吧。——有時候連我自己也不敢相信。——當了一整年了呢。原本老闆是我養父，我養父前年年底病死了。才四、五十歲。應酬太多，又是酒、又是色，短命也不意外。養父死了，就由養母接。但是，養母接了不久就因爲販賣人口官司入獄了。於是——」

「於是你就接下來了?」

「很愚蠢，對吧?」

「也不能說愚蠢啦。只是——」

「如果我不接下來做，營業許可證就會被吊銷。這事業是我家唯一的生計，丟不得的。我不得不接。說事業很可笑吧？但是眞的是事業呢。得跑到花蓮、台東去找女孩，又得跟警察、皮條客周旋——」

唯一的生計。林清水和黃勝光。品格酒吧。美軍顧問團。也算做了一番功德呢，養活了一些螻蟻一般的人。

「應付無理取鬧的嫖客，又隨時得準備面對販賣人口官司。也許我還太嫩吧，這些事情眞夠我受了。不過也許也好，免得終日面對孤零零的生活。孤零零，眞的是孤零零呢。」

她掉下眼淚。江山樓、寶斗里那些妓女戶的老闆都是些怎樣的人呢？有掉眼淚的女孩嗎？皮條客。腰間掛著鑰匙串，腳上穿著白皮鞋，在街心拉人的皮條客。嫖客。躺在福利社櫃檯前的地上吃冰棒的黃勝光。嫖客。警察？捧著戶口登記簿到家裡問東問西的警察。周旋。應付。我請一個滷蛋。報告姓佟的。？？

「我偶爾會想死。但是一旦我死了，我養母出來也無以爲生。」

「我們通通信，這樣你會好受點吧。」

「不了。幹我這一行的，你不要沾惹到比較好。」

「是麼。——你瓊瑤還看不看？」

「看。有空就看。」

「那就好。」

「等一下我請你去吃個便飯。飯後麻煩你送我上車。我本名叫陳彩華，以後請你記得世界上還有我這麼個人在就好了。吃冰吧！你都沒吃。」

敦敏的冰化成水了。他一匙匙慢慢舀起綠豆來吃。夢煙端坐著看他吃。她好像是我姊姊似的。阿鳳？不。完全不一樣。世上就有這樣的人，這樣的事。又恰好被我碰到。小芳。世事何其不公。又何其無奈。敦敏凝神望望夢煙，看到她那土氣的臉上兩眼閃爍著憂鬱的光輝。灰地淡紫色繡球花圖案的連身洋裝。鵝黃襯衫、淺藍百褶裙。微微發亮的淡紫色旗袍、小皮包、燙髮。黃白格子相間的襯衫、海棠色的百褶裙。紅領巾。紅裙子。不同的女性。不同的命運。不同的男性，也是不同的命運。

敦敏送走夢煙後，悶悶不樂地回到家裡。

「吃過飯了沒有？」佑一問他。

「吃過了。」他答。

他上了閣樓。

「怎麼樣？」赤牛問。

他沒有回答。他想哭。他於是趴在地板上流淚。世上就有這樣的人，這樣的事。兩眼閃爍著憂鬱的光輝。那是怎樣一個家啊。但是她仍然如此堅毅地在守護著。養父、養母。養女。十九歲的少女，每天被妓女、嫖客、皮條客環繞著。爲了生活。自己，和養母。母親。親生母親。我是不是自私了點呢？出走。不。我這個家缺少了什麼。就像順德那樣缺少了什麼。所以我雖然比夢煙幸運了許多，卻仍然。對於所有的X與Y，X都怨恨Y，Y也都怨恨X。怨恨。沒有相依爲命的覺悟。沒有愛。愛之義，大矣哉。豈是母親所能窺知的？一個怨恨母親、怨恨弟妹、怨恨丈夫、怨恨子女的女人。養母。因爲販賣人口官司入獄。爲了家。母親做了什麼？採番薯藤。剝柴皮。像賊似的。就是賊。屈辱。發洩在母親身上、弟妹身上、丈夫身上、子女身上。我兩眼閃爍著憂鬱的光輝。只有憂鬱，沒有光輝。也許佑一有光輝。不用自責。世間有些事情就是那樣，誰也無可奈何。業。這麼土，卻談吐文雅、舉止大方。來自虎尾的十九歲女孩，在這世間。是個異數。我不如她。不用自責。世間有些事情就是那樣，誰也無可奈何。業。還看瓊瑤。這就好。願瓊瑤帶給她慰藉。陳彩華。只要我還記得世上有她這個人就好了……。

63 婉如

「就只因爲我沒考上台大，你就要和我斷交！」不是。不是。不是這樣的。「你說不是這樣，那爲什麼考前對我那麼好，一放榜就說要斷交？」這和放榜不放榜無關。我不在意台大還是師大。但是——。「欺負人。」果然跳進黃河也洗不清了。爲什麼讓她沒上台大！上了台大就沒話說了。巧合。諸事不順。沖太歲。不管。不能體諒也得分。天天計較北一女北二女，計較台大師大。那個夢煙在過什麼生活？也沒在計較。我月經來了，這兩三天不能做。那個阿桃，竟然有了。我陰毛直癢，抓得都流血了還不止。陰蝨。少年的，進來坐吧，三十塊就夠了。不要拉我！不要拉我！我要叫警察了。老闆娘！哦，不。老闆！老闆小姐！你們這裡的女孩子戶口都有登記吧。連警官，這一點小意思。都要去登記喔！我走了。咳！媽媽什麼時候出來呢？看看《窗外》吧。不給她回信就是了。窗外。黑黝黝的。已經一點多了。那種事越晚做起來越有趣。得等到打烊。也有一大早就來敲門的。由早到晚。黑黝黝的。孤零零的。何時能找到個對象？敦敏。老實人。榜首。只要記得世上還有我這個人就好了。嗚嗚——。兩眼閃著淚光。小芳。不給她回信就是了。把《窗外》丟掉，看看《幸運草》吧。去太子爺廟抽支籤。大吉。已經抽過幾次了。吉在哪裡？大吉！大吉！媽媽，是不是你要出來了？

「敦敏——。敦敏！」赤牛叫他。

「什麼事？」

「你害相思病了是不是？」

「胡扯什麼你。」

「你這陣子又是小芳、又是夢煙，約了會回來又怪裡怪氣的，連佑一都在擔心呢。」

「才不是約會呢。」

「說正經的，我給你介紹個女朋友怎麼樣？同學的妹妹，剛考上你們外文系。又白又嫩哦。」

「再說吧。」

「不用再說了。下禮拜我們一起去橫貫公路。海義、侯雲生、謝一民、小翠，還有你未來的女朋友蔡婉如，統統都去。好好去培養感情吧。」

「錢呢？錢。」

「我跟佑一說好了。他叫你拿家教錢去用。」

打從火車站碰面起，敦敏就不停地看著蔡婉如。果眞又白又嫩。而且嬌小玲瓏。而且，有氣質。氣質。從神情和言談流露出來。眉眼之間總像透露著淺淺的笑意。春日的氣息。還有。「天健哥哥，我們應該進去了吧。」圓潤輕巧。比于莉更迷人。比于莉更迷人。穿著長褲，不曉得大腿長得怎麼樣。

「我來幫你提背包吧。」侯雲生對蔡婉如說。

「謝謝。我自己來就行了。」

「不用客氣嘛。你看，小翠的背包不是一民提著嗎？」

赤牛把敦敏和侯雲生拉到一旁，說道：

「侯雲生，婉如是要介紹給敦敏的，你不要想偷吃喔。」

「知道了。知道了。情不自禁嘛！」侯雲生訕訕地說。

「敦敏，你去幫她提吧。」

三人回到原處，敦敏說：

「婉如，我來幫你提吧。」

「眞地不用了。你們看，我不是揹得好好的嗎？」

「一民，我也自己揹吧。」小翠害羞地說。

「對！對！都自己揹。自助旅行嘛。」海義說。

大家剪了票，進了月台，上了車。赤牛叫敦敏和婉如坐在一起，自己和海義坐到後面。一民和小翠坐在前三排的另一邊。侯雲生坐在一民座位的扶手上，歪著腰和小翠講話。

「這侯雲生，眞是賊性難改。」赤牛說。

「婉如，你和天健很熟嗎？」敦敏問。

「他到過我家幾次。」

「你家是做什麼的？」

「開煤礦的。」

「開礦？那生意很大囉。」

「哪裡。都是些小礦。而且常被客戶倒債。有時候我爸爸甚至得親自下到礦坑裡去察看……」

喔咿咱二人，自細漢就來做著炭礦夫，黑暗的空洞就是咱的家庭。快樂的炭礦夫。禁唱。若想起故鄉，目屎就流落來。免掛意請你放心，我的阿母，雖然是孤單一個，雖然是孤單一個。英勇的前線戰士。禁唱。敦敏眨眨眼。婉如看著他。那眼神。眞想捕捉來放進胸前口袋裡。

「有一首歌，叫〈快樂的炭礦夫〉，你聽過沒有？」

「沒有。怎麼會快樂？」

「我也不懂。」

「外文系一年級都上些什麼？」

「好多喔！大一英文、文學作品讀法、西洋文學概論、西洋文化史等等，都是必修的。甚至還要在哲學概論與理則學中選修一門呢。」

「聽起來好嚇人。有趣嗎？」

「還算有趣。」

「老師好不好？」

「普普通通啦。」

「聽起來好像不特別吸引人。」

兩人講到這裡，赤牛突然出現在敦敏身旁。

「敦敏，倒水給婉如喝。」他說。

「不用啦，把我當成小朋友似的。」婉如說。

「不是小朋友，是小姑娘。你哥特別交代我照顧你的。」

「人家都要上大學了。」

「不管。就轉由敦敏照顧你好了。」

說完，赤牛回去了。

「天健最近變得比較囉唆了。本來是直挺挺粗枝大葉的一個人。」敦敏說。想釣馬子就得先敢站崗。要不要寫封信，我設法幫你傳給她？但願這次會有不同的結局。「其實，他以前也曾很囉唆。總之，這個人有時粗枝大葉有時很囉唆就是了。」

「眞好玩。聽你這麼說他。我哥很推崇他呢，說他是條漢子。」

他怎麼沒去追婉如呢？鮑叔牙薦管仲？這事不能問。

到了蘇澳後，大家轉搭公路局班車往花蓮。敦敏很快地開始頭暈反胃，接著就嘔吐了起來。一次嘔吐換來一陣短暫的舒適。但是，幾次過後，他直覺得連胃液都要嘔出來，覺得恐怕熬不到花蓮了。他看著地板上一大攤穢物，看著婉如被弄髒的鞋子。恐怕無望了。壞種。母親的遺傳。一定臉色青黃。丟臉。嘔。沒吐了。什麼都吐光了。

「你果然敵不過這山路。」赤牛說。「婉如，你不會在意吧？」

「不會，不會。我本來應該幫忙的，只是我不知道怎麼幫起。」

「早不講。要不然給你帶些暈車藥來就好了。」侯雲生說。

「你，講風涼話。跟敦敏同學這麼久，竟然不知道他會暈車。」

「這不能怪我。這傢伙有些事情老是悶在心裡不講的。」

「忙中有錯。眞是——」

小翠遞了一疊山楂片給敦敏，說：「這個吃了會覺得舒服點。」

「危險哦！你們後面不要走來走去哦！」車掌在前面大聲喊。

大家回到座位去坐下。婉如打開她背包，在裡面找了一下，然後拿出一包話梅。

「對不起，剛剛忘了給你這個。」她說。

敦敏接過話梅，突然熱淚盈眶。赤牛、侯雲生、海義、一民、婉如、小翠。赤牛、侯雲生、海義、一民、婉如、小翠。有他們在身旁，我一定可以熬下去。熬到花蓮。熬到大禹嶺。熬到合歡山。合歡。他看看婉如。那神情。春日初綻的木棉花。在羅斯福路兩旁。摘來插在胸前。嘔。沒那麼不舒服了。一定可以熬下去。一定可以熬下去。

「太魯閣是全台灣最漂亮的地方。」海義說。

「你到處玩是不是？有老爸罩，家財萬貫，難怪。」侯雲生說。

「講得那麼難聽。只不過偶爾得點好處罷了。還有難言之苦呢。又不是沒告訴過你們。」

「到了！到了！大家下車吧。」一民說。

他們在長春橋下了車。眼前寬闊的溪床和碧綠蔚藍的山水立刻祛除了敦敏前一天的困頓。溪床上到處是五顏六色的美石。

「婉如，要不要下去揀幾顆？」敦敏問。

「好啊！小翠，你要不要也下去？」

「一民。」

「好吧，我們也去吧。」

「一民！不要冷落人家。」侯雲生說。

「人家小翠也沒說什麼，偏你這麼囉唆。」一民說。

「去吧！去吧！你也不要囉唆了。」赤牛說。「侯雲生！海義！我們三個羅漢腳在這裡享受我們的。」

「什麼羅漢腳？」海義問。

這麼美好的地方。假如只有我和婉如。

「這顆。你看。」婉如說。

「很漂亮，對吧。」敦敏說。

「多揀幾顆。待會兒送兩顆給天健哥哥。」

「他那個人對石頭沒興趣的。」

「那他對什麼有興趣？」

「貝多芬。」

「音樂家是吧。你呢？」

「貝多芬之外還有柴可夫斯基還有惠崇文同還有——」

「都沒聽說過。是些什麼呢？」

「你也會喜歡的。」

「不知道是些什麼就喜歡？」

「是的。——因爲——」

「因爲——」

她臉紅了起來。那神情。春日初綻的木棉花。在明亮的陽光下。她低下頭去撥弄溪床上的石頭。

「婉如——」

「婉如！你揀了多少？我揀了五顆，好漂亮喔！」小翠走近來，說道。

「喂！你們不要磨太久哦，得走了。」侯雲生喊道。

「別理他！繼續揀你們的吧！」赤牛緊接著喊。

但是一民終究牽著小翠往馬路走上去了。

「我們也上去吧！」敦敏說。

臉紅。反應眞快。小芳。

「侯雲生，都是你囉唆。」赤牛說。

海義拿著茶葉蛋殼走到垃圾桶去。原來他們享受的是這個。海義還好。侯雲生一定委屈死了。卓惠芬。大胸脯。在母親懷中吃奶的滿足。奶汁不足。沒坐月子。

「你又在想什麼？怎麼樣，很甜蜜吧。」赤牛輕聲問敦敏。

「嗯。」

「天健哥哥，這顆石頭給你。」婉如說。

「我對石頭沒興趣。給敦敏吧。」

「他自己有。」

「叫他拿一顆跟你換。」

「不用了。」

她臉又紅了起來。

「天健哥哥，你對什麼有興趣？」

「孫悟空。」

「敦敏說是貝多芬。」

「貝多芬就像孫悟空。」

他們在下午兩點鐘到達天祥。赤牛和海義去找旅社。所有的旅社和招待所都客滿了。往大禹嶺的客車一天只有一班，一大早就過去了。

「怎麼辦？」赤牛問。

「回花蓮去吧。」侯雲生說。

「不行。革命尚未成功，同志仍須努力。」赤牛說。

「那怎麼辦呢？總不能叫小翠和婉如露宿山野吧？」一民說。

大家正在爭論不休，突然一輛小貨車在他們旁邊停了下來。司機按了兩下喇叭，然後從車子裡伸出頭來問道：「到大禹嶺的，要不要上去？」

車子的後架中央放著一批速食麵和罐頭。周圍已經圍了七、八個婦女。如果再加上敦敏他們一群七個人，後架一定爆滿。後架四圍的鐵板很低，要抓牢很不容易。

「要怎麼辦？」赤牛問。

「請女士們發表意見吧。」海義說。「婉如，你決定怎麼樣？」

「就上去吧！」

「小翠？」

「我都可以。」

「那就好。上去吧。」赤牛說。

敦敏和婉如擠在中間。車子在山路上蜿蜒前進。很意外地，敦敏沒有暈車。他和婉如緊靠著。婉如呼氣正好就呼在他下巴上。婉如揹著背包。早上幾小時的健行好像都沒有使她覺得倦怠。刻苦耐勞。小礦主的女兒。氣質。言談與神情。木棉花。不是一整簇的杜鵑花。這就是我所要的。林秋蘭、和燕、小雯、小芳、夢煙，從來沒有女性帶給我這麼溫馨的感覺。赤牛、海義和侯雲生驚聲尖叫。車子來了一個大轉彎，幾乎把他們甩到車外去。那司機好像越開越起勁，還大聲唱起歌來。山地人。不曉得唱些什麼。我們這些溫室裡的花朵，眞應該多出來見見世面。下次帶婉如單獨來。車子越接近大禹嶺，山霧越濃，氣溫越低，再加上冷風撲面而來，大家有點招架不住。侯雲生一邊哆嗦著一邊說道：

「下次不來了，什麼好處都沒有，只有玩命。」

「成就一番姻緣，勝造七級浮屠。」赤牛說。

婉如雙唇有點發紫。敦敏用手去摩挲她的臉頰。她馬上把頭轉開。還沒有。矜持。矜持得恰到好處，最迷人。

救國團的招待所勉強還能騰出七、八個床位，大家心裡總算放下一塊石頭來。山中沒有什麼娛樂，加上大家今天也夠累的了，因此，大家吃過飯、洗過澡後，玩了一小時拱豬，就決定去睡了。那時只有八點出頭。敦敏一向是個貓頭鷹，而且他是越累越不容易入睡的人。他躺在床上輾轉反側。也許不只是因爲累吧。還想著婉如。明天一早要跟她去散步。要向她明白傾訴愛慕之情。腰痠。我恐怕不如她。如果她知道我這麼脆弱，會有什麼感想呢？她得照顧我一輩子。但是我也有堅忍不拔的地方。而且，愛情不會顧慮這麼多。丘比特的箭射到你，你就癡癡迷迷地戀愛了。好吧！明天一早跟她去散步，向她傾訴愛慕之情。胡思亂想有時時間也過得很快。很快地，早上五點了。敦敏起床著裝。接著他去盥洗室洗臉刷牙。他覺得嘴巴很臭。他連刷了兩次牙，但是沒用。假如要接吻要怎麼辦。他拿出一包口香糖。希望這有點幫助。婉如已經在路上眺望著遠處的雲海。她也胡思亂想吧。這麼早就起床。敦敏走向前去。

「我們往合歡山走走吧！」

婉如點點頭，然後默默隨著敦敏往山上走。良久，敦敏輕聲說道：

「難得我們有緣。」

「嗯?」

「你正是我追尋的對象。」

「是麼。但是我有點困惑。好像太快了。」

「丘比特的箭一射到哪個人,那個人就自然熱情迸發了。」

「放下日常生活,到山上來,感覺總不一樣吧。」

「我在台北車站就確定是你了。在蘇花公路上,在長春橋到天祥路上,我更難抵擋——抵擋——」

「是麼。」

敦敏伸手去牽婉如的手。婉如沒有回拒。涼風徐徐吹拂。薄霧濛濛籠罩。人,在迷離縹緲間。愛,在迷離縹緲間。那手,又暖又嫩的手。小芳拉住他手臂,把頭歪在他肩上。來電。不來電。短路。短路。要幸福地過一生。感謝老天。感謝南無阿彌陀佛。感謝赤牛。不是飛舞的大紅蝴蝶。不是淺淺的雀斑,白嫩的大腿。是——是春日初綻的木棉花。電。緣。有緣千里來相會。銀婚。金婚。鑽石婚。

「希望我們能有結果。」

「嗯。」

敦敏和婉如走回招待所。赤牛站在門口笑著。

「搞定了吧!」他問。

敦敏點點頭。

「那好!我們今天就上合歡山去慶祝。」

「怎麼辦。一民有了小翠，敦敏有了婉如，只有我什麼都沒有。」侯雲生走出門來說道。
「你不是有那個胸前誇大的嗎？」赤牛問。
「現在還提那個！我不甘心。我要跟婉如握握手。」
「這得先問問他。」
婉如看看敦敏。
「你就讓他握握吧！要不然——」
侯雲生握了握婉如的手，又拍拍她肩膀。
「祝你幸福。」他說。

64 Miss Sells

「還是教 Prometheus 偷火的故事吧？」「對。」「這 Prometheus 就像孫悟空、白娘子一樣。」「天健哥哥說他喜歡孫悟空。」「你覺得孫悟空這種人怎麼樣？」「好像很叛逆。」「沒錯，天健就是很叛逆。我和他從小一起長大，他就是很叛逆。」「但是我哥說他是條漢子。」「在中國這個社會，漢子就被認定是叛逆。我們不是讀過林沖夜奔嗎？林沖就是個典型的例子。」「嗯，好像有點道理。」有個婉如一起聊功課，好多了。不像那個侯雲生。火就是愛情的烈火。哈！哈！哈！哈！婉如的腿和于莉一樣迷人。她穿裙子比穿長褲更可愛。要和我在一起。有時眞不知是眞是假。那神情。那言談。春日初綻的木棉花。在羅斯福路兩旁。散步於羅斯福路。每年就是這季節天氣最好。花花公子酒吧。玫瑰酒吧。品格酒吧。轉往圓山走，等一下就是美軍顧問團了。來來來，來台大。去去去，去美國。去美國。Miss Sells的課教得最好。Miss Sells是美國人。那個洪纛。教什麼文法與修辭！把菜名翻成英文。乾菜扣肉。魚香茄子。宮保雞丁。什麼玩藝兒！「我眞想退休。換了個系主任，對我們老教授一點也不尊重。就只憑他是留美的博士。」退就退吧。還有那個余文滕。什麼 Nonsense words！npmæhuikgæst 。læθhist 。整死人了。還有。還有。咳。這就是台大外文系？找個人來整頓一下，正好。譚嘉培。孫大砲。全老大。這就是建中？找個人來整頓一下？姓蔡的、姓廖的、姓佟的？世事可眞複雜。Miss Sells 。演說與辯論。每節兩個人做 presentation 。演講五分鐘，同學發問十分鐘，老師評論五分鐘。和于莉同一節報告。于莉英文發音比我好。我這土法煉鋼的，雖然經過佳佳一番調教，還是不行。于莉是從初一請英文家教一路帶上來的。更何況我現在心有旁騖了，沒有用心準備。《The Essentials of Buddhist Philosophy》。硬著頭皮上台去。Juvenile delinquency 。「I'm sorry that——」「Stop! Don't use contractions in formal speeches. And don't start a speech with an apology.」眞丟臉。但是扎扎實實學到不少東西。于莉是一心想去美國的吧？我是上台大探索人生意義的。婉如是本省人。還好。本來想轉系了。但是現在連上佛學概論都要用英文了。「目前沒有一本佛學入門書比高楠順次郎這本好。」英文。美國。去去去，去美國。怎會變成這樣？去美國。上教堂。上帝說，要有光，就有了光。爲義受難的人有福了，因爲有了光。神主牌子彈到臭砧子腳邊。把神主牌子丟到廁所裡。捷報？撕下來擦屁股。阿勉痛聲哀號。阿珍被阿山豬拐走了。于莉被大鼻子拐走了。還好現在有了婉如。要不然，一想起于莉要去美國就心痛。被拐？不是。昭君和番？不是。投奔自由？不是。上天堂。是。就是上天堂。人間天堂。憑票入場。票價十元。美黛小姐。〈光明的國土〉。〈台灣小調〉。新樂園。人間天堂。Miss Sells 會從太平洋彼岸的人間天堂特地跑到太平洋此岸的人間天堂來嗎？不會。她是來學中文的。她只是個普通的大學畢業生。Drexel University 。名不見經傳的大學。她爲什麼能教得這麼好呢？那個洪熹。那個余文滕。還有。還有。爲什麼？教科書本來就編得好。《Modern Speech》。的確不錯。Junjiro Takakusu 。《The Essentials of Buddhist Philosophy》。University of Hawaii 。乾菜扣肉。魚香茄子。宮保雞丁。快活林的菜單。青豆蝦仁。麻婆豆腐。麻醬麵。炸醬麵。陽春麵。番薯。鹹魚乾。麵粉疙瘩。配給牛奶。配給絨褲。到了美軍顧問團了。約翰走路的空瓶子。也養活了一些人。我們這些螻蟻一般的人。已經熬到進台大了，還要什麼？于莉。婉如。已經有了婉如了，還要什麼？「Lily! It's your turn now.」于莉指指喉嚨。「Lily has lost her boys.」羅藹玲說。Boys？怎麼回事？喔！原來是 voice 。感冒了吧？睡覺時流汗，又吹電風扇。她家一定有電風扇。順風牌的。流著汗的于莉，氣味如何呢？香汗淋漓。香。婉如也香。婉如也有又白又嫩的大腿。婉如比于莉更迷人。婉如是本省人。那天和她一起在羅斯福路上散步，木棉樹梢彷彿綻滿了花朵。下次帶她去參加舞會。第一支舞一定跟我跳。不，每支舞都跟我跳。跳三貼的。在開往大禹嶺的貨車上。緊靠在一起。「我哥說學校對面的雙葉書局和歐亞書局都在賣原文書。」「歐亞賣的主要是理工科的。」大家都抱著又重又大的原文書進出台大。《The Norton Anthology of English Literature》。《Fundamentals of Physics》。《Chemistry》。我用包袱巾包。掩蓋了外在美，難怪被譏爲草包。鄉下男榜首被台北女黨工所玩弄。徐薇。于莉。還有羅藹玲。還有。她們都要去美國吧。去去，去美國。你一定要出國進修。管道很多。公費留考。中山獎學金。中正獎學金。老蔣。蔣介石，號中正。蔣中正，字介石。大中至正。我還沒沉淪到那個地步。「現代書局最厲害。不只有原文書，還有原版書。企鵝叢書。從英國進口的。」「很貴吧。」「是很貴。不過一民和海義那兩個傢伙，三不五時就跑去尋寶。」「他們兩個？」「對。一民還讀高中就花了二十塊錢去買魯迅的〈孔乙己〉。」「魯迅？」「三十年代的大左派。」「喔。那海義呢？對了，我們去太魯閣時，侯雲生好像揶揄了他一陣，究竟是怎麼一回事？」「海義他爸是國大代表，聽說選總統時分到過房子。」「你們這幾個人，也眞是奇特。我從來都沒聽說過這種種事情。」「你們在一女中都做些什麼？」「上課啊，參加社團啊，到重慶南路逛書店啊。」「那沒趣。那些什麼中華書局啊、世界書局啊、正中書局啊，賣的都是些正經八百的書。要看好的，得到牯嶺街去找。」「下次帶我去看看。」「好。不過先叫一民把〈孔乙己〉拿來讓你見識見識。魯迅的文章，挺辛辣的。」還是個十分單純的女孩。沒去過牯嶺街。沒聽過〈快樂的炭礦夫〉。小煤礦主的女兒。一定也沒聽過品格酒吧、玫瑰酒吧、花花公子酒吧、約翰走路的空瓶子。有沒有聽過「去去去，去美國」呢？不要跟她提起，以免她動起什麼歪念頭。不對勁的念頭。不過這樣對她不公平。美國啊，美國。韓戰。越戰。仍然這麼發達。Miss Sells。尤主任。威斯康辛大學英美文學博士。文法與修辭、演說與辯論、英語語音學、英文作文一、英國文學史一、第二外文一、小說選，還有心理學。課程安排得蠻不錯的。不愧是名校眞傳。沒考上前還不知道這個系竟有這麼大的格局。只是。假如能有十個、八個尤主任回來。沒有。去去去，去美國。留學。學留。留在美國。洪熹。余文滕。超英趕美。文化大革命。換了個系主任。換了姓蔡的、姓廖的、姓佟的。所有學生上學以後、放學以前一律不准外出。命脈：植物園和美國新聞處圖書館。對了，美國新聞處圖書館。冷氣。暖氣。人間天堂。

我愛台灣好地方，
唱個台灣調，
太平洋上最前哨，
台灣稱寶島。

沒有冷氣，只有電風扇。沒有圖書館，只有紅樓。有〈台灣好〉，有〈台灣小調〉，有姓蔡的、姓廖的、姓佟的，有彰中人的悲哀，有……有洪燾，沒有 Miss Sells 。有快活林的菜單，沒有《Modern Speech》。有加工出口區，沒有波音飛機公司。

美麗的台灣，
光明的國土，
充滿著喜悅，
充滿著希望。

又是美黛。又是〈光明的國土〉。回家吧。

65 兩老蓋屋

敦敏：

兩個老的最近説好了，説要拿大場地契去借五萬塊錢，其中四萬塊要在屋後空地上建一間面街的房子，剩下的一萬塊暫時墊給我進口日本胃藥。我的一萬塊當然很快就會自己還。至於另外那四萬塊，兩個老的説，佑一和弘銘生意做得比較好，希望他們能一起設法解決。煩你把這件事轉告佑一。

兄 順德手書 十一月八日

這麼開門見山！連寒暄都沒有。也難怪，這信是要寫給佑一看的。他跟佑一，有什麼溫暖的話可談呢？敦敏下了閣樓，把信遞給佑一。佑一接過信，瞄了一下，憤憤說道：

「眞的開始動了。叫我出兩萬塊。說的比唱的好聽。乾脆叫我關廠算了。孬種。把責任都推給兩個老的。又不敢直接找我講。我明天就回鹿港，叫兩個老的不如就把大場賣了，省得麻煩。」

把大場賣了？怎麼可能。那麼多年，一家人三餐不繼，他都不肯賣了，現在。賭了一輩子，輸了一輩子。等兵來帥。「到了。」溪松說。像貓一樣拱著背蒙在棉被裡賭氣。沒錢賭了。賭氣。土地一塊一塊地賣。剩下這一丁點兒了，卻終於一家人三餐不繼都不肯賣。大概是爲了向許家列祖列宗交代，說他沒有敗盡家產吧。

「叫老的賣大場，恐怕不可能吧。」

「反正留下來將來也一樣歸我們。」

「只是——，我想他不想在他手上賣掉。」

「我懂你的意思。不過——」

「你不如先去找弘銘談談。如果他也不願出那兩萬塊錢的話，大家講起話來也比較有力。」

「嗯。——你進步很多呢，敦敏。」

「沒有。沒有。你只是在氣頭上。」

「你先出去打個電話給他。」

敦敏出去了片刻，回來告訴佑一說：

「弘銘叫我們過去一起吃飯。」

又是西寧南路、成都路。敦敏一踏進廟門，就看到弘銘左手拿著鑿子、右手拿著榔頭，在石材上叩叩叩地敲。

「喔，你們來了。先在那邊長凳上坐一下。」弘銘說。敦敏和佑一在中庭一張長凳上坐了下來。過了一陣子，佑一看看手錶，開始不耐煩起來。又過了一陣子，弘銘仍然叩叩地在敲。佑一起身走到內殿，敦敏跟了過去。

「沒有舊祖宮那尊好看。」佑一說。「最近的工不如以前細。」

「包括弘銘的？」

「我想是吧。一天到晚飛高雄，弄到這麼晚了還在趕工，這工會細嗎？」

敦敏仔細看看那尊媽祖。果然只有胸前那層層疊疊的金牌吸引人。這麼多金牌。怎麼不見父親、母親呢？到溫府王爺廟進貢去了。兩個老的大概嫌錢太多，昨天去了地藏廟，今天又去溫府王爺廟了。

「過去看看他刻得怎樣了。」佑一說。

敦敏跟著佑一來到弘銘身邊。

「怎麼樣？好了沒有？」佑一問。

「怎麼這麼急。不過等半個小時而已。」

「半個小時而已？要吃你一頓飯還眞難哪。」

「你不是還有事要長談嗎？」

「你知道就好。」

「好吧，好吧。我去小便一下就去。」

弘銘帶佑一和敦敏到了西寧南路一家叫一品香的大餐廳。一進門，櫃檯小姐就笑著問道：

「許老闆！今天幾位？」

今天幾位？昨天？前天？

「三位。」

「請這邊坐。」

那小姐把手中的菜單遞給敦敏他們。

「許老闆，你今天也吃當歸鴨吧？」她問。

當歸鴨？敦敏看看菜單。哦！乾菜扣肉、宮保雞丁……都沒吃過，不知道怎麼點。

「我不會點。你點吧。」佑一把菜單放在桌上，對弘銘說。

「就點當歸鴨、回鍋肉和宮保雞丁吧。多吃點肉。我看你們平時大概不太吃肉吧。」

吃肉。吃喝嫖。就只剩下一樣了。很快就會趕上。許家的黃金甕子，葬在哪裡？當歸鴨。回鍋肉。英文怎麼講？Duck with tang-kuei？Duck stewed with tang-kuei？Duck fried with tang-kuei？Tang-kuei？Pork back in pot？Pork。得吃吃看才知道。當歸鴨。一品香。漢玉。漢玉那種地方你都敢去？有何不敢？誰敢誰就贏。有何……。

「對不起！上菜。」

「這就是當歸鴨？」佑一問。

「對。很補的喔。」

補？對。因爲有很多女人。要翹得起來。而且要很硬。阿桐伯壯陽丸。他大概也吃吧。

「我要先吃白飯。」佑一說。

「來兩碗白飯！」弘銘揮揮手，喊道。

「兩個老的說要借錢蓋房子，要我們兩個……」

「我知道。負責還錢對不對？照說，兩萬塊也算不上大錢。但是——」

白飯來了。

「應該看看誰比較有義務爲兩個老的還錢。」

佑一把筷子放在桌上，看著弘銘。敦敏也不吃了。

「爲了你來台北做加工，兩個老的二話不說就把大場地契拿去抵押。母親還帶了順德到你那裡幫傭。我呢，寫了五、六封信母親都不肯來。還有——」

弘銘望望佑一，猶豫了一下。

「還有什麼你儘管說。」

「我娶玉英，像在走私一樣，簡直丟盡了臉。你呢，又是聘禮、又是聘金、又設宴請客。兩個老的也眞偏心呢。等到要出錢，就要我們兩個平均——」

啪！佑一突然抓起一碗白飯，連碗帶飯往弘銘臉上甩了過去。弘銘大驚失色，夾著鴨肉的筷子掉進湯裡，濺起幾滴湯水。

「我們走！」佑一拉著敦敏，站了起來，走了。

「我在這邊熬了五、六年，到現在還每天吃高麗菜飯。裝不起電話，請不起支票，每天像乞丐一樣到處向人家叩頭借錢周轉。他天天吃當歸鴨，坐飛機去高雄跳舞。還說什麼瘋話。」佑一大聲說完，一手重捶裁板。兩粒飯粒從他的拇指背掉到裁板上。阿旺趕緊把它們掃到地上。整個廠裡鴉雀無聲。稍後，挺著大肚子的阿清從後廳過來說道：

「別生氣，別生氣。飯菜弄好了，和敦敏一起去吃吧。」

「不是在廟裡。要在廟裡的話，我搶過鑿子，一鑿就戳死他，看他還——」

「去吃吧。吃飽再說。」阿清拉著佑一往後廳走。敦敏跟在後面說道：

「都是我不好。」

「不是你的錯。任誰都難以想像，這些人竟會這麼陰毒。三番兩次聯合起來陷害我。」

「我看你乾脆就不理他們算了。」

「哪有這麼容易。兩個老的若要賴要死給你看，你能不管嗎？」

「我說不定就眞地不管。」

婉如若知道我這個家這麼陰鬱，會願意嫁給我嗎？不能告訴她。但是，這樣也對她不公平。會怎麼樣呢？我們兩個。不要緊。過幾年兩個老的說不定就下地獄去了。下地獄。十殿閻君。地藏廟。告訴佑一。這樣他或許氣會消一點。即使買了大棺材也一樣要下地獄。不，甚至連大棺材也不替他買。不替他們買。讓他們。七月半的遊魂。我要拜牙槽王了。順德說。說著就去抓了一隻小卷。順德也沒怎樣。說不定要等來生才會得到報應。如果有來生。讓兩個老的做佑一的孫子，爲他擦背洗腳。

隔天佑一就回鹿港去了。第三天下午，佑一又上來台北。和上次從屏東回來時一樣。鬍子沒刮，頭髮也沒梳，十分憔悴。

「談得怎樣？」敦敏問。

「談什麼？根本就先斬後奏，一切都搞死了。」

「你是說——」

「地契早已抵押，順德的藥早已去買，房子要不是風水師主張緩一緩，恐怕也早已動工了。」說到這兒，佑一猛然捶了一下裁板，罵道：「姦他娘！豬狗禽獸。」

「咳呀！不要這樣罵。」阿清說。

赤牛站在閣樓上往下望了望。佑一指著阿清的肚子說：

「這個孩子，還沒出生我就已準備好要疼他寵他。就只因爲他是我的骨肉。兩個老的。對他們我究竟算什麼！還做牛做馬養了他們一、二十年。我究竟算什麼！」

「你不要這麼激動。你這麼激動，他們知道了說不定反而偷笑呢。」敦敏說。

「我不再回鹿港了。錢也不寄了。住進新房子後，就讓他們喝西北風去吧！」

婉如要見到了，會怎麼想呢？不能告訴她。不能告訴她。去美國？死了這條心吧。畢業典禮一結束，就目送于莉去美國。她是屬於美國的。我，我和婉如，是屬於台灣的。但願如此。不是天道無常。是業。是業。累世造的業。

66 毛語錄

「你不是跟婉如約好十一點才見面嗎？這麼早就要出去幹麼？」赤牛問。

「去寄錢回鹿港。」敦敏答。

「你的錢？」

「才不是。當然是佑一的。」

「不是說不寄了嗎？」

「說說氣話罷了。哪能眞做得到。」

「佑一也眞是不幸。同樣是長男，我什麼也不用做。」

「處境不同嘛。我們又沒有廟。」

「你別老是提廟。這很刺傷我的。」

「是！是！——不過，——有些話不曉得適不適合說。」

「有話就說。不要呑呑吐吐的。」

「你家老是守著那地藏廟，這跟我那家教家是不是有點——只是五十步笑百步呢？」

「完全正確！你講開了，免得我老是憋在心裡，痛苦沒人知。但是，說實在話，要是沒了那座廟，我眞不知要怎麼辦才好呢。要革人家的命容易，要革自己的命就難。國民黨革命革不成功，大概就是這個緣故吧。」

「你們近代史都講了些什麼？」

「跟高中課本差不多。看來老師也不敢多講。」

「還以爲你進歷史系能多學到一些偏方呢。好了，我走了。」

十點五十分，敦敏在後車站等到婉如。眞難得，婉如沒遲到。

「婉如！」

「小翠和一民呢？」

「大概馬上就到了吧。」

果然，一民和小翠馬上就到了。一民邊走邊伸手去牽小翠，小翠把他的手拍開。小翠總是那麼羞澀。一民於是前來拉著敦敏說：「我們走吧！」他們往太原路走。

「什麼事特地把我和婉如叫來？」

「說小聲點。——其實今天你和婉如是配角。我主要是要約小翠到我家，因爲怕她不答應，所以叫你們來當電燈泡。」

「難怪！我還在納悶你怎麼會突然關心起我和婉如呢。」

「別這麼說嘛！我們彼此彼此，對不對？」

大成冰果室。夢煙。當妓女戶老闆的夢煙。現在怎麼樣了呢？

「從這條巷子進去。」一民說。

這巷子。多像台北橋邊那條！和燕。敦敏哥哥，你早。多麼黑白分明晶瑩澄澈的眼珠！婉如的眼神。婉如和小翠手牽手有說有笑跟在後面。

「到了！」一民說。

一民帶著敦敏他們爬上二樓。這房子。多像我家！只差沒有太平市場而已。

「我以爲你家很豪華呢。」敦敏說。

「當小學老師的，家裡怎麼豪華起。」

「看你買〈孔乙己〉那種大手筆——」

「抵擋不住誘惑嘛！」

「對了，去把〈孔乙己〉拿來讓婉如見識見識。——欸，你爸媽呢？」

「我爸爸去上課，媽媽出去了。電燈泡太多，會破壞氣氛的。」

「喔。——快去把〈孔乙己〉拿來吧。」

一民去把書拿了出來。

「我也要看。」小翠說。

「你——，不好吧。」一民說。

「爲什麼？人家也想看嘛。」

「這東西很危險的。」

「你都可以看，爲什麼我就不能看？」

「好！好！你們就一起看吧。」

一民把書遞給婉如，然後嘴吧湊到敦敏耳邊，輕聲說道：

「到我房間來。我還有更好的。」

一民從他書桌抽屜裡拿出一本英文書，鬼頭鬼腦地用手拍著書說道：

「猜猜是什麼？」

敦敏一把把書搶了過去，說道：

「別要寶了。是什麼？」

「英文本的《毛語錄》！夠帥吧。」

「哦！眞的。哪兒弄來的？現代吧？」

「不錯。」

「眞不怕死！你。還有那個老闆。」

「怕喔。怕喔。他把書藏在最裡面，有櫃檯遮著，平常人看不到的。」

「特地進這種書？」

「不是。是企鵝叢書整批一起進來的。你以爲他眞地不怕死？」

「那你呢？」

「還不是抵擋不住誘惑。來！來！我正在愁看不懂呢。一起來拜讀拜讀。」

敦敏把書放在桌上，隨便翻了一頁，開始看。Dictatorship of the proletariat。Dictatorship，獨裁，專制。Proletariat？

「拿字典！」他說。

一民從同一個抽屜裡拿出一本英漢辭典，放在桌上。敦敏翻到 proletariat。無產階級。無產階級獨裁？無產階級專制？喔！對了，是無產階級專政。

「這個是無產階級專政。」

「原來如此。」

Masses，大眾，群眾。Surveillance by the masses，群眾的監督。Reactionaries。Evildoers。Reform。

「我知道了。這段的意思是：如果沒有廣泛的人民民主，無產階級專政就不能鞏固。沒有民主，沒有群眾的監督，就不能對反動分子和壞分子進行有效的專政，也不能對他們進行有效的改造。」

「哇！你眞神！」

「沒什麼神。是從收音機裡聽來的。他們總是放了首什麼〈大海航行靠舵手〉，然後就開始唸《毛語錄》。」

「欸，你也眞不怕死呢。」

「什麼不怕死！上次還作噩夢呢！」

「夢見什麼？說來聽聽。」

「不說了。越說越自卑。」

「敦敏！一民！你們在哪兒？我們早看完了，在這邊無聊死了呢。」

是婉如的聲音。敦敏和一民出了房間。

「我們在看——」敦敏說了一半。

「看什麼？比〈孔乙己〉更好的是不是？」婉如問。

這婉如。腦子總是轉得這麼快。

「沒什麼。」

「不行。那〈孔乙己〉十分有趣。有更好的我們一定不錯過。」

「眞地沒什麼。要不然你問一民。」

「小翠。你叫一民拿出來。」

「人家也要看嘛！」小翠說。

「不是告訴你說很危險嗎？」一民說。

「有什麼危險？人家剛剛看了〈孔乙己〉，也沒怎樣。」

「那個跟〈孔乙己〉不同的。」

「果然看了什麼。你看。」婉如說。

「我眞服了你了，婉如。」一民說。

「誰叫你老是欺負小翠。」

「好了。好了。告訴你們吧。剛剛在研讀英文本的《毛語錄》。」敦敏說。

「《毛語錄》？」婉如和小翠齊聲問。

「毛澤東，毛匪澤東的名言啦。」

「喔。難怪這麼神祕。講些什麼呢？」婉如問。

「無產階級專政。」

「那有什麼意思。」

「你們女生對政治眞地很遲鈍呢。」一民說。

「什麼叫遲鈍？告訴人家。」小翠說。

「連你也造反了。」一民說

「好了。好了。別再鬧了。我們來看看我們裡面有沒有無產階級吧。」敦敏說。

「我家只有這間老房子。」一民說。

「我家除了住的房子，只有幾個小礦坑。」婉如說。

「我家也只有一間老房子。」小翠說。

「你們都有房子，只有我房子是租的。所以，只有我是無產階級。」敦敏說。「慢著，慢著。你不是有電唱機嗎？」一民問。

「還有，你老家不是有地嗎？」婉如也問。

「說得也是。這麼看來，我們都是有產階級呢。有產階級要怎麼處置？」敦敏說。

「緊緊綁在竹叢下，讓竹筍長出來，筍尖直往肛門裡長，痛得你叫爹叫娘，很快地一命嗚呼哀哉。」一民說。

「好殘忍喔！」婉如和小翠齊聲喊。

「欸，婉如，你們不是也聽過王朝天演講嗎？」敦敏問。

「王朝天？」

「一個反共義士。」

「嗯，有點印象。」

「講文化大革命的。這綁在竹叢下就是他講的。」

「不記得了。大概當時覺得無趣，就沒去注意了。」

「好了，好了。小翠！婉如！你們去煮飯。」一民說。

「你們看。發號施令。」婉如說。

「這小子當班長當慣了，現在有點不知今夕何夕了呢。」敦敏說。

「聽說他以前常帶頭從寧波西街翻牆進建中，是不是？」小翠問。

「沒錯，沒錯。我是不敢爬啦，不過海義和侯雲生都爬過。結果姓佟的每天派教官躲在牆角等著抓人，大家都被抓過。你們一民很跩呢，老是說：『抓就抓，怕什麼。』」

「那是以前。現在會怕了。自從有了小翠——。好了，好了。小翠，婉如，麻煩你們去煮飯好不好。」

吃過午飯，已近兩點了。敦敏和婉如告別了一民和小翠，一起到中華商場去閒逛。敦敏邊走邊瞟了瞟婉如。那眼神。要不要講呢？還是講吧。

「婉如。你今天看起來很老呢。」

「很老？」

「哦！不是，不是。我是說很老練。」

「怎麼老練法了？」

「你對小翠和一民說的話——」

「喔，那個。我只是被你們幾個男生欺負得受不了，反彈一下罷了。」

「欺負？我幾時欺負你了。」

「你們幾個男生，從天健到你，特別是一民，老是把小翠和我看成小孩似的。我們只是比較晚開竅而已，你們就老是——。你想想你們剛才那口吻。」

「原來如此。變成熟了呢。不過，這樣比較不可愛。」

「你！哪裡不可愛了，哪裡不可愛了，你說！」

「現在就很可愛了。」

「欺負人。成熟也是你的功勞。這樣你滿意了吧。」

「走吧。走吧。去逛唱片行。」

敦敏挽著婉如的手，逍遙去了。

67 惠雪

「惠雪的事怎麼辦？」敦敏問。

「她和你比較親近，你回去看看吧。」佑一答。

於是敦敏沒有去上課。他到了火車站，搭上十點半南下的平快車。車子很快到了延平北路平交道。路上停滿了汽車、機車、腳踏車，和行人。這麼多人。都在忙些什麼？升官、發財、抱老婆。抱老婆。婉如。我在忙些什麼？婉如。「枯桑知天風，海水知天寒。入門各自媚，誰肯相爲言？」可憐她自己一個在鹿港熬。你爲什麼要去台北嘛。我要沒有來台北。婉如、佑一、海義、一民、侯雲生、赤牛。還有小翠。還有阿清。我來台北是對的。但是母親因此不讓她來台北。留她自己一個在鹿港熬。才高一。高一，多麼璀璨的日子！躺在植物園的草坪上窺馬子、望藍天。但是她。窗外的人、車、房子飛速消逝在後。但是，還沒到板橋。板橋過了是樹林。樹林過了是桃園。桃園過了。要什麼時候才會到彰化呢？

敦敏到彰化時已是下午四點多了。他趕著換乘彰化客運的班車回到鹿港。他走到赤牛家門前，看見阿嬌在裡面擺菜。

「赤牛要我告訴你說他很好，叫你們不用掛心。」他進去告訴阿嬌。

「啊！敦敏你回來喔？」

「我要回家去了。」

「啊赤牛爲什麼沒和你一起回來？」

「他要上課。我走了。」

他開了後門，進到廳裡。廳裡已經開了燈，但是仍然很黯淡。父親蹲在八仙桌邊一把椅子上，望著桌上一碟鹹小卷發呆。

「多桑！」

「哦，你。怎麼跑回來了？」

母親端著飯鍋，從廚房裡走了過來。

「過年不回來，現在突然跑回來幹麼？」她問。

「順德呢？」

「到南部出張去了。」

「惠雪還沒回來啊?」

「那個嬈尻川，最近都嬈到六、七點才回來。說是在補習啦。也不知道在補什麼習。——啊沒有煮你的飯，要怎麼辦?」

「讓他先吃吧。買這種鹹小卷。」父親說。

「鹹小卷怎樣?有鹹小卷吃，你得偷笑了。」

「姦㤭娘!都要講到贏!」父親罵完，踏下地來，穿上木屐，走進臥房去了。

大概眞地來日無多了。罵人都沒氣力。大棺材。如果他就這麼走了，他這一生算什麼?他一定會熬到新屋蓋好。緩一緩。大概也快了吧。

「你們先吃吧。我等惠雪回來再說。」

敦敏說完，從後門出了屋子，走到街上。二月天，又冷又濕。臭砧仔家門口的街燈散發著迷濛昏黃的寒光。在這裡蓋上屋子，正好夾在赤牛和阿勉家中間，空地就沒了。彈珠。橡皮圈。以後兩老會天天在這裡和臭砧仔對望。阿勉家的神主牌子會彈進屋子裡來。哪一天順德會不會把神主牌子摔出去?不會。有了胃藥。對了，剛剛沒看到藥。大概放在廚房裡吧?惠雪愣著從青雲路那邊走近來。她沒看見我。

「惠雪!」

「哦!敦敏。」

「喔，是狀元公和惠雪啦。要不要進來坐坐?」臭砧仔頭探出門來，問道。

「不了。謝謝。」敦敏答。「惠雪，我們到菜市場去吃飯。」

「不行！不回家去吃，母親會罵。」

「你幹麼這麼怕她？」敦敏問完，就拉著惠雪往青雲路那邊走。

「會罵。會罵。嗚……」

「你怎麼了？」

「那個人打老師。」

「哪個人？」

「就是黃添財嘛。工專五年級的，說快要去當兵了。」

「黃添財？你認識他多久了？」

「快半年了。」

「怎麼認識的？」

「在八卦山。」

「爲什麼打老師？」

「他說老師摸我的臉、還有脖子、還有肩膀，是吃我豆腐。」

聽起來蠻複雜的。

「哪個老師？」

「就是王仁源老師嘛！我數學都讀不懂，都是他幫我補習的。」

「那個黃添財，他摸過你嗎？」

「摸過。摸臉、脖子、肩膀，還摸我胸部。」

「胸部？」

敦敏第一次注意到惠雪的胸部。平平坦坦的。摸什麼？胸前誇大。卓惠芬。

「他們兩個，你喜歡哪一個？」

「都喜歡。」

「那那個王什麼老師，他還沒結婚嗎？」

「結婚了。」

咳呀！眞慘。都高一了，沒想到還這麼幼稚。不是幼稚，是懵懂。會罵。會罵。是不是有點失神了？自己一個在鹿港熬。可憐。孤零零的。夢煙。她沒有夢煙那麼堅強。即使換成是我，也……。

「那個黃添財，你下次什麼時候會見到他？」

「明天下午。」

「在哪裡？」

「八卦山下。」

「好。明天中午我在你們校門口等你。我陪你去見他。」

彰化女中。久違了。站崗。林秋蘭。現在到哪兒去了呢？牽手。散步。記過。摸脖子、摸胸部。我都沒摸過婉如胸部。是什麼和什麼不同呢？龔凱。王什麼。是什麼和什麼不同呢？彰中人的悲哀。彰女人的悲哀。

「敦敏！」

「喔！你下課了。」

一群女生望著敦敏和惠雪。

「我不敢去。」惠雪說。

「爲什麼？」

「剛剛又碰到王仁源老師。」

「那個王八蛋，不要再理他了。」

「你怎麼罵他王八蛋?!」

「咳呀！你——」

不要逼她。等見過那個黃添財再說。敦敏默默和惠雪一起往八卦山走去。好久沒來了。如果把這山搬到寧波西街去，一樣可讓建中學生躺在草地上窺馬子。去交個建中的。交個侯雲生第二。工專五年級的。雲林崙背人。像什麼？夢煙。好土好土。

「敦敏，黃添財來了。」

哦！哇！果然土。又粗又黑。還好看起來好像蠻老實的。

「啊！這——」黃添財緊張地問。

惠雪望望敦敏。

「我是惠雪的四哥。」敦敏說。

「喔——，你好。」黃添財說。

「你好。惠雪說你讀台北工專，是不是一早趕下來的呢？」

「是的。——你們吃過飯沒有？要不要去吃飯？我還沒吃飯。」

「找家冰果室吃個三明治好不好？」

「麵包我吃不飽。」

這傢伙，手雖然不老實，說話倒果然老實呢。

「那去吃麵吧。你將來想幹什麼呢？」

「我想去考普考，做公務員。」

沒什麼大志。不過配惠雪或許反而好吧。她也不像是能擔重的人。前面是家牛肉麵店。敦敏帶著惠雪和黃添財進了店裡。

「大碗牛肉湯麵！」還沒坐下，黃添財就急著點麵。點過了才難為情地說道：「對不起，你們還沒點。」

敦敏和惠雪點了小碗牛肉麵。大家吃完了麵，黃添財趕忙走到老闆身邊去，手伸進褲袋裡掏錢。掏出錢來，他驚訝地數了數，然後黑臉漲紅了起來，回來問惠雪道：

「你有沒有五塊錢？」

「你不用急。我請客吧！」敦敏說。

「那怎麼行！」

「不用那麼見外。」

敦敏付了錢後，轉頭對黃添財說道：

「你先到八卦山去等等，惠雪待會兒就去。」

「是！是！」黃添財答應著，走了。

敦敏帶著惠雪出了麵店，默默走了片刻，然後嚴肅地說道：

「惠雪！以後你就和黃添財交往。不過要叫他手放老實點——」

「什麼意思？」

「叫他不要到處亂摸啦！什麼意思。還有，叫他不要太衝動。」

「那王仁源老師呢？」

「那個王八蛋！不要再理他了！」

「這怎麼行？我的數學呢？」

「你怎麼這麼番。叫黃添財教你不就行了。」

「喔。」

「你要不聽，我和佑一以後就不理你了。還有，不許讓母親知道。」

「喔。」

「我要回台北去了。你到八卦山去吧。」

惠雪走了。敦敏望著她的背影，望著八卦山。別了，八卦山。他回身走向彰化車站，到了車站，買了票，進了月台。那一年，七月十二日，赤牛送他到了彰化車站，早上十點十七分，火車開離彰化車站，往台北去了。

68 佑一得女

哇！哇！

「回來了！回來了！」阿花說著，快步走到樓梯口。月紅、來好、招治、碧霞她們也都停下工作，等著。

「老闆，要不要我來抱小寶寶？」阿花問。

「不用了，不用了。」佑一答。

佑一抱著嬰兒爬上樓來。阿清跟在後面，一手拉著佑一的夾克。

「哈！臉紅紅的、皺皺的。」阿花笑著說。

「三八！你小時候也是這樣的啦。」佑一說。

「阿清還好吧？」敦敏問。「對了，是男的還是女的？」

「女的。不過哭起來十分清脆有力呢。阿清年紀稍微大了點了，生得很辛苦。還好一切都順利了。」

「佑一，恭喜你。」赤牛說。

「阿花！去煮稀飯。」來好說。

「好！」

佑一把嬰兒抱到燈下，無限憐愛地撫摸著她的臉頰。大家都湊近來看。

「你們誰有感冒什麼的，不要過來哦。」佑一說。

「老闆你放心啦，我們都好得很。」來好說。

阿清坐在她的裁縫車邊，沒有說話，但是一直微笑著。她臉色有點蒼白。

「阿清！要不要去躺著休息休息？」敦敏問。

「沒關係。等一下吃點稀飯再去睡。」

佑一抱著嬰兒在燈下，還在撫摸她的臉頰。片刻後，他突然轉頭告訴敦敏說：

「敦敏！還沒取名字呢。你幫忙取一個。」

「好啊！要文雅一點的，還是要親切一點的？」

「文雅的。」

「好。我上樓去查字典。」

敦敏和赤牛上了閣樓。

「第一次看到佑一這麼開心。」赤牛說。

「是啊!好了,不用查字典,就給她取名爲詠晴好了。歌詠新晴。希望新生命帶來好運道。」

敦敏下了閣樓,告訴佑一說:

「就給她取名叫詠晴好了。歌詠的詠,晴天的晴。歌詠雨後新晴。」

「哪個永?」

「言字旁,右邊一個永遠的永那個詠啦。」

「喔。詠晴。許詠晴。不錯。阿清,你覺得怎樣?」

「你們取好就好了啦。」阿清答。

「台語很難唸哦。」

「那就唸國語好了。」

「你會唸國語嗎?」

「會啦!會啦!」

「詠晴。詠晴。」

阿花從廚房跑了過來,說道:

「老闆!稀飯煮好了。你跟老闆娘去吃飯,讓我抱抱好不好?」

「你?不行。你粗手粗腳的。」

「啊——,怎麼嫌人家粗手粗腳!」

列列列的聲音。

「你本來就是嘛！」

「那讓來好抱，給我再看一下下好不好？」

「急什麼！我要抱她去睡覺了。」

佑一抱著詠晴，和阿清一起到後廳去。敦敏隨後跟著。前廳又開始傳來列列列——列列——列列

深夜裡，敦敏百感交集。

「眞地很奇妙呢。生命。」他告訴赤牛。

「不錯。不過，你不要又胡思亂想了。」

「你看你的書。我要靜靜躺一下。」

眞地很奇妙呢。生命。做愛。精液射到陰道裡。然後就懷孕。然後，不知從哪裡來了一個生命，就進到子宮內那個受精卵裡。佑一和阿清的受精卵裡。然後，就來了詠晴。然後，她就要聽不知多少年列列列——列列——列列列列列的聲音，要叫佑一爸爸，叫阿清媽媽。假如那一天他們沒做愛。這詠晴，也眞幸運。來到這麼一個地方。佑一。到了鹿港。哇！哇！哭什麼！打死你！擰死你！打死你！擰死你！父親走到溪湖中正路尾。在大成樂園門口停下來。夢煙迎了出來。「阿吉桑！進來。進來。阿桃！你去準備酒菜。阿吉桑！才幾天不見，怎麼瘦成這樣？瘦得鬼要抓去似的。」她說。「年紀大了，牙齒不好。我家那個姦他娘的虐待我，每天給我鹹小卷，我咬不動，吃不下飯，所以就瘦了。」父親說。「沒關係。沒關係。只要那裡沒瘦就好了。」「那裡當然沒瘦。每天都吃阿桐伯壯陽丸。」「阿桃！菜要準備一些比較軟的。還有，叫月紅來招待。」月紅坐在牆角，向著牆，掀開三角褲，低頭伸手在她那片惱人的毛叢裡搜索。陰蝨。爬到父親陰毛裡。爬到母親陰毛裡。打死你們！擰

死你們！打死你們！擰死你們！「阿吉桑！我認識你兒子敦敏。他很老實呢。」「敦敏喔。不行。不長進。我那四個兒子，就屬老二最有出息了。我們家的黃金甕子都葬在狐狸窟裡，身爲後代，不會玩怎麼行。」父親帶著弘銘坐車到了彰化三角公園，進了光復大酒家。「阿吉桑！今天怎麼帶了個小弟弟來？」阿鳳問。「讓他來學習學習。已經十三、四歲了，不見見世面不行。」父親答。「美美！你帶小弟弟去玩玩。」美美把弘銘的褲子扯了下來，撥撥他的小鳥。「包皮這麼長哦！我幫你拉一拉。」弘銘小鳥翹了起來。「你怎麼沒有別名牌？你到底能不能帶回家？」弘銘問。「不用回家。在這裡就可以玩了。」美美雙掌夾住弘銘小鳥，亂搓了一陣。弘銘小鳥顫了一下，射出幾滴精液來。「眞爽！」弘銘說。「再來一次！」「你還這麼小，會長不大的。」「我父親每天都彰化、溪湖、鹿港四處玩，也沒怎樣。」「小弟弟，你眞聰明呢！」「五十了，不行了。少年縱欲過度，現在不行了。」父親說。「說什麼喪氣話！你那裡還猛得很呢。」阿鳳說。父親解開阿鳳胸前鈕扣，伸手進去撫摸阿鳳胸部。「你乳房眞豐滿。我家那個姦他娘的胸部平平坦坦，摸起來一點趣味也沒有。」「說起我這乳房，連我家那死鬼我都不讓他碰的。你眞有福氣呢！」「是啊！要不是你被你父親賣了，我們怎麼能在這裡相好。」「記得你說你也賣過一個女兒。」「沒錯。賣了一千塊錢呢。我家那個姦他娘的，若能把她也給賣了，那才眞大快人心。挺個大肚子，看了就煩。」哇！哇！哭什麼！打死你！擰死你！「我究竟是不是你們的孩子？你們告訴我！」佑一跪在兩老面前激動地問。「是又怎樣？」兩老回答。哇！哇！是詠晴。敦敏清醒了過來，百感交集，兩眼撲簌簌拋下淚來。

「赤牛！人是生而不平等的。」他說。

「不錯。生爲你從前那個學生——，她叫什麼名字？」

「王雯。」

「生為王雯，就吃蔣介石。生為海義，就吃國民黨。生為我，就吃地藏廟。生為詠晴，就吃佑一。」

「生為佑一呢？」

「就吃你父親囉。」

「吃我父親。有得吃嗎？」

「人是生而不平等的。你知道了就好，不要又胡思亂想。」

「咳！不由得我不想啊。這世間的不公。」

「你不是在讀佛學嗎？有何說法？」

「累世的業造就今天的果。從前的債現在還。」

「那不就對了。」

「但是我又有點懷疑有前世，有來世。」

「那你和婉如呢？」

「是緣分。」

「緣分是怎麼來的？」

「是偶然。」

「偶然就來了個婉如，來了個阿清，來了個詠晴，你們兄弟運道也不錯了。不要再鑽牛角尖了吧。」

「雖說這樣，我還是憤憤難平。」

「隨你吧。我要睡了。」

哇！哇！又傳來詠晴的哭聲。新晴。新晴。雨水不停地從窗框瀉到玻璃上，然後在玻璃上裊裊地往下流，最後凝聚在玻璃下端。他把左臉頰貼在玻璃上，玻璃外斷斷續續的雨柱在朦朧的橋燈下搖著、墜著，搖著、墜著。這臉頰貼在玻璃窗上的感覺像什麼？就像臉頰上塗上一層濕冷冷的漿糊，黏著、凝著，黏著、凝著。哇！哇！啊！新晴！新晴！

69 海義

敦敏和婉如從新店公路局車站走到碧潭，過了吊橋，上了對面山頭。婉如穿著短袖淡藍色襯衫，鈕扣低低的，粉嫩的胸部若隱若現。黃添財。惠雪的胸部。不行。要老實點。他們到了一處樹叢間，坐了下來。初夏的杜鵑花叢，又濃又密的。他們相偎坐著。少女的幽香。低低的鈕扣。若隱若現的胸部。敦敏右手繞過婉如頸後，搭在她肩上。

「哪一天到我家看看詠晴好不好？」

「不行。你要先到我家給我爸媽看看。」

「給你爸媽看？」

「對。」

敦敏右手終於伸進婉如襯衫裡。他額頭冒出汗來，碰著婉如胸部的手不知如何是好。完了。「公無渡河。公竟渡河。渡河而死。當奈公何！」他轉頭望著婉如。只見婉如閉上眼睛，頭依偎到他懷裡來。竟是這樣！歪打正著。早知道。婉如微微隆起的乳房。啊！他手伸出婉如襯衫，托著她的頭，深深地吻了她一陣。電。混著少女的幽香、低低的鈕扣、若隱若現的胸部。電得你酥麻、電得你要生要死。父親有沒有這樣摸過、吻過母親？要是有。婉如睜開眼睛，含情脈脈地望著他。他撥弄著婉如的襯衫鈕扣。他們之間沒有電。他們的婚姻是短路的婚姻。

「你喜歡這樣？」他問。

婉如依然望著他，沒有回答。他手又伸到婉如胸前。婉如拉住他，輕聲說道：

「這樣就好了。」

「喔。——我們過去划划船好不好？」

「好。」

潭上清風徐來，水波不興。兩人盡興划過船、吃過飯，然後趕到公路局車站去。

海義和一民、小翠已經在站裡等著。

「你們兩個跑哪裡親熱去了，到現在才來。」一民問。

「不要這樣說人家嘛。」小翠說。

「不要破壞我們名譽哦！我們不過去划划船而已。」敦敏說。

「你是欲蓋彌彰。」一民說。

「你是推己及人。」敦敏說。

小翠臉紅了起來。婉如扯扯敦敏襯衫。敦敏說：

「海義，帶路吧！」

海義家是一棟兩層別墅。海義按了門鈴後，一位長得很像譚嘉培的長者開門出來。

「歡迎！歡迎！」這位長者說。

「我爸爸。」海義告訴敦敏他們。

「伯父好！」大家齊聲問候。

「你們好好玩，我上樓去了。海義！叫你媽媽好好招呼大家。」海義他爸爸說。

海義讓大家在客廳藤椅上坐下。

「你爸爸——，很像譚嘉培呢。」一民說。

「咳。這種糗事。別提了。」海義說。「媽！切西瓜來。」

弘銘的西瓜。這組藤椅很有氣派。應該過得不錯。

「侯雲生那傢伙，哪裡有小翠、婉如他就不去哪裡，實在不夠意思。」一民說。

「這也要怪敦敏。沒有幫他撈一個。外文系女生那麼多。」海義說。

「什麼怪我。我自己都撈不到了」敦敏說。

「你說什麼？」婉如問。

「哦！被你聽見了。」

「什麼被我聽見了！你們男生哦——」

「婉如，你放心。敦敏不會三心二意啦。」一民說。

「一民！你那本《毛語錄》也該借我看看了吧。」海義說。

一民愣了一下，壓低聲音問道：

「你們家，行嗎？」

海義他媽媽捧了一盤西瓜過來，親切地招呼道：

「你們吃。吃。先吃再聊。」

放下西瓜後，她回廚房去了。

「告訴你們。要不是共產黨清算地主，我爸說不定……」海義說。「我家本來是蘇州的大綢緞商，抗戰時倉皇逃到後方去，兩個姊姊都失散了。到了後方後，我爸在國民政府裡上班，被派去搞拉伕的工作。這拉伕的工作，說多殘忍就有多殘忍。跟國民黨宣傳的共產黨行徑一模一樣。卡車上架著機槍，開到市集裡，見到男人就押上車。不上車的，卡車開走後就開槍掃射，格殺無論。實在是——」

大家聽得目瞪口呆。

「大陸淪陷時，我爸因爲不是死忠的，差一點還離不開上海。最後帶著六兩黃金和隨身物品，像狗一樣地逃來台灣……」

「你爸不是依舊當國大代表嗎？」一民問。

「我爸常說，做人要有尊嚴。在台灣當國大代表，有尊嚴嗎？天天被老蔣呼來喝去。」

「海義，你們是身在福中不知福呢。像我們，根本就活得像螻蟻一樣。」敦敏說。

「問題是，你們會得到同情，而我們只會得到鄙視。」

「鄙視？人家敢嗎？」

「不敢？就問問你們幾個好了。」

「我們都很喜歡你啊。」

「好了。好了。敦敏你不要嘲弄他了。」一民說。

「海義！——海義！」樓上傳來海義他爸的叫聲。

海義上樓去了一下，又回到客廳來。他做了個鬼臉，偷笑著說道：

「我爸叫我少說話。」

「那我們還談什麼？」一民問。

「安啦！我告訴我爸說，都是四、五年的老同學了，而且是臭氣相投的，他就不再說什麼了。」

「以前只知道你調皮，會跟姓佟的虛與委蛇，沒想到你十分深沉呢。」

「深什麼！苟全性命於亂世，得懂人情世故。這是我爸講的。」

「好吧。看你這麼有內涵，下次就把《毛語錄》借給你吧。」

「謝了。對了，有件事我一直搞不懂。像敦敏這麼老實的人，怎麼也——」

「老實？會偷偷帶著婉如去親熱的人——」

「又胡扯什麼你！」敦敏說。

「說笑的，說笑的。敦敏是不出聲吃三海碗的人。他的記錄可能比你更輝煌呢。對了，婉如，你們敦敏幹這種事，你會不會怕？」

「終於讓我們女生講句話了，對不對？你們這幾個男生。」婉如說。「說老實話，這有什麼好怕的。我倒是怕哪一天他又被什麼徐薇那種女生玩弄了。」

「你把他管好就好了。」海義說。

「你們幾個，不要順著竿子往上爬哦。我可是君子有仇必報的。」

「媽！切鳳梨來。」海義喊道。

鳳梨。西瓜。「鳳梨西瓜和香蕉，特產數不了。」水果。譚嘉培。譚嘉培。孫大砲。全老大。徐復文。姓蔡的。姓廖的。姓佟的。賀校長。洪燾。……那麼多！那麼多！都逃到台灣來。幫蔣介石來鎮壓我們？被蔣介石鎮壓？是。也不是。苟全性命於亂世。亂世。累世造的業。累世的共業。於是，來來來，來台灣，都到台灣來。「我愛台灣好地方，唱個台灣調。」好地方？假如沒有台灣海峽。

「海峽的水，靜靜地流。上弦月呀，月如鉤。鉤起了恨，鉤起了仇。」王雯。老杜。亂世。業。業。

「敦敏！敦——敏！」婉如雙手搖了搖敦敏。

「你哪根筋不對勁了？」一民問。

「敦敏喜歡沉思。」小翠說。

「沒有啦。只是因爲聽到鳳梨，想起了一些事情。」

「鳳梨？想起什麼？」海義問。

「以前也都忘了。小時候廟會時常看到人家吃鳳梨心棒，非常羨慕。」

「鳳梨心不都是丟掉不吃的嗎？」海義問。

「海義。——你應該跟赤牛學學。」

「赤牛？學什麼？」

「赤牛家有座地藏廟，你知道吧？」

「聽你說過。」

「他說他吃那座廟，心有不安。」

「哦——，我懂你的意思了。不過，這是個難題。」

「我們是好朋友，所以我明白告訴你。」

「對不起，下來打擾你們。你就是考榜首的敦敏吧？」海義他爸過來問。

「是的。」

「難得你想得這麼多。我會記住你的話的。」

「啊——，伯父您言重了。」

「不。不。很好！很好！」

敦敏、婉如和一民、小翠回到台北時已經五點多了。敦敏送婉如回她哈密街的家。敦敏直流汗。婉如是不是也香汗淋漓呢？只有香汗，沒有淋漓。她不像于莉那樣豐滿。兩人在酒泉街下了車後，婉如挽著敦敏往保安宮走。

「人這麼多，幹麼這麼親密？」敦敏問。

「人家欣賞你嘛！」

「今天才欣賞我？」

「今天更欣賞你。到了。你不要跟來喔！」

「再見！」

「再見！」

70 枕頭套

列列哇——列列——列列哇列列。列列列——哇！哇！——列列列列列。六指王。志仁被服有限公司。「許老闆。這一萬打枕頭套如果順利完成的話，將來還能繼續合作。」六指王說。「只是利潤實在低了點。」佑一說。「往遠看嘛。往遠看嘛。」六指王說。「有利潤嗎？」「最少可以幫忙熬過這個淡季。而且，電話幫我們裝了，十信的支票幫我們請了。說眞的，也許是詠晴果眞帶來了好運，不然怎麼會有這麼好的事。阿花！揹詠晴過來給我看看。」代工外銷加拿大的枕頭套。一萬打。十二萬個。黃綠花紋的棉布堆滿前廳、後廳、閣樓……散發著幽香的棉布。加拿大人睡這麼舒服的枕頭套？高檔品。獻給毛主席。獻給蔣總統。老蔣有美國貨可用。「大鼻子笨。我每塊布給他少裁一吋，車好了後也量不出來。單偷這些布就不得了了。利潤得靠自己找。」苟全性命於亂世，得懂人情世故。列列列——列列——列列列列列。自從和六指王談妥後，就每天不斷聽這聲響。每天。從早上七點到晚上一點。聽過一整個暑假了。想當初。恰恰恰——恰恰——恰恰恰恰恰的聲響。以爲就像交響曲。這麼快！這麼快！五年了。阿彩的啜泣。在陰囊上間爬的跳蚤。詠晴。電話。支票。的確是進步很多了。但是。奇怪！怎麼會是這麼相像的感覺？穿著草鞋、短褲，一肩倒掛著槍，一肩揹著包袱。住到街坊人家，把雞鴨抓去吃了，把女孩抓去幹了。雄壯、威武、嚴肅、剛直……筆挺的混紡外出服、S腰帶、長筒布鞋、鋼盔、M1步槍。的確是進步很多了。但是。但是。佑一拿著鉛筆和信紙在裁板上算。一個省一吋。十二萬個省十二萬吋。一碼三十六吋。十二萬吋是——三千三百三十三碼。每碼值十六、七塊。總共可以獲利五萬塊。「橫財！眞是橫財！都靠詠晴。阿花！揹詠晴過來給我親親。」每個一吋。單偷這些布就不得了了。偷。偷柴皮。「就爲了那麼幾塊柴皮，跑得像賊似的。」「就是賊！」就是賊。「我不做賊！我要大棺材！我要新房子！」「你家老是守著那地藏廟。」「完全正確！但是，說實在話，要是沒了那座廟，我眞不知要怎麼辦才好呢。」「我懂你的意思了。不過，這是個難題。」偷。就偷吧！普天之下，何人不偷？但是。但是。「我們會得到鄙視。」「難得你想得這麼多。我會記住你的話的。」自從佑一算過了後，就每天不斷看到他在疊布、裁布、燙枕頭套。每天。從早上七點到晚上一點。每天不斷看到阿清她們埋頭在車枕頭套。每天。從早上七點到晚上一點。列列列——列列——列列列列列。橫財。只等大家拚命跑過去撿起來。吃老蔣。吃國民黨。吃地藏廟。吃六指王。吃加拿大大鼻子。普天之下，何人不吃？敦化北路的華廈。新店的別墅。空地旁的平房。「我們要去訂一棟公寓！」空紙箱堆滿前廳、後廳、閣樓……阿旺架好一個空紙箱，把枕頭套一打一打放進箱裡，然後用打包器打包。打包好了。是一公尺立方的一箱枕頭套！佑一咬著牙用背扛它下了樓，然後鐵青著臉上來。「老闆！換你打包，我來扛吧。」阿旺說。「你年紀還小，會長不大的。」佑一說。「我父親每天都彰化、溪湖、鹿港四處玩，也沒怎樣。」終於，終於，暫時不再聽到列列列——列列——列列列列列的聲響，暫時不再看到佑一疊布、裁布、燙枕頭套了。佑一打電話給永樂市場的布行，叫老闆來看布。成衣廠賣布給布行。眞是怪事。「好布！」那老闆說罷，從手提包裡拿出算盤來撥一撥。「五萬四。」他說。「好！」佑一答。於是，趁著夜黑，布行派車來把布給運走了。五萬四。佑一坐在裁板邊數著。廠裡異樣地沉靜。阿清趴在裁縫車上，喘著氣。那喘氣的聲音一清二楚地充滿了整個廠。五萬四。「哈。五萬四。還不夠弘銘糟蹋一年。竟然賺得這麼辛苦。」「我想起小時候的事。」「什麼事？」「我和母親去剝柴皮，鋸木廠的人放狗來咬，我和母親奔逃回家，父親說：『就爲了那麼幾塊柴皮，跑得像賊似的。』」「我知道。只是，不做賊能活下來嗎？賣那些假酒、假化妝品，不是做賊嗎？」是的。賣那些假酒、假化妝品，不是做賊嗎？約翰走路的空瓶子。也養活了我們這些人。這些螻蟻一般的人。Sweetheart。Sweetheart。名牌別在口袋上方的。弘銘也喝約翰走路。我們是靠約翰走路的空瓶子存活的，爲什麼他竟然喝約翰走路！五萬四。還不夠他糟蹋一年。就只憑他不是長男？不。憑他敢。敢的就贏，不敢的就輸。而偏偏佑一就不敢。不，佑一也敢，只有我不敢。不。我也敢。當建中的學生被逼得考試作弊。啊！我爲什麼這麼不幸！Frailty, thy name is man. 古今中外那些名人賢士，都完滿無缺嗎？好像是。比起他們，我多麼渺小！不。我不相信。襲人貞潔有虧。但是，滿口仁義道德的袞袞諸公，假如換你們做襲人，你們能比她更乾淨嗎？能。同樣膩在賈寶玉身邊，還有個乾淨的晴雯。但是，晴雯是狷介之士。狷介之士就不懂人情世故。苟全性命於亂世，得懂人情世故。但是，這樣說來，弘銘不就和佑一一樣乾淨嗎？父親、母親都比較疼弘銘。對他們而言，說不定弘銘比佑一更乾淨、更可愛呢。這是什麼邏輯！也許，世事就是不能用邏輯這麼推的。不管你敢不敢，只要你行，大家就會舉起大拇指。世間比的是行不行，不是敢不敢。你行了，徐薇就會跟你聊天，于莉就會跟你跳舞。誰在乎你小時候怎麼樣。于莉。又白又嫩的大腿。跳三貼。微微隆起的乳房。怎麼想到這裡來了？要行。佑一要行。去訂一棟公寓。趕在兩老蓋好新屋之前。詠晴。電話。支票。的確進步很多了。但是還不夠。要馬上去訂一棟公寓。

「佑一，要不要出去找房子？」敦敏問。

「改天吧。累死了。」佑一答。

「你不想趕在兩老之前嗎？」

「當然想。怎麼會不想？我們出去吧。阿花！午飯不用煮敦敏和我的份。」

敦敏和佑一先到延平北路涼州街口去買了一份《聯合報》，然後依著廣告開始找。

「民族西路一八七巷。很近，先去看看。」佑一說。

兩人進了民族西路一八七巷。才走不久就看到右邊一片空地上有個接待攤子。再過去就是三棟大約蓋了六、七成的樓房。

「請問這房子什麼時候會蓋好？價錢怎麼算？」佑一問接待員。

「再兩個月就能交屋了。現在只剩下兩間三樓，每間三十萬整。」

「建坪幾坪？」

「近三十坪。」

「三十萬麼。能不能講價？」

「還講什麼價！你四處去打聽打聽。老實說，這三樓本來要賣三十四萬的。是因爲我們老闆最近周轉不靈，急於求現，才降了四萬。不然。你四處去打聽打聽。」

「頭期款呢？」

「五萬。」

「謝謝。謝謝。」

佑一拉著敦敏出了巷子。

「到江子翠去看看吧。」佑一說。

兩人換了三次公車才到了江子翠。下了公車，放眼望去，幾排樓房之外，到處是綠油油的稻田。

佑一嘆口氣說：

「建坪三十坪，總價十八萬起。這種地方。的確是一分錢一分貨。不用再看了，回去訂那間吧。」

兩人回家拿了錢，又趕到民族西路去。

「怎麼樣，打聽清楚了吧。」那接待員問。

「好了，好了。哪有店家挖苦顧客的。」佑一答。

「不是在挖苦你啦。說實在的，現在生意很難做，幾乎都沒有利潤了。很多顧客不懂生意，還胡說八道。」

「我知道。我知道。這是五萬塊，你數一數。沒錯的話我們就辦手續吧。」

辦完手續，敦敏非常高興地和佑一一起回家。沒想到，到了家門口，佑一又嘆了口氣，說道：

「不曉得爲什麼，我突然起了一股做賊心虛的感覺。」

啊！佑一終究不敢！我敢不敢呢？敦敏摘下眼鏡，拭了拭額頭。我敢不敢呢？

71 婉如來家

「你爸也眞是的，竟然問我重幾公斤。害我嚇出一身冷汗。」敦敏說。

「你眞傻。那樣問就表示你其他點都過關了，只剩下體重讓他不放心。你該偷笑呢。眞傻。」婉如說。

「好了，好了。那是你知父莫若女。我怎麼會知道？還有你哥，也不替我遮掩一下，竟然就直說只有四十八公斤。」

「那是爲了免得你尷尬。我們事先都沙盤推演過了呢，你知道嗎？爲了你。」

「那怎麼辦？就是只有四十八公斤。」

「就多吃點囉。怎麼辦。」

「說得容易。哪裡去吃？」

「以後多來我家。」

「來你家？算了。我不想吃出胃病。」

「你！這是做女婿的人該說的話嗎？」

「做女婿？」

「人家是說將來嘛！」

這是打情罵俏嗎？是的。原來打情罵俏就這麼無聊，但卻又這麼自然。「跑得像賊似的。」「就是賊！」二、三十年後，我們還會不會打情罵俏呢？

「你送我到酒泉街就好了。太遠了你自己回家我不放心。」

「人家想跟你多走一會嘛。」

「你講話越來越像小翠了。」

「像小翠有什麼不好。小翠不是很可愛嗎?」

「我知道你想說什麼。這樣好了,我們一起走到民族西路,然後我再送你回酒泉街。怎麼樣?」

「好。」

敦敏和婉如沿著大龍街走向民族西路。

「這叫壓馬路。就因爲太多人壓馬路了,所以台北市的人行道老是凹凸不平。」敦敏說。

「歪理。」婉如說。

「給你爸媽看過了,過幾天換你到我家了。」

「沒問題。」

多無聊的對話。戀愛中的男女最大的特色就是會講無聊的話。一大堆無聊的話。無聊。但是自然。無聊加上自然。也許這就是幸福吧。啊!我多幸福!「你們家的黃金甕子都葬到狐狸窟裡去了。都是你父親壞種傳的。」「姦恁娘!干我什麼事。」

「你在想什麼?」婉如問。

「我在想我們的話有多無聊。」敦敏答。

「什麼!無聊?你嫌無聊!」

「不!我在享受這種無聊。」

敦敏說完,伸手撫摸了一下婉如臉頰。

「你流汗了。」他說。

「嗯。」

「我以爲你不像于莉那麼會流汗。」

「于莉！豐滿的于莉，對不對？赤牛告訴我哥說你很想摸摸于莉大腿。你喔——」

婉如重重擰了一下敦敏屁股。

「欸！輕一點好不好！」

婉如又重重擰了一下敦敏屁股。

「絕不放過你！你母親說得對，你們家的黃金甕子都葬到狐狸窟裡去了。」

「不要亂講。你大腿也又白又嫩嘛！只要讓我摸摸你大腿就好了。」

「色狼！」

渡河不會死。不怕你了。色狼！讓我摸摸你的鈕扣和頭髮。不要！色狼！要！六年了。和燕、小芳、小雯……婉如。婉如。又白又嫩的大腿。微微隆起的乳房。眼神。春日初綻的木棉花。又白又嫩的大腿。他兩眼瞪著婉如大腿。

「不要看！」

「要！」

「我要回家了！你不許跟！」

敦敏突然洩了氣。他怯怯地拉拉婉如的手，問道：

「我那個家——你不怕嗎？」

「幹麼問這個？」

「咳！難啊！」

「不用這麼早嘆氣。等去過你家就知道了。」

三天後，敦敏帶婉如來到家裡。佑一不在家。阿清見到婉如，趕忙把她的椅子搬過來，說：

「啊請坐！請坐！」

「謝謝。」婉如說。

「我大哥最近爲了繳房屋餘款，天天跑三點半。你稍待一會，他大概不久就回來了。」敦敏說。

「啊你是婉如啦哄。聽說你住在哈密街，哈密街離這裡很近嘛。」

「是啊。」

「要不要看看詠晴？」敦敏問。

「要！當然要。本來就是來看詠晴的。」

阿花已經把包袱巾解下，抱著詠晴過來。婉如站起來把詠晴接了過去。咦！她會抱！她以前抱過嬰兒嗎？是天生具有母性的女人，和阿清一樣？那麼不同的個性。

「欸，她笑了。」婉如高興地說。

「小姐，她喜歡你喔。剛才她還哇！哇！哇地哭呢。」阿花說。

「對。詠晴很愛哭的。」阿清說。

「不是給你們帶來了好運嗎？」

「哄，你也知道喔。」

「敦敏說的。」

「去買了一棟公寓啦。下個月裝潢好就要搬過去了。」

「恭喜你們。」

「啊聽說你是赤牛介紹給敦敏認識的，對不對？」

「是的。」

「眞好。眞好。啊這個赤牛，叫他一起吃飯，他偏偏就說要去學校準備考試啦。不然——」

「是麼。」

「赤牛就是那副德行。不用理他。」敦敏說。

「你有點重色——。沒有！沒有！詠晴又在笑了呢。」

「哪天你揹她出去走走。」敦敏說。

「不要。」婉如輕聲回答。

佑一突然出現在樓梯口，手上拈著一個小塑膠袋。

「喔！你回來了。婉如。」敦敏說。

「蔡小姐。歡迎！歡迎！」佑一說。

「謝謝。」婉如站起來回答。

「哦！詠晴。蔡小姐喜歡孩子吧？」

「嗯。」

「敦敏，你帶蔡小姐上去聊聊天。我和阿清去準備晚飯。詠晴還是讓阿花揹吧。」

敦敏帶婉如上了閣樓。

「你和赤牛都睡地板嗎？」

「嗯。」

敦敏邊答邊把婉如抱進懷裡，從背後到屁股撫摸了一陣。

「大家都很喜歡你呢！」他說。

「好了。好了。你不要趁機——」婉如輕聲說。

「佑一要親自下廚，這是頭等大事，你知不知道？」

「但是他稱我蔡小姐。」

「那是因爲他比較古板。」

「是嗎？」

「來！來聽音樂。」

敦敏放了柴可夫斯基的《天鵝湖組曲》。

「這就是《天鵝湖組曲》。」

「那個小芳陪你去買的那張？」

「什麼陪。是纏。」

「你這樣講不太厚道。她一定覺得你很薄倖。」

「你不要亂講喔。我可從來沒占過她便宜。」

「不管如何，你總辜負了人家一片深情。」

「那你說我該怎麼辦？繼續跟她交往？」

「我可沒這麼講。」

「眞拿你沒辦法。同情小芳，嫉妒于莉。」

「人家嫉妒誰了？人家從來沒有喜歡過別的男生，你卻喜歡那麼多女生。」

眞糟！被她戳中要害了。臉上淡淡的雀斑，腿上白白的肌膚。讓人心思蕩漾。蕩漾。「從前的戀情打死也不能說。」佑一說。我嘴巴爲什麼這麼大。都說了。是不是還有現在進行式的？于莉。蕩漾。蕩漾。不。不。那只是一種奇特的感覺而已。只有抱在懷裡的才是眞的。抱在懷裡，撫摸、親吻、生電的。

「好了。好了。不要抱怨了。我們一起躺著聽音樂吧。」

「誰要跟你一起躺。」

「那我自己躺吧。」

婉如走到敦敏書桌前，看了看桌上的書。

「《辭海》。這是你初戀時拿出來炫耀的吧。」她說。

「你饒了我吧。不然我要去跳淡水河了。」

跳進淡水河。浮起來。漂到台灣海峽。我果眞對不起她。但是這也不能告訴婉如。要不然搞不好她又吃醋了。女人心，海底針。

佑一塑膠袋裡裝著的是六隻滷雞翅膀。啊！滷雞翅膀。

「你今天去跑三點半，怎麼有錢買雞翅膀？」敦敏問。

「怎麼問這個？來！蔡小姐，夾去吃。你和敦敏，每人兩隻。」

「謝謝！不過我吃不了那麼多。」

「多吃點！多吃點！你這麼瘦。」

咳！眞是無獨有偶。這麼瘦。豐滿的于莉。假如請于莉來吃飯。四十八公斤。壓在身上都沒重量。外省人。要去美國的。假如我也能去美國。等一下又要被擰屁股了。

「敦敏！你也多吃點。只有四十八公斤，不行的。」

「阿清，你也吃吧。你光坐著看。」敦敏說。

「你們先吃啦。我沒關係。」

敦敏和婉如走到重慶北路。

「佑一很像我爸呢。還有。阿清。一見就令人感受到慈母的溫馨。」婉如說。

「你沒吃醋吧？」敦敏問。

「吃誰的醋？」

「豐滿的于莉。」

「無聊。人家在講正經話。」

「那你就繼續講吧。」

「你這個家，不錯的。」

「的確是。但是，我下個月就要搬家了。新房子房間不夠。而且，佑一說我也應該斷奶了。」

「斷奶？喔，斷奶。」

「我和赤牛。要一起搬到羅斯福路同安街口去。」

「有個鄉下土包子，要在台北獨立了。」

「土包子？」

「被台北女黨工玩弄的土包子。哈哈！」

72
釣魚台事件

敦敏和侯雲生走到文二十門口。

「你要不要去？」敦敏問。

「不去。」侯雲生答。

「赤牛不去，你也不去。」

「一民和海義也都不去。去幹麼？無聊。」

「聽說人家熱血沸騰呢。你說無聊。」

「沸騰個屁！」

英國文學史二。敦敏和侯雲生坐在窗口。傅鐘下面聚集了一群學生。一兩百個總有。都穿著校服。

「你們每天抱怨功課太重。我看你們也沒有人去跳樓嘛！這不就表示你們都還撐得住嗎？」尤主任說。

眞是的，竟然講這種話。不過，嚴師出高徒。希望我們以後能成爲高徒。

Let us swear an oath, and keep it with an equal mind,
In the hollow Lotos land to live and lie reclined
On the hills like Gods together, careless of mankind.

唸到這裡，尤主任停了下來。他轉頭望望窗外，然後若有所思地說：

「要示威遊行就手持標語高呼口號一路熱烈行進嘛！哪有示威遊行搭遊覽車直到目的地的。」

是啊！穿校服搭遊覽車，怎麼會熱血沸騰呢？到了美國、日本大使館一定下車排隊高喊幾聲蔣總統萬歲、中華民國萬歲就回來了。玩假的。一定是玩假的。美國人把中國領土轉讓給日本人。俄國人把中國領土轉讓給日本人。這不是鴉片戰爭以來的奇恥大辱又重演了嗎？怎麼可以玩假的？那麼多年來大專聯考的不平等條約是爲什麼考的？難怪赤牛他們都不去。「那麼個不毛小島有什麼好爭的？」婉如問。不錯。只是個不毛小島。可能比西犬島都還不如。但是。「聽說四周海底都是石油。」赤牛說。「我們中國土地那麼大，小日本一億人口只有幾個島住，就讓他們一讓嘛！」小翠說。「胡說！我們中華民國只剩下台澎金馬了。縱使只是個芝麻小島，也得爭到底。」一民說。是的。但是，怎麼爭呢？上面只要玩假的，你敢不聽嗎？「如果校方太不講理，我們要示威。」「示威的學生一律開除學籍，絕不寬貸。」那個閻羅王，準是小蔣的心腹。你敢怎樣？在政治上得裝孫子。這是李敖說的。裝孫子又算什麼？日本人、美國人也可恨。現在逃到這個小島來，又得向他們磕頭。不甘心啊！我不甘心。連老蔣都得裝孫子了，你李敖算什麼。我們這些小蘿蔔頭又算什麼。不懂？沒關係。派姓閻的過去，整得你全校鴉雀無聲。把賀校長趕走，派姓蔡的過去，就整得建中鴉雀無聲了。在建中辦得到，在台大有什麼辦不到？有一半學生是女生。有什麼辦不到？說起來尤主任膽子還眞不小呢。敦敏抬頭望望尤主任。

「翻到《The Rubáiyát of Omar Khayyám》。」尤主任說。

Come, fill the Cup, and in the fire of Spring
Your Winter-garment of Repentance fling;
The Bird of Time has but a little way
To flutter-- and the Bird is on the Wing.

穿著校服，坐上遊覽車，去放一天示威假。何樂而不爲？The Bird is on the Wing. Like Gods together, careless of mankind. 我們爲什麼要操這麼多心？赤牛、一民、海義、侯雲生和我。這一定也是業。假如我們能像徐薇，該有多好！忠黨愛國。學生的翹楚，青年的楷模。那眼淚，是眞是假？再不，也得像于莉。去去去，去美國。去美國。去美國。去美國新聞處。多久沒去了？

自從窟洞裡鑽出來狸鼠，
一切都改變了。

畢業兩、三年了，都不想回去看看。我對建中難道沒有感情嗎？只是。

「坐遊覽車去示威。眞是的。」尤主任又說了一次。

這尤主任，也眞固執。他教我們 Tennyson，教我們 Omar Khayyám，難道自己都沒有一點點感觸嗎？唉！也許他也和我們一樣呢。這樣不好。要像徐薇。那個玩弄我的徐薇。婉如會不會嫉妒徐薇？有個鄉下土包子，要在台北獨立了。被台北女黨工玩弄的土包子。眞氣人，這麼會揶揄我。但也許是在吃醋。也吃于莉的醋。眞可愛。對了。于莉坐在哪裡？敦敏四處望望。喔，在左後角。在打瞌睡呢！真是的。要是流口水，那可愛模樣豈不全毀了。是不是昨晚溫習功課睡得太晚了？這尤主任的課眞是累死人的。跳樓。不過也許不是。搞不好是跳通宵去了。一年驕、二年傲、三年拉警報、四年沒人要。大三了，得鞠躬盡瘁才行。看看卓惠芬、羅藹玲她們怎麼樣。沒怎樣。究竟是怎麼了？難道又感冒了？乍暖還寒時候，最難將息。淡淡的雀斑。流口水。奇怪，我爲什麼老是想到她？不要再想她了。想婉如。下課後跟婉如一起去吃炸醬麵。

隔週。

「Robert Browning 是英國現代詩的始祖。」尤主任說。說完，他在講台上左右踱了幾步。

「你們讀〈The Lotos -Eaters〉和《The Rubáiyát》有什麼感想？」他回到講桌後問。

「很好。好像在天堂。」侯雲生答。

「答得很好。你叫什麼名字？」

「侯雲生。台灣有新樂園香菸，也是天堂。」

「說得很好。」

「這是許敦敏說的。」

「許敦敏？——是榜首吧？」

「是的。」

尤主任沉默了片刻，然後淡淡說道：

「上禮拜我講那些話，也沒什麼特別用意。幹麼連這個也要去報告。」

講什麼話？誰去報告？喔，知道了。徐薇？不，徐薇已經畢業了，出國了。徐薇的接班人。是誰？羅藹玲？卓惠芬？于莉？不。不會是于莉。她上禮拜打瞌睡。如果是于莉，我怎能忍受？一定是女生嗎？女生是天生的間諜。川島芳子。但是，那一年在彰中，都是男生，也同樣有人去告密。哼——，不但監視學生，還監視教授呢。而且是由學生監視教授。你們才十四五歲，最容易誤入歧途。訓話。尤主任有沒有被叫去訓話？被誰叫去？閻羅王？十八層地獄。多話。割舌。派姓閻的過去，整得你全校鴉雀無聲。無聲。無聲勝有聲。咳！尤主任也算行了，為什麼同樣出問題？是——？不乖。對，不乖。沒有裝孫子。要敢。要行。還要乖。徐薇。于莉。尤主任。他為什麼要回來？現在遇到這種事，他會不會有「此度見花枝，白頭誓不歸」之感呢？

「不需要這麼緊張嘛！」尤主任又說。

對嘛！在閻羅王之下，難道還有人敢撒野。敢撒野的，像李敖，不是早被抓進去了嗎？這事要被洪熹知道了，他準樂得吃不下飯。他會吃魚香茄子、宮保雞丁。吃快活林的菜單。

「看〈My Last Duchess〉。」尤主任說。

尤主任把〈My Last Duchess〉唸了一遍，唸完後就合上書，下課走了。

「尤承志被告了。」敦敏告訴赤牛和婉如。

「為什麼？」婉如問。

「還用問。一定就是人家去示威時他講了閒話。」赤牛說。

「你真神呢！竟然斷得這麼準。」敦敏說。

「這麼多年來不就是一個樣。」赤牛說。「去吃麵吧！」

「稍等一下。我要先到椰子樹下去歪著調適調適心情。我太為尤主任不值了。」敦敏說。

「太可怕了。會不會被抓去？」婉如問。

「大概不至於吧。只是，前途無亮恐怕是逃不了了。」赤牛說。「婉如，你會不會擔心敦敏？」

「還好。一民說敦敏是不出聲吃三海碗的人。不出聲應該就沒事吧。」婉如說。

「說得也是。」赤牛說。

「徐薇出國了。于莉也要出國。尤主任幹麼回來呢？」敦敏說。

「你又想徐薇和于莉了！」婉如說。

「哪有！我現在哪有心情想她們？你喔！」

「現在沒心情，可見有時候有心情。對不對？」

「哎喲！」

「敦敏，婉如對你用情深了，你不要辜負她。」

「我怎麼會？怎麼連你也——」

「嫌我不夠了解你嗎？于莉那雙大腿，你連作夢都在摸呢。」

「才沒有。我都摸——」

婉如拍了一下敦敏大腿。敦敏停了一下，然後悵然說道：

「我想我在想的是出國。」

「眞的？」婉如問。

「眞的。」

「有用嗎？」

「沒用。」

「那就好。不要再胡思亂想了。」

73 鄭秋華

「敦敏！有人請你吃飯。快活林。去不去？」一民說。

「有這麼好的事？怎麼不去？誰？」敦敏問。

「就是上學年跟你一起上法文的鄭秋華啦。」

「鄭什麼華？不認識。」

「嗨呀！就是在我們哲學系當助教的那個老小姐啦。什麼不認識。」

「人家也不認識。」小翠說。

「小翠你不要囉唆。你讀那不長進的中文系，難怪什麼都不知道。」

「一民你今天怎麼這麼粗魯？」婉如問。

「你們有所不知。小翠天天在那邊點那個什麼十三經注疏，點得頭腦都短路了。我叫她倒過來點，她又不敢。說什麼『怒之彼逢，愬往言薄』，再怎麼看都不對勁。像她們這樣讀書，尼采、沙特，一輩子都別想讀懂。」

「人家老師只要她念什麼『怒之彼逢，愬往言薄』，你幹麼要她念尼采、沙特？」

「我要娶她當老婆。」

「那你爲什麼不去念『怒之彼逢，愬往言薄』？」

「好了！好了！你們別鬧了。那個老小姐我認識。」敦敏說。

「那就好辦。」

「只是。她幹麼要請我吃飯?」

「這就得等她自己說分明了。記住:只請你、婉如、我和小翠。不要告訴別人。」

「什麼事。神祕兮兮的。」

「許敦敏。想吃什麼都可以。自己點。」鄭秋華說。

「我吃炸醬麵就好了。要我幹什麼,說!」

「要請你幫我寫一封信給蔣夫人。」

「我是誰。要我寫信給蔣夫人!」

「你是狀元啊!」

「狀什麼元!蔣夫人會理狀元啊?」

理狀元是徐薇的事。台北市知青黨部台大支部第××小組小組長徐薇的事。徐薇出國去了。誰接她的棒?于莉?如果于莉去接棒,我一定跟她斷交。于莉上課打瞌睡。她沒人要了。跟電機系男生跳了三貼,還沒人要。假如當初她是跟我跳三貼。又是于莉!婉如瞪著我。她兩眼炯炯發光。她知道我在想什麼?好可怕!

「請小翠寫好了。小翠是中文系的。」

「敦敏,你不要也欺負人家。」

「許敦敏!當仁不讓。我左想右想,就你最合適。」

「合適合適……一碗炸醬麵。」

「你可以再加三鮮湯。」

「即使加了三鮮湯——」

「所貴於天下之士者，爲人排患釋難解紛亂而無取也。你不是天下之士嗎？」

「哦！你連《史記》都琅琅上口。」

「爲了討你喜歡，臨時背的。是一民出的主意。」

「好了。好了。我認了。要寫些什麼呢？」

「這現在不好講。等一下一起到我家去，再慢慢講。」

他們五人離開了快活林，走到泰順街一棟日式小房子前。

「這就是我家了。我們進去吧。」鄭秋華說。

大家在客廳一套舊藤椅上坐了下來。有點悶熱。鄭秋華拿來一壺開水和四個杯子，放在小藤几上，然後到客廳角落去抓了一張小板凳來，坐在敦敏旁邊。

「我想出國。」她說。「但是申請了四、五次都被入出境管理局駁了回來。」

「難道你在黑名單上？」一民問。「你又沒做什麼、說什麼。」

「到我房間去吧。萬一被我媽媽聽到了，她會受不了。」

「小翠！太敏感的話聽了對你不好。你在這裡休息休息吧。」一民說。

「那婉如呢？」敦敏問。

「我要聽。」婉如說。

婉如總是這麼果斷靈巧。除了嬌小玲瓏又白又嫩外，又這麼果斷靈巧。眞是上蒼垂憐。

「你們看。這是我爸爸，這是我。」鄭秋華拿起桌上一幅裱裝得很精緻的照片，指指點點地說。

「這麼小。你這是幾十年前拍的？」一民問。

「二十六年前。」

「僅有這一張？」一民問。

「對。因爲不久以後我爸爸就跟著謝雪紅跑到大陸去，和家人天涯永隔了。」

「跟著謝雪紅麼，那就難了。」一民說。

「我又沒做什麼、說什麼。他們三不五時就到我家來訊問，還大搖大擺闖進臥房翻東翻西。我能做什麼、說什麼？我只有研讀《薄伽梵歌》，尋求一點心靈上的慰藉罷了。就是這本。」鄭秋華從床邊書架上抽出一本書。「《The Bhagavad-Gītā》。英譯本。在現代買的。」

大搖大擺闖進臥房翻東翻西的特務。捧著戶口名簿到家裡問東問西的警察。腰間掛著鑰匙串，腳上穿著白皮鞋，在街心拉人的皮條客。少年的，進來坐吧，三十塊就夠了。老闆小姐！你們這裡的女孩子戶口都有登記吧。都要去登記喔！鄭太太！鄭小姐！你們鄭先生最近有沒有和你們聯絡？有的話要報告喔。夢煙。鄭秋華。一民專心翻著那本《Gītā》。

「近來他們跑得特別勤。總是問：你化工系畢了業，爲什麼不好好去找個工作，偏又去讀什麼哲學研究所。哲學系最近越鬧越離譜，你不知道嗎？你當助教，是誰推薦的？」

一民把那本《Gītā》遞給婉如，然後感慨地說：

「我們讀魯迅、讀《毛語錄》，都沒出事。你讀《薄伽梵歌》，竟然天天被騷擾。就只因爲你爸爸跟著謝雪紅跑到大陸去。世間也眞不公啊！」

「世間本來就不公。」婉如說。

「沒錯。我願略盡棉薄。只是，要寫些什麼呢？」敦敏說。

「只要告訴她我是多麼平凡、多麼純眞善良的人就可以了。別人玩什麼政治，我沒興趣。我到哲學系，只想讀讀存在主義和《薄伽梵歌》而已。總不能因爲魏文林他們鼓吹存在主義，就把存在主義打成洪水猛獸吧。我讀過沙特的《No Exit》和卡繆的《異鄉人》。很深刻、很動人啊！」

「你爸爸的事要不要提？」敦敏問。

「我看最好不要。」一民說。「老蔣怕死共產黨了。一提及謝雪紅，搞不好他由怕生恨，把你們說成爲匪張目，那就尿床換泄屎了。」

「不提我爸爸，那要怎麼解釋被境管局駁回的事呢？況且信是要寄給蔣夫人的，又不是要寄給蔣總統。」

「蔣夫人就不怕、不恨共產黨嗎？要不是張學良和周恩來，她安居蔣宋孔陳四大家族之一，天天呼風喚雨，何等顯赫、何等舒適！你這個 case 比起殷海光、李敖或魏文林都更難纏。通匪呢！通匪。」

「一民，你太誇張了。」婉如說。

「嗨呀！你不知道。殷海光、李敖、魏文林這些人都跳不出老蔣的手掌心。而共產黨可是隨時能置老蔣於死地的。八二三砲戰，記不記得？輕重緩急，你們以爲老蔣或蔣夫人會分不清嗎？」

鄭秋華把照片又拿到眼前，仔細端詳著，默然不語。婉如拍拍她肩膀，溫柔地安慰她說：

「不要洩氣。大家再仔細想想，辦法總會有的。」

說完，婉如把那本《Gītā》放回書架上去。大家一時鴉雀無聲。須臾，敦敏說道：

「炸醬麵我也吃了，我會慢慢替你設法的。」

說要設法，設什麼法呢？我又不是魯仲連。一書取聊城。在尤主任講了那幾句話就要被警告的社會裡，一封信能替一個共產黨員的女兒做什麼呢？

「我該怪我爸爸嗎？」鄭秋華問。

「大家恨的都是老蔣。」敦敏說。「不過老蔣會這麼做，大概也是因爲嚇壞了吧。」

「不。老蔣在大陸上北伐、清黨就殺人不眨眼了。」一民說。

「鄭秋華！我們再慢慢設法吧。」敦敏說。說完，他拉著婉如，走出房間。小翠俯在小藤几上，微微發出啜泣的聲音。她座位邊緣塞滿了大團小團的衛生紙。

「怎麼了？小翠。」婉如問。

「人家覺得傷心麼。」小翠抬起頭來回答。

「怎麼塞了一大堆衛生紙！你打翻杯子了是不是？」一民隨後走過來問。

小翠沒有回答。她流下眼淚，又啜泣了一陣。敦敏把一民拉到角落去，嘴巴湊到他耳邊輕聲說道：

「小翠覺得傷心。我們冷落她了。」

一民回到藤椅旁邊，雙手按在小翠肩膀上，徐徐說道：

「不要胡思亂想嘛。我還不是爲了你好。」

「婉如可以去聽，爲什麼人家就不可以！」

「這個麼。這個麼。以後你不要再點那個什麼十三經注疏，我就都讓你聽。好不好？」

「不理你了！」

「你活該。」婉如告訴一民。

「眞抱歉！讓你們爲了我的事吵架。」鄭秋華說。

「才不是爲了你的事呢。」一民說。說完，他拉著小翠說：「回學校去吧！」

大家剛要動身，鄭秋華她媽媽從另一間臥房裡走出來說道：

「以後多來玩喔。秋華她難得有朋友來。」是麼。難得有朋友來麼。

74 楊芳明

「這中國哲學史，你如果只從表面看的話，是看不透的。比如說，這儒家滿口仁義道德，骨子裡卻全是法家那一套術勢權謀。傳到今天，這國民黨天天說自己是民主政黨。其實，你如果用西方民主政黨的角度來看它的話，是看不透的。你得從黑道幫派的角度來看它才看得明白。」楊芳明說。哇噻！這些哲學系的，果然勇猛。不怕被告？「你們在座的職業學生們，剛剛我講的話不用去告了。那些話我在警總已經講過很多次，用不著你們去講。」魏文林說。這哲學系。我要眞的念哲學研究所，婉如會不會擔心呢？佑一會不會擔心呢？「把楊芳明押過來！」老蔣嘴裡嚼著檳榔，右腳踩在凳子上，憤怒地說。「老七！叫阿彬過來，把他小指頭給剁了。」阿彬來了，手上拿著西瓜刀。「跪下陪罪。」「我不跪！」「好小子，有種。我喜歡有種的貨色，像李敖那種。老七！拿把椅子讓他坐下。」楊芳明坐在椅子上。「你們這些窮酸書生，自以爲懂。其實懂個屁！說我在屏東亂搞。想我蔣幫，本是台北大稻埕的霸主，勢力直達整個台北的四分之一。沒想到一不小心，就被大龍峒竄起的鳥幫給打垮。這人心有多險惡，你們這些鳥書生知道嗎？這鳥幫在我蔣幫裡挑撥離間、見縫插針，無所不用其極。壞就壞在我蔣某一時沉迷財勢、所依非人，終於落得個江山不保的下場。我帶著親信，倉皇躲到屏東來。雖說敗軍之將不可言勇，我蔣幫對你們屏東難道沒有貢獻嗎？你們屏東人，只會種那個香蕉。一有颱風暴雨，就青天白日躺著餓。即使沒有颱風暴雨，賣給青果合作社，也要被剝幾層皮。逼不得已，你們就將女孩子讓人一車車載到楠梓加工區電子廠去做工。那些電子廠，說什麼上工有冷氣，待久了會得肺病的！我身邊那個阿霞，就是在楠梓做壞的。嬌滴滴一個女人，每天在我面前咳痰，像什麼樣子！我蔣幫來到屏東，徒眾五、七百人，單吃檳榔一樣，就夠養活你們幾千人。各地開張的摸摸茶、麻將館就更不用講了。你們自己仔細去看看，潮州、東港、恆春這些地方，最近不是比以前繁榮很多嗎？阿彬！拿痰盂來。」老蔣向痰盂裡吐了一口血淋淋的檳榔汁。「楊芳明！你又誣衊我，說我在小琉球、鵝鑾鼻、楓港、車城各地強占風水寶地。你說什麼瘋話！我蔣某信風水嗎？你以爲我蔣某跑來屏東是因爲屏東風水好嗎？無知！小琉球、鵝鑾鼻那些地方的別館都是以前日本達官顯要強占去的。我蔣某跑來屏東，有時難免心情鬱悶，需要有些地方去透透氣。你知道統治一個幫派有多辛苦嗎？你一硬，手下就怨恨。你一軟，手下就囂張。我需要有些地方去透透氣。而且，我都是用買的。你說我是半買半搶，那根本就誣衊我。你們這些鳥書生，除了誣衊人外還會什麼！而且，你們也不敢誣衊惹不起的。前一陣子屏東地方法院死了個姓杜的雇員，法院又幫他發動募捐，又派車替他老婆兒女搬家。這法院又不是慈善機構，怎麼會這麼仁義動天？還不就因爲那個姓杜的有個堂兄當軍法處處長。軍方的人，你們不敢得罪吧。你們那時講了什麼？你們這些鳥書生！最最可恨的是，你又誣衊我性好漁色。想我蔣某，小時候年少輕狂，自難免有些風流韻事。但是，自從我蔣幫在大稻埕奠定根基後，我就正正式式娶了個留美的大家閨秀。你說我性好漁色，我敢嗎？我今天爲什麼會弄個阿霞在身邊？說起來令人痛心。我睡的床是一張超大號的紅木雙人床，跟我老婆打起炮來十分舒服。誰想到我敗逃到屏東後才不到三個月，我老婆就拒絕跟我同房。作爲一幫之主，被老婆鄙視有多痛苦你知道嗎？我常常半夜三更從敗逃的噩夢中驚醒過來，全身濕淋淋的，和當初連夜涉過高屏溪時一模一樣。我於是拿起床頭電話，一個接一個打給那些喝我奶水、受我調教長大的心腹手下，想向他們傾訴敗逃之恨。誰想到，這群王八蛋好像故意躲我似的，一個個不是去摸摸茶就是去麻將館。有福知道同享，有難不肯同當。我老婆，誰知道她在哪裡、在幹什麼？諒她也不敢去偷男人。敢的話我把她狗男狗女都給做了。但是，當我半夜三更從敗逃的噩夢中驚醒過來，而發現我的心腹手下都在摸摸茶、麻將館裡逍遙時，我的痛苦你知道嗎？那個阿霞，在潮州的摸摸茶做小姐，是我在祕密視察時遇到的。佳冬人，聽說讀書時成績很好。我看她靈巧可愛，跟她聊了一陣，最後禁不住跟她談起傷心事來。她對我說：『你是領導人，要有眼光、有氣度。不順遂的事要忍。』被她一講，我才豁然發現自己的價值，不再覺得自己窩囊。什麼留美的大家閨秀。什麼心腹手下。有個鳥用！統統加起來都不如一個阿霞。可惜的是，她嬌滴滴一個女人，每天在我面前咳痰。那些加工區，有哪一點比我的摸摸茶、麻將館好！我口渴了，不再多講。今天就先放你回去。你在家裡閉門思過，好好想想我的話，不要老是腦袋一團狗屎。你們這些鳥書生，總是腦袋一團狗屎。」「你說夠了沒？」楊芳明問。「好小子！——算了，不跟你計較。老七！把他押出去。」寫信給宋美齡。眞叫我頭大。蔣會長鈞鑒？蔣宋會長鈞鑒？美齡會長鈞鑒？留美的。Dear Madam Chiang？下課後去請教楊芳明。他大概會說：幫主夫人大鑒。不。蔣大嫂大鑒。家父是蔣幫敗逃時跟到屏東去的。留下家母和我兩人住在迪化街。鳥幫限制我們行動，不准我們跨越淡水河一步。我也知道應該安分住在迪化街。但是，人家都說三重的蚵仔麵線很好吃。我也想去吃吃看啊！我每晚走到淡水河堤上，望著對岸的燈火，口水直流。所以我要寫信給大嫂您。沒想到這些事情都是顛倒錯亂、糾纏不清的。「進警總就進警總，沒什麼好怕的。你沒有民族主義，人家有民族主義。你沒有民生主義，人家有民生主義。民權主義，唯一一樣人家沒有的，你也沒有。一切都很清楚。單會弄個民族路、民權路、民生路做做樣子，有什麼用！那個釣魚台事件，你表了什麼樣的態！一切都很清楚。就是警總故意要把事情複雜化。什麼跟殷海光有什麼關係，跟李敖有什麼關係，跟雷震有什麼關係。甚至還問跟郭雨新有什麼關係。講得好像古往今來所有反對國民黨的人都串聯在一起似的。爲什麼不問我跟毛澤東、周恩來有什麼關係！我魏文林，敢作敢當。我就是看不慣你國民黨言行不一，天天講三民主義，卻天天搞資本主義、專制政治，親美媚日、數典忘祖。一切都很清楚。」都顛倒錯亂、糾纏不清。我不喜歡失敗就逃的人。所以我不同情令尊，也不同情你。你那麼想吃三重的蚵仔麵線，爲何不請同學幫你去買。你們一大群書生，想看《Time》、想看《Newsweek》，爲何不到美國新聞處圖書館去看。不是給你們開了一扇窗了嗎？這麼愚蠢。腦袋一團狗屎。眞的。連毛語錄都可以買到了，還抱怨什麼？都是一民。拉我去跟什麼鄭秋華吃飯。叫我幫她寫信給宋美齡。敢看不起蔣介石的女人，會正眼看你鄭秋華的信嗎？她每天會收到多少婦女同胞的信？婦聯會會長。旁邊一大群祕書。拿張「美齡用箋」，寫幾句安慰期勉的話。搞不好甚至是用印的。還會有別的嗎？老七！去跟你大哥講，叫他下條子給《中央日報》，登個報導。三峽少女孤苦無依，上書蔣夫人求助。蔣夫人親臨關懷，並致贈生活費一萬元。輸了就逃到屛東來。這種人我不屑跟他睡覺打炮。但是又不能出去找別人。這有損我娘家聲望。孤夜無伴守燈火，冷風對面吹。月娘笑阮憨大獃，被風騙不知。可恨那蔣某又去找了個阿霞，不用忍受這種痛苦。論出身、論教養、論姿色，我都比那蔣某好上百倍、千倍。爲什麼我會一失足成千古恨，落得這般下場！蔣介石的不滿。宋美齡的不滿。魏文林的不滿。楊芳明的不滿。鄭秋華的不滿。不。秋華甚至連不滿都不敢。她只敢卑下地寫信求助。她只敢每天研讀《The Bhagavad-Gītā》，尋求心靈的慰藉。Arjuna的痛苦，秋華能逃脫嗎？Arjuna的痛苦，蔣介石知不知道？宋美齡知不知道？魏文林知不知道？楊芳明知不知道？楊芳明走了。老蔣叫道：「老七！叫阿彬去泡壺凍頂烏龍給我。我潤潤喉，你們換去押魏文林來，我來嚇嚇他。我今天要出出被老婆鄙視的鳥氣。老七！老五、老六呢？這兩個王八蛋，最近一直躲著我。想在摸摸茶、麻將館裡混?沒那麼便宜!找人去把他們叫來見我。以後就專叫他們來管楊芳明、魏文林這票人,讓他們有得受。」

75 父親之死

新房子蓋好,他終於心甘情願走了吧。他這一生,做了什麼?趴在床沿不停咳痰。把棉被拉過頭頂,像貓一樣拱著背睡。把手中的衣服摔到院子裡,然後坐到餐桌前的凳子上喘氣。他這一走,留下什麼?我揮一揮衣袖,不帶走一片雲彩。不留下一片雲彩。敦敏一進門,就看到一具大棺材停在客廳裡,看到一塊白布橫幅懸在供桌上。駕鶴西歸。國大代表佘叢。準是弘銘。

「你不要小看這塊白布。都是因爲佘代表常來廟裡,大家有點交情。而且禮包了一千塊呢!」弘銘對佑一說。

「反正你比較發,不用在乎。」佑一說。

「輸人不輸陣。這種場合不弄光彩點,活著的人會沒面子。」弘銘又說。

弘銘剛說完,台中姑媽就慌慌張張跑進來大聲喊道:

「大嫂!大嫂!不得了了。阿鳳呼天搶地,從青雲路那邊爬過來呢。要不要叫人去勸勸她?可憐喔,哭成這個樣子。」

「三八!她生成要這麼哭的。進了門就好了。勸什麼?」母親從廚房走出來說。

阿鳳的哀號漸漸靠近。不久,她果然靜靜走進門來,不哭了。門口愣愣站著三個小孩。是杜明道、杜明德、杜明慧。杜明慧旁邊站著個男人。哦!黑襯衫,黑西褲,白皮鞋,還繫了一、兩寸寬的褲帶。

「阿母！阿贊也要給多桑披麻帶孝。」阿鳳說。

「既然他有這份心，就照他意思吧。來！阿贊，進來。」母親舉手招招那個男人。

阿贊走進門來。佑一站起身對他說：

「怎麼？你是在王懷義買父是不是？非親非故的，披什麼麻帶什麼孝？」

「阿母！你看！佑一講話這麼沒分寸。這是什麼時候——」

「不用急。我給你作主。」

「這是什麼樹枝下撿回來的——」佑一說。

「你才是樹枝下撿回來的。」母親說。

「我究竟是不是你們的孩子？你們告訴我！」佑一跪在兩老面前激動地問。「是又怎樣？」兩老回答。「你才是樹枝下撿回來的。」母親說。

「阿玉！過去阿勉那邊找你大姊，叫她跟阿勉一起去米市街訂一班五子哭墓的，明天來唱一唱。」母親對台中姑媽說。

「五子哭墓的?!」佑一又站了起來。

「五子哭墓的又怎樣！你多桑才不在，棺材都還沒抬出門，你就處處忤逆我。阿福！你來替你大哥管管這個不孝子！」

一位長得跟父親一模一樣的老者從廚房走了出來。是阿福叔。

「你母親從年輕時就這個樣。你讓讓她。」阿福叔輕聲對佑一說。

「好啊，許仔福。以爲你改了。從年輕時就跟你們孫仔治刻薄我。說我從年輕時就這個樣。什麼樣！你爲什麼不早跟你們孫仔治一齊死了算了！我歹命——我歹命——」母親哭著，就用頭去撞棺材，撞得砰砰作響。

「二哥！你這什麼時候，幹麼惹大嫂生氣。快給大嫂陪不是。啊你這個佑一，枉費你父親從小疼你。跪下！快跪下！萬一你母親有個三長兩短，你父親走都不甘心。」台中姑媽說。

「她死了丈夫。我死了父親。她跩什麼！」佑一說。

「不孝！」「不孝！」「不孝！」一聲。兩聲。N聲。彰化姑媽點著。台中姑媽點著。阿鳳點著。弘銘點著。順德點著。惠雪點著。阿贊點著。點著。點著。點著。阿清揹著詠晴，出現在門口。「佑一！佑一！我們回去！」「用不著。我不怕。這些罪惡的手指，能點死我嗎？叫月紅把那陰蝨撒一把在他們身上，剋剋他們的陰氣。」王懷義買父。五子哭墓。

我歹命。我歹命。

你死了。自先行。

父親在漆黑的荒野裡孤身走著。兒女親人忙著吵架，沒人送行。父親回身抬頭四望。親人呀！你們在何方？父親把大棺材夾在腋下。他聽到砰砰的聲響。長夜方漫漫，空歌親情斷。這眼前一程又一程，夾著大棺材，要走到何時？彰化姑媽停著。台中姑媽停著。阿鳳停著。弘銘停著。順德停著。惠雪停著。阿贊停著。停著。停著。停著。停著。停格。一切慢慢消褪在青煙之中。

里長陳開始唸道：「許君諱吉，福建泉州錢江人也。其先以清高宗乾隆皇帝十七年渡海遷鹿，迄於君六世矣。君生於民前六年九月十二日，卒於民六十年八月四日寅時三刻，享年六十又七歲。業木，曾獲吾鹿木業工會窗框一等獎、供桌二等獎等殊榮……夫人劉氏，舉案齊眉、鶼鰈情深。子佑一，成衣製造商；弘銘，石雕包工；順德，西藥商；敦敏，聯考榜首。皆長幼有序，孝德動天……蓋夫許君之居吾鹿也，鄉黨賴以知框桌之美盛，親友賴以知家業之紛縕……」

佑一跪著。弘銘跪著。順德跪著。敦敏跪著。阿鳳跪著。惠雪跪著。阿贊跪著。阿清跪著。玉英跪著……。

我歹命。我歹命。
你死了。自先行。

天上的明月光啊！照在那窗兒外。
爲什麼，窗不開。
我在窗外獨徘徊。
我對著窗兒問呀！莫不是人已睡？
要不是爲了她已睡，爲什麼窗不開？

天上的明月光啊！照在那窗兒外。
你不要，費疑猜。
窗裡人也沒有睡。
我不是睡不穩呀！只因爲你要來。

我守在窗外來等待，所以以窗不開。

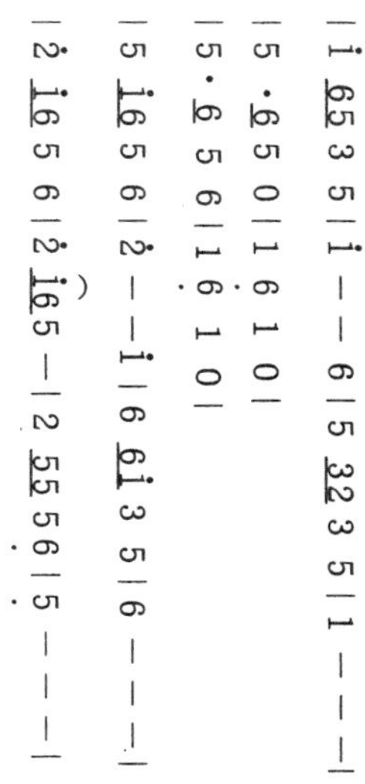

Key = C 4/4

1̇ 65 3 5	1̇ — — 6	5 32 3 5	1 — — —
5 ·65 0	1 6̣ 1 0
5·6 5 6	1 6̣ 1 0
5 1̇6 5 6	2̇ — —1̇	6 61̇ 3 5	6 — — —
2̇ 1̇6 5 6	2̇ 1̇6 5 —	2 55 5 6̣	5̣ — — —

鹹稀飯在大鍋裡。惠雪搶先拿起勺子往鍋裡舀菜舀飯。五花肉絲和鹹蝦米。左右流之。左右流之。

「三八！那麼多人，你在那邊揀什麼！」彰化姑媽大聲喝斥。

「這個嬈尻川，越讀越懵懂。大學不用跟人家去考了。」母親說。

惠雪躲到一角去吃。順德接了上去。

「這麼肥，怎麼吃！」他說。

「廢人！嫌肉肥，去吃鹹小卷。」母親說。

「算了。算了。出喪後再去漢玉吃盤烤文蛤。」

一箱箱胃王堆在惠雪身邊牆腳下。惠雪彎腿打算坐在最旁邊的一只箱子上。

「唉喲！飯碗呢。這樣坐上去！」順德大聲喊。

飯碗呢。這樣坐上去！敦敏舀了一碗鹹稀飯，捧到客廳裡。

「餵詠晴吃。」他告訴阿清。

佑一坐在牆邊，盯著棺材看。

三尺六的棺材，門拆著還幾乎抬不出去。佑一披著麻帶著孝。弘銘披著麻帶著孝。順德披著麻帶著孝……阿贊披著麻帶著孝。黑襯衫，黑西褲，白皮鞋，還繫了一、兩寸寬的褲帶。王懷義買父。

天上的明月光啊！照在那窗兒外。

爲什麼，窗不開。

我在窗外獨徘徊。

我對著窗兒問呀！莫不是人已睡？

要不是爲了她已睡，爲什麼窗不開？

竹圍仔。新塚。一鏟。兩鏟。三鏟。四鏟。阿贊披著麻帶著孝。黑襯衫，黑西褲，白皮鞋，還繫了一、兩寸寬的褲帶。這裡是狐狸窟。我們家的黃金甕子都葬到這裡來了。我把阿鳳賣了，賣了一千元。我罵佑一大頭家，閹雞趁風飛。我帶弘銘去光復大酒家，去讓美美搓小鳥。我罵順德姦恁娘，嫌番薯難吃。我沒有爲敦敏洗衣。我沒有爲惠雪煮飯。你們，都恨我吧。你們不說我也知道。我不怪你們，不怪你們。我只恨你們那姦他娘的阿母。我孤零零一個人走在黑漆漆的荒野裡。她不來送，也不讓你們來送。忙著吵架。吵了一輩子了，到今天還吵不完！前路杳杳，黑河悠悠。今日一別，永世難留。佑一、弘銘、順德、敦敏、阿鳳、惠雪，我們就在這奈何橋頭別了吧。別了吧。我抬頭四望。親人呀！你們在何方？我坐上棺材，渡過黑河。我就要投向那百年孤寂的來世。佑一，來世我做你孫子，爲你擦背洗腳。敦敏，你學佛，你爲我求個安和的來世吧。

阿贊披著麻帶著孝。黑襯衫，黑西褲，白皮鞋，還繫了一、兩寸寬的褲帶。

天上的明月光啊！照在那窗兒外。
爲什麼，窗不開。
我在窗外獨徘徊。
我對著窗兒問呀！莫不是人已睡？
要不是爲了她已睡，爲什麼窗不開？

76 王觀瀾

景公泣牛山。這是王公大人之不欲死。要等到蓋好新房子。這是街坊無賴之不欲死。不能比奶奶先走。這是反蔣志士之不欲死。

「一個魏文林，一個王觀瀾，一個楊芳明。眞的就這麼可怕嗎？」敦敏問。

「你記不記得太平天國？秀才造反有時也蠻厲害的。」赤牛答。

「難怪國民黨會抓鴨蛋教，是不是？」

「沒錯。鴨蛋教放著不管，就會變白蓮教。白蓮教放著不管，就會變拜上帝會。所以要杜漸防微。國民黨、共產黨剛開始時不就是拜上帝會嗎？」

「所以要防到存在主義、老莊列哲學，是不是？」

「我不懂什麼存在主義。至於老莊列麼，確實要防。『聖人不仁，以百姓爲芻狗。』『法令滋章，而盜賊多有。』『聖人不死，大盜不止……竊鉤者誅，竊國者爲諸侯。』這種話會是獨裁者喜歡聽的嗎？講老莊列是軟性造反。」

「你講話怎麼跟一民這麼像？」

「像什麼？」

「上次一民——」敦敏猶豫了一下，然後改口說道：「一民老提什麼通匪、通匪的，你又提軟性造反，聽起來怪不對勁的。」

「這叫警總語言。」

「警總的腳步這麼近了嗎？」

「我肚子很餓，要先去吃飯了。你自己去等婉如吧。」

敦敏在文二十外面的一簇杜鵑花邊坐下。不能比奶奶先走。「我一聽說要照相，馬上一陣茫然，然後就想起我奶奶。」王觀瀾說。「進警總就進警總，沒什麼好怕的。」魏文林說。「你們換去押魏文林來，我來嚇嚇他。」老蔣說。「我們先押王觀瀾來。」老五、老六說。「我一進警總，他們就把我押入地下室去。很有氣派的一片地下室。走道三穿四拐。道旁都是水泥隔間、鋼條門窗的囚房。他們——一個少校、一個上尉——把我押到二〇七囚房。房裡一個上校冷峻地坐在一張桌子旁，他右邊的桌沿夾著一盞日光燈。他們把我押到那上校對面坐下，把日光燈對準我，然後走了。『你哪裡人？幾年幾月幾日生？……』那上校開始審訊我。我平心靜氣回答。」婉如下課了。西洋文化史。大家都睡覺。我去年也睡過。于莉也睡。

「你又在想什麼？」婉如走近來問。

「早上去王觀瀾研究室，他告訴我們他在警總的故事。」敦敏站起來回答。

「有趣嗎？」

「有趣。」

「說！」

「他說一個上校審訊他，審訊完後一邊按鈴叫人，一邊告訴他說：『準備照相！』他一聽說要照相，馬上一陣茫然，然後就想起他奶奶。你知道爲什麼嗎？因爲電影裡頭那些死刑犯行刑前都會先拍照存檔。他以爲再也見不到他奶奶了呢。」

「他怕不怕？」

「不知道。他只說一陣茫然。」

「反對國民黨，爲的不是一個死字。如果因此死了，就太不值得了。」

「大概只是嚇嚇他而已吧。上次一民不是說老蔣沒那麼擔心他們這些人嗎？」

「說是這麼說，李敖還不是被抓進去關了這麼久。」

李敖。二〇七囚房。照相。

Non je ne me sens plus là
Moi-mème Je suis le quinze de la Onzième
Dans une fosse comme un ours

Chaque matin je me promène
Tournons tournons tournons toujours
Le ciel est bleu comme une chaîne
Dans une fosse comme un ours
Chaque matin je me promène
que deviendrai-je
ô Dieu……

把他緊緊綁在竹叢下，過個十天八天，竹筍長出了，那筍尖就直往他肛門裡長，準讓他痛得叫爹叫娘，一命嗚呼哀哉。要敢。要行。還要乖。不然就跟你比狠。

「爲什麼世間有徐薇那種人，又偏有魏文林、王觀瀾、尤承志這種人呢？」敦敏問。

「不理你。讓你去想個夠。」婉如答。

「你讀過 Apollinaire 的〈À la Santé〉嗎？」敦敏又問。

「沒有。人家學問沒那麼大。」婉如答。

「怎麼又像小翠了？」

「眞像小翠的話，算便宜了你。」

笑給你看，讓你沒轍。

「去白玉光吃煎蛋三明治，怎麼樣？」敦敏笑著問。

「虧你笑得出來。」婉如邊說邊捏了一下敦敏臂膀。

白玉光的煎蛋三明治，六塊錢。快活林的炸醬麵，七塊錢。七塊錢就去捋虎鬚。天下之士。魏文林？徐薇？我？信終於擬好了。

「給蔣夫人的信我草稿寫好了。」

「你怎麼稱呼的？」

「美齡會長鈞鑑。」

「有點肉麻。」

「他們當官當久的都喜歡這種封建稱呼。老蔣演講不是一天到晚中正怎樣中正怎樣嗎？『雲從龍，風從虎。』老蔣、宋美齡這種人會聚在一塊。魏文林、王觀瀾、秋華這種人也自然會聚在一塊。」

「秋華不一樣。她沒做什麼，也沒說什麼。」

「就像一民說的，父親投共比說了什麼要嚴重幾倍。」

「假如——假如她爸爸回來向國民黨投誠的話，會怎樣呢？」

「這個麼。那個王朝天。你還記得嗎？」

關起來！統統關起來！膽敢把我蔣某關在那驪山下！我還能相信什麼人？把抓得到的統統都關起來！張學良、周恩來、毛澤東、朱德、謝雪紅、王朝天……這麼多叛亂分子！我蔣某何其不幸，走到哪裡都會遇上叛亂分子。離心離德。這就叫離心離德。監獄都爆滿了？傳我的話。那些貪財漁色的放些出去。好財好色是人之常情，關那麼久幹麼。優先關叛亂分子。監獄不夠就多蓋幾座。景美、新店那邊不是還地廣人稀嗎？就蓋在那邊。與其蓋別墅給那群王八蛋住，不如多蓋些監獄來關叛亂分子。那群王八蛋。要不是得靠他們來維繫法統，就隨他們去過野狗生活。竟然敢勒索我！多蓋幾座監獄。

下次誰敢再撒野，就把他打成準叛亂分子，也關進去。監獄這麼多。是報復呢？還是防範？杜漸防微。二○七號囚房。二○七之一三。Le quinze de la Onzième。竹叢下。羅生門。進警總就進警總。有什麼好怕的。你沒有民權主義。有。我有。不是全台灣都在舉行選舉嗎？魏文林他們住在台北，可能還沒有看過最離譜的呢。里長陳帶者里幹事挨家挨戶收印章、身分證去鎮公所投票。何必做票呢？宜蘭那邊是個怪地方。欸。

「怎麼跑到傅園來了？大白天就要約會。」敦敏問。

「約你個大頭鬼！想夠了吧？」婉如答。

「今天想到監獄，心裡有點煩亂。」

「我看你不像是能承受政治是非的人。以後就少去管那些事吧。」

「赤牛也這麼說過。但其實我並沒有介入什麼政治是非。」

「我看你乾脆去學徐薇好了。」

「你說真的？」

「不然就去學于莉或海義。人家立意堅定。來來來，來台大。去去去，去美國。」

「沒那個命。」

「我上聖經文學，讀到一段說：And from the days of John the Baptist until now the kingdom of heaven suffereth violence, and the violent take it by force。可見命是自己爭取來的。」

「再說吧。警總的腳步這麼近了嗎？」

「什麼？」

「我想暫時不要再到哲學系上課好了。考前再去向一民和秋華借筆記來看。」

「這樣也好。」

「好吧！去白玉光吧。」

77 惠雪來信

敦敏兄：

一下子就畢業好幾個月了。父親葬禮那天沒機會跟你聊聊。一下子就畢業好幾個月了。一個學校也沒考上，那是我自己的錯。母親無時無刻嬈尻川來嬈尻川去，弄到後來，我就覺得自己眞的是嬈尻川了。嬈尻川讀什麼大學呢？說我嬈，我也還沒像阿鳳那樣跑去當酒家女。母親不喜歡女兒嬈，爲什麼對阿鳳反而那麼好呢？天天帶那個阿贊回來。說要資助順德做生意。天天和順德一起去漢玉吃。我吃到懂事，從來沒有看過比他們更不要臉的人。我多麼希望離開鹿港啊！但是我一個學校也沒考上，要去哪裡呢？還好黃添財退伍了。他考上了稅務特考，在松山機場海關上班，他說等賺足了聘金就要和我結婚。母親他們都看不起他，說當公務員賺不到什麼錢。但是順德做生意，又賺到什麼錢了呢？這幾個月來，我只見他每個月下一次嘉義、台南、高雄去推銷胃王，或者順便收帳。收來的錢大概都去漢玉吃光了。我沒看過佑一和弘銘怎麼做生意。要是都像順德的話，那做生意也就太簡單了。你還記得嗎？那個里長陳，煞有介事地說順德是西藥商呢。商。商。商。錢。錢。錢。也難怪。我一在家裡閒下來，馬上就感受到錢的壓力。母親說，她沒辦法養我一輩子。意思是什麼，夠清楚了。說實在，我也直到最近才醒悟到，有人一直辛勤在撐這個家。要不然，父親、母親什麼都不做，一家人早就餓死了。那究竟是誰在撐這個家呢？我覺得我很愚蠢。只因被罵嬈尻川，就振作不起來。聯考就在眼前，還天天看電視影集。但是我也沒辦法。背那些不平等條約，想那些 *sin* 、*cos* ，就已經一個頭兩個大了，還要無時無刻被罵嬈尻川。母親從來不會當面罵阿鳳嬈尻川。那個阿贊，更不曉得是怎樣奉承母親的。說喜歡吃稀飯，而母親竟然就每次都特別煮稀飯。這樣還不夠，他三不五時就拉順德去漢玉，說漢玉的海鮮稀飯好吃。這兩個人，都不要臉。

說起那個阿贊，還有一件可笑的事。這一兩個月來，母親每晚都作噩夢，夢見父親在閻羅王面前控訴她。又夢見父親的遺像哐啷作響。每次都夢到滿頭大汗、心跳奔騰才驚醒過來。於是那個阿贊就向母親獻策，叫母親把父親的遺像收起來。接著，他又說牆上只掛佑一、弘銘的照片不好，隔週就拿來一幅他摟著阿鳳的照片，掛在佑一前面。有一天，阿勉過來串門子，看了照片，大聲叫說：唉喲！這麼臭腥的照片也掛得出來。丟人現眼喔，丟人現眼。馬屁精。難得有人來羞辱他一番。以前讀過一個成語，叫什麼牝雞司晨。這一陣子家裡算是牝雞的姘夫在司晨了。記得父親出葬前佑一曾爲了阿贊的事和母親吵架，我也現在才懂得爲什麼。

還好黃添財退伍了。比起那個阿贊，黃添財要好太多了。他雖然粗魯，卻很老實，而且很孝順。我去過他們崙背幾次，每次他母親都津津樂道地說：添財很孝順喔。以後你嫁給他，一定很幸福。可是，要到什麼時候才能賺足聘金呢？弘銘、佑一結婚的時候包了多少聘金呢？母親不喜歡他，一定向他開大口。搞不好開出一個賣女兒的數目。以前還沒有阿贊的時候，母親有時候會說，阿鳳是被父親賣了的。現在沒有父親了，會不會換母親跳出來賣我呢？有一次我和黃添財談起這件事，他大聲大氣地就說，他們崙背人窮到鬼要抓去，也沒聽說有賣女兒的。如果母親眞要賣我，他就帶我私奔。

母親爲什麼會怕父親？都是因爲心虛。以前沒有阿贊的時候，父親牙齒掉光了，要吃稀飯。母親就說：全家都要吃乾飯，你偏要吃稀飯，要吃自己去煮。還有父親只吃得動蔭瓜，母親卻偏要買鹹小卷。吃飯的時候，父親常常蹲在長凳上，一邊瞪著鹹小卷，一邊嚥口水。我要是敢對黃添財這樣，一定被他打死。父親爲什麼會這麼軟弱呢？非得等到成了鬼才強悍起來。

還有一件我想不通的事是阿鳳如何變成母親的新寵。姊夫剛死的時候，阿鳳把杜明道、杜明德帶回鹿港來。杜明慧大概是帶到台中姑媽那邊去了。聽阿勉說，台中姑媽到處告訴人家說，她因爲同情阿鳳處境，所以心甘情願替阿鳳看小孩。其實呢，阿鳳是欠了台中姑丈人情債，不得不把杜明慧送去幫他們看家。阿鳳每次看到杜明慧孤零零一個人坐在台中姑媽家門口，就萬箭穿心。沒想到，她從台中回鹿港來，更加萬箭穿心。你知道，母親喜歡乖巧眼睛亮的人。而那個杜明德，天生賊性，既不乖巧，又不眼亮，竟然連隨著父親討吃稀飯都敢。母親會如何對他，你就可想而知了。然後，母親又要裝仁慈。她放著讓順德去修理杜明德，自己只會絮絮叨叨唸著說：大孱孨，又不認憨。順德用掃帚藤抽杜明德腿仁。抽得杜明德四處亂跳。有一次，他跳到阿勉家古井邊去，阿勉當著順德的面把他拉到家裡，指著母親鼻子說：恁這口灶，母舅天天打外甥，也不怕傳出去難聽。母親聽了大怒說：你們家三八珍土沙糞屑什麼都好。我們家那個三八珍你也想拐去做寶嗎？你對她講我什麼壞話，別以爲我不知道。過了三、四個禮拜，阿鳳就回來把杜明道、杜明德帶去台中了。臨走前，她拿出一條金項鍊來，默默爲母親戴上。難道靠的就是那條金項鍊嗎？後來母親去溫府王爺廟拜拜時還特地戴了去呢。手上還戴滿指環。都是阿鳳送的嗎？如果是的話，爲何先前會對阿鳳那麼不好呢？不管如何，以後阿鳳就開始帶阿贊回來，然後越來越得寵了。黃添財對我說，如果他是母親的話，一看到阿鳳拿出那條項鍊來，他當場就羞憤自盡。

阿鳳是狠角色，母親也是狠角色。他叫我暫時就當作寄人籬下一般，諸事少管。看起來他當了兵以後比較不像以前那麼草猴了呢。但是我會痛苦啊。怎麼能諸事少管。尤其聯考放榜後，我痛定思痛，好像頓時多長出一雙眼睛似的，以前不會去留心的事，現在都會去留心了。話說回來，留心到什麼也只能跟你或黃添財提提罷了。

父親死時，見到了玉英。她很憔悴，很可憐，不知你留心到了沒有。這麼多年來，一直忘不了和她去買菜吃湯圓的事。那湯圓。我多捨不得吃！這麼多年來，從來沒有碰過更愉快的事。不知她和弘銘處得怎麼樣。如果處得好，爲什麼會那麼憔悴呢？要說憔悴，阿鳳也很憔悴。我有時候照照鏡子，發現自己也很憔悴。全家女人，只有母親不憔悴。她老是雙眼炯炯有神。我有時候正眼看看她，看了就怕。想來父親怕她也不是沒理由的。高三的時候讀過詩經裡的蓼莪，說什麼哀哀父母，生我劬勞。我這麼講母親，是不是很不孝呢？

好了。沒想到一下子就扯了這麼多。　祝你快樂！

惠雪　敬上　十二月六日

終於能自己走路了。只是，能忍耐多久呢？都等待黃添財快點賺足聘金了。對於所有的X與Y，X都恨Y，Y也都恨X。加進阿贊和黃添財。也無法改變這綿亙數十年的局勢。能怎麼樣？逃吧。叫黃添財在海關多賺點孫中山。用孫中山疊成一把梯子，登上梯子上天堂去。看她有沒有這個命。

78 聚餐

「今天我們在這裡，是大聚義。」侯雲生說。

「聚什麼鳥義！是來做鳥獸散的。」一民說。

「別講得這麼難聽。畢業聚餐就是畢業聚餐。」赤牛說。

「敦敏，一民，赤牛。你們三個要上研究所，好事都被你們占盡了。」侯雲生說。

「是你見財輕友，看到中國國際商業銀行那張聘書，就黏在臉上，四、五個人剝不下來。」一民說。

「我們再怎麼講，也沒一個比得上海義。出國呢！當了兵回來立刻就出國。」赤牛說。

海義突然紅了眼眶，掉下淚來。

「要能選擇，我寧可留在台大念研究所。」他說。

「幹麼？怎麼了？」一民問。

「我爸說老蔣把他們當狗一般看待。如果不是爲了法統，早就把他們趕到台北橋下當野狗去了。我這一出國，學留不說，爲了PR，爲了公民權，如果跟狗睡覺能有助益，我馬上就睡給大家看。」海義憤憤地說。

「于莉她爸不也是狗嗎？」侯雲生說。

「狗也有得人疼和不得人疼的。」海義說。

「不要盡談狗，談人吧。」敦敏說。

「趁著婉如、小翠沒在，講些好聽的。」侯雲生說。「我這三年最遺憾的事就是婉如被敦敏搶走了。」

「你不是有胸前偉大的卓惠芬嗎？」

「還提她。老實說，外文系那些漂亮女生都要出國了。連卓惠芬那種襯衫裡頭塞兩個蘋果的也要去。由于莉帶頭。向前看齊。向前看。報數！一、二、三、四、五……N。」

「我看你喜歡女兵。你乾脆到政戰學校去管那些女兵吧。」一民說。

「你們哲學系有個烏若，一邊就在政戰學校教呢。豆腐吃到吐。」赤牛說。

「炸醬麵一份！」「三鮮麵一份！」……乖乖。炸醬麵一份。七塊錢。給蔣夫人的信。以後才不能外露。假如哪一天老蔣要嚇我。先吐口檳榔汁，然後用凍頂烏龍茶嗽口，然後把泥漿般的茶汁噴在我臉上。七塊錢。不過秋華也實在可憐。暫時不要去管扯上政治的事。就這樣。沒錯。

「敦敏！你不要又想東想西。告訴你，你和一民最幸福了。好好去享受你的婉如吧。要不然，假如婉如在場，我立刻向她下跪，橫刀奪愛。你不知道婉如被你搶去以後，我有多狼狽。先是那個胸前偉大的卓惠芬，然後是平板族的李巧英，然後又是平板族的劉潔，然後是……交多少個女朋友就有多痛苦。」

「摸過那麼多女生，我們好羨慕呢！」一民說。

「跟你換個小翠好不好？」

「小翠又不是婉如。」

「算了。不講了。」

「你去中國商銀，鈔票數到手發痠，不比數女生差吧。」

「侯雲生，中國商銀很不錯。先別妄自菲薄。倒是一民和敦敏，據說哲學系越來越不平靜，你們要如何自處呢？」赤牛問。

「自己讀讀書，不管他們幹什麼。」敦敏說。

「我才不這麼乖呢。把《毛語錄》拿出來示眾。」一民說。

「你想和現代老闆一起去赴死是不是？」赤牛問。

「假如他們敢再胡亂整人。」一民說。

海義紅著眼眶說：「你們這麼講，好像台大是你們的了。我好歹也在這裡讀了四年書。」

「你想留下什麼？」赤牛問。

「我想利用休假時間回來讀一遍《毛語錄》。」

「好！」

「你看！我勸敦敏好好享受婉如；赤牛要海義回來讀《毛語錄》。眞是天大的差別待遇啊！」

「人各有志，你不要囉唆。」赤牛說。

「炸醬麵好了沒？」七塊錢的炸醬麵。已經吃了，還能怎樣？美齡會長鈞鑑。美齡近日身體欠安，不能親自給勞苦大眾回函。三峽的孤女。即使是印的也無影無蹤。要不要再寫一次呢？不用了。一則絕無下文，一則擔心受怕。我還是多多享受我的婉如吧。還好這頓飯沒有請她們幾位女生來，要不然準鬧得天昏地暗。小翠會怎樣呢？跟著個和赤牛一樣天生反骨的一民。婉如呢？跟著個臨陣脫逃的我。

「來吧！大家舉起啤酒，祝海義當兵順利、出國順利。也祝敦敏、一民的貴寶眷順利。」赤牛說。「缺錢的可以找侯雲生。」

大家走到傅園。又是傅園。我眞的是個臨陣脫逃的人嗎？I am Aeneas. I am Paul. Aeneas 和 Paul 的任務只是來理解台大哲學系政治問題有多嚴重嗎？不是。台大哲學系只是個開端。罵老蔣能取代打坐嗎？眞如裡有七元的炸醬麵嗎？假如老蔣眞的在屏東開麻將館和摸摸茶，老而不死，《金剛經》裡有懲處他的辦法嗎？什麼藥能治月紅的陰蝨？什麼藥能治順德的懶惰？

「婉如、小翠，你們來了。秋華呢？」一民問。

「秋華在値班。」小翠說。

「敦敏！你喝了酒對不對？臉這麼紅。」婉如問。

「中午喝酒，又不會影響到晚上。」敦敏訕訕地回答。

「你晚上都幹些什麼？」侯雲生問。

「沒什麼。你不是勸我多享受享受婉如嗎？別進一步胡亂問！」

79 打坐

再試一次雙盤。哎！筋要斷了。還是不行。要不要再試呢？算了。就單盤吧。眼觀鼻，鼻觀心。眼觀鼻，鼻觀心。諸行無常。諸法無我。涅槃寂靜。苦。苦。滅。滅。所以呢？道。不淫邪。白骨觀法。白骨。父親的白骨躺在破爛的大棺材裡。瘦得鬼要抓去似的。眞的抓去了。只剩下白骨躺在破爛的大棺材裡。爭大棺材。爭新房子。有什麼好爭的？咦。不對。重點不是父親的白骨。于莉那有著淡淡雀斑的臉龐、白酥的乳房、豐實的屁股，下面掛著兩條白骨。婉如燦爛的笑容。啊！多可怕。美目盼兮。巧笑倩兮。春日初綻的木棉花。淡淡的雀斑。天下之美，莫過於此。爲什麼都要換成白骨？不要胡思亂想。眼觀鼻，鼻觀心。因陀羅網。無窮無盡晶瑩剔透的珠閃耀著自己的光，閃耀著由別的珠攝進自己的光，閃耀著從自己投射到別的珠上、在珠與珠之間無窮無盡互相投射、互相攝取、最後又投射回到自己身上的光。一個光輝璀璨的珠的世界、光的世界，剎那不停地展現著、變化著。只有展現，沒有能展現者，沒有所展現者。如是如是，一念悟就是佛，一念迷就是衆生。我。我。我所。執。欲。輕輕捲下婉如絲襪，悠悠徜徉於她柔嫩溫暖的大腿上。忘我。悟。爲什麼不可以？我裡面有我，有婉如，有佑一，有赤牛，有母親，有海義，有……。婉如裡面有婉如，有我，有她爸媽，有她哥，有赤牛，有小翠，有……。小翠裡面有小翠，有一民，有婉如，有……。如是如是，我與婉如是一體的。我中有她，她中有我。悠悠徜徉於她柔嫩溫暖的大腿上，爲什麼不可以？五色令人目盲，五音令人耳聾，五味令人口爽，馳騁畋獵令人心發狂。如此一來，惠崇、文同、貝多芬、柴可夫斯基都得丟到廁所去了，更何況是婉如的大腿。乳房大腿，令人老二一翹。這不通人情，不好。發乎情而止乎禮義。這好。但是，哪裡是情、哪裡是禮義？牽手是情，合不合禮義？摸乳房、摸大腿、摸陰毛是情，合不合禮義？摸乳房。變成肋骨。多噁心。白骨觀法。但是，是這些問題讓我困惑嗎？是嗎？把小芳帶到碧潭山上，藏進杜鵑花叢裡，一手摸她乳房一手摸她陰毛，只因頂著褲襠的老二在作怪。我會帶著罪惡感跳進淡水河。我不是父親。我不是弘銘。我不會讓人家亂搓我老二。但是，婉如是我的愛人，是我要廝守終身的人。爲什麼？爲什麼？「你和婉如交往這麼多年了，也該做個決定了吧。」「話是沒錯。但是我跟她越親近就越覺得不自在，我不知道——」「男女交往久了會有一些肉體上的接觸，這是很自然的，幹麼要不自在。莫非你想做佛？」「我不知道——」「你是婉如唯一的男人。我可不許你始亂終棄哦。」「我沒和她亂過。」「就她來說，摸大腿就是亂了。難道你沒摸過她大腿！」哎！筋要斷了。換腿盤。我這樣心猿意馬地坐，會不會走火入魔？還是得繼續坐下去。就是爲了治這心猿意馬才要坐。眼觀鼻，鼻觀心。于莉豐實的屁股下面掛著兩條白骨。和于莉跳三貼。老二翹起來夾在兩條白骨間。于莉到美國去了。變成白骨出沒於印第安那大學校園。美國大鼻子會用白肉觀法，把于莉的白骨還原成有著淡淡雀斑的臉龐、白酥的乳房、豐實的屁股和兩條又嫩又暖的腿。咳！假如我能帶著婉如去美國。我要坐上氣球，飄洋過海，降落在法國鄉間的葡萄園裡。帶著個鄉下姑娘。她叫什麼？叫 Christine。好，帶著 Christine，搭上巴士，到一個不知名的小鎮，在露天咖啡座上喝咖啡、聊天、親吻、摸大腿，沒有家、沒有學校、沒有國民身分證、沒有因陀羅網，只有我和 Christine，喝咖啡、聊天、親吻、摸大腿，一點也不覺得不自在。家、學校、國民身分證、因陀羅網，是哪一樣讓我覺得不自在？父親？溪湖、彰化、鹿港到處玩。弘銘？到今日百貨去吃當歸鴨。阿鳳，叫酒女亂搓弘銘老二。母親？罵我起狷，罵我祖先黃金甕子葬在狐狸窟裡。佑一？是道德家。龔凱？姓佟的？閻羅王？老蔣？小蔣？因陀羅網？不知道。不知道。婉如。我的愛人。我要廝守終身的人。人家龔凱和趙明翠、阿鳳和黑面仔，都不會不自在。爲什麼我摸婉如陰毛會不自在？罪惡感。摸小芳陰毛。難不成我對婉如如同小芳？不可能。我和她打從認識第一天起就來電。電得浪漫縹緲。電得無聊自然。電得。爲什麼會不自在？爲什麼？婉如整整內褲和裙子，傷心地問：「你不覺得快樂嗎？」榮星花園的矮樹叢裡。這麼完美的地點。晚上八、九點。這麼完美的時刻。婉如胸口飄來的少女幽香。這麼。惹狂老二而突然不想射精。茫然對著傷心的婉如，哀怨的婉如。爲什麼？帶著 Christine 在露天咖啡座上喝咖啡、聊天、親吻、摸大腿。始亂終棄。把婉如觀成白骨，來一段柏拉圖式的戀情。但是婉如不會接受喝咖啡聊天的愛。婉如要親吻摸大腿的愛。而且我要和婉如親吻摸大腿做愛。我爲什麼要惹狂老二而突然不想射精？按著漲痛的膀胱，一跛一跛走出樹叢，上廁所頭頂著牆壁小半天小不出來，狼狽得跟中了鏢的林清水一模一樣。爲什麼！太痛了。看看坐多久了。才十七分鐘。我從來坐不到三十分鐘。我這也算打坐嗎？我學什麼佛？我爲什麼要學佛？爲了參透人生的眞諦。參透了沒有？因陀羅網。應無所住而生其心。參透了吧？但是當你摸著愛人的乳房和陰毛，惹狂了老二，卻突然不想射精時，你參透了什麼？《大學》、《中庸》，《老子》、《莊子》，《華嚴》、《唯識》，還有禪。我是不是學這些學壞了？我幹麼要學這些？「I am not Aeneas, I am not Paul.」Unfortunately, I am Aeneas, I am Paul.「Midway this way of life we're bound upon, / I woke to find myself in a dark wood, / Where the right road was wholly lost and gone.」尤承志。魏文林。閻羅王。警總。于莉出國去了。海義明年也要出國去了。我無法出國。我只能撫摸婉如乳房和陰毛。但是。但是。會不自在。按著漲痛的膀胱，一跛一跛走出樹叢。我不是父親。我不是弘銘。但是婉如是我的愛人，是我要廝守終身的人。海義他爸不是說會記住我的話嗎？也許我的話和出國無關。國大代表寫個「駕鶴西歸」四字就可以賺一千塊錢。佑一。婉如說她願意跟我到天涯海角。但是我能去哪兒？帶著 Christine。坐上氣球。坐上飛船。帶著婉如，坐上氣球。沒用。因陀羅網。珠光跟著你到天涯海角。對於所有的X與Y，X都怨恨Y，Y也都怨恨X。怨恨。我是不是自私點了呢？出走。也沒用。珠光跟著你到天涯海角。業。共業。我該修佛。再坐一下吧。眼觀鼻，鼻觀心。我該修佛。即使沒辦法自力修到佛境界，只要一心虔誠，也能被接引到西方極樂世界吧。一心虔誠。信。信望愛。這佛教演變久了，越來越像基督教呢。爲義受難的人有福了。但是摸婉如乳房陰毛不是義。按著漲痛的膀胱一跛一跛走出樹叢也不是義。我沒有福。不要緊。我不需要福。我只要摸著婉如乳房陰毛不會不自在。婉如膀胱會不會漲痛呢？只顧一跛一跛走出樹叢，都沒去關心她。在射精前停格。在高潮前停格。「Bold lover, never, never canst thou kiss, / Though winning near the goal-yet, do not grieve; / She cannot fade, though thou hast not thy bliss, / For ever wilt thou love, and she be fair!」這傢伙一定沒熱戀過。停格的痛苦，他懂嗎？

停格。我覺得有罪惡感，婉如呢？心愛的男人對撫摸自己感到不自在。會是什麼感受呢？我對不起她。對不起她。要不要乾脆斷了？不行！婉如是我的愛人，是我要廝守終身的人。但是。啊！The right road was wholly lost and gone. 找佑一談談。如何啓齒？還小?!已經會摸女人乳房陰毛了。有個鄉下土包子要在台北獨立了。獨立了。覺得自己懂了、悟了。貢高、我慢。道。不淫邪。白骨觀法。婉如燦爛的笑容。啊！多可怕。春日初綻的木棉花。天下之美，莫過於此。為什麼要換成白骨？在酒泉街迎到婉如的白骨。不！那不是婉如。那只是于莉。我不容許婉如變成白骨。我要發乎情而止乎禮義。牽手是情，也合乎禮義。摸乳房、摸大腿、摸陰毛是情，也合乎禮義。禮義的界線是大家自己畫的，不是嗎？是。我要畫我自己的界線。我要摸乳房、摸大腿、摸陰毛。只是，是這些問題讓我困惑嗎？是嗎？

80 鴨肉

敦敏燒了一夜，直到凌晨四、五點，燒才終於退了。

「你整晚都沒睡吧？」他問赤牛。

「打了個盹。」赤牛回答。

「多謝你。」

「至交不言謝。記住。」

「我一直唸南無觀世音菩薩。但是，朦朧間我又見到了十殿閻君。」

「大概是最近被閻羅王嚇怕了吧。」

「不是。」

「等一下我去打個電話，叫婉如來照顧你。」

「我很想去領了助學金，然後帶婉如去東南亞看電影。但是。」

「你最近到底跟她鬧什麼彆扭？眞搞不懂。」

「我想吃鴨肉。」

「吃鴨肉？好吧。先休息一下。下午去領助學金，晚上去快活林。」

魚香茄子。宮保雞丁。回鍋肉……北平烤鴨。

「就吃北平烤鴨怎樣？」敦敏問。

「好啊！吃多少？」

「三十塊。」

「好。老闆！來三十塊北平烤鴨。」

哇噻！我竟然跟弘銘一樣闊綽起來了。當歸鴨。夾著鴨肉的筷子掉進湯裡，濺起幾滴湯水。看看誰比較有義務爲兩個老的還錢。我要大棺材！我要新房子！新房子來了。大棺材來了。北平烤鴨來了。又黑又亮的皮。還滲著汁的肉。快吃一塊看看。敦敏立刻夾起一塊送進嘴裡。啊！又脆又香的皮。又嫩又甜的肉。我這一生從未從未吃過這麼美味的東西。不。似乎吃過。侯雲生的炒豬肝。如果婉如也在。我會想摸她大腿。摸她……。

「很少吃過這麼好吃的東西，對不對？」赤牛問。

「你怎麼不吃？」

「還是那句老話。憑著那座地藏廟，我從小好東西吃多了。現在內心有愧。」

「愧什麼?你不吃我要自己吃了。」

赤牛沒有回答。敦敏把鴨肉一塊接一塊夾進嘴裡。有骨頭了。眞費事。哦!還有筋。掃興。慢慢來吧。也只能這樣了。剛才應該先從有骨頭有筋的吃起。由儉入奢易,由奢入儉難嘛。摸過了乳房陰毛,就無法純看電影了。我要怎麼辦?我要怎麼辦?如果像赤牛那樣都不交女朋友就好了。但是我這麼容易喜歡上女生。如果沒交婉如,我天天看著于莉,恐怕活不下來了。

「赤牛。我爲什麼這麼容易喜歡上女生呢?」敦敏問。

「我怎麼知道。」

「我母親說我們家的黃金甕子都葬到狐狸窟裡去了。」

「這我不知道。我只聽佑一說過,他和你一起在台北這麼多年,他很能體諒你。」

「是麼。佑一這麼覺得麼。」

「容不容易喜歡上女生不是問題。問題是現有個婉如這麼完美的對象,你卻不好好去疼、好好去愛。」

「我疼她愛她啊!」

「單講沒用。」

「咳!」

隔天早上四、五點,敦敏就被陣陣絞痛逼醒。他起身拉開書桌抽屜,抓起整包衛生紙,撞開了門,急奔廁所而去,才扯下褲子,坐上馬桶就唧唧咕咕拉起稀來。昨晚的鴨肉大概都拉光了。你沒吃鴨肉的命!拉稀。拉稀。側身摘了一把燈籠花葉,一片一片拿下去抹了屁股。廁所外漸漸露出曙光。北風颳著池水。稀飯已在灶上,帶便當用的乾飯也已煮好,放在煤炭爐上。母親坐在爐邊,把劉厝的外婆、香蕉下的姨媽、「神風特攻隊」、瘋珠、彰化姑媽、台中姑媽、王仔傳、阿巧、阿鳳……從頭到尾數一遍、數兩遍……數N遍。不甘心啊！我不甘心。還有，你這死人，死了還用相片來嚇我。我前輩子到底欠了你們姓許的什麼債。不甘心啊！我不甘心。可憐她一輩子可能還吃不到兩次鴨肉。而我。而我。領了助學金，第一件想的是帶婉如去看電影，第二件想的是找赤牛去吃鴨肉，第三件……第四件……我幾時想過她？出走。兩個老的若要賴要死，就讓他們去死。眞敢啊！佑一都不敢做的事，我竟然敢。孩子？已經會起猾，還孩子嗎？我看你們家的黃金甕子都葬到狐狸窟裡去了。我和母親一樣，不能愛。Impotent。我眞能愛婉如嗎？每次約會都急急忙忙帶她到榮星花園的矮樹叢裡去摸乳房、摸陰毛。然後。然後。按著漲痛的膀胱，一跛一跛走出樹叢。Impotent。敦敏抽了幾張衛生紙，一張一張摺了兩摺，然後一張一張輕輕按按肛門。他回到房裡，穿上長褲，把門輕輕帶上，走出巷子，爬上羅斯福路的陸橋。橋下偶爾幾輛計程車劃破清晨的寧靜急馳而過。假如我從這裡失足掉下去，恰巧撞上急馳而來的計程車。諸行無常。爭什麼呢？父親只剩下白骨躺在腐爛的大棺材裡了。鹹小卷。三更半夜哐哐作響的遺像。母親在爭什麼呢？我又在爭什麼呢？路旁木棉樹上的綠葉在晨風中翩翩翻動著。春日初綻的木棉花。婉如。我愛婉如！他過了陸橋，在對面市場裡買了兩個饅頭。

「赤牛！赤牛！」

「嗯，幾點了？」

「五點。」

「五點！你這麼早起床幹麼？」

「我拉肚子了。起床吃饅頭吧！」

「昨晚貪吃，烤鴨吃太多了吧？」

「等一下我要回鹿港。晚點麻煩你打個電話給婉如，告訴她我明天才回來。」

「回鹿港能治拉肚子嗎？」

「別胡扯了，吃吧。」

敦敏在下午一點左右回到了鹿港。他按了門鈴。母親來開門。

「啊無事無由，你回來幹麼？」母親問。「吃飽沒？」

「還沒。」

「廚房還有一點稀飯和醬瓜，去吃吧。」

客廳和廚房間的過道邊有一張藤榻。榻上順德正躺著睡午覺。敦敏在榻端一張木凳上坐了下來。

「惠雪呢？」他問。

「在家坐了一陣，後來到漢玉做會計去了。」母親答。

「都是因爲我和漢玉熟，他們才用她的。」順德在榻上說。

「惠雪在漢玉做會計，那你豈不是可去吃到撐死了？」敦敏說。

「順德現在賺了錢，和以前不同了。」母親說。

除了少了父親外，一切都和以前一樣。父親的遺像？敦敏起身走到客廳，看看牆壁、看看供桌。果然藏起來了。一切都和以前一樣。敦敏掉下淚來。他默默走到廚房，拿了個碗，用勺子從飯鍋裡半舀半刮出半碗稀飯來，喝了下去。師父！我的心不安。好。將心拿來，我爲你安。師父！我不知心在何處。好。我爲你安了。咳！有個師父多好。但是，我沒有師父。

「怎樣？夠不夠飽？要不要我煮些麵線給你吃？」不知何時，母親走過來問。

「麵線有什麼好吃？和我到漢玉去吃到撐死好了。」順德從榻上坐起來說。

「不用了。就吃點麵線好了。」敦敏說。

母親從米缸裡拿出一束麵線，放在大灶上，然後在灶裡起火，在鍋裡下水。敦敏看著那灶。稀飯已在灶上，帶便當用的乾飯也已煮好，放在煤炭爐上。母親坐在爐邊。敦敏掉下淚來。他從褲袋裡拿出三百塊錢，過去塞在母親手裡，輕聲說道：

「這你拿去用。」

母親抬頭睜大眼睛看著他。阿桃說：「阿吉嬸，三不五時拜託敦敏給我們阿雄指點指點功課，我們才眞會還也還不清呢。」母親聽了，臉上露出難得的笑容。難得的笑容。

「啊免啦！啊免啦！你又沒在賺錢。」母親說。

「我當家教，每個月可以多賺六百塊錢。沒關係的。」敦敏說。

「怎麼樣？誰錢太多了不會花是不是？」順德問。

「廢人！你天天賣胃王，也沒給過我一毛錢。」

「不是替你蓋了新房子了嗎？」

「新房子是你的嗎？新房子過去是你父親的，現在是我的。」

「說到你這個鹹澀人。也不乾脆點。一間房子要剝兩次皮。」

「剝幾次皮輪不到你管。橫直房子是我的就是了。」

一切都和以前一樣。眞的一切都和以前一樣。風沒動。幡沒動。是君子心動。動向不動。不動而動。也許這樣就好了。

敦敏吃過麵線，告訴母親說要去漢玉看惠雪。他沒去看惠雪。他直接回台北去了。

81 定情

陽光從搖曳的樹梢間灑了下來，碎碎地、淺淺地在枝上、葉上、碎石上、紅土上閃耀著。婉如胸前透出一縷細細的、甜甜的幽香，融在枝葉的芬芳裡。她的鵝黃色的裙子和淡藍底子白色花塊的襯衫。她的紅撲撲的臉頰。她的白嫩嫩的大腿。她的眼神。敦敏把她緊緊抱在懷裡。稍後，他說：

「本來想跟你一塊兒逛逛故宮。現在不想逛了。到我那邊去吧。我給你一樣東西。」

婉如點點頭。他們下了山，搭上一輛中興大業巴士，顛顛頓頓地坐到羅斯福路同安街口。很奇怪地，敦敏沒有暈車。兩人走進巷子。到了巷底，敦敏停了下來。

「你也知道，這裡沒有什麼浪漫氣息。但是，今天在這裡約會，或許別有意義也難說。」他說。

那是一座破舊的日式矮房。院子裡幾條尼龍繩上吊滿內衣內褲。面向著院子的是一整排隔得像花蓮旅店客房似的窄房間。濃烈的尿臊味從右邊角落裡撲了出來。這排窄房間中央有一條小過道，通向一片昏黑。敦敏和婉如走進過道，到了盡頭再左轉到底。敦敏從褲袋裡掏出鑰匙，開了牆上一盞小燈，打開房門。黯淡的日光從迎面一扇小窗透了進來，窗外緊擋著一堵水泥高牆。整個房間靜悄悄的、陰沉沉的。敦敏讓婉如在床沿坐了下來，然後自己一屁股撞上床去。床發出窸窣的聲響。那是一張黑褐的雙人小藤床，中間已經凹陷了一大片。兩條被單像垃圾一般地捲在床角。

「赤牛呢？」婉如問。

「考試去了。」

「喔。」

「你坐坐，我去洗個澡。」

「大白天，就在房子牆邊洗？」

「反正這裡是男人天地，也沒什麼禁忌。」

不久，敦敏端了一盆水回來，盆裡放著毛巾。

「你嘴唇有點發紫。」婉如說。

「大概是水太冷了吧。沒關係。你也洗把臉，擦擦身體吧。我在外面等你。」

不久，婉如開了門讓敦敏進房。她右手托著毛巾從襯衫下移到胸前，然後側身望著窗外。窗外的水泥高牆布滿藍綠斑駁的毛苔。爲什麼她要望著這堵噁心的牆？我不要她望著這堵噁心的牆。敦敏輕輕把婉如牽到床沿坐下，開始撫摸她的頭髮、她的臉頰、她的頸項。她的臉頰頸項涼涼的，領口還有點濕。

「毛巾。」敦敏說。

婉如把毛巾拿出來放在床上。敦敏解開她的襯衫、胸罩。她微微隆起的雙乳燦然呈現在他眼前。只有至眞至純的美能面對日光的檢驗。這微微隆起的雙乳。啊！他們躺到床上。敦敏邊撫摸婉如雙乳邊抬頭望望她，只見她雙頰泛出紅暈，眼睛露出迷惘的神色。突然，她掙扎著轉過身去，把頭埋在被單裡失聲痛哭起來。

「怎麼？你覺得被欺負了？」敦敏問。

婉如啜泣了一陣，良久才輕聲說道：

「你如果想要，就做吧。」

「你?!」

想不到竟然逼使她做出這樣的決定。我對不起她，對不起她。

「我沒這個意思。」

「那你這一陣子……」

敦敏沉吟片刻，然後決然說道：

「讓我摸摸你陰毛！」

說完，敦敏脫下婉如裙子和內褲。她的陰毛像新燙的短髮一般燦然呈現在他眼前。好毛！好毛！我要親吻這一片毛。他湊過嘴去。從上到下，從下到上，吻一遍、吻兩遍……吻N遍。我早該想到。爲什麼要拖到今天，拖到逼使她做出這樣委屈的決定？還好。只是晚想到，不是想不到。

「等一下？」婉如嬌澀地問。

「沒關係。你幫我弄出來。」敦敏說。說完，他從婉如頭下拉出一條被單，蓋在兩人身上。翩翩起舞的大紅蝴蝶。黃澄澄一望無際的菜花。玫瑰、百合、桔梗、羊蹄甲、九重葛、阿勃勒、木棉、木棉，紅的、白的、黃的，千朵萬朵，一遍、兩遍、N遍，在空中迎風飛舞著、飛舞著、飛舞著。精液射到婉如小腹上。

「要不要拿毛巾來擦擦？」敦敏問。

「等一下吧。我們靜靜躺躺。」婉如答。

「我覺得很暢快。你呢？」

婉如甜甜地一笑。

「我們來聊聊。」

「嗯。鹿港那邊怎樣？」

「一切都和以前一樣。」

「那你爲什麼變了。」

「很難講清楚。不過，剛剛看了你陰毛後，我就知道我的確變了。」

「講講看。人家想知道。」

「好吧。有業。有緣。這我跟你講過，對吧。」

「嗯。」

「要擺脫業、抓住緣，全然憑藉一心。」

「不懂。」

「那要怎麼講呢？這樣吧。赤牛介紹我們認識，這是緣。我摸你陰毛會不自在，這是業。」

「你摸我陰毛會不自在？人家都不覺得不自在了，爲什麼你要覺得不自在。」

「這過去的事了，不要再提吧。」

敦敏摸到婉如小腹上的精液。濕黏黏的，像漿糊一樣。他拿起毛巾，幫她擦乾淨，然後壓到她身上，面對著她，鄭重說道：

「我們研究所畢業就結婚吧。」

「嗯。」

婉如雙眼一亮。那眼神。須臾，她流出淚來，她綻放出燦爛的笑容，她抱住敦敏。

「我們出去吧。赤牛中午會回來。」敦敏說。

「要不要跟赤牛聊聊，向他道個謝。」婉如問。

「不用了。今天就我們兩個。」

「那要去哪裡？東南亞怎樣？」
「東南亞沒情調，因爲我會想摸你大腿。」
「那就榮星花園。」
「那裡我會想摸你陰毛。」
「討厭！大白天。」
「再去故宮吧！」
婉如愣了一下。然後隨即說：
「好！」
於是兩人穿好衣服，出了房間，出了巷子，過了羅斯福路上的陸橋。敦敏牽婉如走到一棵木棉樹下。
「這木棉春天初開花時就跟你一樣迷人。」他指著樹梢說。
「爲什麼是木棉？」
「不知道。就是木棉。」
「車子來了。」
於是兩人搭上一輛中興大業巴士，又往故宮去了。

82 馬一

哲學系果然越來越不平靜了。一民被抓了去，已經放出來兩天，都還不願意見人。

「你們一起去參加座談會，爲什麼你好好的，一民卻被抓了去？」敦敏問赤牛。

「他只是衝著馬二，多喊幾聲職業學生而已。誰知道這樣就要抓。」

「馬二到處鬧場，不是職業學生是什麼？」

「爲共匪工作的才叫職業學生。人家馬二是烈士遺屬、愛國志士。」

「不管他了。得去看看一民。」

敦敏去打電話，是一民他媽媽接的。她把電話放著，好久才回來說，一民答應見他們。

一民他媽媽來開門帶他們進去。一民坐在一把藤椅上，低頭瞪著書桌。小翠一面手搭在他背上，一面彎身撫慰他。一民那本《毛語錄》赫然還擺在書架上。

「你那本《毛語錄》？」敦敏問。

「怕什麼？」

「還好。除了氣色比較差外，看起來都還好。」

敦敏打量了一下一民，徐徐說道。

一民轉過頭去，雙手支著下巴，沒有回答。不久，他伸出一隻手來，拉出襯衫，哽咽著說道：

「我不行了！我和小翠絕後了！」

敦敏、赤牛、婉如面面相覷。絕後了？爲什麼？

「你怎麼了？」敦敏問。

一民沒有回答。

稍後，小翠低聲說道：「一個少校穿著大頭皮鞋用力踹他下面，他痛得暈了過去。」

這時，一民突然站了起來，用手解開皮帶，扯下外褲，面對敦敏他們說道：「你們看看，你們看看，踹成什麼樣子！」

「不要這樣嘛！」小翠趕忙把一民外褲拉了起來，然後把他襯衫塞進褲子裡去。她眼裡淌著淚水，雙頰泛著紅暈。沒想到她第一次在大家面前展現她對一民的濃情密意，竟是這麼個場合。

「馬二這仇，我一定要報。」一民說。

怎麼個報法呢。「老蔣！馬二在你們組織裡算什麼人物？」「麻將店店長。」「閻羅王呢？」「堂主。」「爲了哲學系幾個人，又派堂主，又派店長，不怕外人笑話嗎？」「沒辦法，星星之火可以燎原。一個魏文林，一個王觀瀾，一個楊芳明。不治的話，將來搞不好各出個三十個來。」「還有你們警總那些中校、少校，又是什麼人物？」「鷹犬。」「你的鷹犬傷了人了。」「這我沒辦法。總得給他們一點授權。」「那我們就針對你的店長來報復。」「打倒馬二！」「打倒職業學生！」「打倒蔣幫麻將店店長！」

「一民！我們爲你復仇，到傅鐘下去喊口號好不好？」赤牛說。

「這不夠，要狠一點的。」

老蔣的阿霞。「阿霞！你要吐痰了吧，痰盂我捧來了。」「我不停地咳痰，你要不停地捧著痰盂嗎？」「只要你高興，捧痰盂算什麼？」「馬二！你最近天天跟著阿霞轉，是何用意？」「不過方便阿霞吐痰罷了。」「上茅房也方便，洗澡也方便。馬二！你不想活了！」「我！我！」「老七！叫阿彬過來，把馬二做了。」「這不行啊！我台大那邊的任務還沒了。」「你以爲你在台大那邊多威風。告訴你，像你這種角色，隨時都可找到十個八個。」

「打倒馬二！打倒職業學生！」何用九帶著十幾、二十個人在傅鐘那邊呼口號。許多男生女生牽著手在文學院門口觀賞。「你多多享受你的婉如好了。」「你們看看，看踹成什麼樣子。」新湯的短髮。翩翩起舞的大紅蝴蝶。黃澄澄一望無際的菜花。灰濛濛的一片波瀾，就像一目鎖住一目無邊無際的一張網。「不是給你們開扇窗了嗎？」「那個只會教我們反對老蔣。」「鳥書生，全部給你們來個下馬威。大海航行靠舵手，幹革命靠毛澤東思想。這個怕不怕？」「聽膩了，不怕。」「好傢伙，這個居然不怕。換一條看看。東方紅，太陽升，中國出了個毛澤東。」「也聽膩了，不怕。」「天殺的，你天天在學校裡，究竟學些什麼東西？」「也學些怕的。例如：早晨起，床鋪動，抱著臉盆往外衝，刷牙洗臉三分鐘。」「這的確可怕。我每早便祕三十分鐘，三分鐘只夠拉一顆小羊糞。」「你穿起五星軍服，沒人會察覺到你便祕。幾年前你檢閱成功嶺大專生的時候，我見到過你。那時你眞英武呢！」「既然覺得我英武，爲何處處跟我作對。」「你鷹犬太多了。」「這也不是我的錯。你知道魏文林那票人如何誣衊我嗎？」「你是領導人，要有眼光、有氣度，不順遂的事要忍。」「怎麼忍！我從前在大陸上就是這麼忍垮的。」「把十五、六歲的讀書會女生抓去斬首示眾，這叫忍嗎？」「共產黨是共產黨。共產黨是不同的。你沒發現我在台灣已經循規蹈矩多了嗎？」「難怪會被打到台灣來。」「什麼？」「沒有。」

「打倒馬二！打倒職業學生！」

小翠攙著一民，也在隊伍裡呼口號。小翠不是會呼口號的人。一民也不允許她太扯入政治。她今天是捨命陪君子啊！我和婉如。臨陣脫逃的人。

台灣好，台灣好，

台灣眞是復興島。

愛國英雄，英勇志士，

都投到他的懷抱。

美黛還在唱嗎?晚上帶婉如去試試運氣吧。〈大海航行靠舵手〉、〈東方紅〉、〈陸軍軍歌〉,太悶太俗了。去聽〈台灣好〉。沒有去呼口號,去聽聽〈台灣好〉。〈台灣好〉。

83 覆巢之下

「那個人來了,那個人來了。」一個賊眼碌碌、滿臉油光的中年男人抱著一大捆報刊走進會議室來。他把報刊攤在一張長桌上。

「魏文林、王觀瀾、楊芳明他們一夥人就拿這個來毒化你們。」

敦敏走到長桌旁,很意外他看到的竟是《人民日報》和《紅旗》雜誌。他伸手拿了一本《紅旗》,心怦怦地跳。

「很奇怪!今天說是擴大系務會議,歡迎學生旁聽。爲什麼老師學生都沒來幾個。」何用九問。

「老師們在校長室,大概不會來了。至於學生嘛,當然是系會會長的責任。」那個人說完,滾動了一下賊眼,打量打量何用九,厲聲問道:「你是誰?怎麼穿拖鞋來開會?」

「我叫何用九,是系會會長,以後請多指教。」

「你是魏文林他們派來鬧場的是不是?這麼刁蠻。」

「我不是馬二。我們雇不起馬二。再者,我們繳錢給學校,是來上課的,不是來加入你們老師鬥爭的。」

「你看！你看！」那個人大步走到長桌旁，翻翻那些《人民日報》和《紅旗》雜誌。「你們都被這個毒害了。」他又大聲說了一遍。

洪文道走進會議室來，附到那個人耳邊，講了幾句話，兩人笑著相互拍拍肩膀。那個人滾動了一下賊眼，高聲宣布道：「今天的會不用開了。」

要說效率，學校這幾天辦事也眞有效率。才隔一天，何用九的記過單就出來了，正好貼在一民的旁邊。不過，雖然都是大過通知，卻沒幾個人看。大夥兒師師生生擠破頭都在看一民另一邊那張。「魏文林、王觀瀾、楊芳明……鄭秋華。」都是爲匪張目。李明失蹤了。解聘。不是告訴你，我在台灣已經循規蹈矩多了嗎？鄭秋華。她會去上「辯證邏輯」。敦敏進了教室，但見鄭秋華坐在成老師對面流淚。成老師說：「敦敏，你來安慰安慰她。我年紀大了，也不知道說些什麼好。」

「秋華！要不要再寫一封信給蔣夫人。」

「還寫？我到現在才知道整個是怎麼一回事。你沒有被颱風尾掃到已經夠幸運了。」

「成老師，只剩您一位了。」

「不只一位，撐得下去的。」

「難道鳥若和 Futonodo 可以仰賴？還有洪文道。差點忘了。」

「這個洪文道，提起來我就感到愧疚。當年他碩士畢業的時候，想在系裡專任。我看他論文寫得不錯，就爲他寫推薦信。沒想到他竟是台北市知青黨部的重要幹部。你們都罵什麼馬二，這洪文道才眞陰。」

「那個鳥若，天天跑政戰學校，能靠嗎？那個 Futonodo，只知道寫論文要有 footnotes，能靠嗎？」

老蔣的鷹犬傷了人了。老蔣的店長一呼就有十個八個。你能怎樣？I am Aeneas. I am Paul. 我臨陣脫逃嗎？沒有被颱風尾掃到。赤牛，小過。一民，大過。又說無後了。老師，解聘了七八個。這哲學系乾脆改裝成老蔣的麻將店好了。楊芳明！你誣衊我，說我在小琉球、楓港等地強占風水寶地。又誣衊我性好漁色。我今天發個威，叫手下堂主、店長、鷹犬露點顏色，看你怎麼招架。帶著Christine，搭上巴士，到一個不知名的小鎮。沒有家、沒有學校、沒有國民身分證。臨陣脫逃。我要讀下去嗎？

「成老師，我們要繼續下去嗎？」

「誰撐不下去，誰就輸。我想上面的意思就是不要有這個系。」

「喔！原來如此。」秋華說。

「老師，我先走一步。」敦敏說。

婉如在文學院門口等著。「怎麼來晚了？」她問。

「跟成老師談了些話。成老師說上面不想要有哲學系，所以故意讓你系破人亡。」

「那我們大家就好好地過。」

「但是我很想到傅鐘下面去喊『打倒馬二！』『打倒閻羅王！』」

「別神經。現在表態也嫌晚了。你還是好好聽赤牛的話，稍安勿躁。各種人適合做各種事，不要勉強。」

「倒是要如何繼續讀下去呢？」

敦敏去上了一節鳥若的「哲學基本問題」和一節Futonodo的「印度佛教」。兩個人都因學生驟增而洋洋得意。鳥若說：「政戰學校的女學生上課穿裙子，有種凜然不可侵犯的氣勢。」凜然不可侵犯。不知他在暗示什麼。Futonodo從開學起講《中邊分別論》一個頌，講到學期末還沒講完。眞令人不得不想起洪熹。這就是研究所了。大學部呢？何用九被記了個大過，大概沒心情管了吧？停課。沒有老師，搞不好他們可以停課一學期。繼續不繼續上課都一樣。警總的勢力長驅直入了。《紅旗》、《人民日報》。搞不好連魏文林看了都會心跳。再去看看秋華。她還坐在成老師對面。不哭了。

「我能推薦你，恐怕無法護住你了。」成老師說。這話一定已經講過好幾次了。樸實的老人家，幫不了忙就覺得是自己的錯。這種心情老蔣懂嗎？「不會讓你們沒飯吃。我那些摸摸茶、麻將館要騰出十個、八個缺來，還沒什麼問題。你們一定嫌摸摸茶、麻將館身分低。你們這些鳥書生。身分低我會做嗎？魏文林！你說怎樣？」「士可殺，不可辱。」「不可辱。你是說我自取其辱囉！我如果沒有千百徒眾，沒有南台灣半邊天，我能立斷立決，把你們這些爲匪張目的鳥書生從台大掃出去嗎？權力。你懂得權力是什麼？要來的就來，不來的自己去想辦法。不要怪我絕情就好。」

「老師，讓我們邀幾個同學去陪陪一民好不好？」敦敏問。

「你們是該去一下。我老了，又忙著寫書。太久沒留心這個系了。沒想到眼睜睜地被拆成這樣。」

敦敏、婉如、赤牛、秋華一起到了太原路。

「一民！你知道情況了吧。」敦敏問。

「任他們去鬧，他們鬧不垮哲學系。弄個空降系主任來當打手，再弄個臥底的來當地下系主任。以爲這樣子哲學系就向知青黨部一面倒了。作夢！除非把我斃了。把魏文林等幾個斃了。把何用九也斃了。不曉得魏文林在哪兒。一定仍然在講民族主義。打倒馬二！打倒閻羅王！」一民大聲答。

「別太激動了！小弟弟將息將息要緊。」赤牛說。

「小翠說縱使無後也要嫁給我！」一民又大聲答。

小翠拍了他一下。他還沒平靜下來。

「一民和小翠的種萬歲！」他大喊，邊喊邊用左手去摸他的褲襠。喊完，他問秋華：「以後生活怎麼辦？」

「回老本行囉。學化工的找工作很容易的。」

「給宋美齡的信怎麼樣？」

「石沉大海。」

「什麼信？」赤牛問。

「雖然只有七塊錢，下回還是省省好。你們不用陪我了，都回去吧！」一民說。

84 弘銘落跑

「學校怎麼了？」佑一一邊給詠晴拍背一邊問。

「哲學系被抄家了。」敦敏苦笑著回答。

「最近外面風聲很緊，你自己小心點。」

「沒事。婉如、赤牛都不准我去碰。」

「想出國嗎？」佑一靜靜地問。

「我看得很清楚。」

「不！你湊近來點。有一條錢只要你肯接受，我捨命也去挖來給你。」

「你要賣房子嗎？」敦敏笑著問。

「你多久沒見到弘銘了？」

「是有一陣子了。」

「他去員林包了一座廟，木石全包，速戰速決，總共偷工減料一兩百萬。員林那些頭兒，從南到北處處找他，獨漏了劍潭。他窩在劍潭，每天叫舜芬出來買菜倒垃圾。劍潭這地方，與弘銘扯不上一點干係，如何去找。」

「他不怕坐吃山空嗎？」

「夠他吃五、七年。」

「這種錢不信他拿得出來。就算他肯，我也不肯欠他這一輩子情。」

列列列——列列——列列列列列列。

「上工了。說來氣結。現在靠這樣一針一線賺錢的人似乎不多了。」敦敏說。「惠雪曾經問過我，不知你和弘銘是怎麼做生意的。她說順德看來不像是在做生意。」

「我想我這生意，惠雪眞看了也不會有興趣吧。」佑一說。

「她說黃添財。黃添財你記得吧。黃添財在松山機場貨運海關工作。」

「那個位子富死他了。」

「還有那個阿贊，他幹什麼你知道嗎？」

「怎麼不知道。專門在酒女圈裡放高利貸的。」

「看來這個家並不比父親在時風光多少。」

「要不是父親把地一塊一塊賣掉，那眞的是一代不如一代啊！對了，以後算家人不要把那個阿贊算進來。」

當初我來讀這個文學、哲學，眞讀錯了行啊。英文也就算了。這哲學能幹什麼呢？爲什麼連大聖大賢都說 I am not Aeneas. I am not Paul. 偏我不知死活，要說 I am Aeneas. I am Paul. 單單摸摸茶、麻將館這一層就夠你參一輩子參不透。阿霞要到摸摸茶服務，她弟弟或妹妹才能上學。假如他們沒有讀書的根器，即使阿霞到摸摸茶，他們也只能去楠梓加工出口區。去染上陰蝨，傳給上十上百個。像月紅那樣的，百中不得其一。進麻將館的，不當大哥就當小弟。當小弟的每天抱著痰盂穿梭在賭客間，頭點得像搗蒜一樣。當大哥的話，萬一那天被老蔣叫去剁魏文林小指，罪過豈不大了。假設南部沒事，被調到台北來，像馬二那樣，表面上叱吒風雲，骨子裡像過街老鼠，你吃得消嗎？現在弄得個哲學系抄家滅族，你參得透嗎？成老師參得最透：上面的意思就是不要你這個系。讓你留下老弱殘兵，只不過用來堵人嘴巴而已。靠著這些老弱殘兵，你能存活下去嗎？「政戰學校的女學生上課穿裙子，有種凜然不可侵犯的氣勢。」Futonodo, futonodo。收學生的、不收學生的，有學位的、沒學位的。除去成老師，總共只剩這兩位。我已經花那麼多精力在東方哲學上，我還有選擇餘地嗎？

「佑一，我處境很艱難。」敦敏說。

「我知道。」佑一說。

「我出發去追求人生的道理，結果回來琢磨苟活的伎倆。」

「塞翁失馬，焉知非福。」

「我從小與赤牛鄙薄名利，今日落得個什麼下場。」

「明天約婉如和赤牛來解解悶。」

「不了。我要和他們回鹿港去走走。」

「那也好。」

「還有一件事我想好好向你報告一下。」敦敏說。「前一陣子我深夜發燒，晚上燒好後，我立刻跟赤牛去吃北平烤鴨，三十塊錢的烤鴨。結果，凌晨四、五點就急著拉稀了。我邊拉邊想母親一輩子可能都吃不到幾回鴨肉，內心突然感到愧疚。天亮後便回鹿港去，給了母親三百塊錢。沒想到這點錢就消去了我這麼多年的怨恨。眞是神奇，但一點都不假。」

「我對她的怨恨早就銷磨淨盡了。要不然，我每天跟她發脾氣，要怎樣活下去。能愛人是幸福的，用基督教話來講，你受神祝福了。」

「還有，我和婉如約好，研究所畢業就要結婚。本來很單純，現在不曉得會不會橫生什麼枝節。」

「你和婉如肯定會受到所有人祝福的。」

「我娶玉英，像在走私一樣。你呢，又是聘禮，又是聘金，又設宴請客。兩個老的也眞偏心呢。」那個順德，再怎麼找都找不到一個高中、初中的。那個阿贊，佑一不許他成爲家裡一員。那個黃添財，母親要他賺足聘金才准他和惠雪結婚。讀大學、研究所又不能給家人什麼好處。誰祝福你？

「我要去公證結婚。」

「你不考慮考慮嗎？」

「我心已定。」

我讀到現在才知道自己一無是處。愛情出了問題無法解決。學業出了問題無法解決。大哥一貧如洗無法解決。二哥作奸犯科無法解決。Aeneas、Paul能解決什麼呢？「我叫依尼斯。我叫保羅。我們知道你貪了兩百萬元。這樣的作法下地獄後會被懲罰的。」「你們兩個老外，怎麼會知道我的事？佑一告訴你們的嗎？不，認識老外的一定是敦敏。可是這敦敏怎麼會知道我的事？一定是佑一告訴他的。兄弟通同一氣出賣我。我不對你們怎麼樣。你們走，快走！如此一來，劍潭不能待了。去哪裡呢？淡水。不行。那邊出入的人多。新店。也不行。外地人太少。啊！台灣這麼小，要躲到那裡去呢？對了，聽說枋寮、車城那邊蔣幫很罩得住，乾脆去投靠他們吧。員林那些頭兒，膽子再大也不敢惹蔣幫才對。」如果弘銘真的被逼去投入蔣幫，我能幫上什麼忙呢？

Aeneas and Paul 變成風箏，飛到劍潭上空。「這個人做了壞事，不肯悔改。你們只要看著我們就可追到他。」員林的頭兒們見了風箏，大吃一驚。「西洋神入侵台灣了。快向神明擲三次筊杯，看看如何。」三次皆順。不過，媽祖說：「近來偷工減料的到處都是，台灣神不管這些事了。橋梁馬路都成片洩底了，哪有精神管到龍柱棟梁。」Aeneas and Paul 說：「罪永遠是罪，不贖罪的話會受到懲罰的。」媽祖說：「你們也是說說而已。你們只有一個神，能管到員林來嗎？」員林的頭兒們說：「許弘銘，做個面子，給十萬，以後一筆勾銷。」「行！」弘銘說。

十萬。一個省一吋。十二萬個省十二萬吋。一碼三十六吋。十二萬吋是幾碼？總共可以獲利五萬塊。五萬塊。橫財！眞是橫財！做賊心虛的感覺。列列列──列列──列列列列列。一針一線地縫。一領一件地燙。連下三天雨。圓環連高麗菜錢都沒有。三重把支票展延了一星期。做久了唯一好處就是能向大龍街的菜販賒菜。賒菜。大高麗菜。大高麗菜飯。永遠的大高麗菜飯。

85 順德的八卦

木麻黃樹梢依舊在咻咻的北風中擺盪著。哨所前的矮牆也依舊晾著一排香腸。只有風浪大了點，引人畏懼。三人走了三四十分鐘，回到家裡。阿嬌見了婉如，一直說要請吃飯。敦敏和她爭了一二十分鐘，才說沒有這個例，得先回自家才行。

走到家門口，敦敏納悶了一陣。因爲門口釘了塊牌子，紅底黑字，道是「命理正宗，鐵口直斷。一語可引豪傑出迷津，片言能使紅顏無薄命。命相、摸骨、紫微斗數大師。」敦敏入門問道：「那大師是誰？」

母親回答道：「還有別人嗎？」

答完，母親盯著婉如雙手看好久，然後自己到廚房裡削蘿蔔去了。雙手是不能騙人的。不過敦敏不理睬母親的不悅。他拉了一把凳子坐在順德藤榻邊。

「怎麼了？冑王賣完了？」他問。

「剩下四箱。」

「賣掉的呢？」

「我每個月下嘉義、台南、高雄去收帳。沒想到收到的也就只有那三、四千塊。」

「阿贊呢？他不是說要資助你嗎？」

「他把我收的帳在漢玉吃完了。」

「他吃的還是你吃的？」

「都吃。」

「好了。這些都不用再談。外面那塊招牌是怎麼一回事？」

「看相啊！」

「你幫人看過？」

「有什麼奇怪。他們到廟裡去擲筊，還不是一樣？」

「你替我看看。婉如你在那邊坐坐。」

「一切相都以《周易》爲源頭。我前一陣子參透了那本《周易本義》，竅門就全開了。你帶女朋友回來，一定是要給母親看對不對？母親看到她細皮嫩肉，心情不好，所以你很困擾對不對？這『蒙』卦六三象曰：勿用取女，行不順也。就是這個意思。假如你硬拗，那麼『乾』卦上九亢龍有悔，就是這個意思。」

「你看錯了。我帶婉如回鹿港主要是去看海。婉如會不會削蘿蔔，我不在乎。我和婉如不久就要結婚了。會不會亢龍有悔，到時再看。」

「敦敏！我知道你讀過《周易》。你就不要拆我的台嘛。說眞的，每次我看母親到溫府王爺廟去添油香，我就想到世間一定有比賣胃王更輕鬆的賺錢法在。鄉下人不懂，只要讓他心安，其他的何必太計較？婚姻受阻來。事業不順來。成績下降來。十四歲不長毛也來。我都讓他們錢花得心服口服，我有錯嗎？」

「汝安則爲之。」

溫府王爺廟帶來的靈感。你能說什麼。一張副爐的捷報就讓父母親神氣一年。我能阻止母親上溫府王爺廟嗎？尤其是阻止她戴金項鍊去？

順德胃王賣光了，吃光了，我能做什麼？只要他能不拖累別人，不就罷了嗎？「一語可引豪傑出迷津，片言能使紅顏無薄命。」

「你替弘銘算算。」

「我不再提《周易》了。平心而論，他太狠了。五百多萬的廟污掉兩百萬。」

「這你都知道？」

「什麼事能瞞過我？」

「據說他給十萬，做個面子，其他一筆勾銷了。」

「那是廟方無可奈何，擲了幾個杯，一時息事寧人。過一陣子廟裡那群兄弟一出動，你看他躲哪裡去。」

「據說南部有個幫派，很罩得住，他想去投靠。」

「你看他是能混幫派的人嗎？細皮嫩肉，成天只等著人家供奉他。除非人家幫主出缺。說實話，他這一生先毀在色、後毀在食，現在眼看著就要毀在財上，若再惹上黑道——」

「原來你這樣看他哪。惠雪幾點下班？」

「五點半，大概快回來了。他們大概快了。」

「不是說聘金籌措不容易嗎？」

「除非是廢人，沒有人不從海關捧出金碗來的。」

「眞的？」

「下次你自己去問。」

假如但丁看的是世間，一定有趣得多。

「要不要我去廚房幫幫忙。」婉如問。

「不用了，你這雙手是不及格的。還早，我帶你去走走吧。」敦敏帶著婉如走向西勢。路邊一望無際的鮮黃菜花。她穿上紅裙子，一路跳躍著，彷彿一隻翩翩起舞的大紅蝴蝶。玫瑰、百合、桔梗、羊蹄甲、九重葛、阿勃勒、木棉、木棉，紅的、白的、黃的，千朵萬朵，一遍、兩遍、N遍，在空中迎風飛舞著、飛舞著、飛舞著。回頭繞到文祠。「這是一個阿兵哥爲我採藥的地方。他是個中士，比我早十二年到台灣。大家都叫他們老芋仔。他們好像不存在於我們這個社會一般。他聽到『我的家在山的那一邊。……春天變成寒冷的冬天。』時哭了出來。我知道那是他的家。」

「還有，等一下吃飯時，要讓我們男的先動碗筷。」

「還有，以後不要再提我是什麼榜首了。那只對台北市知青黨部第╳支部小組長徐薇有意義，對其他人毫無意義。而且我當不起這個稱呼。」

「敦敏。你這幾天究竟受了什麼打擊？」

「哲學系被抄家了，我做了什麼？我能做什麼？」

「不要這麼想嘛。大家都知道你不適合碰政治。假如你這次也捲了進去，出了差錯，大家要如何釋懷？」

「你是捨不得吧？」

「你眞想不通。要是我是一民，你以爲我不敢罵馬二嗎？」

「是麼？明天在車上再想想。」

86 論文指導

「你要研究唯識，這唯識名相也該弄清楚點。我看你等一下意識，等一下意，等一下又是末那識，等一下又是染污意。你得從頭開始才行啊。」

「什麼論阿賴耶識有情原理義與世界原理義之基礎。人家日本人，凡是與學術有關的都稱做研究。你這個題目改成〈阿賴耶識有情原理義與世界原理義基礎之研究〉，多麼有學術嚴肅性。」

87 政戰學校

當完了兵就要結婚了。結婚前要先把鬍子拔光。區隊長又過來了。拿著兩個十元硬幣。一上一下，夾住鬍子，一拔就出來。整肅儀容。這個天殺的。我從沒見過比夾鬍子更侮辱人的事。看他像花蝴蝶一般穿梭來穿梭去，竟然一副自得其樂的樣子。「我們這裡是文明訓練。成功嶺那邊的野戰操可以束諸高閣了。」「文明訓練」。都是那個天殺的徐薇，害我得來學「文明」。軍歌教唱，請個三年級的女生，的確文明。可那個女生是區隊長的女朋友。「文明」曇花一現就沒了。今天下午教的最文明。開信法。把牛角籤由尖端慢慢插進信封封頂，然後把籤順著封口慢慢滾出來，保證看不出處女膜已破。看完信後，再用漿糊一黏，收信人保證沒有一個會覺得尊嚴受損。「報告教官，像這樣天天強姦一大堆信，看人家你情我愛，有什麼屁用。」「這你們就有所不知。我們一個中隊一百多個人，你們說能有幾個忠黨愛國的。當然你們政戰預官團要另當別論。為了監視那些死硬分子，我們有兩個絕招：一是查信，一是布建。許敦敏！」「有！」「據說你大學、研究所七年從未參加過小組會議。像你這樣的成分，如果不是上級看重你的專長，準被送進步兵野戰旅裡接受監視去了。所謂布建就是吸收細胞，按等級分發任務，一個監視一個。」「報告長官，那每幾人內要布建一個細胞？」「大概是七個吧？」「布建這麼多，那我每天晚上怎麼打手槍不都有人監視嗎？周學良，你打報告了沒？連一才，你呢？」「七個的確是多了點了。」教官說。彰中，建中，台大。原來各處都養了一大堆細胞。徐薇。比區隊長那個女朋友迷人。嘴唇略薄了點。我不參加小組會議也要報告。還有，我上一年台大徐薇就出國了，這七年沒參加會議，怎麼傳的？區隊長又來了。噁心。把他女朋友的陰毛拔光。叫林清水到加工出口區去當細胞。晚上在自動販賣機買一個。沒想到國產的耐不住衝撞，破了。「月紅你有沒有？」「我只有陰蝨。」「姦恁娘！我會死在你手中。只不過來查查你有沒有發牢騷，就得帶把陰蝨回去。」可惜于莉沒有在我身邊當細胞，不然她那白嫩大腿一定可以偷摸一次。尤主任、魏文林、楊芳明。監視他們還有正當性。部隊裡頭七個人放一個細胞，這有正當性嗎？或許有吧。連老蔣都有人監視了。蔣介石對陳誠。王不見王。所以陳誠完蛋了，蔣介石也完蛋了。放了一整個月的《英雄交響曲》，聽混了還以爲那是蔣介石的遺作。歌頌拿破崙。搞不好是被理髮師給宰了的。多麼沒臉的死法。天曉得這個理髮師是不是陳誠的人。臥薪嘗膽，最後趁老蔣勞累打盹，「殺」地一刀，就完事了。老蔣外出很風光，老是一大群人簇擁著。我現在才知道，我外出也至少有人鬼鬼祟祟左右跟著。婉如的大腿有沒有被瞄到？七年沒有參加小組會議的人，或許三、四個人監視著也說不定。Le quinze de la Onzième。都是那個天殺的徐薇。害我變成一個假國民黨。要不然，分發到野戰部隊去，大家三天不刮鬍子，也就不用忍受被夾鬍子的恥辱了。報復！把他女朋友的陰毛拔光。「把他調到陸戰隊去。做了這麼天理難容的事。」「看他身體這麼單薄，搞不好死在陸戰隊裡，也是麻煩一件。」赤牛也在陸戰隊，運氣好的話跟他碰在一起也說不定。「我要去陸戰隊！」拔毛。老蔣死的時候不曉得有沒有拔毛。下巴那麼光鮮。理髮師被斃了。沒人拔。拔朱德的毛。聽說毛澤東、朱德那一套是從蘇聯學的。小蔣那一套也是從蘇聯學的。老蔣又從日本那裡學來一點納粹和法西斯。東廠。搞不好精髓都是從本土的封建統治者學的。以自由民主爲號召的美國人爲何要來揹這個集共產黨、納粹、法西斯之大成的台灣呢。Sweetheart。Sweetheart。

台灣好，台灣好，

台灣眞是復興島。
愛國英雄，英勇志士，
都投到他的懷抱。

美黛。金門來的愛國歌后。每天唱著愛國的靡靡之音。也不能有例外。助理保鏢同時也就是特務。要不然哪天忽然唱了個「中國出了個毛澤東」，大家就吃不完兜著走。匪諜。就在你身邊。他半夜會不會驚醒？ばかやろう！陳誠這傢伙，我必去之而後快。派了多少特務在我身邊。尤其這個理髮的。這些美國人也可惡。今天叫我做這個，明天叫我做那個，彷彿總統是他們在當的。總統府裡有多少人按月領美金監視我？假如我反攻大陸了。美國人、日本人，統統在我後面當跟屁蟲。監視？假如他們敢亂動一步，就立刻讓他們腦袋開花。啊！反攻大陸。我沒有反攻大陸。我恨啊！我恨。毛澤東、朱德、周恩來、張學良、宋美齡、陳誠、孫立人……我雖然一刀斃命，還有遊氣痛罵你們。我恨你們。我恨你們。我恨你們。今日一別，永世難留。忠於我的，我會保佑你們。我在台灣，已經比在大陸好多了。最後一點：把那什麼貝多芬停了吧。換個「反攻反攻反攻大陸去」我比較喜歡。

88 添財的車

「你籌得蠻快的嘛。」敦敏說。
「還好啦。剛好這一陣子比較順。」
「信佛信得誠嗎？」

「欸？」

「儀表板上不是放本《地藏王菩薩本願經》嗎？」

「求保佑的啦。」

「常開快車嗎？」

「老實說，不對勁的事做多了，內心難免有點虛。」

「這車有問題嗎？」

「四哥，我們自家人，我多少點一點，你大概就明瞭了。我的月薪是三千二，你想我得熬多久才能訂婚買車。恰好我這六個月輪到快放組去，三千二就變成是時薪了。」

「難道你也伸手？」

「不用伸手。一個願打，一個願挨，大家兄弟一般。廠商把提貨單放上面，下面附個兩、三千。只要你不拖延，大家就笑逐顏開了。」

「工作效率也提高不少嘛。」

「是！是！」

「有人說台灣工商界能有今天的發展，賄賂是最大的功臣。看起來也不無道理。」

「說說罷了。」

「那你們爭入快放組不是得爭破頭嗎？」

「不用爭。輪流派遣。輪到了不去也不行。」

「爲何不去也不行？」

「萬一有乾淨的要怎麼辦？」

「原來他們是這麼在幹的。」

「入境不得不隨俗啊。」

原來弘銘、順德都算不上個 case。佑一算什麼呢?那個王雯的父親，幾年前月入數十萬，就被看做罪大惡極。現在，一個雲林崙背的土包子，電話都不用打，同樣月入數十萬。王雯。突然好想王雯。

海峽的水，
靜靜地流。
上弦月啊，
月如鉤。
鉤起了恨，
鉤起了仇。

今天赤牛來看這件事的話，會做何感想?還有海義。拿了國民黨那點錢，好像沒臉出門見人似地。吃老蔣。吃國民黨。吃地藏廟。吃六指王。吃加拿大大鼻子。大家都吃。只應有佑一一種吃法嗎?高麗菜飯，裕隆汽車。人要敢。要行。還要乖。這是台大的規矩。只要乖。這是松山機場海關的規矩。「赤牛你覺得黃添財這事該怎麼辦?」「親戚免談了。」赤牛是個很幹練的人，又嫉惡如仇。但是這翻天覆地的變化他不知留心到了沒有。突然好想王雯。果汁放在書桌上。啜泣。穿著黃白格子相間的襯衫，海棠色的百褶裙。台灣這麼大，大家各吃各的。她會是應受譴責的人嗎?「老蔣，你的手下集體貪污。」「麻將館的都剁小指吧。」「摸摸茶的也一樣，你心裡要有準備。把這些事交給年輕人吧。」「會來的終究會來，不用特地去煩年輕人吧。」

「下一步準備買房子吧？」

「那恐怕得等下一輪了。」

「那你這《地藏王菩薩本願經》做什麼用呢？」

「剛開始的時候，覺得像撿到錢一樣，四周瞄瞄，就心虛地塞進褲袋裡去。塞多了之後，無處可塞，又不敢拿去銀行。每天夫妻兩個爲不知何處藏錢煩惱。最後就到佛具行裡去買了這本經。把經放在內衣抽屜裡，所有的錢都放在經下面。有燒香，有保佑。從此以後聘金順利積滿，車錢也順利積滿。一切都圓滿達成。」

「那你沒把經供在神龕上天天頂禮膜拜？」

「你不知道，這神能救人，魔能害人。我買了車子後，每次算錢都兩張算成一張。這不是鬼魔害人是什麼？更糟的是，我好好開著車，沒想到老是看到那疊提貨單在儀表板上飄來飄去。我沒辦法，只好把地藏王菩薩請來鎮煞。很嚇人喔！尤其是夜裡開靜路。」

「你看過醫生沒有？」

「這種例子很多，看醫生沒用的。」

菜鳥。久了就成老鳥。莫說赤牛會怎麼反應。佑一會怎麼反應呢？黃添財把他的裕隆車鑽進劍潭的巷子裡。弘銘打著赤膊鑽進車子裡。先到一品香吃當歸鴨。然後到光復大酒家搓小鳥、到高雄跳舞、到車城玩摸摸茶……看在來玩摸摸茶的分上，貪污舞弊的醜事暫不過問。好財好色是人之常情。優先關叛亂分子。關叛亂分子。把魏文林、王觀瀾、楊芳明關起來。都關起來。

89 幼校一日

敦敏把鋁盤遞了過去，那充員兵低著頭，從鉛桶裡舀出一團黃泥倒在他盤子上。還是這個。再怎麼看都活像一團稀屎。「代黃油攪水夾饅頭，這是兼顧營養和口味的伙食。」眞他媽的虧冬瓜那賤貨講得出口。他把盤子丟到身旁一張桌子上，然後轉身去盛了一碗稀飯、拿了一個饅頭，走到水牛旁邊坐下。

「早。」他跟水牛說。

「早。」水牛回答。

「看五嶽三江雄關要塞，美麗的錦繡河山，輝映著無敵機群，緬懷先烈莫辜負創業艱辛……」歌聲從學生大隊部那邊傳來，漸漸靠近。水牛把吃到一半的饅頭丟進稀飯裡，憤憤說道：

「肏他媽的！每次聽他們唱得這麼要死不活，我就覺得中華民國明天就要滅亡。」

「教官，我感覺每天活得就像行屍走肉一樣。」他們吃的是飛行伙食。但是——那天深夜在回大鵬的火車上，大概是總共只有兩個乘客的緣故吧，那個學生大隊的區隊長竟然跟他這個預備役教官聊了起來。「前幾天學生吃早餐，稀飯不夠吃，去報告值星官。你猜那值星官怎麼回答？眞鮮！你猜猜看。哈！他說：『我知道了，明天會記得交代廚房多加點水。』哈哈哈哈。」「你爲什麼不乾脆離開算了呢？」「因爲中途輟學要終生列管丙級流氓。」原來是簽了賣身契。才十五、六歲的孩子。眞不知道他們是怎麼在熬的。

「走吧！」水牛說。

「好。」他回答。

兩人出了餐廳，回寢室去。

敦敏上了兩堂課，拖著沉重的步子回到寢室來。雖然只有十點多，卻已十分燠熱。他脫掉外衣外褲，丟到床上，然後從書桌抽屜裡拿出一本《金瓶梅詞話》，坐在窗邊看。還沒看完〈豪家攔門玩煙火，貴客高樓醉賞燈〉一回，就覺得頭昏眼澀起來。他於是把書合了，趴在桌上希望能小睡片刻。但是，雖然頭昏，卻沒有睡意。西門慶應伯爵應伯爵西門。為什麼一碰就這麼纏繞不去呢？突然，雜沓的腳步聲很快傳近來。他抬頭往窗外一看，只見一大群同事或走或跑回到寢室來。不久，就聽到學員長老蘇在走廊上大聲叫喊著說：

「所有同事請注意！特別演習！請儘快著裝，然後到行政大樓領取卡賓槍和防毒面具。十點五十全副武裝司令台前集合。阿富，你到海邊看看有沒有人跑去釣魚。」

「為什麼要我去？」阿富問。

「你跑得較快嘛。快去！快去！」老蘇催促著。

小徐走進房間來，嘴裡嘟囔著：

「媽的，熱得皮都要脫了，搞什麼特別演習。」

他把課本丟到他桌上，然後看看敦敏，接著很快湊近敦敏臉邊，問道：

「敦敏，你臉色很差你知不知道？」

「喔！剛剛有點頭昏。現在還好啦。」敦敏回答。

「怎麼樣，能不能去集合？」

「應該沒問題吧。」

敦敏著好裝，和小徐一齊出了房間，跟著大夥兒劈劈啪啪往行政大樓跑。他氣喘喘地領了卡賓槍和防毒面具，先把卡賓槍夾在右邊腋下，然後微彎著腰費了九牛二虎之力把防毒面具戴上。這勞什子，還眞費事。他嘆口氣抬起頭來，向遠處望去，沒想到只見兩眼鏡片蒙上一層霧，一時伸手不見五指。他只好靜靜靠在武器室邊的牆上，等著讓臉上的汗水慢慢稍微蒸發掉。司令台離行政大樓只有一百多公尺。但是，太陽很毒，鞋子很沉。他終於跑到司令台前，覺得有點反胃，還好到底沒有吐出來。旁邊的學生大隊已經集合就緒。教官團卻還翻騰不停。突然，獅公在他旁邊拄著槍癱軟下去。阿富舉起左手大聲喊道：

「報告處長！不得了了！陳金海昏倒了！」

冬瓜大步趕了過來，嘴巴喋喋不休地唸著：

「怎麼這樣！怎麼這樣！」

他那麼矮，沒想到竟能走得這麼快。冬瓜指著阿富，說道：

「洪教官，你扶他到前面找個樹蔭休息休息。」

阿富扶著獅公，跟著冬瓜出去。這時，國治不聲不響地抓著卡賓槍帶，也尾隨過去。大家把眼光轉到他身上，冬瓜迅速地回過頭來，十分不耐地問道：

「你又怎麼了？」

「我想吐。」國治回答。

「你也出來好了。眞麻煩。」冬瓜碎碎抱怨著，然後大聲喊道：

「學員長！立刻整理隊伍！」

司令台上站著猴琦和三個軍官。猴琦首先站到麥克風後，發令道：

「脫防毒面具！稍息！」

他肩上的星星在陽光下散發著耀眼的光芒。他接著徐徐說道：

「各位教官同志，辛苦了。各位平日教學勤奮，本人一向十分感佩。今天因為訓練司令部的同志來臨時視察，在這麼炎熱的天氣裡，又勞動各位到大操場來受檢，這才有機會也看到各位軍事基本訓練的扎實，本人感到非常高興，非常高興。謝謝各位。」

接著，猴琦往左移了一步，伸出手請最近的軍官致辭。那軍官站到麥克風後，也徐徐說了起來：

「侯校長、各位同志、各位同學。貴校在侯校長的領導下，各方面都蒸蒸日上。司令部的長官——」

瞎扯淡。這個猴琦，蚵仔校長，好歹也是個將官，聽說要經過老蔣親自面試的，成天只知道和大鵬灣那些非法蚵民暗通款曲，還派基地中隊的充員兵去海邊站崗守蚵仔。眞是軍愛民、民敬軍啊！也許認為派到這裡是貶謫吧？每個月收個十塊八塊的。天高皇帝遠，樂得日日一副謙恭有禮、體恤部屬模樣，上面下面怎麼看怎麼想，有何干係？司令部的長官、司令部的長官，會說什麼嗎？

集合持續了大約二十分鐘，然後各單位就各自帶開解散。敦敏和眾教官一齊走到司令台後那棵樹下。國治扶著獅公，笑瞇瞇地說道：

「沒事！沒事！」

大家到行政大樓交了卡賓槍和防毒面具，然後慢步走回寢室，等待開伙。

下午兩點。敦敏又在看他的〈貴客高樓醉賞燈〉。這時，交誼廳傳來乒乓球聲。他漫步過去一看，原來是水牛和阿富穿著拖鞋內褲在那裡鏖戰。他於是坐在一旁觀賞。打到十九比十七，正緊張間，突然腳步聲雜沓，湧進冬瓜和另外好幾個軍官來。冬瓜瞄了水牛和阿富一眼，皺著眉頭直搓手。

「顏處長，你們教官這個服裝儀容？」一個中校望著冬瓜問。

「是這樣子啦，因爲最近天氣酷熱，所以教官們在寢室裡的這個服裝儀容我們就——」

「但是這交誼廳應該算是公共場所吧，是不是？黃組長。我們司令部那邊都是這麼算的吧？」那個中校問他旁邊一個少校。

「既然這樣我們就馬上通令改正。司令部那邊還請美言幾句。」冬瓜恭敬地說。那個中校又四處望了望，然後就轉身帶著一干人出去了。

「繼續打！繼續打！羼鳥沒跑出來就好了，穿內褲又怎樣？肏他媽的！」水牛說。說著又發了球。只是，一球還沒打完，就聽到國治大聲呼叫說：

「水牛！司令部的長官要參觀你的閨房，快過來！」

敦敏和水牛、阿富出了交誼廳，走到水牛房裡。冬瓜等一群人與國治、小徐已在那邊四處張望。那個中校說：

「顏處長，不是我要說，你的教官這內務也實在是。你看看，衣褲襪子丟在書桌上，地上到處是紙屑，還有那邊，怎麼堆那麼多香蕉？咳！怎麼這個樣子嘛！」

「慚愧！慚愧！」冬瓜頻頻點頭致歉。然後走到書桌前，指著衣褲襪子說：

「李教官，這種東西放在書桌上，的確不大合適吧。」說完，他兩顆圓滾滾的眼珠突然盯住桌邊牆上的一幅螃蟹畫。他凝視片刻之後，若有所思地唸著：

「看你橫行到幾時。」

他接著抓抓他的光頭，問水牛道：

「李教官，你這畫和這題字有什麼這個這個，怎麼說呢？對了，有什麼精妙的意涵沒有？」

「有什麼精妙的意涵？螃蟹麼，是大鵬灣抓來的。題字麼，螃蟹都是橫行的，不是嗎？」水牛雙手一攤，不耐地回答。

「是這樣麼？」

冬瓜沒有再說下去。他轉身問那個中校：

「我們可以走了吧？」然後，也沒等待回答，就踏步出房間去了。

晚飯過後洗了澡，敦敏照例和水牛、國治他們幾個人一起到車站邊老張的小館子去進補。老張那裡除了麵之外也沒什麼貨色。那晚只有雞蛋、下水和豬頭肉。國治用筷子敲敲老張端過來的一盤豬頭肉，調侃他說：

「老張，你看看這豬頭皮。盡是毛，要怎麼吃？」

「媽的個屄！除了老毛子吃不得外，什麼毛不能吃？」老張回答。

「那你雞巴毛吃不吃？」國治問。

「國治，我看你是不是早上熱昏頭了。」阿富說。

「你才熱昏頭呢。我他媽的不過趁機去涼快涼快。來！來！大家多補一補。生雞蛋加蜂蜜，吃它兩個，百戰不敗。老張，有沒有蜂蜜？倒半碗來。再來十個生雞蛋。好好補一下，待會兒到東港去爽爽。」

「媽的個屄！什麼蜂蜜。叫我放著賣誰去！」

「國治，你有老婆的人講話留點口德好不好？不要搞得獅公晚上輾轉反側睡不著覺。」阿富說。

「睡不著覺？全副武裝跑一百公尺就昏倒的人會睡不著覺？我說啊，自己搓一搓，不用十秒，包管就偃旗息鼓。」

「我不用十秒就？等一下去東港，我單挑你。」獅公憤憤不平地說。

「好！一言爲定。我是看你們他媽的一群老弱殘兵，怕害了你們囝仔栽。不然誰怕誰不成。」

「說眞的，那種地方你眞敢去嗎？國治。」阿富問。

「有什麼不敢？一穿上這堂堂中華民國國軍軍裝，出生入死、無憂無懼，有什麼不敢的？」

「算了，國治，你也別逞口舌之勇了。都在這裡，你還不也是老弱殘兵一個。」阿富把話做了個了結。

他們出了老張的館子，走上馬路。水牛突然說：

「我們今晚換到醫院後面去割香蕉，高興高興。」

大夥兒都說好。敦敏說：

「我有點尿急呢。先回寢室一下怎麼樣？」

國治聽了，嘆了一口氣，說道：

「敦——敏——。你們這些學問家，這一年多的兵是怎麼當的——馬路這麼寬，哪裡不能撒尿還得回寢室去——」

「是麼——」敦敏問。「你們要在旁邊等嗎？」

「你臉皮薄，我們陪你一齊撒，免得你撒不乾淨。」國治說完，一面拉著敦敏往馬路邊走，一面叫道：

「喂！你們都過來。」

水牛他們果眞都聚了過來。五條烏黑人影排成一排，向路邊的水塘裡撒尿，噓噓啪啪之聲此起彼落。剛要結束，一輛小卡車從林邊方向哐啷哐啷急駛過來，車燈從他們身上掃過，車子叭了兩聲過去了。

「㑚他媽的！這泡尿撒得爽。」水牛邊拉拉鍊邊說。「香蕉今晚不去割了。」

90 二十萬元

「情勢如果眞的這麼壞，你們就出國去吧！」佑一說。

「我很感激你。但是你也不要太勉強。」敦敏說。

「我自有辦法生存。我已把你培養到這個程度了，我不能讓你毀在這個情勢裡。」

91 溫哥華

我愛台灣好地方，

唱個台灣調。

這一飛是由日亞航飛東京，由東京轉溫哥華了。

再見了，台灣。

白天飛到晚上，晚上又飛到白天。昏頭轉向的機師一定降錯地方了。這裡一定是天堂，根本不是什麼溫哥華。

「老洪！這裡到處這麼漂亮嗎？」敦敏問。

「這條街叫 Southwest Marine Drive，一路上大概都差不多。」到處多采多姿的木造別墅建築，短草皮、大院子，結了實的果樹，地上一片黃澄澄的落葉。一個申請前從未聽過名字的地方。一定是天堂。一定是天堂。

「Alfred 住一間，我住一間，你們兩位住大間的一間，大家將就一下。」敦敏和婉如把行李拉進房裡。眞是天堂。比起同安街那間。

「今晚我請客，大家不用客氣。主菜是天津冬菜燉排骨。敦敏、婉如，這裡匪貨充斥，你們不用訝異。等一下我們還吃天津鴨梨哩。」

「先謝了。」敦敏說。

「我們這裡是第十街。第九街這裡稱爲 Broadway，是商業街。你看 Broadway 對街有家 Safeway，那是超級市場。Broadway 這一面有家 Produce City，是蔬果市場，比較便宜，而且大陸貨多，我比較喜歡在那裡買。」

菜端出來了。就一個單身漢而言，眞是好菜。

「老洪！你出來幾年了？」敦敏問。

「三年了。」

「回去過沒有？」

「像我這樣滿身匪氣，敢回去嗎？」

Alfred 先告退了。

「Alfred 是香港人，對國共鬥爭沒興趣。」

「只是吃吃冬菜、鴨梨就上黑名單了嗎？」

「你們到我房間看看。」

《人民畫報》、《光明日報》摺疊得很雅淨，堆在床頭上。

「我告訴你，我在台大的同學還看《毛語錄》呢！」

「不敢公開看吧。明天我帶你們去看電影，你們看看有何不同。」

入口有條板凳，坐著兩個老頭。

「今天放《車輪滾滾》和《天山紅花》，挺不錯的。」一個老頭說。

老洪買了票帶敦敏、婉如一起進入院裡。「那就是專門來點觀眾的。這裡看大陸電影的人少。多出一個他們都知道。」

「所謂細胞，就是指這種人吧。」

「就是細胞。UBC台灣學生不滿十個，要釘很容易。你們自己小心點。」

「這裡只有國共鬥爭嗎？」

「這裡老僑多，所以國共還糾纏不清。新僑都來自台灣，統獨鬥爭就激烈多了。」

看完了電影，老洪帶敦敏和婉如到 China Town 去買廚具和雜貨。

「這麼漂亮的地方，回家後你讓我和婉如一起在附近逛逛。」敦敏說。

「沒問題。我們的房子就在 Trafalgar 跟第十街交接處，不會迷路。」

The violent take it by force. 美黛小姐，門票十元。現在好不容易憑著簽證才進來的天堂，竟然又把它攪成沒有柵欄的動物園。敦敏和婉如順著 Trafalgar 往北慢慢走。敦敏第一次看到秋的蕭颯。羅斯福路的木棉葉。的確不同。那不是作詩填詞所能表達的不同。那是生命形象的不同，感情基調的不同。法國鄉間一個不知名的小鎮，沒有家、沒有學校、沒有國民身分證、沒有因陀羅網，只有我和 Christine。差不多了，但還是不行。細胞。七個人裡面布建一個細胞。不能統、不能獨。有細胞，有國民身分證，有因陀羅網的光。每間房子都是多采多姿的木造別墅建築，短草皮、大院子、結了實的果樹。走在路上，連生人都會對你說 Hello 。走到十字路口，車子都會停下來讓你先過。禮失而求諸野。我們中國人要花幾百年才能建設出溫哥華這麼一個城市呢？新店、木柵那邊若不蓋監獄，能不能從零開始，顯示點希望呢？大概不能，摸摸茶和麻將館要越曲折幽僻越好。還有，人家在這裡不吐血的。我們那邊室內室外無處不吐。自來水引去洗街恐怕都不夠洗。沒有自來水，建什麼城市呢？老蔣死了，小蔣要有新氣象。就把新城當新氣象吧。奉天承運，皇帝詔曰：朕自接續大統以來，屢思有一新天下耳目之作爲，今知新店、木柵空地甚多，可仿建外國名城。著行政院自即日起廣蒐有關加拿大國溫哥華市之資料，建一台灣溫哥華，以爲國家之門面。消息一見報，老洪立刻買了機票，飛回去了。

92 買書

Macdonald 那邊有家舊書店，一位五、六十歲的老太太在看店。也沒看到什麼顧客進去，但是它就是不倒。敦敏和婉如靜靜走了進去，門口最醒目的地方放著的是一部亮麗的梵谷彩色畫冊。敦敏心動了。他翻翻價格：二十六元。翻完後就把書放在手邊。不久，老太太走到他身邊，把書拿回原來的地方去。敦敏有點 upset 。他又去把書拿到手邊。老太太尾隨過來說：

「After you look at a book, you should return it to its original place.」

「But I wish to buy it.」

「To buy it? Aren't you a student?」

「Yes.」

「Nowadays students don't buy books. They only borrow. 26 dollars is really big money. We have less expensive versions. Are you interested?」

敦敏內心自然一番天人交戰。每年三千多元的助教收入。充滿悲劇生命力的梵谷畫冊。即使每週少一片牛排也要把最好的梵谷搬回台灣。敦敏問問婉如，婉如說：「你眞喜歡就買吧。」敦敏付了一張二十元、一張十元大鈔給老太太，老太太鄭重其事地找了他四塊錢，說：「I don't understand you.」

「學生都不買書，那書要賣給誰呢？」敦敏問。

「成年人吧。」

「他們的學生大概沒錢。」

「世事也眞難說。在台灣都是學生在買書。」

「那老太太也眞是。就從我面前把書抱走。」

「也許那是規矩。」

「不！是我看來不像是會買書的。」

「反正你書也買了，其他事就別計較吧。」

「別計較。你若不向那老太太學學，以後我破產了，你可吃不消的。」

「你的收入還不夠資格談破產。」

「每個月只給你兩百元，那就是破產了。」

「三百五有三百五的開銷法，兩百有兩百的開銷法。餓不到我，你別擔心。」

「二十六元有二十六元的書，十四元有十四元的書，對不對？」

「對了，要是是赤牛，把整個店都買走。」

「不知怎麼了。好像在木柵那邊當歷史講師。」

「緣聚緣散啊！」

「這傢伙，遲早會出來的。」

「我們再來談談老太太吧。顧客要買二十六元的，她卻推銷十四元的。」

「也許怕你反悔吧。」

「銀貨兩訖，有什麼好反悔的？」

「那為什麼？」

「這學問可大了。資本主義的意思就是錢滾錢、利滾利。錢送上來不拿的叫什麼呢？無懷氏之民歟？葛天氏之民歟？老洪提過，說有個加拿大教授告訴他：『加拿大這個國家無爭無求，卻能過得這麼富裕悠閒，原因是他們的祖先把財富積夠了，把文化也積夠了。』單單羨慕是沒用的，我們得死命地追。追什麼？追來的結果給誰？這老太太的做法勝過路不拾遺。我們在台灣有誰在路不拾遺？『貨惡其棄於地也，不必藏於己。』一個夢罷了。」

「你不要又想東想西了。我們回來想想老太太的事吧。」

「也許她覺得這樣對顧客服務比較周到。把各種貨品拿出來讓顧客選擇，這就是服務嘛。」

「是啊！Better service 。」

「但是剛剛的情況是顧客已經選定貨品。」

「這件事真的很難解釋。」

「這比那些漂亮建築令我印象更深刻。想起那些禮讓行人的車子，想起這個老太太，我真覺得台北像個大雜院。玩摸摸茶、打麻將也就罷了，吐那檳榔汁算什麼？」奉天承運，皇帝詔曰：除了街道設計、別墅建築、草皮、果樹外，還要學習文化。我們留學生是得了特權出來透氣的。將來要帶什麼回去呢？悠閒正直。要讓新城秩序井然，假如眞有新城的話。咳！新城。摸摸茶、麻將館。十年樹木，百年樹人。Fudonodo。Fudonodo。等一下意識，等一下意。你得從頭開始才行啊！我寫第一篇報告就得使用正確嚴整的 footnote。我只要帶這個回去就行了？愚公移山。每個人帶一點回去，一百年以後就燦然有成了。把老太太塑個銅像，放在新城門口。老太太說：你們把我弄來這裡幹什麼，這裡沒有文化。老洪問：「你爲什麼轉去念文學？」「我不想再走進台大哲學系一步。」我要學點有「文化」根柢的東西，把它帶回老太太身邊。但是，還是那句老話。百年有多久。假如小蔣中道崩殂，誰來接新城這個事業？政治是眼前得不得掌聲的玩意兒。老蔣、小蔣奉天承運，還可定些大計畫。現在老蔣死了，小蔣宿疾在身，還能談新城這碼子事嗎？也許還是先整頓摸摸茶、麻將館好。然後在景美、木柵蓋監獄。多蓋幾座。這個時代有工程就有回扣，連做廟的弘銘都知道。多蓋幾座。多蓋幾座。

93 年夜飯

敦敏和房東談妥，轉租到西第六街二五八五號已經有半個月了。這天是除夕，敦敏請吃飯。

「老王，你貼那張青天白日滿地紅拿多少錢？」老張問。

「什麼錢？你貼五星旗有錢嗎？」老王答。

「那麼，同鄉會演蔣介石和尚打傘，你去打個報告，總該有了吧？」

「去你的。打什麼報告？人家都公開演了。」

「照你的話，是私下講的才打報告囉？」

「——！你太過分了你！」老王有點動怒了。

老洪這時插進來道：「好了！好了！你老爸的移民辦得怎樣了？」

「被退了。Immigration 那邊要我提收入證明。我他媽的有什麼收入。還不是一個 TA-ship，一年三千八。」

老張接口說道：「要快。不然過個一年半載，台灣解放了，你老爸準被抓去槍斃。」

「媽的這也不用你管。你要不是已經全家移民，諒你在這裡貼五星旗也救不了家裡一個人。」

「到 China Town 去找個富婆結婚，就萬事OK了。China Town 女多於男，聽說老處女成群結隊在等老公呢。老王你不是也急著想結婚嗎？乾柴烈火，一觸即發。」

「張育清！賤你！」老王突然憤憤然站了起來，雙目炯炯僵了一回，然後大步走向盥洗室，把門哐地一聲關起來。

「老張你不要講這種話。老王他很純情的。」老洪說。

「還是在室男是吧？」老張問。

「老實說，我近來也覺得很困惑。每天拍《紅星閃閃》那種電影。整個民族幾十年都看著過去，不看未來，不知要如何往前進。」老洪說。

「大概共產黨的光輝只有在過去裡才看得分明吧。」Jack 說。

我們有兩個中國。一個大陸，一個台灣。有兩個台灣。一個反攻大陸的台灣，一個各自獨立的台灣。有兩個台灣獨立，一個是獨台，國民黨的台獨。一個是台獨，台灣人的台獨。又有兩個台獨。一個是右派台獨，一個是左派台獨。哈，分裂的中國，分裂的台灣，分裂的人，分裂的我。

「孫中山革滿清的命。袁世凱革孫中山的命。蔡松坡革袁世凱的命。蔣介石革北洋軍閥的命。毛澤東革蔣介石的命。革命早已成功，國家依舊腐爛。」Jack 說。

「革命歸革命，年夜飯還是得吃。加州白酒。兩瓶 dry，兩瓶 medium。慢慢喝，喝個痛快。」敦敏說。

「喝一點助興罷了。等一下回去還得開車呢。」Jack 說。

「不開車也不行。喝多了公車司機不讓你上車。」老洪說。

「看！我都忘了。眞是洩氣，加拿大人就是這樣，什麼事都一板一眼的。」Jack 說。

「這是人家社會安寧的憑藉。反正酒也不是什麼好東西，不喝也罷。我倒是懷念台灣的爆竹。一家人圍爐，爆竹聲此起彼落，那才像個節。」老洪說。

「這邊爆竹大概也不准放吧？」敦敏問。

「還放？哪兒去買？」老洪說。

「不用洩氣。不能多喝就多吃吧！這是祖國來的，天津冬菜，燉土鴨。這是故鄉來的，蘿蔔乾煎蛋。不要小看這蘿蔔乾，土法製的。這也是祖國的，純馬尿浸的皮蛋……」敦敏說。

「好了，好了，台灣蘿蔔乾煎加拿大蛋，味道能純嗎？吃吧吃吧！」Jack 說。

「有些台灣菜，希望大家吃起來都能習慣。」婉如說。

「我是什麼都吃啦。怕的是這頓飯吃完了後，老王身上又增加一股匪氣，下次回台灣怕要被抓去唱〈綠島小夜曲〉了。嘿嘿。」老張說。

老王沒有答腔。老王雖然是忠貞的KMT，可靠 China Town 的匪貨活命不曉得已多少年了。不用生抽、老抽，難道要用 catchup 炒菜？這是大陸同胞的產品，與共產黨無關。據說有關方面是這麼說的。既然如此，那當然沒關係囉。

叫著我
叫著我
黃昏的故鄉
不時地叫我
叫我這個
苦命的身軀
流浪的人
無家的渡鳥

Jack 開始唱。老王說：「我要唱國歌。」說完，他果然「三民主義，吾黨所宗」大聲唱了起來。Jack 對老張說：「你如果不服的話，就唱東方紅好了。」老張果然也大聲唱起東方紅：

東方紅
太陽升
中國出了個毛澤東
他為人民謀幸福

呼兒咳喲
他是人民大救星

「Jack，你真的決定回台灣去?不等BCIT的課業結束了?」老洪問。

「結束有什麼用?還不只是多張文憑。UBC的都不要了，要BCIT的幹麼。」

「工作有沒有著落?」老洪問。

「我老爸說他想退休了，叫我回去管工廠。」

「原來如此。難怪你不在乎文憑。那你這兩年在BCIT學的剛好派上用場囉!說實在的，如果有條件的話，留學就該像你這種留法。」老王說。

「算了，天下哪有那麼多木材廠小開可當!現在來北美，不從留學變成學留已經不錯了，還有幾個不要學位的。」老洪說。

「喂!喂!什麼留學變成學留?是不是在說老王和我?」老張問。

「這有什麼好怕人說的。我也很想學留呢!」老洪說。

「回台灣去也不錯，早點討個老婆。」老王說。

「老王你終於急著想討老婆了是不是?MBA的那個蔡麗娟不是常跟你去你們KMT的加西校友會跳舞嗎?怎麼樣?有沒有意思?」老張問。

「那個三八!」

「喔!嫌蔡麗娟三八。那王富美總可以了吧?」

「王富美哪裡輪得到我。」

「你條件哪一點不好？森林系的 Ph.D. candidate，citizen，三十二歲，年輕有爲……」

「甭提了！」

「整個 Vancouver 就那麼幾個台灣來的女生，到哪裡去討老婆？老王你乾脆要家裡安排幾回相親，夏天跟我一起回台灣算了。」Jack 說。

「我不喜歡相親。」

「什麼都不好，那我看你只剩一條路好走了。」老張說。

「喔？」

「去做 vegetarian 吧。不吃魚肉賀爾蒙少分泌點。」

這時 Jack 突然容光煥發，興奮地說：

「告訴你們，前一陣子我到 Hasting 去，有一種專門給觀光客看小電影的，一小間一小間隔著，投七毛五 monitor 就演十五分鐘，旁邊還提供衛生紙，搞完了——」

「Jack！別太興奮，有女士在呢！」老洪說。

「沒關係。我們能理解你們單身男性的困難。」婉如說。

「許太太眞是快人快語。」Jack 說。

「老許！說實話，我們眞羨慕你呢，太太又漂亮、又落落大方。」老王說。

「對我太太講吧。」敦敏說。

大家說得多，吃得少，很快地十一點鐘了，大家開了車離開。只有老洪走路。他送老洪出去。雪紛紛下著，地上早積了有五、七吋深了。老洪拉起夾克頭套，雙手插在褲袋裡，低著頭邊走邊往前踢雪。「小心。」敦敏喊了一聲，回去了。

94 交心

一對穿著毛裘的年輕人很亢奮地唱著：

我們辛苦地工作，
爲了美好的明天。

「是CBC。」

「不知是哪個通訊社拍的？」

「開始了。」

「我是店長。我叫倪偉才。我每天上班總順路到心潔市場去買菜。今天又去了。才耽擱那麼十分八分嘛。心這麼一動，就違反了全天爲人民的鐵律。我已經買了三、五天的菜了。所以這麼做，全因大家積非成是嘛。你們看，你們看，我又在爲自己找階子了。這全天爲人民的鐵律，是不能積非成是，不能找階子的。」

「我是配藥員。我叫丁琦。我今天晚了十二分鐘到，也是積非成是，買菜去了。我今天犯了更大的錯，就是我收菜的時候，就來了顧客。我讓他乾等了十分鐘總有。他走了後，一隻蜘蛛爬出藥櫃裡來，我拿了個五分錢銅板追牠，沒想到在另一個藥櫃縫裡追丟了。這維持藥櫃乾淨的事也就敗在我手裡。我去王文詰那邊拿報紙，結果把報紙搶得四分五裂。」

「我是收銀員，我叫王文誥。近日來顧客不多，就有人不來買銀行憑單，直接到丁琦那邊付錢。我有時一個子兒也收不到，不得不懷疑他暗了去了。人民同志，尤其核心同志，怎可隨便自己懷疑呢。人民群眾每個人關心兩位對象，也夠累了。丁琦，你有陣子每天早上在心潔市場徘徊，你以爲沒人知道？店長最近常晾彩色內褲，剛剛又沒講吧。交心要知無不言。你們做到了嗎？王天，你今天晚了一個半鐘頭多。昨天怎麼搞的。」

「小孩發燒了。」

「你又沒買藥。」

「累了點，就睡過頭了。」

「你今天氣色發白，總有什麼原因吧。」

「昨天和我那口子辦事，不到半分鐘就射了出來。那個瑪瑤，一手抓住我陰囊，抓得我靈魂寶兒皮破血流，整晚輾轉反側，無法止痛療傷。」

「What did he say?」

我來了，我喊一聲，迸著血淚，

「這不是我的中華，不對，不對！」

我們辛苦地工作，

爲了美好的明天。

哀莫大於心死，家醜不可外揚。一個人一天的大事，不管是好是壞，竟然是在藥櫃上抓蜘蛛。這種話只合回家以後跟老婆、孩子提，好讓全家把腰笑彎。這樣的話就是大家要向上級坦誠交代的嗎？上級滿足嗎？上班前先去買菜。上級有上級的困難。而且，有些事要眞計較起來，你上級也吃不完兜著走。在這裡工作的都是 chosen people 。你以爲當個店長就能怎樣。每七個人裡面吸收一個細胞。每兩人關心一位同志。因爲都是一再試驗過的，所以每兩人關心一位就夠了；否則恐怕得一位關心一位，每晚睡前向毛主席報告成果吧！

我們辛苦地工作，
爲了美好的明天。

多麼誘人的歌聲！格魯拉下午翻我裙子。阿格力都說了，你不承認行嗎？阿格力你竟然。支書說這樣子大家才會認眞工作，爲人民爲黨爲毛主席一心奮鬥。閻羅王。

「你還看不看？」婉如問。

「你自己看吧！」敦敏答。

馬二。閻羅王受幾人節制呢？馬二呢？三個，五個。閻羅王可以管台大。馬二只能臨時授命。老蔣說：「我今天便祕，怎麼中午沒過就傳出來。」「報告委員長，那是因爲醫師有點擔心，出來交代採辦官多挑幾樣通便的菜回來。請委員長不必多慮。」「多慮？那陳誠還在，還有他派來的那個理髮師。至少還有一個人在監視我呢。說實話這被監視的滋味還挺苦口呢。」「南部那些摸摸茶、麻將館，你是怎麼治他們的？」阿霞問。「這些問題講一個晚上也講不完。你去洗澡，洗完澡我們來親熱。」老蔣說。「不告訴我！以前在潮州我差點就栽了呢。這些男人。」阿霞說。徐薇。還有那個叫什麼？梁玉辰，想起來了。那麼漂亮的女生。一進台大就得趕緊在還沒受污染的女生中挑個對象。機會一去，就難了。她在你面前掉眼淚，你都分不清是眞掉、是假掉。那個魏文林，幾十個在監視總有吧。那一天喝了酒，發了狂，在研究室裡打手槍一定也歷歷在案。那對唱〈草原情歌〉的男女，若互相愛悅，大概就不會有揭發的事吧！翻裙子、抓蜘蛛、不知哪個該優先揭發呢？同時揭發。這才沒有漏魚的時候。難怪馬二不能被稱爲職業學生。萬一馬二出局了，他那一組人馬就散了。更嚴重的，假如一組一組散了，整個集合就拆碎下來，不成片段了。所以要保護馬二。這個邏輯也說不通，馬二只受五人節制。爲什麼要特別保護馬二？集體很重要，必須保證馬二不給集體捅漏子，也必須保證馬二乖乖爲集體工作。

這種事件，想起來不會特別憤激了。只會特別悲哀。抓蜘蛛的意義何在？整魏文林的意義何在？曲折細碎，整個不就只證明集體運作得很順利而已。老毛、老蔣都會在意的事，怎可把它收起來曬太陽，讓老毛、老蔣在船上憂心？魏文林、格魯拉明天就會隨著筏子沉入台灣海峽了。我們輕鬆了。

李敖、魏文林、一民，好像螃蟹被網住了。有什麼辦法嗎？有。剪個角把他們夾出來。但是萬一剪壞了，整個網子破了，補破網多難啊。補破網。假如李敖是鳥幫幫主。李敖帶著魏文林，又帶著小毛頭謝一民，追我過高屛溪。我沉迷財勢、所依非人，身邊沒有一個可用之人。我要怎麼辦。不趁著機會建摸摸茶、麻將館，來重建集體，行嗎？楊芳明，那個書呆子頭，假如連同魏文林成雙都斃了，我現在處境會好多少！我連阿霞都不准碰的東西，你魏文林竟敢扯，我能輕易放過你嗎？

所謂共產主義，就是這個嗎？那台灣早就是共產主義了。我們在捍衛什麼國家、什麼主義？大概共產主義還有更精采的地方。翻裙子。只有兩個人。抓蜘蛛，四個人。七個人裡面安置一個細胞。也許是因爲他們治安比較差。或者是因爲抗拒比較強。這種差異小到不足以作任何分辨準則。權稱台灣版的爲A型共產主義，大陸版的爲B型共產主義吧。

毛澤東從蘇聯學，蔣介石從日本學。世界上的標準政權是這樣的嗎？所以要發揚資本主義，打擊共產主義嗎？

「看完了沒有？」敦敏問。

「剛剛。」婉如答。「你又想了多少問題了？」

「我想了些政治控制的問題。」

「我想了些性生活尊嚴的問題。」

「都是出人意表的吧。」

「我很喜歡片頭那段歌。」

「那是人們對中國的最終期待。」

「我們來親熱一下。」

這或許是最妥帖的反應吧。

95 船（一）

我們辛苦地工作，
爲了美好的明天。

洪湖水啊，
浪呀麼浪打浪啊，
洪湖岸邊，
是呀麼是家鄉啊。
清早船兒去呀去撒網，
晚上回來魚滿艙。

「無懷氏之民歟？葛天氏之民歟？」

白雪像剉冰一樣地下。那會下剉冰的地方，多麼奇異。而且，天蒼蒼，野茫茫，只有兩個人、兩匹馬、兩群羊。沒有汽車、機車、腳踏車。沒有國民身分證，沒有因陀羅網。「為了美好的明天。」多麼令人期待。可惜，一旦阿格力報告格魯拉翻了她裙子。

一切都改變了。

阿格力可以向父、母親或姊姊告發，一起到格魯拉家裡要回公道，甚至到把格魯拉打得滿地亂竄都可以。她為什麼要去報告——毛主席呢？——去打小報告的人何以必然是去扶孱呢？也許他真的認為我們作姦犯科吧。小弟弟有時也會向爸爸、媽媽告姊姊在學校偷看漫畫。難怪中冓之言，也得講出來。中國人奮戰幾十年，為的就是這個嗎？統治一個社會，必須順其天性，「人不為己、天誅地滅」這是一條。人要細胞滲透，是第二條？

敦敏站在 Kitsilano 海灘望著緩緩駛離的船。船身上半漆著紅漆，下半漆著黑漆。老洪說那些船都是開往中國大陸去的。開往天津。天津冬菜、鴨梨。兩個人、兩匹馬、兩群羊，奔馳在天蒼蒼、野茫茫之中。草原的牧民也需要細胞控制。假如毛澤東在江西被蔣介石給斃了。細胞的數目會改變，其餘大同小異。二十六元實在太貴了。我們有便宜一點的，你要不要看看。禮失而求諸野。要仿照一座溫哥華。但是溫哥華的「文化」要如何仿照？老洪、老王、老張，和我，什麼話都講。這是什麼「文化」？這是沒有細胞的「文化」。

「婉如，聞一多回大陸的時候，絕望地說：『我來了，我喊一聲，迸著血淚，這不是我的中華，不對！不對！』他出來透透氣，回去更加痛苦。我們畢業以後作何打算？」

「難道你曾想過去大陸？」

「以前覺得這也不失爲一條路。」

「現在呢？」

「CBC那個節目讓我醒悟了。」

「那就回台灣吧。」

「我不回去。我們也來學留吧。但是一旦想不回去，我突然熱切想念起那邊的事事物物來。」

「你們這些男生，繡花枕頭。當初嫁給你，我不是昂然闊步就到你家去了。回不回有這麼難決定嗎？」

「情況不同麼。我們也去打聽一下，Immigration 方面政策如何。」

「不用這麼急。幾年後的事不用現在就操心。」

船緩緩駛離。載走一船細胞，一船交心同志。「我在溫哥華，看到岸邊的柳條，眞想跳船。」

「假設天津港有這麼漂亮。造個溫哥華。把溫哥華『文化』也搬來。」「先生，你的西裝濺到檳榔汁了，你要不要?」「喔，多謝!多謝!我去一下洗衣房。」「先生、小姐們，時間不早了，這麻將牌有點吵……」「對不起、對不起。我們這就停了吧。」天津的床特別大，老蔣、阿霞十分滿意。但是宋美齡來捉姦。「溫哥華運來的洋床，我連看都還沒看，你就要跟二奶溫存。看我利剪把你那醜東西剪成兩段。」「潑婦，把她送到溫哥華學『文化』，順便宣慰僑胞。」「溫哥華人大概不稱『醜東西』吧。」阿霞問。「叫人快點去查。」老蔣說。「把溫哥華造在新店景美。貪財好色的優先讓他們學新『文化』。那些叛亂分子，學了會怎樣，沒人知道，小心點。」

「等一下吧。這時的夜色最迷人。」

「回家吧。」婉如說。

船緩緩駛離。

今日又是風雨微微異鄉的城市，
路燈青青照著水滴引阮的悲意，
青春男兒，不知自己要行叨位去，
啊……漂流萬里，港都夜雨寂寞暝。

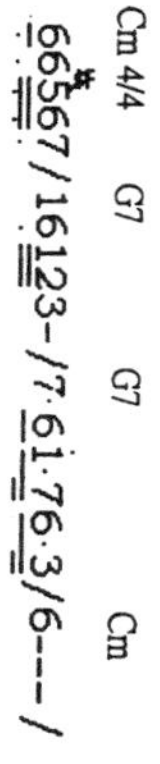

Cm 4/4 G7 G7 Cm
66#567/16123-/7·61·76·3/6--/

敦敏和婉如走到 Arbutus 和第四街，看到一家叫做 All You Want 的唱片行。兩人進去瀏覽了一下。買了一捲錄音帶。RCA，《Horowitz plays Rachmaninoff》。《齊瓦哥醫生》。一望無際的，一望無際的黃澄澄的油菜花。

96 唱片行

「在台灣從來沒有看過這麼大的唱片行。」婉如說。

「Down Town 有一家叫做A&B的，更大。不過，那家店好像是專門拚業績的，鬧哄哄的一團亂。」

「你如果喜歡的話，可以多來逛逛。」

「你知道 Rachmaninoff 和 Horowitz 嗎?」

「不知道。」

「我國人。」

店主人拿了一本書過來，說：「For your convenience.」是一本 Penguin 的唱片評鑑。「Thanks.」敦敏說。這尾好啦，現撈的；那一尾也不錯，肉質很甜。整攤讓你來選，選不到好的我明天就收攤。「這魚好像不怎麼鮮。」佑一說。「魚販子幫我選的。」爲了多賣十元、八元，他也顧不得造什麼惡業了。可憐我同胞。

「敦敏，唱片跟音樂帶都很多呢。」

「找找看有沒有 Kempff 演奏的莫札特二十三、二十四號鋼琴協奏曲。」

「這你在台灣不是有一張嗎？」

「正因為在台灣聽過。」

「好吧。」

Kitsilano 的夜色多迷人。那些船有沒有開往基隆高雄的？如果肯在景美、木柵造新城，就是愚公移山我也甘心。

我們辛苦地工作，
為了美好的明天。

把他緊緊綁在竹叢下，過了十天八天，竹筍長出來了，那個筍尖就直往他肛門裡長。他痛得叫爹叫娘。再過了幾天，他就一命嗚呼哀哉了。三面紅旗。文化大革命。四人幫。「文化」的確要改。但是，怎麼改呢？聽古典音樂。「那是你們這些知識貴族才聽的。」婉如有一次講過。即使只聽〈港都夜雨〉、〈補破網〉也行。「這是知識小資產階級聽的。」婉如說。眞有人連〈台灣小調〉、〈望春風〉也聽不懂嗎？

「那些開大卡車的人，除了有興致嚼檳榔外，你還要他們做什麼？」

西裝濺到檳榔汁了。「老五，送去洗衣店洗。『文化』，叫楊芳明講講如何提升『文化』。」

如果我眞不回台灣，如何去鼓勵大家學「文化」？

有人按電鈴。開門一看，是老洪。

「喔！老洪。」敦敏問候他。

「我打算回去算了。」

「為什麼？」敦敏、婉如都感到訝異。

「Jack 回去了。」

「我能理解。」敦敏說。

「他媽的一邊是毛澤東、一邊是蔣介石！」老洪在餐桌上捶了一下。

「有什麼掛慮沒有？」敦敏問。

「亞洲圖書館那個姓黃的是專門釘我的。如果問起，你幫我敷衍一下就好了。」

「說你找到好對象好了。」

「Kitsilano 那些船不知開向何方，如果行得通，溜上去到處漂泊也不錯。」

「可惜世界上有樣擺不脫的東西，叫做『家』。」

「就是。」

「我們一起到 Arbutus 去走走好嗎？」

「幹麼？」

「去買幾捲音樂帶。」

「這樣吧，先吃晚飯，吃過飯再去。」

吃過飯已經八點四十了。婉如說：

「那唱片行九點就打烊了，明天再去吧。」

「也好。」老洪走了。

婉如說：「自從你買了音響，已經赤字半年了，你得節省節省了。我把老洪打發回去，為的就是要告訴你這點。」

「那些音樂台灣都買不到。」敦敏答。

「你不是不回去了嗎?」

「我越想到不回台灣，越有一股買的衝動。我要有比台灣好的東西。我要住在比台灣好的地方。」

我愛台灣好地方，
唱個台灣調。

我們辛苦地工作，
爲了美好的明天。

「好地方」、「美好的明天」。「閻羅王。手要舉得起，放得下。我給你姓孫的，又給你馬二。你若還辦不好，以後就不用再來見我了。」「老婆抓得我陰囊皮破血流，我還得公告大眾。那天那個老外問什麼?這影片拍了是要給誰看的?」

我來了，我喊一聲，迸著血淚，
這不是我的中華，不對，不對!

「好吧!我會節制點的。我們到 Arbutus 去走走吧。明天再來買。」

「走走是可以，就暫時別買了吧。」

敦敏一回到家就去放 Horowitz 演奏的 Rachmaninoff。他兩眼淌著淚水。房東太太走下 basement 來，說：「Good music. Don't worry if it will be too noisy.」佑一聽不懂貝多芬。把 Rachmaninoff 放在新溫哥華的市門，星期假日就把這帶著淡淡鄉愁的 Rachmaninoff 第三號協奏曲放一次。連老洪也要回去了。老洪可以把百萬紅衛兵天安門大誓師的圖片夾在書裡帶回去，如此就可以一解另一股鄉愁。只是這太危險了。老洪不聽音樂，不然可以錄〈洪湖赤衛隊〉回去。什麼都不用帶，只要到溫哥華新城聽 Rachmaninoff 就好了。有新溫哥華要回去，沒有新溫哥華也要回去。晚點，老洪抱來一箱收拾齊整的《人民畫報》和《光明日報》。

「雖然是很諷刺的事，這些東西有時的確也能一解鄉愁，你信不信？」說完，老洪就走了。

那畫報上有幅湖邊浣衣的照片。

「洪湖水啊，浪呀麼浪打浪啊。」我愛台灣好地方，唱個台灣調。那不只是空間的鄉愁，那還是時間的鄉愁。鄉愁，我能挨過嗎？Rachmaninoff，一代大師。老洪，UBC森林系的研究生。敦敏，UBC亞洲系的研究生。地位應該跟鄉愁有點關係吧？至少大家沒忘你來自何方。像老洪和我，家裡的蟑螂都不忘欺負你。

「你聽了嗎？」婉如問。

「當然聽了。」敦敏答。

「我看到你打蟑螂。」

「那隻蟑螂讓我記起我跟 Rachmaninoff 的距離。」

「明天去買幾捲新的音樂帶吧。最好是 Mozart 或 Haydn 的。你再這樣天天聽 Rachmaninoff，會發瘋的。」

97 印象派畫

敦敏那天騎腳踏車上學，發現 Broadway 與 Alma 有一家書店。惠崇的〈秋浦鴛鴦〉和文同的〈墨竹〉好久沒看了，不知還在不在？哦！這裡有一本《Chinese Painting》。沒有惠崇和文同，不過，慰情聊勝無。西畫眞多。生手。不知從何看起。老闆遞了一本給他，竟然正是他向老太太買的梵谷。

「How much is this?」

「26 dollars.」

眞誠實。

「We've got hundreds of impressionist art books, which you'll certainly like. Come on in.」

敦敏跟著老闆進入書店裡部。果然滿牆滿壁印象派畫冊。美國發行，日本印刷的。還好婉如沒有來，她要來了，一定比我更難抵擋住誘惑。高更！排在那裡。要不要瞞著她，偷偷買兩本回去解饞。但是我沒對她做過這種事。一本吧。高更。高更就好。

「How much is this?」

「25 dollars.」

二十五元就等於兩捲半音樂帶。已經買了一百二十幾捲音樂帶了，再買兩本畫冊，應該不覺得怎樣。好吧。高更和塞尙。敦敏把高更和塞尙輪流翻看著。只有月入獎學金四五百塊的人，這樣地買不嫌奢侈點嗎？但是假如有一天我不得不回台灣，沒有這些音樂帶和畫冊，我要帶什麼回去呢？我不是白來加拿大一趟嗎？回去做新溫哥華城的監工，在新溫哥華的市門貼上高更與塞尚。有一天老王來，聽完音樂說，「我有 Prokofiev，我覺得更合我們的感受。下次帶來借你聽聽。另外，告訴你一個祕密。加拿大的居留權其實沒那麼難申請。只要到 China Town 找對律師，包管你半年就是移民。」「你是這麼辦的嗎？」「不是，我們剛來的時候很鬆。」哼！找律師。要把我說成什麼？農場工人？難民？我想留在加拿大。但是我要留得有尊嚴。談起尊嚴，我衣服都在 Army and Navy 買倒店貨，因爲音樂帶買太多了。我也不覺沒面子。但是，我去逛百貨公司，往往被當 teenager 看待。有一天一個 floorwalker 甚至就纏在我身邊。想起當初在台灣，穿上建中、台大制服，多麼神氣。雖然有點神氣過了頭，但何至於被當作潛在的 shoplifter。這溫哥華的「文化」得再琢磨琢磨才行。

「買了個禮物給你。」敦敏說。

「禮物，你？」婉如不信。

敦敏把書亮了出來。

「高更。塞尚。」

「多少錢？」

「五十。」

「高更，塞尚。倒不如說我送了你禮物比較恰當。」

「你不是很喜歡嗎？」

「但是誰又得錙銖必較了？何況我喜歡我可以到書店去翻。」

「你去書店翻，人家會懷疑你是 shoplifter。」

「我沒經歷過。」

「我——」

「只要我們嚴嚴正正過日子，別人——」

「不！這是溫哥華文化有個漏洞——重女輕男。不然，同樣又瘦又小，爲什麼只防我，不防你？」

「別動氣了。多謝你。好了吧。」

我的確是超敏感的人。不然的話，哲學系事件就脫不了身了。但是這溫哥華人歧視 teenager 也是事實。人家的事，管不了，隨他去吧。話說回來，假設我是移民，那也就是我的事了。要去找律師嗎？佑一知道了會怎麼想？他希望我拿了博士回去教書。聽說 Futonodo 說：在國外唯識讀不下去，轉去讀中文，騙騙人，爲了生活，也無可厚非吧。上天保佑她，把唯識讀好吧。一民自從小腹被踢之後，一時沒有什麼動靜。聽說小翠爸爸對一民有點意見，兩人一直沒有傳出什麼喜訊來。我在這裡的生活他們能想像嗎？不管了，先去買張 Prokofiev 來聽聽，老王那傢伙，少跟他牽扯爲妙。但是已經用掉五十塊錢了。

「你下次去上課不用穿內褲了。」婉如說。

「眞有這麼嚴重嗎？」

「存摺交給你。」

「看高更吧。看高更吧。」

婉如終於拿起高更看。

我喜歡到 Arbutus 去買音樂帶，因爲在那邊你有受珍視的感覺。明天去買 Prokofiev 。以後中午少吃條熱狗吧。但是書店還有數十數百的印象派畫冊。還有 Modigliani 。對了。新溫哥華城。把這些好東西全收進新城。如果眞要建新城，老洪早就買了機票飛回去了。但是沒有新城，他同樣飛回去了。

他聽到人家唱〈桃花舞春風〉，會不會想起〈洪湖水〉呢。咳呀！家。家是什麼？家在哪裡？「敦敏要到加拿大鍍金去了，他不會回家了。」惠雪說。鍍金。請律師。買音樂帶、買畫冊。是爲了怕不回台灣所以買這些呢？還是爲了要回台灣而買這些？去 Arbutus 。Prokofiev 的第三號鋼琴協奏曲，老闆推薦的。

「你呀！你跑哪兒去了？」婉如問。

「沒去哪裡。」

「騙人。你看，包裝得多齊整。」

「買了 Prokofiev 。」

「律師不去找，就只會買 Prokofiev 。」

「律師？你動心了嗎？」

「弄個身分，我可以去打工，也不錯。」

「哎呀！爲了這種好處去鑽法律漏洞，做知識分子的尊嚴都沒了。」去 China Town 找律師。恐怕都是做的華人生意吧。香港仔。台灣仔。奇怪，我在溫哥華認識到的台灣人都是極高級的知識分子，這種社會菁英不要，或者要透過律師才要。透過律師。要先看看你對加拿大有多仰慕嗎？我們爲什麼想留在加拿大？只不過因爲台灣不建溫哥華新城而已。不建新城就會抓人，會把哲學系抄家。這就逼得我們要離家出走嗎？音樂帶和畫冊要買到什麼時候心境才能平和下來？

「我不買音樂帶和畫冊了。」敦敏說。

「怎麼了？生氣了嗎？你還是買吧，我再想辦法。」

「不了。我想再買也解不開回不回去這個結。」

「那你心裡鬱悶時要怎麼辦?」

「偶爾買些。來看高更吧。毅然離開家鄉跑到太平洋小島上畫畫的人。」

「好吧。」

98 船(二)

老洪走了。Jack 也走了。一時就找不到人可以談論台灣和大陸的事了。有時也眞不想談,但是心裡又罣礙著。我有興趣的,究竟是家還是政治呢?分裂的國,分裂的家。也許都有吧。第四街了。眞想進去看看。

「我想進去看看。」敦敏說。

「好啊!」婉如答。

R。《Horowitz plays Rachmaninoff》。能夠在異國這麼大放光彩,心情會好些吧。他們會不會想家呢?彈到最華麗處,弦斷了。聽眾掌聲如雷。散場了,回到後台。卸下華服,卸下化妝,面對著窗外時續時斷的燈光。跟莫斯科一樣不一樣?人民的音樂家要爲人民服務。抓蜘蛛是服務,彈琴也是服務。是這樣的人在統治人民。你能怎麼辦?敦敏拿了一捲 Prokofiev 的第一號小提琴奏鳴曲,上下看了看,然後拿 Penguin 的評鑑來看,三顆星。要買嗎?老王說得不錯,Prokofiev 更合我們的心境。

「我拿去結帳。」婉如說。「爲什麼都不買海頓、莫札特呢?聽說比較輕快。」

「再說吧。再去看船。」

面對著窗外時續時斷的燈光。好像在飛機上看著莫斯科。如雷的掌聲比較迷人呢？還是莫斯科的夜景？是 Kitsilano 海邊的夜景比較迷人呢？還是圓山的夜景？山，水，沙，船。時續時斷的光。一切都在安寧中。

「我們最近常來 Kitsilano 看海，爲什麼呢？」

「讓我想起台北的鬧與快與雜。」

行人、腳踏車、三輪車、摩托車、轎車、卡車、聯結車，爭著上橋、過橋。好像急著去赴死一般。Kitsilano 的海，靜得有點可怕。我要趕著回去赴死呢，還是跑來 Kitsilano 怕死呢？尤其那些船，好像虛畫在陰暗露水中的幾個影子，靜悄悄的，一動也不動。這麼死寂的船，說是旅人可以漂泊世界的家，多麼可笑。

今日又是風雨微微異鄉的都市，
路燈青青照著水滴引阮的悲意。
青春男兒，不知自己，要行叨位去。
啊——漂流萬里，
港都夜雨寂寞暝。

停格。那船就像在這陰暗寂靜的夜中停格。在整個宇宙中停格。徬徨困惑的人們都湧向這裡，但是進不去。有不能進入無。我，徬徨困惑的人，每天在這裡看船。儘管每天看，仍然進不去。老洪進去了吧。他是最早希望進去的人。把莫札特扔進海裡，把 Rachmaninoff 扔進海裡，把 Prokofiev 扔進海裡。坐上熱氣球，飄到法國鄉間。沒有身分證，沒有因陀羅網。不需要熱氣球了。就進這船，開到南太平洋的小島，去看看高更的世界。開到一望無際的大海裡。開到不知何處。船裡的人看著溫哥華的美景，想跳船。船外徬徨困惑的人想進船。這就是世界。

「你著迷了。」婉如說。

「我從前也為你如此著迷過。」

「我那時很迷人嗎？」

「你一直都很迷人。」

我想我是個怯弱的人。要不然我就是個阿Q。我從沒想過要去奮戰。我只想逃避。

「我以為一天買兩捲 Prokofiev 就可克服。」

「我會幫你的。」

「我又以為一天買高更，一天買 Modigliani 就可克服。」

「不行嗎？」

「你是有福的人。你一直安寧祥和。」

「我願把我的幸福與你共享。」

「你不容易進入我那紛雜突兀的心思裡。」

「我看到了不少，也了解了不少。不然我不會嫁給你。」

「徐薇對我是怎麼回事，你知道嗎？」

「你好色，抵擋不住誘惑，但是又無法接受國民黨。就是這麼回事。」

「一開口就說我好色。」

「你辯解得清嗎？」

「好了，好了，算你對。再來，我沒有捲進哲學系事件，你覺得如何？」

「玩政治的人不能胡思亂想。你是首號喜歡胡思亂想的人。你沒有自知之明，但能從眾，表現還不錯。」

「好！問一個你受不了的。」

「我們約會遭遇困擾的時候，你知道我想怎麼做嗎？」

「你幻想坐上熱氣球，帶著個法國女孩，叫 Christine ，我還記得，降落於人間之外。」

「這個天殺的赤牛，什麼祕密都告訴你！」

「赤牛是個幹練正直的人，他又是我們的媒人，假如我們的婚事吹了，他能對自己交代嗎？」

「說來也有道理。」

「而且人家又不是白癡。天天跟在你身旁，會不知道你在想什麼嗎？」

「你什麼都能理解，那你知道我為何天天來看船嗎？」

「這船就是熱氣球。你著迷了。」

敦敏把婉如抱進懷裡。

「像這樣我的弱點你一清二楚，你為什麼還願意嫁給我？」

「看在你還有一些小優點啊。」

「我對這船的迷要怎麼解決？」

「留不留在加拿大，還是幾年後的事，幹麼現在就要煩惱？」

「我想帶點新東西回去，只怕徒勞無功。留在這裡，單單想起律師，我就覺得尊嚴受損。」

「世間有緣、有業。要抓住緣、擺脫業，全然憑藉一心。這是你講的。」

「一到溫哥華就被老洪帶進國共鬥爭裡。也許看看佛書，心情會平靜點。但是 Rachmaninoff 和 Prokofiev 要解決就沒那麼容易了。」

「也不過是漂泊。有緣、有業，他們會克服困難的。」

「他們都能嗎?」

99 沉沒

這裡只有《中央謠報》和 China Town 老廣的《僑報》。報導都跟眞正的台灣無關，也跟大陸無關。宋美齡下條子要《中央日報》報導「三峽少女孤苦無依，上書蔣夫人求助。蔣夫人致贈一萬元。」《謠報》就說溫哥華少女獲夫人致贈美金一萬元。想我《謠報》，如此重大任務已盡了十餘年了。

ABC，NBC，CBS和加拿大台的著名新聞節目《National News》每天忙著報導議會亂象、加稅爭論等等。溫哥華的報紙加上一些售房、賃房的小廣告。沒有台灣。沒有大陸。

那個老外一定受過很好的教育。

「Hello.」

「Hello.」

「Where are you from?」

「Taiwan.」

「Oh, Taipei. Are there snakes in Taipei streets?」

台灣沉沒了。大陸沉沒了。自從老洪離開溫哥華後，溫哥華的台灣和大陸就沉沒了。佑一模模糊糊。阿清模模糊糊。尤主任模模糊糊。馬二也模模糊糊。爲什麼不清楚起來？他鄉遇故知。即使是馬二也好啊。窗子開個空讓你出去，出去在漂浮中過日子。摸摸茶，麻將館，文二十，文會議室，一樣一樣也都模糊起來。職業學生。《紅旗》雜誌。《人民畫報》。徐薇、于莉、海義會不會同樣見到模糊的家鄉呢？不！台灣不是他們的家鄉。美國才是他們的家鄉。「Weiwei, you're quite at home here, aren't you?」「Oh! I really am.」

「Your English could be improved.」Professor Ives 說。眞的，要混成一個典型的加拿大人，我的英文還得加把勁。但是，我關心的是沉沒的台灣和大陸，不是我的英文。

你們可以嘲笑、鄙視、輕蔑我們。但請不要抹殺我們。

Address: 2585 West 6 Avenue, Vancouver, Canada

Landlady: Ms. Joanne Robertson

Eyes: Brown　Hair: Black

Department: Asian Studies

「Please publish for me the following advertisement. Please.」

地址：西第六街二五八五號，溫哥華，加拿大

房東太太：羅伯喬安女士

眼睛：棕色　　頭髮：黑色

學系：亞洲研究

「We don't know whated you want us to publish is. We are a Canadian newspaper.」

在天安門廣場上，百萬紅衛兵按聯隊排列。百萬一式的毛裝。毛裝。「我們是紅衛兵，所以我們穿毛裝。我們不穿你們的西裝。」

雖然有個全加最大的 China Town 。這些祖先來自廣東四邑的老僑與UBC內那十個左右的台灣留學生幾乎沒有往來。而UBC內那十個左右台灣學生，沒有一個像老洪那麼關心台灣政治。老洪在時，你不感覺；老洪走了，你才知道珍惜。人生不都如此嗎?老洪像是潛水艇的潛望鏡。現在潛望鏡沒了，潛水艇就像長夜漫漫，始終沉在黑暗無際的大海裡一樣。

Kitsilano 的船。潛到船下，船下五百呎，五千呎。四周一片藍、一片黑。寂靜、荒涼。身上的海

水好像排山倒海而來的紅衛兵，浮上岸來，穿著毛裝，說：「我們是紅衛兵，我們講普通話。所有英文改成中文，Kitsilano 改成克屈蘭諾，Arbutus 改成阿布塔斯。不！把英文留著。看這裡番子很多，留下番文路牌也是應當的。叫番人頭子來。『這番文和普通話並存是很理性的安排。你們以前只用番文，這是一種歧視。』」溫哥華市長費了一番唇舌，找來兩個翻譯，才弄清了紅衛兵的話。

「Are you a red guard?」

「Yes.」

「You have entered Canada illegally. We have to put you in jail for a few days.」

紅衛兵頭頭說：「要把我們關在這裡？先叫他帶我們看看市容。」

「We want to go sightseeing first.」

「No sightseeing. No.」

「What did you say?」

紅衛兵頭頭拔出槍來。

溫哥華市長最後請來了中國駐溫哥華領事，把整群紅衛兵帶走了。

100 收音機

沒有報紙、雜誌，改用收音機行嗎？敦敏走進 Radio Shack。幾乎都是 AM/FM。收聽溫哥華廣播電台用的。也是壓力的一部分。

「Anything I can help you with?」店員問。

「I am looking for a multiband short wave radio.」敦敏回答。

「Sorry. We don't sell that kind of radio. It may be difficult for you to find one. Good luck.」

「Difficult」。多難？敦敏回家拿出電話簿，翻到無線電話器材專賣店那頁。果然難。只有一家。在東 Broadway 上。敦敏帶著信用卡，趕著去搭九路車。The Seaman's。單看店名就知道跟漁船設備有關。要不要進去？進去吧。單逛逛也好。

「Can I help you?」店員問。

敦敏有點不好意思。他支支吾吾說：「Actually, I am looking for a less professional multiband radio.」

「Don't feel embarrassed. Less professional. We are too professional. Is that what you mean? Ha! Ha! Less professional. Ha! We happen to have this. Have a good look.」

店員拿出一台 Panasonic 的全波段手提收音機來，一看就知道是上等貨。

「We don't sell this often.」

「The price?」

「Let me see. Four hundred and twenty-six dollars.」

全世界的電台都收得到。就好像從這裡鑽下去，那邊台灣、大陸的聲音就穿過來一樣。但是信號怎麼這麼微弱？天線。快把天線拉出來。一樣微弱。喔！室內天線不行，需是室外天線才行。但是室外天線需要架幾十呎的高架線路，住在 basement 如何去架？「各位親愛的聽眾朋友，我們今天的節目就到此爲止……」現在是幾點？喔！時差。天殺的！好像買了個玩具回來。四百二十六塊錢的玩具。乾脆眞從地洞裡穿回去比較快。

想一想過去，想一想將來，尤其要想一想：現在應該怎麼辦。收音機的聲音突然變大：「……以蔣介石爲首的國民黨反動集團。」

敦敏把收音機和天線丟在床上，走出 basement，躺在草坪上。婉如去 babysit 回來，問道：「收音機買了沒？」敦敏說：「這種小菊花叫 daisy。這種鼻涕蟲叫 slug，那園子裡的小花叫 carnation。那個叫 pear，那個叫 hazelnuts，那個叫 maple……」

我要回台灣！

隔天早上，敦敏在 Broadway 的旅行社買了機票，下午坐上往東京的班機，回台灣去了。婉如體貼地說，她還忍耐得住，就留著看家好了。

然而，天下最諷刺的事莫過於乘興而往，敗興而還。整個台灣摸摸茶照常流行，麻將館照常興旺。沒有新溫哥華，只有景美木柵那些監獄。一切如常。沒遇到什麼令敦敏欣慰的事。他待了兩週，然後決絕地往加拿大去了。吸引我回台灣的究竟是什麼？導致我不滿加拿大的究竟是什麼？分裂的國，分裂的家。我分裂了嗎？

101 巴拉圭

下午兩點。敦敏在成田機場的轉機大廳裡隨意坐著。往溫哥華的飛機要等到晚上七點二十分才起飛。擴音器傳出布拉姆斯第一號匈牙利舞曲，有點加了點糖的酸梅湯的味道，但是取代不了敦敏候機的無聊。一個年輕媽媽帶著一個四、五歲大的小女孩。她穿著看來是波麗龍混棉的淡綠色洋裝和黑色尼龍絲襪，一看就知道是台灣鄉下來的。她不停望著手上的機票，然後朝他看。他很想去跟她聊聊。雖然離開台北才幾個小時，他現在又已經有了他鄉遇故人的感覺了。突然，她走上前來，出乎他意料之外地用英語說道：

「Bely soly. New Yoku. New Yoku. Where?」

「你是台灣人吧？」他問。

「是啊！我一直不敢問。早知道——」

「到哪兒去呢？」

「巴拉圭啦！巴拉圭。說叫什麼森我也弄不清楚。所以想來問你。在台北的時候他們說到東京來然後轉紐約然後再轉到那個什麼森。但是東京機場這麼大，我也不知道要哪裡去轉。」

「是亞松森啦。坐日航嗎？」他望望附近的告示牌。「好像只有日航。是四點半登機，第六號登機門。對了，這麼老遠到巴拉圭去做什麼呢？」

「我先生在那邊啦。已經去三年多了，在糖廠工作。說比台灣好，所以就把我和女兒辦出來了。」

他端詳一下那小女孩。她手上拿著一把軟糖，臉上還有一抹沒乾的鼻涕，穿著大一號，不，說不定大兩號的滾了花邊的紅色緊身連衫裙。是個滑稽但是可愛的孩子。也許來自枋寮吧，或者是大埤，或者是二林；先坐車到高雄、到斗六、到彰化，再坐到桃園。然後飛東京，再飛紐約，再飛亞松森。那個什麼森，她們要飛向那個什麼森。他一時不禁熱淚盈眶，趕緊轉過身去。那媽媽一臉錯愕；小女孩則左手抹著鼻涕，右手又往嘴裡塞了一塊軟糖。

102 海灘

櫻花的清香飄滿屋子。莫札特的歌曲像月光一樣柔美。

Là ci darem las mano,
Là mi dirai di sì,
....
Vorrei, e non vorrei,
Mi trema un poco il cor....

Marilin 像小波斯貓般依偎在沙發一角，微斜著頭，兩眼閃著藍寶石一般的涼光，總統走了過來，左手牽起 Marilin，右手舉杯，說：「Do not ask what your country can do for you, my dear Marilin. Ask what you can do for your country.」「Yes,」Marilin 回答，「I am your humble servant, your Majesty.」然後她把酒杯放在身旁小几上，兩手爲總統解下蝴蝶結。民意調查顯示，民眾公認甘迺迪爲美國歷史上最有魅力的總統。至於他與瑪麗蓮夢露的各種傳聞，多數民眾視爲英雄美人的佳話，津津樂道。

夏天、週末，一片槭樹、柳樹過後，沿著海水伸展了一帶灰沙和遊人，這就是 Kitsilano Beach。大家都穿著三點泳裝，躺在沙上。「臥倒！雙手持槍爬到樹幹下。」臥倒，脫下外褲，趴在樹下。是相思樹。沙上的陽光族腿上、背上、腰上、肩上閃著勻稱的棕色油光。「開始僞裝，塗上黑泥。」只有女士們鬆脫的胸罩下有一帶略泛紅暈的白玉。打開綁腿，一股汗臭直衝過來。幾個女郎仰頭屈腿躺在游泳池門口，臉上遮著草帽，鬈曲的陰毛從泳褲邊沿冒了出來，像小草一樣在微風中輕輕擺盪。這個台灣沒有。這個只有跟國治要去東港嫖妓比較相似。不！跟大家爭著出國比較相似。海水一片深沉陰涼的藍。七月的陽光恰恰緩和了風中水中逼人的寒意，涼暖涼暖的。陽光中輕擺的柳葉，沙上靜靜躺著的遊客，無波無浪的深藍的海水，一切都涼暖涼暖的。啊多麼令人陶醉的海灘！

Let us swear an oath, and keep it with an equal mind,
In the hollow Lotos land to live and lie reclined
On the hills like Gods together, careless of mankind.

加拿大之所以先進富足，主要是因爲他們的祖先爲他們累積了足夠的財富。這乾羨慕是沒用的。想想我們中國，這一兩百年來是怎麼過的？不是天天燒殺擄掠過的嗎？那人呢？阿Q、孔乙己。累積文化。能嗎？蔣介石、毛澤東，能嗎？現在新出了一個鄧小平，聽說要從事天翻地覆的大改革，不知能不能？

老劉好不容易熬到發了餉，吃過午飯就匆匆忙忙換了便服逕往四維街去。四維街在中山堂和舊海關之間，老劉還沒走到中山堂，就三步做兩步趕了起來。碎磚鋪的街面只有三、四尺寬，彎彎曲曲通向終端一間矮磚房。老劉跟著一個嚼著檳榔的歐巴桑進了一個小房間，歪在榻榻米上，全身上下東抓西抓。灰黃的榻榻米上泛著灰綠色的濕斑，蒸騰出霉菌和體液的腥氣。稍後進來了一個三十開外的肥婦人，順手閂上門，就把身上的短襯衫脫了下來，露出兩團汗濕淋淋如碗口一般大小的奶子來。

「媽的個屄，叫個胖女人來。俺不喜歡胖的！」

老劉咒了起來，一邊爬起來摸了她一把奶。

「臭老芋仔，和你這種人做已經夠衰了。」

阿珠邊說邊脫下裙子內褲，躺在榻榻米上叫道：

「要就快！」

老劉沒聽懂什麼，只知趴下身去伸手在她大腿間亂翻。她大怒道：

「你在幹什麼！」

這突如其來的一喝把他嚇了一跳。他縮回手憨憨問道：

「什麼事？什麼事？」

她伸手扯了一下他的褲襠，眼睛瞪著他說：

「快！」

老劉於是鬆開皮帶，趕著把外褲、內褲一齊拉了下來，丟到牆角，然後撲到她身上，右手在胯下不停地胡亂撥弄。過了片刻，她又大聲叫道：

「怎麼樣？還不快點！」

老劉皺緊眉頭，慢慢用手指指指下身，央求道：

「你幫幫忙。」她略微欠起身來探望了一下，突然失聲笑道：「哎喲，連翹都翹不起來，還——」

聽到阿珠笑聲，老劉驟然暴怒：

「媽的你笑什麼！」他用力抓了她的陰毛一把，接著兩手扣住她的奶子死命的轉。嘴裡還問著：

「說！你笑什麼！」

「救命啊！殺人了！殺人了！」

門上傳出急劇的敲門聲。老劉爬起來套上褲子，丟了二十塊錢在門口，然後開了門閃過站在門口的歐巴桑，往外大步就走。但是走了沒幾步，他又回轉來，趁著歐巴桑在扶阿珠，把地板上的錢又搶了回去。這回一走就沒再回來了。過了好久，歐巴桑還大聲喊著：「共匪喔！共匪喔！」

崢嶸赤雲西，日腳下平地。
柴門鳥雀噪，歸客千里至。
妻孥怪我在，驚定還拭淚。
世亂遭飄蕩，生還偶然遂。
鄰人滿牆頭，感嘆亦歔欷。
夜闌更秉燭，相對如夢寐。

雨夜花，雨夜花，
受風雨吹落地。
無人看見，每日怨嗟
花謝落土，不再回。

103
尾聲

「工作怎麼樣？」老王問。

「高不成低不就。」敦敏答。

「那你打算回台灣嗎？」

「不一定。哪裡有工作去哪裡。」

敦敏把畢業證書扔到圖書館的台階上，然後說：

「George，你去把那個袋袋撿回來。」George一歲半，是敦敏和婉如在加拿大生的。

INK PUBLISHING 文學叢書 045
出走

作　　者　施逢雨
總 編 輯　初安民
責任編輯　高慧瑩
美術編輯　許秋山
校　　對　余淑宜　高慧瑩　施逢雨

發 行 人　張書銘
出　　版　INK 印刻出版有限公司
台北縣中和市中正路 800 號 13 樓之 3
電話： 02-22281626
傳真： 02-22281598
e-mail:ink.book@msa.hinet.net
法律顧問　漢全國際法律事務所
林春金律師

總 經 銷　成陽出版股份有限公司
訂購電話： 03-3589000
訂購傳真： 03-3581688
http://www.sudu.cc
郵政劃撥　19000691 成陽出版股份有限公司
印　　刷　海王印刷事業股份有限公司

出版日期　2004 年 3 月 初版
ISBN 986-7810-73-2
定價　400 元

國家圖書館出版品預行編目資料

出走／施逢雨 著.
--初版, --臺北縣中和市： INK 印刻,
2004〔民 93〕面； 公分

ISBN 986-7810-73-2（平裝）

857.7　　92021228